国家社会科学基金一般项目
“摩尼教道化研究”（22BZJ007）
阶段性成果

道藏本《搜神记》注译

包朗 编

甘肃文化出版社

甘肃·兰州

图书在版编目（CIP）数据

道藏本《搜神记》注译 / 包朗编. -- 兰州 : 甘肃文化出版社，2024.7
ISBN 978-7-5490-2878-8

Ⅰ. ①道… Ⅱ. ①包… Ⅲ. ①《搜神记》—注释②《搜神记》—译文 Ⅳ. ①I242.1

中国国家版本馆CIP数据核字(2024)第025155号

道藏本《搜神记》注译
DAOZANGBEN SOUSHENJI ZHUYI
包　朗 | 编

责任编辑 | 王天芹　李志军
封面设计 | 石　璞

出版发行 | 甘肃文化出版社
网　　址 | http://www.gswenhua.cn
投稿邮箱 | gswenhuapress@163.com
地　　址 | 兰州市城关区曹家巷1号 | 730030(邮编)

营销中心 | 贾　莉　王　俊
电　　话 | 0931-2131306

印　　刷 | 甘肃发展印刷公司
开　　本 | 787毫米×1092毫米　1/16
字　　数 | 426千
印　　张 | 22.25
插　　页 | 2面
版　　次 | 2024年7月第1版
印　　次 | 2024年7月第1次
书　　号 | ISBN 978-7-5490-2878-8
定　　价 | 68.00元

序　言

道藏本《搜神记》，不是东晋干宝的《搜神记》，它载于《道藏》第三十六册（文物出版社、上海书店、天津古籍出版社，1988 年版）第 250—293 页，这个版本也是笔者校录、注释、翻译的底本。为了精审校勘，笔者还主要参照了《新刻出像增补搜神记》（影印明万历富春堂刻本）、《三教源流搜神大全》（《绘图三教源流搜神大全（外二种）》，上海古籍出版社，1990 年版）两本书。

由于其成书年代，学界说法不一，而据笔者看来，当成书于元明之际，最晚不会晚于永乐年间，据本书最后一段文字，知其校梓于明万历三十五年丁未上元吉日（即公元 1607 年农历正月十五日）。具体研究，笔者将另文专论，此处不赘。为了避开学界关于其年代的争论，也为了与干宝《搜神记》区分开来，故此笔者将此《搜神记》称为道藏本《搜神记》。

同时，道藏本《搜神记》故事来源广泛，正史、民间传说皆有吸纳，儒释道三教兼顾，而以道教为多。注释要兼顾各种史料，难度较大。注释和翻译时，都要考虑相关专业词语，字斟句酌之累，笔者备尝。鉴于此，笔者的注释相当详细，为了说明有些字词的来历有根有据，很多地方引用了《汉语大词典》的注释和例句，于此序言中加以说明，文中就不再一一注出，敬请读者谅解，也请《汉语大词典》编者海涵。在校勘之时，需要引用很多其他书籍，为了使读者能顺畅阅读，不间断思路，本书将不再一一注出这些被引用书籍的相关信息，而以“参考文献”的方式，列举其中的一部分，在此也略作说明。

至于文中的诗词歌谣，翻译时先列原文，然后在下面用括号将译文展示出来。译文尽量最后一个韵脚押韵，多数仍依原诗词歌谣韵脚字。

尽管笔者做了相应努力，但限于能力水平，注释、翻译难免有错漏之处，请达者不吝赐教，笔者将不胜感激。

2023 年 12 月

目　录

引《搜神记》首 ……001

卷　一

儒氏源流九月十五日圣诞 ……007
释氏源流四月初八日圣诞 ……020
道教源流二月十五日圣生 ……029
玉皇上帝正月初九日圣生 ……036
后土皇地祇三月十八日圣生 ……042
东华帝君 ……044
西王母七月十八日生 ……051
东王公 ……054
上元一品帝 ……055
中元二品大帝七月十五日圣生 ……057
下元三品大帝 ……059
东岳三月二十八日生 ……061
南岳 ……064
西岳 ……065
北岳 ……066
中岳 ……067
四渎神 ……068
五方之神 ……070

太乙 ……072
肩吾 ……073
烛阴 ……074
雷神六月二十四日生 ……075
电神 ……077
风伯 ……078
雨师 ……079

卷　二

玄天上帝三月初三日生 ……083
北极驱邪院左判官 ……090
梓撞帝君二月初三日生 ……093
吴客三真君 ……099
许真君八月初一日 ……101
张天师 ……108
三茅真君三月十八日生 ……110
祠山张大帝 ……113
五圣始末九月二十八生 ……119
至圣炳灵王五月十二日生 ……126
佑圣真君 ……127
王侍宸 ……128
袁千里 ……129
张果老 ……130
西岳真人 ……132
太素真人九月二十三日生 ……133
萨真人 ……135
寿春真人 ……138
负局先生 ……139
律吕神 ……140
刘师 ……141

卷　三

南无观世音菩萨二月十九日生 ……145
天王 ……146
地藏王菩萨七月三十日生 ……147
金刚 ……149
十大明王 ……150
十地阎君 ……151
十八尊阿罗汉 ……152
宝志禅师 ……153
卢六祖 ……159
达磨十月初五日生 ……161
普庵禅师十一月二十七日生 ……162
泗州大圣 ……166
傅大士 ……168
灌口二郎神六月二十六日生 ……170
萧公 ……172
晏公 ……174
洋子江三水府 ……176
浴江游奕神 ……177
洞庭君 ……179
湘君 ……180
巢湖太姥 ……182
宫亭湖神 ……183
九鲤湖仙 ……185
海神 ……187
潮神 ……188
水神 ……189
波神 ……190
庐山匡阜先生 ……191
苏岭山神 ……193

新罗山神 ……195
射木山神 ……196

卷　四

蒋庄武帝 ……199
常州武烈帝 ……202
扬州五司徒 ……206
西楚霸王 ……209
义勇武安王五月十三日生 ……211
零陵王 ……212
惠应王 ……213
威惠显圣王 ……215
金山大王 ……217
万迴虢国公 ……218
赵元帅三月十五日生 ……220
彭元帅 ……223
润济侯 ……224
威济侯 ……225
灵派侯 ……227
崔府君 ……228
陆大夫 ……232
杭州蒋相公 ……234
蒿里相公 ……235
祖将军 ……236
花卿 ……238
华山之神 ……240
聂家香火 ……242

卷　五

广平吕神翁 ……245
黄陵神 ……246

黄仙师 ……248
江东灵籛正月初八生 ……249
协济公 ……251
灵义侯 ……252
张昭烈 ……253
张七相公 ……255
耿七公 ……257
孙将军 ……258
张将军 ……259
顺济王 ……261
横浦龙君 ……262
道州五龙神 ……264
昭灵侯 ……265
仰山龙神 ……269
黄石公 ……271
石神 ……272
楚雄神石 ……274
石龟 ……276
钟神 ……277
马神 ……278
青蛇神 ……280
金马碧鸡 ……281
金精 ……283
火精六月二十三日生 ……284
陈宝 ……286
黑水将军 ……288
木居士 ……289
磨嵯神 ……291
黄魔神 ……292
向王 ……294
竹王 ……295
盘瓠 ……297

卷　六

天妃三月三十二日生 ……301
蚕女 ……302
青衣神 ……303
白水素女 ……304
马大仙 ……306
圣母 ……308
温孝通 ……309
孝烈将军 ……311
灵泽夫人 ……312
顺懿夫人 ……314
寨将夫人 ……315
诚敬夫人 ……317
姚娘 ……319
曹娥 ……321
二孝女 ……323
五瘟使者九月初三日生 ……325
五盗将军 ……326
掠刷使 ……327
增福相公九月十七日生 ……331
福禄财门 ……333
门神 ……335
神荼郁垒 ……337
钟馗 ……339
司命灶神八月初三日生 ……341
厕神 ……343
开路神 ……344
律令 ……345
翁仲二神 ……346

参考文献 ……348

引《搜神记》首

神何昉[1]乎？百物之精乎？法施民，劳定国，死勤事，御灾捍患[2]，及山林、川谷、丘陵出云为风雨，见怪物，皆曰神。其气发扬于上，为照明、焄蒿、悽怆[3]。《祭法》："有天下者，祭百神，重之也。"

【注释】

[1]昉：天方明，引申为开始。《列子·黄帝》："既出，果得珠焉。众昉同疑。"张湛注："昉，始也。"有词曰"昉始"。

[2]"法施民"至"御灾捍患"：《国语·鲁语上·展禽论祀爰居》："夫圣王之制祀也，法施于民则祀之，以死勤事则祀之，以劳定国则祀之，能御大灾则祀之，能扞大患则祀之。"

[3]"百物之精"与"其气发扬于上，为照明、焄蒿、悽怆"：《礼记·祭义》："其气发扬于上，为昭明、焄蒿、凄怆，此百物之精也，神之著也。"昭明，光耀、光影。焄，用同"熏"，香臭之气。焄蒿，祭祀时祭品所发出的气味，后亦用指祭祀。郑玄注："焄谓香臭也，蒿谓气烝出貌也。"孔颖达疏："焄谓香臭也，言百物之气，或香或臭；蒿谓烝出貌。言此香臭烝而上出，其气蒿然也。"范成大《除夜感怀》诗："焄蒿奉祠事，苦泪落酒卮。"顾炎武《龙门》诗："入庙焄蒿接，临流想象存。"悽怆，原作"凄怆"，凛然令人感动的样子。

【译文】

神仙是怎样开始的？是万物的精气吗？以完善的法规全面推行到百姓中去的人，勤于政事、死而后已的人，有安邦定国的大功劳的人，能抵御灾害、捍卫族群利益消除忧患的人，以及山林、河谷、丘陵地带密布的云层化为风雨，出现一些奇怪的事物，都叫神。它们的气息飞扬上空，显现出光影，蒸蒸腾腾，令人凛然感动。《祭法》上说："拥有天下的人（指君主），祭祀各种神灵，是因为重视神灵啊。"

昔新蔡干常侍著《搜神记》三十卷，刘惔[4]见谓曰：“鬼之董狐[5]。”夫干，晋人也，迄今日千百年，于斯善本已就圮[6]，虽间刻间有之，而存什一于千佰，不免贻漏万[7]之讥。

【注释】

[4]刘惔：一作刘恢，字真长，沛国相县（今安徽省宿州朱仙庄镇）人。东晋著名清谈家，袁宏在《名士传》中称其为“永和名士”，《唐会要》尊其为魏晋八君子之一。

[5]董狐：春秋晋国太史，亦称史狐。在史册上秉笔直书“赵盾弑其君”，开我国史学直笔传统之先河，孔子称赞说：“董狐，古之良史也，书法不隐。”此即成语“董狐直笔”的由来。

[6]圮：毁坏。

[7]漏万：挂一漏万的割裂，原指遗漏很多，此处指亡佚很多。

【译文】

从前，新蔡的散骑常侍干宝完成了三十卷《搜神记》的写作，刘惔见到了干宝的《搜神记》后说：“这是记载鬼神的历史呀。”干宝，是东晋时候的人，到现在已经有上千年了，他写的《搜神记》善本已经遭到了破坏，虽然时不时地被刻印，然而存下的也不过是成千成百的内容中的十分之一了，不免给人留下挂一漏万的讥讽。

登[8]不肖，走衣食[9]，尝遡燕阕[10]，探邹鲁，游齐梁，下吴楚欧[11]越之区，中间灵疆神界，磅礴[12]谽谺[13]，靡不领略，而悉数之。

【注释】

[8]登：应该是本文的作者，本道藏本《搜神记》不著其姓氏、籍贯、事迹，《新刻出像增补搜神记》在《引〈搜神记〉首》篇末题“登之甫罗懋登书”，其后亦有印章“二南里人”，可知其为罗懋登。杨哲等主编的《文学百科辞典》介绍：“罗懋登（生卒年不详），中国明代小说家。字登之，号二南里人。有人认为他是陕西人。著有《三宝太监西洋记通俗演义》100回。”

[9]走衣食：为衣食而奔走，即为生活四处奔波。明·王阳明《书林司训丙戌》：“老者衣帛食肉，不负戴于道路，死徙无出乡，出入相友，疾病相扶持，乌有耄耋之年而犹走衣食于道路者乎？”清·王先谦《宿刘村》：“吾生且碌碌，逼侧走衣食。”

[10]燕阕：亦作“燕阙”，指燕京。元·范梈《赠冯炼师归岳阳》诗：“何时谢燕阙，亦得西南游。”此处当指燕京地或北方。

[11]欧：常作“瓯”。瓯越，亦作“瓯粤”，百越的一支，分布在今浙江瓯江流域一带。主要由早已居住在瓯江流域并创造了印纹陶遗存的土著民发展形成，后亦指

古瓯越所居之地。《史记·赵世家》:“夫翦发文身,错臂左衽,瓯越之民也。”张守节正义:“属南越,故言瓯越也。《舆地志》云:‘交趾,周时为骆越,秦时曰西瓯,文身断发避龙。’”

[12]磅礴:广大无边貌。晋·陆机《挽歌》之二:“重阜何崔嵬,玄庐窜其间。磅礴立四极,穹崇效苍天。”《宋史·乐八》:“坱圠无垠,磅礴罔测。”

[13]谽谺:山石险峻貌。唐·独孤及《招北客文》:“其北则有剑山巉巉,天凿之门,二壁谽谺,高岸嶙峋。”

【译文】

登我这个人不才,为了谋生,曾经北游燕地,探访过邹鲁,游历过齐梁,南下吴楚瓯越等地,中间经过的灵胜仙境,高大崔嵬,山石险峻,它们的胜景我没有不欣赏的,而且还都一一数说记载。

岁万历纪元之癸巳[14],来止陪京[15],为披阅书记,得《搜神记》于三山富春堂[16]。读之,见其列吕[17]卷,别以类,且绘吕像。质之,不肖前日[18]所周览[19]者,而一墨盖不袭于旧,能得于意,发于未明,增于所未备,卓哉,神也。要在造民福,而拱翼[20]我皇图[21]于亿万斯水[22]者!

【注释】

[14]万历纪元之癸巳:万历二十一年(1593年)。

[15]陪京:陪都。明朝万历年间的陪都指的是南京。

[16]三山富春堂:富春堂是明代万历年间南京较大的书坊,堂址位于金陵三山街,坊主唐富春,故名。所刊刻的书籍大多为戏曲、小说、医书、杂书等通俗读物。

[17]吕:本处“吕”字和下文“吕像”之“吕”,《新刻出像增补搜神记》皆作“目”,即“以”的异体字。《新刻出像增补搜神记》是,本《搜神记》作“吕”者,形近而讹。

[18]前日:前些日子,往日。《孟子·公孙丑下》:“孟子致为臣而归。王就见孟子,曰:‘前日愿见而不可得,得侍同朝,甚喜。’”

[19]周览:遍览。宋·司马光《进〈资治通鉴〉表》:“每患迁固以来,文字繁多,自布衣之士,读之不徧,况于人主,日有万机,何暇周览?”

[20]拱翼:犹拱卫,护卫,像鸟张开翅膀一般护卫。《读史方舆纪要》:“《志胜》云:‘今界内诸山,凡强形巨势,争奇竞险,拱翼畿甸者,皆太行之支峰别阜耳。’”

[21]皇图:封建王朝的版图,亦指封建王朝。唐·李贺《出城别张又新酬李汉》诗:“皇图跨四海,百姓拖长绅。”《旧唐书·哀帝纪论》:“宇县瓜分,皇图瓦解。”

[22]水:《新刻出像增补搜神记》作“永”。当作“年”。“亿万斯年”,指无限长远

的时间。宋·欧阳修《圣节五方老人祝寿文·东方老人》:“千八百国,咸归至治之风;亿万斯年,共祷无疆之寿。”溯其源,早自《诗·大雅·下武》:“于万斯年,受天之祜。”

【译文】

岁次在万历癸巳年(1593年),我来到陪都南京居住,因为翻阅书籍的原因,在金陵(今南京)的三山街富春堂得到了这本《搜神记》。翻阅这本书,发现它是按卷数编排,按事类归类,并且还画有图像。仔细研读其内容,发现它不像以前读过的所有书籍,而且每一字都不落窠臼,能契合人们心意,开示人们的不明白之处,增加记载不详备的内容,真高啊,太神了！重要的是能为民造福,并且主要是拱卫我大明江山亿万年永固！

不肖媿,非刘君,能无董狐之赏于心耶？嗟又幽明[23]也,神唯灵而后传纪[24],记传而神之灵益传。世有峨大冠、拖长绅[25],呼可[26]拥卫,既自赫然称神矣。乃复身世与草木同朽腐,而令史册阒[27]无闻述,可乎？

【注释】

[23]幽明:人与鬼神。唐·李白《溧阳濑水贞义女碑铭》:“皇唐叶有六圣,再造八极,镜照万方,幽明咸熙。”

[24]传纪:正史记述人物的两种体裁“纪”和“传”的合称,亦泛指史传。此处作动词,记传写纪,即记载鬼神的历史事迹。

[25]峨大冠、拖长绅:刘基卖柑者言:“峨大冠、拖长绅者,昂昂乎庙堂之器也,果能建伊、皋之业耶?”峨,高耸。长绅,古代士大夫系在衣服外面的腰带。根据文义,本《搜神记》“绅”后当有“者”字。峨冠博带是古代儒生或士大夫(文臣)的装束。

[26]呼可:可,当依《新刻出像增补搜神记》作“呵”。呼呵,同“呵呼”,大声呼叫。

[27]阒:空。宋·王禹偁《酬安秘丞歌诗集》:“今来相去千百年,寥落乾坤阒无睹。”

【译文】

虽然我是不成才的那一类人,更不是刘惔,但能没有(像孔子所)欣赏(的秉笔直书的)董狐(那样)记载历史的心思吗？唉,再说人与鬼神之间的关系,鬼神只有灵验而后人们才愿意为之记传写纪,(鬼神们的神史)只有记载下来他们的灵异神迹才能更好地传于后世。世上有那些戴着高耸帽子、拖着长长腰带的人,前呼后拥,自已显赫无比已然可以称为神了呀。还有那些身子同草木一起死去腐朽的神人神迹,却让史册空空如也没有记载述说,(容许这些情况存在)可以吗？

卷一

儒氏源流九月十五日圣诞

至圣文宣王[1]，鲁曲阜昌平乡阙里[2]，其先[3]宋人也。先圣[4]曾大父[5]曰孔防叔[6]，避宋华督[7]之难，徙居于鲁，生伯夏[8]。伯夏生叔梁纥[9]，长子曰孟皮[10]，字伯尼，有疾不任继嗣，次子则先圣是也。鲁襄公二十一年冬十月庚子日，先圣生，是夕有二龙绕室，五老[11]降庭。五老者，五星之精也。母颜氏房闻奏钧天[12]之乐，空中有声云：天感生圣子[13]，故降以和乐笙镛[14]之音。主而首上项顶[15]，故因名丘，字仲尼。幼而丧父，葬于防山[16]。

【注释】

[1]至圣文宣王：至圣，指道德智能最高的人，谓极圣明，超脱凡俗，专指孔子。文宣王，一般指孔子，“文宣”是孔子的谥号。

[2]鲁曲阜昌平乡阙里：鲁，鲁国。阙里，指孔子居住的地方，相传为春秋时孔子授徒之所。今山东省曲阜市昌平乡阙里坊。

[3]先：祖先。

[4]先圣：所谓先圣，一般指二，周公与孔子，前者为传说中汉文字的创造者，后者则是中国文化史上最具影响力的宗师。这里指孔子。

[5]曾大父：曾祖父。

[6]孔防叔：子姓，又称防叔，春秋时期宋国栗邑（今商丘夏邑县）人，宋国政治人物。他是宋国司马孔父嘉的曾孙、木金父的孙子、叔梁纥的祖父、孔子的曾祖父。

[7]华督：华督（？—公元前682年），子姓，华氏，字华父，名督，故称华父督，宋戴公之孙、好父说之子，春秋时期宋国奸臣，官至太宰（宰相），位列“六卿”之首，是当时宋国很有势力的大贵族。华督之难，也叫华督之乱，华督抢占了孔父嘉的妻子，后来担心宋殇公会怪罪于他，便将宋殇公弑杀。

[8]伯夏：鲁大夫，事迹无考，是孔防叔的儿子、叔梁纥的父亲、孔子的祖父，始见《史记》。

[9]叔梁纥：叔梁纥（公元前622年—公元前549年），子姓，孔氏，名纥，字叔梁，宋国栗邑（今河南省商丘市夏邑县刘店集乡王公楼村）人。春秋时期鲁国大臣，宋国君主的后代，孔子的父亲。

[10]孟皮：孔子的大哥。祖先本是殷商后裔，故为子姓。周灭商后，周武王封商纣王的庶兄、商朝忠正的名臣微子启于宋（夏邑）。微子启死后，其弟微仲即位，微仲即为孟皮的先祖。

[11]五老：是中国民间信仰和道教神祇，乃东方青帝青灵始老九炁天君、南方赤帝丹灵真老三炁天君、中央黄帝玄灵黄老一炁天君、西方白帝皓灵皇老七炁天君、北方黑帝五灵玄老五炁天君。五方五老居于五岳，司掌五行。即神话传说中的五星之精。

[12]钧天："钧天广乐"的略语，指天上的音乐。

[13]天感生圣子：天，指神仙或他们所住的地方；天帝，上天，古人以天为万物主宰者。感，感觉到，觉出。圣子，专指皇帝的儿子，有时称皇帝的孙子为"神孙"，"圣子神孙"指皇帝的子孙，如《明史》（志卷五十一志第二十七礼五吉礼五庙制）："子孙之身乃祖宗所依，圣子神孙既亲奉祀事于此，则祖宗神灵自当陟降于此。"上天感觉到圣子将出生。

[14]笙镛：镛，大钟。亦作"笙庸"，古乐器名，出自《书·益稷》。

[15]主而首上项顶：主，当为"生"。项顶，当为"圩顶"，头顶凹陷。《史记·孔子世家》："〔孔子〕生而首上圩顶，故因名曰丘云。"司马贞索隐："圩顶言顶上窳也，故孔子顶如反宇。反宇者，若屋宇之反，中低而四傍高也。"《孔子世家补》："孔子生而首上圩顶，故因名曰丘，字仲尼，姓孔氏。注：音乌顶之上窳而下，故云孔子顶如反宇。凡厦屋四垂而为宇，中高而四傍低若屋宇。之反，则中低而四傍高也。"《东家杂记》："叔梁大夫与颜氏祷于尼丘山，而先圣生，生而首上圩顶，如尼丘山顶之圩。"罗泌《路史·高辛后纪》："叔梁纥封聊，生皮及尼，孟皮袭聊，为聊氏。尼母颜野合生而頨顶，故名丘，而字仲，尼。尼，古夷字。頨，盖圩字拗貌，故世本《史记》家谱皆作'圩顶'。"周有光认为："'圩顶'（洼顶），头顶凹下去，像顶上有凹的土丘。"何铁山认为："所谓'圩顶'，并不是没有顶，或四周高中间低，而是头顶周围沿额头之上有一圈长得略高而已。"

[16]防山：位于曲阜市东邻，西部平原东部山区，民风淳朴，远古时代人们就在这里繁衍生息，有深厚的文化传统。境内有埋葬孔子父母及兄长的梁公林（又称启圣林），有颜氏大型家族墓地——颜林。

【译文】

儒氏始祖的圣诞之日是九月十五日。

至圣文宣王(孔子),家在鲁国曲阜市昌平乡阙里坊,他的祖先是宋国人。孔子的曾祖父叫孔防叔,为了躲避宋国人华督的祸患,迁徙居住在鲁国。孔防叔生了伯夏。伯夏生了叔梁纥,长子叫孟皮,字伯尼,有疾病不能承担继承的责任,次子就是先圣。鲁襄公二十一年冬天十月庚子日,先圣出生,当天晚上有两条龙环绕着房间,五老降临在庭院。五老,是五星之精。母亲颜氏在房间听到了天上奏响的音乐,天空中有声音说,上天感觉到圣子将出生,所以降下了有笙镛的声音这样和谐的音乐。孔子生下来头上就有凹陷,所以就取名为丘,字仲尼。幼年的时候,他的父亲去世,安葬在防山。

先圣身长九尺二寸,腰大十围,凡四十九衣[17],反首[18]注面[19],月角[20]日准[21],坐如龙蹲,立如凤峙,望[22]之如朴[23],就[24]之如升,耳垂[25]珠庭[26],龟脊,龙形,虎掌,胼胁[27],参膺[28],河目[29],海口[30],山脐,林背,翼臂[31],斗唇[32],注头[33],龟鼻,阜频[34],堤眉[35],地足[36],谷窍[37],雷声,泽腹,昌颜[38],的颐[39],辅以骥齿[40],眉有一十二彩[41],目有六十四理[42],其头似尧,其额似舜,其页须皋淘[43],其肩类[44]子产[45],自腰以下不及[46]禹三寸[47],有大圣[48]之德[49],学极天人[50],道穷秘奥[51]。龟龙御负之书[52],七政[53]五纬[54]之事,包牺皇帝[55]之能,尧、舜、周公[56]之美。

【注释】

[17]凡四十九衣:《祖庭广记》中记仲尼生而具四十九表:"反首,洼面,月角,日准,河目,海口,牛唇,昌颜,均赜,辅喉,骈齿,龙形,龟脊,虎掌,骈胁,参膺,圩项,山脐,林背,翼臂,窐头,隆鼻,阜陕,堤眉,地足,谷窍,雷声,泽腹,面如蒙倛,两目方相也,手垂过膝,眉有十二彩,目有二十四理,立如凤峙,坐如龙蹲,手握天文,足履度字,望之如仆,就之如升,修上趋下,末偻后耳,视若营四海,耳垂珠庭,其颈似尧,其颡似舜,其肩类子产,自腰以下不及禹三寸,胸有文曰'制作定世符',身长九尺六寸,腰六十围。"总共有四十九种外貌特征。

[18]反首:披头散发。

[19]注面:《祖庭广记》中记载为洼面,面部凹陷。

[20]月角:相学术语,指的是额骨中央隐隐隆起部分,男面相称"日角",女面相称"月角"。唐·薛道衡《老氏碑》:"珠衡月角,天表冠于百王;明镜衢罇,圣德会于千祀。"清·厉荃《事物异名录·形貌·骨》:"《稗编》:左目上曰日角骨,右目上曰月角骨。"

[21]准:鼻子。

[22]望:远看。

[23]朴:同"仆",向前跌倒。

[24]就:走近,近看。

[25]耳垂:两个耳朵下垂。

[26]珠庭:饱满的天庭,星相家以为主贵之相。北周·庾信《周大将军赵公墓志铭》:"凝脂点漆,日角珠庭。"《新唐书·李珏传》:"日角珠庭,非庸人相。"

[27]胼胁:骈胁,又名"骈肋",肋骨紧密相连如一整体,属生理畸形,亦作"骈胁"。古人认为这是圣人之相。《左传·僖公二十三年》:"曹共公闻其骈胁,欲观其裸。"孔颖达疏:"胁是腋下之名,其骨谓之肋……骈训比也,骨相比迫若一骨然。"《史记·管蔡世家》:"共公十六年,初,晋公子重耳其亡过曹,曹君无礼,欲观其骈胁。"裴骃集解引韦昭曰:"骈者,并干也。"宋·孙奕《履斋示儿编·事同》:"晋文骈胁,张仪亦骈胁。"明·冯梦龙《东周列国志》第三十五回:"负羁又曰:'晋公子贤德闻于天下,且重瞳骈胁,大贵之征,不可以寻常子弟视也。'"

[28]参膺:参,参差,不一致,不整齐。膺,胸。参差不平的胸。

[29]河目:上下眶平正而长的眼睛。古以为圣贤相貌。

[30]海口:像大海一样的嘴,又大又深。比喻相貌非凡。

[31]翼臂:像鸟翼一样的臂部。五代时期的十三太保李存孝,就与生俱来这种非常体质。相传,他臂部的肌肉,就像是两个翅膀一样,直接连到腰肋以上。这里所说的是腋下两侧的肌肉,而不是高高隆起的发达的三角肌与肱二头肌。虽然无法凭借其离地飞翔,却使他拥有超乎寻常的臂力,以至于连五匹烈马都拉他不过。

[32]斗唇:嘴大。

[33]注头:《祖庭广记》中记载为洼头,头部凹陷。

[34]阜颊:阜,其古字形像阶梯或像阶梯那样有起伏的山,后来演变为"山丘"之意。阜也用来表示面积很大的又高又平的土地,由此引申为厚、大、多之意;由多的意思引申,又特指物质的财富。颊,脸的两侧从眼到下颌的部分。脸的两侧很大。

[35]堤眉:堤,用土石等材料修筑的挡水的高岸。眉毛高。

[36]地足:地,建筑材料铺成的平面。足平,扁平足。

[37]谷窍:谷,两山或两块高地中间的低洼地。七窍像山谷一样。

[38]昌颜:昌,常用义是兴旺、繁荣,古籍中或用为美好。颜,面容,脸色,脸面。美好的面容。

[39]的颐：的，鲜明的样子。颐，颊、腮。

[40]辅以骥齿：辅，腮，面颊。宋·黄庭坚《进叔》："小儿丰颊辅。"骥，骏马，良马。骥齿，丰富而雄健。《战国策·楚策四》："夫骥之齿至矣。"后以"骥齿"指老马。清·蒲松龄《上昆圃黄大宗师启》："唾盂敲残，骥齿已安于伏枥；吟髭拈断，葵心尚切于倾阳。"面颊丰富而雄健。

[41]彩：颜色，光彩。

[42]理：纹理，纹路。

[43]页须皋淘：页，人头。须，胡须。皋淘，即皋陶，上古传说中的人物，偃姓（一说为嬴姓），皋氏，名繇，字庭坚。"其页须皋淘"当为"其项类皋陶""其颈似皋陶"。孔子过郑，有人描绘孔子相貌说："东门外有一人焉，其长九尺有六寸，河目隆颡，其头似尧，其颈似皋繇，其肩似子产，然自腰以下，不及禹三寸，累累如丧家之狗。"（《孔子家语·困誓》）

[44]类：类似，像。

[45]子产（？—公元前522年）：春秋时期著名政治家、思想家。姬姓，公孙氏（一说国、东里亦为其氏），名侨，字子产，又字子美，谥成，历史典籍以"子产"为通称，亦称"公孙侨""公孙成子""国侨"等。他是郑穆公之孙、公子发（字子国）之子，公元前554年为卿，前543年执政，先后辅佐郑简公、郑定公，卒于前522年。

[46]及：达到，赶上。

[47]禹三寸：这段文字出自《东家杂记》（卷下）引《家谱》云（原文出自清河郡本《春秋演孔图》）："先圣长九尺六寸，腰大十围，凡四十九表，反首，洼面，月角，日准，手握天文，足履度字，或作王字，坐如龙蹲，立如凤跱，望之如仆，就之如升，耳垂珠庭，龟脊龙形，虎掌，骈胁，参膺，河目，海口，山脐，林背，翼臂，斗唇，注头，隆鼻，阜颊，提眉，地足，谷窍，雷声，泽腹，昌颜，均颐，辅喉，骈齿，眉有一十二采，目有六十四理，其头似尧，其颡似舜，其项类皋陶，其肩类子产，自腰以下不及禹三寸，胸有文曰制作定世符运。"《三宝太监西洋记》亦有记载："其头似尧，其颡似舜，其项似皋陶，其肩似子产。学贯天人，道穷秘奥，龟龙衔负之书，七政六纬之事，包羲、黄帝之能，尧、舜、周公之美，靡不精备。删《诗》《书》，定礼乐，赞《周易》，修《春秋》。授予洙南泗北门徒三千，博徒六万，达者七十二人。"

[48]大圣：古谓道德最完善、智能最超绝、通晓万物之道的人。称帝王。谓极有神通。

[49]德：常用于指道德、品德，引申指有道德的贤明之士。

[50]学极天人：极，尽头，顶点，最高的境地。天人，天道和人事。有关天道人事方面的知识达到最高的境地，形容学问渊博。

[51]道穷秘奥：道，道理，学说，主张，学术。穷，穷尽，用尽，走到尽头。有关学术方面的知识已经达到尽头，到了人们不知道的深奥地步。

[52]龟龙御负之书：御，当作"衔"。"龟龙衔负"指龙马负图出于河，神龟负书出于洛。相传上古伏羲氏时，洛阳东北孟津县境内的黄河中浮出龙马，背负"河图"，献给伏羲。伏羲依此而演成八卦，后为《周易》来源。又相传，大禹时，洛阳西洛宁县洛河中浮出神龟，背驮"洛书"，献给大禹。大禹依此治水成功，遂划天下为九州。又依此定九章大法，治理社会，流传下来收入《尚书》中，名《洪范》。《易·系辞上》说："河出图，洛出书，圣人则之。"在后世一些学者的理解中，就是指这两件事。《论语·子罕篇·凤鸟章》邢《疏》云："郑玄以为《河图》《洛书》，龟龙衔负而出。"郑玄还把《河图》《洛书》说成是天神教告君王的语言，是示之"太平嘉瑞"。他在《六艺论·总论》中说："《六艺》者，《图》所生也。"又说："《河图》《洛书》，皆天神言语，所以教告王者。"又说："太平嘉瑞，《图》《书》之出，必龟龙衔负焉。黄帝、尧、舜、周公是其正也。若禹观河见长人，咎繇于洛见黑公，汤登尧台见黑鸟，至武王渡河白鱼跃，文王赤雀止于户，秦穆公白雀集于车，是其变也。"

[53]七政：又称七曜、七纬、七耀等，是古代中国人将荧惑星（火星）、辰星（水星）、岁星（木星）、太白星（金星）、镇星（土星）称为五星，五星又称五曜，加上太阳星（日）、太阴星（月），合称七曜。日月之外的五个天体也能用肉眼观察到，中国古代以五行之说的"火水木金土"指涉这五个行星。

[54]五纬：亦称五星，是古代中国人将太白、岁星、辰星、荧惑、镇星这五颗行星合起来的称呼，五星与日、月合称七曜。五星即金木水火土星。

[55]包牺皇帝：包牺，即伏羲，华夏民族人文先始，三皇之一，亦是与女娲同为福佑社稷之正神。在"三皇五帝"的世系之中，伏羲位居"三皇之首""百王之先"。风姓，又名宓羲、庖牺、伏戏，亦称牺皇、皇羲，《史记》中称伏牺，在后世与太昊、青帝等诸神合并，在后世被朝廷官方称为"太昊伏羲氏"，亦有青帝太昊伏羲（即东方上帝）一说。是中国古籍中记载的最早的王，也是中国医药鼻祖之一。皇帝，当为"黄帝"之讹。

[56]周公：生卒年不详，姓姬名旦，亦称叔旦。西周开国元勋，杰出的政治家、军事家、思想家、教育家，"元圣"，儒学先驱，周文王姬昌第四子，周武王姬发的弟弟。采邑在周，故称周公。

【译文】

先圣身高有九尺二寸，腰大有十围，总共有四十九种外貌特征，披头散发，面部凹陷，右边额头微微隆起，鼻子像太阳一样高，坐着就像龙蹲着，站着就像凤凰峙立般巍然屹立，远看他像跌倒一样，近看他像上移一样，两耳下垂，天庭饱满，有像龟一样的脊梁，龙一样的身体，老虎一样的手掌，肋骨紧密相连，参差不平的胸，上下眶平正而长的眼睛，有像大海一样的嘴，山一样的肚脐，山林一样的背，鸟翼一样的手臂，嘴大，头部凹陷，有像龟一样的鼻子，脸的两侧很大，高高的眉毛，扁平足，有像山谷一样的七窍，雷电一样的声音，沼泽一样的腹部，美好的面容，鲜明的面颊，面颊丰富而雄健，眉毛有十二种色彩，眼睛有六十四种纹理，他的头像尧，他的额头像舜，他的胡须像皋陶，他的肩膀像子产，从腰往下比禹短三寸，有大圣的道德，有关天道人事方面的知识达到最高的境地，学问渊博，有关学术方面的知识已经达到尽头，到了人们不知道的深奥地步。孔子通晓龟和龙背负的书、七政五纬的事物，有伏羲、黄帝的才能，羡慕尧、舜、周公。

鲁定公[57]以[58]先圣为中都宰[59]，一年，四方诸侯皆则[60]焉。九年始为邑宰[61]，十年为司空[62]，十一年为大司寇[63]，摄行相事[64]。十四年诛鲁大夫乱政者少正卯[65]。与闻[66]国政三月，粥[67]豚[68]羔[69]者弗节贾[70]，男女行者别[71]于涂[72]，涂不拾遗[73]。四方之客至乎邑者不求有司[74]，皆予之以归。去[75]鲁十四年，鲁哀公十一年，先圣自卫反鲁[76]，删[77]《诗》《书》，定[78]《礼》《乐》，成六艺[79]。晚而喜《易》，读之穷天地之奥，为[80]《易》《象》《文言》《系辞》，以发[81]其秘。告弟子于洙南泗北[82]，门徒[83]三千，博徒[84]六万，达者[85]七十二人。昔先圣未生时，有麟吐玉书[86]于阙里[87]，其文曰水精[88]之子，系周衰而素王[89]。颜氏异之，以绣绂[90]系麟角，经宿而麟去。

【注释】

[57]鲁定公：姬姓，名宋，春秋诸侯国鲁国君主之一，鲁国第二十五任君主。他为鲁昭公的弟弟，承袭鲁昭公担任该国君主，在位15年。

[58]以：任命。

[59]中都宰：官名，春秋鲁置，主管中等都城之行政长官。

[60]则：以……为准则，效法，效仿。

[61]邑宰：县邑之长，即县令。

[62]司空：官名，主管水利。

[63]大司寇：西周时期，周天子是最高裁判者，中央设大司寇，负责实施法律法

令，辅佐周王行使司法权。大司寇下设小司寇，辅佐大司寇审理具体案件。大小司寇下设专门的司法属吏。此外，基层设有士师、乡士、遂士等，负责处理具体司法事宜。

[64]摄行相事：摄行，代理行使职权。代理行使宰相的职权。

[65]少正卯（？—公元前496年）：中国春秋时期鲁国的大夫，官至少正，能言善辩，是鲁国的著名人物，被称为“闻人”。少正卯和孔丘都开办私学，招收学生。卯多次把孔丘的学生都吸引过去听讲。鲁定公十四年，孔丘任鲁国大司寇，代理宰相，上任后七日就把少正卯以“君子之诛”杀死在两观的东观之下，曝尸三日。孔丘回答子贡等弟子的疑问时说：少正卯是“小人之桀雄”，一身兼有“心达而险、行辟而坚、言伪而辩、记丑而博、顺非而泽”五种恶劣品性，有着惑众造反的能力，和历史上被杀的华士等人是“异世同心”，不可不杀。

[66]与闻：参与、干预。

[67]粥：古同“鬻”，卖，贩卖。

[68]豚：猪。

[69]羔：小羊，羊羔。

[70]节贾：节，当为“饰”，形近而讹。《史记·孔子世家》此句作：“与闻国政三月，粥羔豚者弗饰贾；男女行者别于涂；涂不拾遗；四方之客至乎邑者不求有司，皆予之以归。”饰贾，意思为以欺诈手段抬高价格。

[71]别：分，分开。

[72]涂：道路。

[73]拾遗：捡取他人遗失的物品。《战国策·秦策一》：“期年之后，道不拾遗，民不妄取，兵革大强，诸侯畏惧。”

[74]有司：指主管某部门的官吏，泛指官吏。

[75]去：离去，离开。

[76]自卫反鲁：自，从，由。反，通“返”，返回。从卫国返回鲁国。

[77]删：删改，修改。

[78]定：订正，修改。

[79]六艺：古代又称六经，分别为《诗》《书》《礼》《易》《乐》《春秋》。

[80]为：研究，学习。

[81]发：挖掘。

[82]洙南泗北：洙，洙水。泗，泗水。洙、泗，即洙水和泗水。古时二水自今山东省泗水县北合流而下，至曲阜北，又分为二水，洙水在北，泗水在南。春秋时属鲁

国地。孔子在洙泗之间聚徒讲学。后因以“洙泗”代称孔子及儒家。洙南泗北是洙水、泗水之间的区域。

[83]门徒:是指求取知识学问的学生,或者是受到有知识有德望的大家与学术界长者授业之人的称呼。

[84]博徒:本处指“博通雅颂之弟子”,非范注引《史记·魏公子列传》谓“博徒,人之贱者”,另可引申为“博通诸艺(雅颂)之士”。《文心雕龙·知音》:“至如君卿唇舌,而谬欲论文,乃称史迁著书,咨东方朔。于是桓谭之徒,相顾嗤笑。彼实博徒,轻言负诮,况乎文士,可妄谈哉?”《文心雕龙·辨骚》:“固知《楚辞》者,体陵(宪)于三代,风雅(杂)于战国,乃雅颂之博徒,而辞赋之英杰也。”博,博通诸艺、能言善辩之意。

[85达者:达,通达事理;通晓,见识高远。达者即达人,在某方面有专长的人。

[86]玉书:表示祥瑞的书简。晋·王嘉《拾遗记·周灵王》:“夫子未生时,有麟吐玉书于阙里人家。文云:‘水精之子,继衰周而素王。’”文斐《癸酉元旦试笔并呈素生子俊篪生芸龛》诗:“玉书本属儒家瑞,问道何年再吐麟?”

[87]阙里:家,家里。

[88]水精:指辰星。《左传·襄公二十八年》“岁在星纪”唐·孔颖达疏:“五星者五行之精也。历书称:木精曰岁星,火精曰荧惑,土精曰镇星,金精曰大白,水精曰辰星。”

[89]素王:孔子的别称。后世儒家专用称誉孔子为“素王”。原指有帝王之德而未有其位的人。

[90]绂:同“黻”。指古代系印纽的丝绳,亦指官印。

【译文】

鲁定公任命先圣为中都宰,才到职一年就很有绩效,四方诸侯都效仿他。孔子九年才升任成为邑宰,十年升任为司空,十一年升任为大司寇,并且代理行使宰相的职权。十四年诛杀了扰乱鲁国政事的鲁国大夫少正卯。孔子参与国政三个月,贩卖猪、羊的人就不敢再哄抬物价了,在路上男女都分开行走,道路上没有人拾取他人的失物。四方的游客都来到鲁国,不必向管事官吏请求,都能得到照顾,使其满意而归。离开鲁国十四年,鲁哀公十一年,先圣从卫国返回鲁国,删改《诗》《书》,订正《礼》《乐》,成为六艺。孔子晚年喜欢《易》,读了它能明白天地的奥妙;学习《易》《象》《文言》《系辞》,用以发现其中的奥秘。孔子在洙南泗北之间教告弟子。他的门徒有三千人,博徒有六万人,达者有七十二人。昔日先圣没有出生时,有麒麟在家里吐出玉书,玉书上面写着:孔子是辰星的孩子,是维系衰微的周朝而生的素王。颜氏感到诧异，用绣好的丝绳系在麒麟的角上，过了一晚麒麟离开了。

至哀公十四年西狩[91]太野[92]，叔孙氏[93]车子[94]鉏商[95]获兽，以为不祥。先圣视之曰："麟也，胡为[96]来哉？"反袂[97]拭面，泣涕沾衿[98]。叔孙闻之，然后取之，而系角之绂尚存。先圣曰："吾道穷矣。"乃因鲁史[99]而作《春秋》[100]，又加褒贬而修中兴[101]之告，麟见而天告，先圣之亡征也。先圣病梦在两楹[102]之间，子贡[103]请见，曰："子方负杖逍遥[104]于门。"曰："赐，汝何来晚也？"先圣因[105]叹曰："太山[106]颓乎，梁木[107]坏乎，哲人[108]萎乎？"因以涕下。子贡曰："天下无道[109]久矣，莫能宗[110]予。"后七日没[111]，年七十三。至鲁哀公十六年夏四月己丑，葬于鲁城壮[112]。哀公十一年立庙于旧宅，守陵庙[113]百户。弟子皆服心丧[114]三年毕[115]，相诀[116]而去，则哭，各尽哀，或复留，唯子贡庐[117]于冢侧六年，然后去。弟子于庙藏[118]先圣衣冠琴瑟车书，弟子及鲁人往从冢而冢百有余室，因命曰孔氏[119]。鲁世世相传，岁时[120]奉祀于冢，子孙[121]世袭[122]不绝[123]。圣朝[124]崇奉[125]，追封[126]尊号[127]"大成[128]至圣文宣王"，圣室[129]"郓国夫人"，圣父封"齐国公"，圣母封"鲁国太夫人"。

【注释】

[91]西狩：是指鲁哀公十四年在大野狩猎获的麒麟，是传说中的神兽，出自《左传·哀公十四年》，《史记·儒林列传》和《重赠卢谌》也都有记载。

[92]太野：太，古通"大"。大野，古泽名，又名巨野、钜野，在今山东省巨野县、嘉祥县一带。《史记·孔子世家》载："鲁哀公十四年春，西狩大野，叔孙氏之车子商获兽，以为不祥，仲尼视之曰'麟也'，取之。"《集解》和《正义》中注："大野，薮名，鲁田圃之常处，盖今巨野是也。"汉·桓宽《盐铁论·和亲》："凤皇在列树，麒麟在郊薮，荸生庶物，莫不被泽。"

[93]叔孙氏：春秋战国时，鲁国的卿家贵族。作为三桓之一，掌握鲁国实权。三桓，是凌驾于公室的鲁国贵族，出自鲁桓公，包括季孙氏、叔孙氏、孟孙氏。其中，叔孙氏的始祖是叔牙。

[94]车子：驾驭车子的车夫。《左传》："十四年春，西狩于大野。叔孙氏之车子鉏商获麟。"

[95]鉏商："商"当作"商"。鉏商，春秋时鲁国叔孙氏的车夫名。

[96]胡为：何为，为什么。

[97]反袂：用衣袖拭泪，形容哭泣。《公羊传·哀公十四年》："反袂拭面，涕沾袍。"《孔子家语·辩物》："反袂拭面，涕泣沾衿。"

[98]泣涕沾衿：据《公羊传·哀公十四年》："反袂拭面，涕沾袍。"《孔子家语·辩

物》:“反袂拭面,涕泣沾衿。”故应为“泣涕沾衿”。“沾”误作“沽”者,形近而讹也。泣涕,眼泪。沾衿,同“沾襟”,浸湿衣襟,多指伤心落泪,眼泪浸湿衣襟。

[99]鲁史:鲁国的历史记载,鲁国历史,指《春秋》。

[100]《春秋》:是我国古代史类文学作品,又称《春秋经》《麟经》或《麟史》等。《春秋》是由鲁国史官记录大量当时该国诸侯、大夫、国人等失礼非礼之事;鲁国史官也会收集其他诸侯国公侯大夫等失礼非礼之事,会记录诸侯国公侯间大夫间等书信内容,比如晋叔向与郑国子产关于铸刑书的书信,其中记录了齐国史官因为保持真实记录而被杀掉的事件,等等。

[101]中兴:通常指国家由衰退而复兴,国家中兴,中兴机会。

[102]两楹:房屋正厅当中的两根柱子,两楹之间是房屋正中所在,为举行重大仪式和重要活动的地方。《礼记·檀弓上》:“殷人殡于两楹之间。”后亦以“两楹”借指停放棺柩、举行祭奠之所。《礼记·檀弓上》:“予畴昔之夜,梦坐奠于两楹之间……予殆将死也。”因以“两楹”表示人之将终,指预兆人即将亡故的梦。

[103]子贡:端木赐(公元前520年—公元前456年),复姓端木,字子贡,儒商鼻祖,春秋末年卫国黎(今河南省鹤壁市浚县)人,孔子的得意门生,儒家杰出代表,孔门十哲之一,善于雄辩,且有干济才,办事通达,曾任鲁国、卫国的丞相,还善于经商,是孔子弟子中的首富。

[104]逍遥:徜徉,缓步行走貌,彷徨,徘徊不进。

[105]因:于是。

[106]太山:即泰山,山名。

[107]梁木:栋梁,亦比喻能负重任的人才。

[108]哲人:智慧卓越的人,崇尚智慧的人。

[109]无道:指社会政治纷乱,黑暗。

[110]宗:遵奉,尊崇。

[111]没:通“殁”,死。

[112]鲁城壮:“壮”当为“北”,形讹。鲁哀公十六年二月十一日(公元前479年4月11日),孔子患病不愈而卒,终年七十三岁,葬于鲁城北泗水岸边。不少弟子为之守墓三年,唯独子贡为孔子守墓六年。弟子及鲁国人从墓而家者上百家,得名孔里。孔子的故居改为庙堂,受到人们的奉祀。

[113]陵庙:古代天子的陵墓和宗庙。

[114]心丧:古时谓老师去世,弟子守丧,身无丧服而心存哀悼,泛指无服或释服后的深切悼念,有如守丧。

[115]毕:完结,终了,结束。

[116]诀:辞别,告别。

[117]庐:搭建、构筑小屋。

[118]藏:收藏,保存,贮藏。

[119]弟子及鲁人往从冢而冢百有余室,因命曰孔氏:《史记·孔子世家》作:"弟子及鲁人往从冢而家者,百有余室,因命曰孔里。鲁世世相传以岁时奉祠孔子冢,而诸儒亦讲礼乡饮大射于孔子冢。"以义揆之,当从《史记》。

[120]岁时:每年一定的季节或时间。

[121]子孙:后代。

[122]世袭:指某专权一代继一代地保持在某个血缘家庭中的一种社会概念,此处指"一代接一代"。

[123]不绝:不断,不断绝,连续,延续。

[124]圣朝:封建时代称本朝,这里指元朝。元大德十一年(1307年),元武宗对孔子原谥号"至圣文宣王"加号为"大成至圣文宣王"。

[125]崇奉:指尊崇,尊敬祀奉。

[126]追封:同"追谥""追尊",(为死者)追加封号。

[127]尊号:指古代尊崇皇帝、皇后的称号。

[128]大成:孔子的尊号,专对孔子的赞誉,出自《孟子·万章下》:"孔子之谓集大,集大成也者,金声而玉振也。"孟子曾以"集大成"赞孔子。

[129]室:妻子。

【译文】

到了鲁哀公十四年,哀公在大野狩猎获得麒麟,叔孙氏的车夫钼商获得了野兽,他们认为是不吉祥的。先圣看到了说:"这是麒麟,为什么来这儿啊?"用衣袖拭泪揩擦脸,眼泪浸湿了衣襟。叔孙听说了这件事,然后将麒麟取了来,然而系在麒麟角上的丝绳现在还存在。先圣说:"我的学说主张已经走到尽头了。"于是就借着鲁国的历史而写了《春秋》,又加以褒贬写了国家由衰退而复兴的告示,麒麟见到了就告诉上天,这是先圣即将死亡的征兆。先圣生病,梦到自己处于两根柱子之间,子贡前来拜见,说:"夫子拄着手杖在门前徘徊不进。"孔子说:"赐(子贡),你为什么来得这么晚啊?"先圣于是感叹地说:"泰山颓败,栋梁腐坏,智慧卓越的人萎靡。"于是眼泪就流了下来。子贡说:"天下社会政治混乱已经很久了,世人不能尊崇平治理想。"过了七日,先圣去世,享年七十三岁。到鲁哀公十六年夏季四月己丑时,葬在鲁城北部。哀公十一年,在旧宅建立庙宇,守陵庙的人有百户。孔子的弟子都服心丧三年结束，相互告别离开，弟子都哭了，每个人都很哀痛，有的弟子又留了下来，只有子贡在墓地的边上建造庐屋守丧六年，在那之后就离开了。弟子在孔子的庙宇中保存着先圣的衣服、帽子、琴、瑟、车、书籍，弟子和鲁国人在墓地居住的有一百多家人，就将这里命名为孔氏。鲁国世代相传，每年在墓地祭祀孔子，子孙后代世袭延续。本朝尊敬祀奉孔子，追封先圣尊号为“大成至圣文宣王”，先圣妻子被追封为“郓国夫人”，先圣父亲被追封为“齐国公”，先圣母亲被追封为“鲁国太夫人”。

释氏源流四月初八日圣诞

释迦牟尼[1]佛，姓刹利。父净饭天，母清净妙。位登补处[2]，生兜率天[3]上，名曰胜善天人，亦名护明大士。度诸天[4]众说补处行，亦于十方界中，现身说法[5]。《普耀经》[6]云：佛初生刹利王家，放大智光明，照十方世界。地涌金莲华，自然捧双足。东西及南北，各行于七步。分手指天地，作狮子吼声。上下及四维[7]，无能尊我者。即周昭王二十四年甲寅岁四月八日[8]也。

【注释】

[1]释迦牟尼：佛教的创始者和佛教诸神中尊者。释迦牟尼是梵语 sǎkyamuni 的音译。“释迦”是古代印度四个种姓中刹帝利的族名，意为“能仁”，即能以仁慈之心怜悯众生。“牟尼”意为“寂寞”，即心净无垢。所以“释迦牟尼”的意思就是“释迦族的圣人”。

[2]补处：佛教语，前佛既灭后，菩萨成佛而补其位之称；亦指嗣前佛而成佛之菩萨。南朝陈·徐陵《东阳双林寺傅大士碑》：“子长、子云，自叙元系，则云补处，仰嗣释迦。”

[3]兜率天：梵文 Tusita 的音意合译，亦译“兜率陀”“兜术”“都史多”“睹史多”，意译“知足”“喜足”“妙足”“上足”等。佛教所说欲界六天中的第四天，意译为知足天。一昼夜相当于人间四百年。佛经称此天有内外两院，外院为欲界六天之一；内院为弥勒寄居欲界之净土，兜率即在此世界之欲界。

[4]诸天：佛教语，指护法众天神。佛经言欲界有六天，色界之四禅有十八天，无色界之四处有四天，其他尚有日天、月天、韦驮天等诸天神，总称之曰诸天，指神界的众神位。

[5]现身说法：原佛教用语，意思是佛能够随对象不同而现出不同的身形来宣讲佛法。现比喻用亲身经历和体会来讲解或劝导别人。法，指佛法。

[6]《普耀经》：《方广大庄严经》，Lalitavistara，释迦牟尼佛的神话传记，自最后

一代前世直到释氏开始传法的波罗奈说法为止。

[7]四维:上下四方谓之宇,古往今来谓之宙。《思向录·内篇》中注释:四维就是东西南北。

[8]周昭王二十四年甲寅岁四月八日:在《周书·异记》上记载,佛诞生于周昭王二十四年甲寅岁四月八日,大地震动,五色光贯太微星。

【译文】

释迦牟尼佛的圣诞之日是四月初八日。

释迦牟尼佛,刹利是他的姓,父亲名净饭天,母亲名清净妙,补前佛位成佛,出生在知足天上,称作胜善天人,又叫作护明大士。考虑到护法众天神,自己经历百态,认为应该到四方人民群众中去以自己的经历说法。《普耀经》中说:释迦牟尼佛诞生在刹利帝王之家,(诞生时)有大智慧像太阳一样耀眼,照耀了世界各地,地上长出金色的莲花,(出生时)一开始就盘着脚(佛坐姿),东西南北各走了七步,用手指天地发出狮子一样的吼声,天地宇宙之间没有比我更尊贵的。那天时间是周昭王二十四年甲寅岁四月八日也。

至四十二年三月八日,年十九岁,欲求出家而自念言:"当复可遇?"[9]即于四门游观[10],见四等事。心有悲喜,而作思惟:"此老病死,终可厌离[11]。"于是夜子时[12],有一天人名曰净居[13],于窗牖中叉手[14]白太子言:"出家时至,可去矣。"太子闻之,心欢喜,即逾城而去,于檀特山[15]中修道。始于阿蓝迦蓝[16]处三年,学不用处定[17],知其非,便舍去。复至郁头蓝佛处,学三年,不用处定[18],知其非,亦舍去。又至象头山[19],同诸外道[20]日食麻麦,经于六年,故《经》云:"以无心意,无授行,而悉摧伏诸外道。"先历试邪法[21],示诸方便,发诸异见,令至菩提。故《普集经》云:"菩萨于二月八日明星出时成佛,号天人师[22],时年三十矣。"即穆王三年癸未岁也。既而于鹿野苑[23]中,为憍陈如[24]等五人,转四谛[25]法轮[26],而论道果。说法住世四十九年,后告弟子摩诃迦叶[27]:"吾以清净法眼[28],涅槃[29]妙心[30],实相[31]无相[32],微妙正法,将付于汝,汝当护持。并勅[33]阿难[34]副贰[35]传化,无令断绝。"而说偈言[36]:

"法本法无法,无法法亦法。
今付无法时,法法何曾法。"

【注释】

[9]当复可遇:佛典皆作"当复何遇",如普济《五灯会元》等即是如此。

[10]四门游观:佛传说释迦牟尼降生于净饭王家为悉达太子时,曾出四门游

观，见人间生老病死诸苦，乃立志出家。南壁画出游四门，仅存西段出南门路遇老人。以东为出北门路遇比丘，惜残损。

[11]厌离：佛教术语，于物厌离也，即厌恶离弃。《维摩经·佛国品》曰："佛以一音演说法，或有恐畏，或欢喜，或生厌离，或断疑。"《唯识论》曰："厌谓慧俱无贪一分，于所厌上，不染着故。"苏轼《书黄鲁直李氏传后》："无所厌离，何从出世？无所欣慕，何从入道？"

[12]夜子时：23:00—1:00。"子时"是我国古代的地支计时说法，相当于现代的深夜23时至次日1时，跨越两个日子。

[13]净居：即净居天人，指生活于净居天（梵文 śuddhāvāsa）之天人。净居天位于色界最高之四禅天，纯为证得阿那含果（梵文 anāgāmin）之圣人往生所居，无有外道杂居，故名净居。净居天共有五天，即：无烦天（梵文 Avrha）、无热天（梵文 Atapa）、善现天（梵文 Sudrśa）、善见天（梵文 Sudrśana）、色究竟天（梵文 Akanistha），故又称为"五净居天"。文中指点化太子出家的僧人。

[14]叉手：是两手相叉置于胸前的敬礼仪式。唐代汉族见面礼节，唐·柳宗元诗："入郡腰恒折，逢人手尽叉。"行礼时，以左手紧握右手，其左手小指则向右手腕，右手皆直其四指，以右手大指向上，如以右手掩其胸，但不得着胸，距胸前二三寸，为古人在作揖、拱手礼中的一种姿势形态。此礼到五代和宋时尚盛行。

[15]檀特山：（地名）或译作阴山，在北印度陀螺国，为往昔须大拿太子修苦行之处。一些记录引为乔达摩·悉达多太子修行处。

[16]阿蓝迦蓝："迦"当"伽"（qié）。阿蓝伽蓝，又可称阿罗逻伽蓝，为释尊初出王宫时，最先问道的外道仙人，系印度毗舍离城人（一说王舍城附近之人）。又作"阿啰拿迦罗摩、阿蓝伽蓝、阿罗逻、阿蓝、罗伽蓝、迦罗摩、迦兰、迦蓝、阿兰"，意译作"自诞、懈怠"之意。

[17]学不用处定：不用处定，亦名"无所有处定"，四无色定之一，为生无所有处之禅定也。无所有处，无色四处之第三处。修禅定之人，初观空为无边，破空之人，今厌识之无边，观所缘皆无所有，为无所有之解，依此行力所生之处，故名无所有处。明·一如《三藏法数》："无所有处，谓离上空处、识处，故名无所有处。""无所有处定，谓行者复厌心识无边，缘多则散，能坏于定，唯有无心识处，心无依倚，乃名安隐，如是知已，即舍识处，系心无所有处，心与无所有法相应，是名无所有处定。"明·杨卓《佛学次第统编》："行人得识定已，诃责识处过患，即舍识处，系心无所有处，于中心不忧悔，专精不懈，一心内净。空无所有，不见诸法，寂然安隐，心无动摇，此为证无所有定相。入此定时，怡然寂绝，诸想不起，尚不见心相，何况余法。无所分

别，即是无所处定。证此不失，命后必生无所有处，亦有四阴也。”

［18］不用处定：此“不用处定”当作“非非想定”。非非想定，“非想非非想处定”的简称，即“非想非非想天的禅定”，四无色定之一。明·一如《三藏法数》：“非想者，非识处之有想也，非非想者，非无所有处之无想也。谓人修禅定，既得无所有处定已，深知无想处如痴，有想处如痈如疮，即舍无所有处，缘念非有想非无想之法。”

［19］象头山：（地名）伽耶山又译为象头山，在溪水之南，尼连河畔，山在柘林，原有天后宫。今印度之巴特拿Patna城南七十里，有伽耶城Gayā，距伽耶城八里有佛陀伽耶Buddha-gaya，即为释尊成道之地，居佛教四大灵地之一。此山梵名Gajaśirsa，旧译称伽耶山，新译称羯阇尸利沙山，义译则云象头山、象顶山，以山顶似象头故。

［20］外道：是对于佛教之外的宗教或学说的通称。佛教自称为内道，认为其他宗教或学说都不能“契合真理”，所以视为“外道”。外道主要指释迦牟尼在世时的“六师外道”和“九十六种外道”等，后来也引申为对异端邪说的贬称。

［21］邪法：（术语）邪僻之道也。唐译《华严经》十二曰：“若能了邪法如实不颠倒。”《俱舍论》十二曰：“邪法萦缠，嗔毒增上。”

［22］天人师：本为佛教对释尊的尊称，释迦牟尼尊号之一，因能让人分清是非善恶、解脱烦恼而得名。《智度论》卷二谓如来：“复名舍多提婆摩菟舍喃。舍多秦言教师，提婆言天，摩菟舍喃言人，是名天人教师。云何名天人教师？佛示导是应作、是不应作，是善、是不善，是人依教行，不舍道法，得烦恼解脱报，是名天人师。”后亦为高僧或成正果者之称。

［23］鹿野苑（Sarnath）：印度著名佛教圣地，亦称“仙人论处”或“仙人鹿园”。位于瓦拉纳西西北约10公里处，古名“卡西”，相传为恒河女神住地。传说古时此地有一鹿苑。佛前世为鹿王，曾在此地劝当时的人王勿多杀鹿类，而由鹿王每日供奉一鹿与人王。一次轮到一怀孕母鹿，王不忍鹿母子俱丧，乃自愿代死。人王倍受感动，下令此后不再杀鹿。鹿王古字为沙朗那（SarangNath），后简称沙那（Sarnath），鹿野苑系意译。释迦牟尼在菩提伽耶觉悟成道后，首先来此传教并收度5个门徒，故佛教将此处称作“初转法轮之处”。

［24］憍陈如：迨4世纪末，乃有一大事发生，造成扶南史中最重要之分界线，而在其后印度文化向外发展之整个过程中，亦占最重要之地位。事缘扶南境中，突来一空前绝后之大革新家，其人不特为一冒险之王子，且为一富有学问之印度婆罗门，厥名憍陈如（Kaundinya），恰与混填。《梁书·扶南传》：“憍陈如，本天竺婆罗门也。有神语曰：应王扶南。憍陈如心悦，南至盘盘。扶南人闻之，举国欣戴，迎而立

焉。复改制度,用天竺法。”

［25］四谛:佛教基本教义之一,又名四圣谛、四真谛,梵文 Catursatya 的意译。释迦牟尼最初说法的内容,即是苦、集、灭、道四谛。“谛”,意思是绝对不变的真理。佛教认为,一切有情总是“苦”的。苦有八种,即生、老、病、死、爱别离、怨憎会、求不得、五盛蕴。苦是众生造业所受的果报,此为“苦谛”。招感苦果的烦恼业因,如无明、贪、嗔诸烦恼和善恶诸业,谓之“集谛”。为解脱苦果,必须消除烦恼业因而远离生死,此谓之“灭谛”。为了远离生死、消除产生苦的原因,必须修“八正道”,此谓之“道谛”。

［26］法轮:呈圆轮形,原是古印度的一种武器,在佛教中代表佛法,经中云:“轮具二义,一旋转义,二摧辗义,以四谛轮转度与他,摧破结惑,如王轮宝,能坏能安。法轮亦尔,坏烦恼怨,安住谛理。”意指佛法如转轮王的轮,旋转不停,永无休止。佛教中常说的“法轮常转”即为此意。而法轮上的八根辐条,象征释迦牟尼佛一生弘法的八件大事。法轮又如辗摧山岳岩石一样,能摧毁众生的一切烦恼。

［27］摩诃迦叶:又叫摩诃迦叶波。梵语“摩诃”意为“大”,故又称为“大迦叶”,摩揭陀国人也。姓婆罗门,父饮泽,母香志。昔为锻金师,善明金性,使其柔伏。

［28］法眼:佛教名词,又称“正法眼藏”,佛教禅宗以此指全体佛法。所谓“眼”,即朗照宇宙,“藏”即包含、包容、储藏万有的容器,这里是指教义、佛法。《景德传灯录》卷二:“后告弟子摩诃迦叶,吾以清净法眼,涅槃妙心……微妙正法,将付于汝。”为此,人们把释迦在灵山法会上,以正法眼藏付给大弟子迦叶,作为以心传心说法的初始。

［29］涅槃:梵文 NirVāna 的音译,旧译“泥洹(huán)”,意译“灭度”;或称“般涅槃”(梵文 Parinirvana),意译“入灭”“圆寂”。佛教指最高境界。《华严大疏钞》释“圆寂”(即涅槃)说:“义充法界,德备沙尘日圆。体穷真性,妙绝相累为寂。”佛经认为,信仰佛教的人,经过修道,能够达到具备一切功德、熄灭一切烦恼的最高境界,即“涅桨”。后也称僧人逝世为“涅槃”“入灭”或“圆寂”。

［30］妙心:心体不可思议故曰妙心。《圆觉经》曰:“如来圆觉妙心。”

［31］实相:是“诸法实相”的简称,佛教指宇宙万物的真实状态或本来状态。佛教认为,诸法的真实状态是不可言说、不可思议的,唯有摆脱世俗,认识才能真正显示。与真如、法界等同义。

［32］无相:无相佛家气功习用语。《维摩经·不二法门品》:“一相无相为二。若知一相,即是无相,亦不取无相,入于平等,是为入不二法门。”指绝众相,即“常境无相,常智无缘”。

[33]勑:同"敕",此作吩咐解。下文中"依勑"即为依照吩咐。

[34]阿难:梵文Ananda(阿难陀)音译的略称,意译无染或庆喜,释迦牟尼的从弟和十大弟子之一。出家后,随侍释迦二十余年,长于记忆,称"多闻第一"。当时佛教教义全凭口诵记忆。释迦灭后,第一次以大迦叶为中心进行"三藏"结集(会诵)时,他是主诵人。汉译佛经开头第一句"如是我闻",即阿难所说。中国禅宗又说他是传承佛法的第二代祖师。

[35]副贰:在文中的意思是辅佐、辅佑,相当于副手。《书·周官》"贰公弘化"孔传:"副贰三公,弘大道化。"宋·赵与时《宾退录》卷二:"元帅皆亲王为之,廷臣副贰而已。"

[36]偈言:即偈颂,佛经中的唱颂词,每句三字、四字、五字、六字、七字以至多字不等,通常以四句为一偈。亦多指释家隽永的诗作。种类有供养偈、发愿偈。

【译文】

到了周昭王四十二年三月八日,(释迦牟尼)年十九岁,想去出家并且自己(对别人)说:"美好的人或事只有靠缘分遇见,而不能去强求。"于是开始四方游历,看见人间四种事,心中产生悲伤和喜悦,于是就思索:"这种老病死,终可以解脱。"到了子夜的时候,有一个名叫净居的天人,透过窗户,行叉手礼,并对太子说:"出家的时候已经到了,可以去(出家)了。"太子听见内心欢喜,立刻翻过城墙离开了,在檀特山中修行道义。开始在阿蓝伽蓝尊者处三年,不用处定的道行学习,知道不适合自己,于是就离开了。又到了郁头蓝佛处,学习了三年,也不用处定的道行学习,知道不适合自己,便又离开了。又到了象头山,和许多佛教之外的宗教的人天天吃麻麦做的饭,(一共)经过了六年。所以《经》中说:因为经历多是无心意无授行(不用处定),因此能够摧伏一切的外道,去寻找佛教之外的宗教的人,先亲身试验邪僻之道,显示于众人方便之处,表示出许多不同的见解,让他到菩提树下。因此,《普集经》说:"菩萨在二月八日,明星出来的时候成为佛,称作天人的师父,(释迦牟尼)当时年纪三十岁了。"也就是周穆王三年癸未岁也。之后在鹿野苑中,为憍陈如等五人教授四谛法轮,讨论修道结果。在世上说法(一共)四十九年。后告诉弟子摩诃迦叶:"我将清净法眼,涅槃妙心,实相无相,微妙正法的方法交付给你,你应当保护维持。并且吩咐阿难的助手宣扬佛法,度化世人,不要让它断绝了。"说出了偈言:

"法本法无法,无法法亦法。

今付无法时,法法何曾法。"

尔时世尊说此偈已,复告摩诃迦叶:"吾将金缕僧伽[37]黎衣[38],传付于汝。转授补处，至慈世佛[39]出世，勿令朽坏。”摩诃迦叶闻偈，头面礼足[40]曰：“善哉，善哉，我当依勅，恭顺佛故。”尔时世尊至拘尸那城[41]，告诸大众：“吾今背痛，欲入涅槃。”即往熙连河[42]侧，娑罗双树[43]下。右肋累足[44]，泊然宴寂[45]，复从棺起，为母说法，特示双足[46]化婆耆[47]，并说无常偈[48]曰：

“诸行无常，是生灭法。

生灭灭已，寂灭为乐。”

时诸弟子即以香薪[49]竞茶毗[50]之，烬后，金棺如故，尔时大众即于佛前以偈赞曰：

“凡俗诸猛炽，何能致火爇。

诸尊三昧火，阇罗[51]金色身。”

【注释】

[37]僧伽：巴利文Saṃgha，梵语Saṃgha，Sangha，简称“僧”，又译为“僧众、僧团、教团、和合众”，佛教术语，意译为大众，源自古印度传统，最初意指由多人所组成的团体，在各沙门传统中，如耆那教等，聚集的弟子皆称为“僧伽”。佛教也传承了相同传统，将信奉佛教的弟子皆统称为僧伽。在一般使用上，若不做特别指定，僧伽大部分用来泛指佛教僧侣，也就是受具足戒的出家众。

[38]黎衣：即指黑色的僧衣。

[39]慈世佛：慈氏，即弥勒菩萨，梵语是阿逸多，意译为慈无能胜。因为阿逸多是菩萨的姓，所以称为“慈氏”。慈氏菩萨是娑婆世界的补处菩萨，未来将接替释迦牟尼佛在这个世间下生成佛，度化众生。慈氏菩萨生于南天竺婆罗门家，绍释迦如来之佛位，为补处之菩萨。

[40]头面礼足：以头亲尊者之足。为佛教的最敬礼，来表示身心上的绝对皈依。又作“顶礼”“接足作礼”。

[41]拘尸那城：力即拘尸那伽，佛圆寂处，为佛教四大圣迹之一。力士生地，有力士一族，彼之生处，故云力士生地。《涅槃经》一曰：“佛在拘尸那国、力士生地、阿利罗跋提河边、娑罗双树间。”

[42]熙连河：佛教名词，出自《大般涅槃经》。《涅槃经·卷六》云：“众生从熙连河沙乃至八恒河沙那么多诸佛如来所发菩提心，闻法之功德。”河流中文名为三恒河沙。熙连河是印度恒河的一条支流。

[43]娑罗双树：即双菩提树。传说释迦牟尼八十岁时在末罗国都城郊的双菩提树下入灭。

[44]累足：解释为犹重足。两足相叠，不敢正立，形容小心戒惧。《诗·小雅·正月》：“谓地盖厚，不敢不蹐。”毛传：“蹐，累足也。”杜甫《入衡州》诗：“销魂避飞镝，累

足穿豺狼。”蒲松龄《聊斋志异·辛十四娘》:“内有问者曰:‘何处郎君,半夜来此?’生以失路告。问者曰:‘待达主人。’生累足鹄竢。”

[45]寞寂:《法华经·化城喻品》:“于佛寞寂后,宣扬助法化。”指佛陀生命生华,与圆寂意义大致相同,安息、寂灭。

[46]双足:“两足尊”,是释迦牟尼佛的十大称号之一(佛的十大称号:如来、应供、正遍知、明行足、善逝、世间解、无上调御丈夫、天人师、佛、世尊),其中的“明行足”也称“两足尊”,明足代表智慧圆满,行足代表福德圆满,“两足尊”的意思就是福慧两足,什么都圆满了。双足即为两足,指福德和智慧。

[47]婆耆:梵名 Jīvaka-Komārabhacca,又作“耆婆伽、只婆、时婆、耆域、时缚迦”,译曰“固活”“能活”,是五百罗汉第二百九十一尊持大医尊者。

[48]无常偈:偈在梵语是“偈陀”的省译,指佛经中的唱词或佛教徒阐述教义的韵语。无常,原始佛教基本教义之一,阐明世界一切事物和思想观念都是变化无常的。即为说明世界变化无常的偈语。

[49]香薪:指作为柴火的香木。南朝梁·费昶《行路难》诗之一:“丹梁翠柱飞屠苏,香薪桂火炊雕胡。”

[50]荼毗:佛教语意为“焚烧”“烧身”,亦称“荼毗”“阇毗”。佛教称僧尼死后将尸体火化。《翻译名义集·名句文法》:“阇维:或耶旬,正名荼毗,此云焚烧。”

[51]阇罗:佛教名词,梵文的音译,意译为金刚。相传为古印度婆罗阿迭多王之子,后佛教以为执金刚杵守护佛法的天神。

【译文】

当时世尊(释迦牟尼佛)说此偈言后,又告诉摩诃迦叶:“我将要把金缕僧团的黑色僧衣托付给你,你继续传授成佛的法理,直到慈世佛出生,不要让它腐朽损坏。”摩诃迦叶听见了偈言,以头亲释迦牟尼佛的脚说:“善哉,善哉,我当依照吩咐,毕生去礼佛。”那时候,(释迦牟尼)世尊已经到了拘尸那城,他告诉众人:“我如今背痛,即将进入最高境界。”立即要去熙连河旁边娑罗双树下,身体右侧卧,双腿双足叠起,恬淡无欲地安息了。又从棺中坐起,为母说法理,特示福德与智慧变化为婆耆,并讲明世界变化无常的偈颂词,曰:

“诸行无常,是生灭法。

生灭灭已,寂灭为乐。”

当时所有的弟子用香木为柴焚烧,柴火烧尽后,金棺和之前一样。当时众人立刻到佛前用诗词赞颂说:

“凡俗诸猛炽,何能致火爇。

诸尊三昧火，阇罗金色身。”

尔时金棺从坐而举，高七多罗树[52]，往反空中，化火三昧[53]，须臾灰生[54]，得舍利[55]八斛[56]四斗。即穆王五十二年壬辰岁二月十五日也。自世尊灭后一千一十七年，教至中夏[57]。即后汉明帝夜梦金人，身长大，项有日月光。以问群臣，或曰："西方有神，其名曰佛，陛下所梦得无是乎。"于是遣使到天竺问其道、得其书，及沙门以来。沙门云："佛长一丈六尺，黄金色，项中佩日月光，变化无大，无所不通，故能通万物而大济群生云。"

【注释】

[52]七多罗树：多罗树，即多罗叶之树，树木高大。七多罗树，言是多罗树高的七倍。

[53]三昧：佛教语，又称定、正定、正心行处、调直定等，是指将心凝聚在一处，达到一种安定、沉静的状态。

[54]须臾灰生：片刻即涅槃，化成灰烬。

[55]舍利：梵语音译。意译为身骨，佛教称死者火化后骨烬为舍利。

[56]斛：古代容积单位，十斗为一斛。南宋末年改五斗为一斛。

[57]中夏：指中华、中国。《文选·班固》："目中夏而布德，瞰四裔而抗棱。"吕向注："中夏，中国。"北魏·郦道元《水经注·泗水》："法流中夏，自法显始也。"

【译文】

彼时释迦牟尼坐在金棺上并不断上升，高出多罗树七倍之多，在空中来回往返飘荡，化成三昧火（燃烧），很快就化为灰烬，得到舍利八斛四斗。当时是周穆王五十二年壬辰岁二月十五日。自世尊寂灭后一千一十七年，佛教传至中华。在那之后，汉明帝夜里梦见金光闪闪的人，体形高大，颈后有日月的光晕。因此问群臣，有人说："西方有神，名字是佛，陛下所梦见的（人像）一定是了。"于是派遣使者去天竺，求取其中的学问道法，得到了天竺那里的书，以及使许多僧弥来到中华。僧人说："佛身高一丈六尺，呈现黄金色，颈后面的正中央佩映日月光，变化没有大小、生灭等的差别，没有不通晓的学问。所以能与万物相通且广泛救济世间的众生。"

道教源流二月十五日圣生

金阙玄元太上老君[1]圣纪，按《洞玄灵宝元始上帝贞教九符经》[2]道君造[3]皇帝曰："昔天地未分，阴阳未判[4]，濛洪[5]杳冥[6]，溟涬大梵[7]，廖廓[8]无光，结圣自然。中有百千万重正气而化生[9]妙无圣君，历尊号曰'妙无上帝自然元始天尊'[10]，一号'天宝丈人'。经九亿九万九千九百九十亿万劫[11]，次结百千万重真气[12]而化生妙有圣君，自称'妙有大帝虚无玉晨大道君'[13]，一号'灵宝丈人'。经八亿八千八百八十亿劫，次结百千万道气[14]化生混沌圣君，纪号'至真大帝万变混沌玄元老君'[15]，一号'神宝丈人'。"

【注释】

[1]太上老君：道教天神，教主。为三清之第三位，又称"道德天尊""混元老君""降生天尊""太清大帝"等。在道教宫观"三清殿"，其塑像居右位，手执扇子。太上老君原为春秋时期思想家，道家学派创始人，姓李名耳字伯阳，谥聃。楚国苦县(今河南鹿邑东)人，任周藏室之史，后辞官，应函谷关令尹喜之邀，著《道德经》五千余言而去，莫知其所终。太上老君是道教初创时崇奉的至上神、大教主。

[2]《洞玄灵宝元始上帝贞教九符经》：或为《灵宝经》之一，或已亡佚，查无此书。

[3]造：本义有到……去，这里指拜访。《世说新语·言语》："庾公造周伯仁。""造"字《新刻出像增补搜神记》同此本，而《绘图三教源流搜神大全(外二种)》作"告"，二字皆通。

[4]判：分解、分开，区别。

[5]濛洪：洪濛，辽阔、混沌的宇宙。

[6]杳冥：渺茫高远貌。

[7]大梵：原为婆罗门教、印度教名词，指修行解脱的终极境界，亦指不生不灭无所不在的宇宙最高实体，指心若不能合于天理，则因为天机之门壅而未开。道教

援用此语，指称生成天地万物的本原之气。

[8]廖廓：空旷广远貌。

[9]化生：或谓自然变化生成之造化。

[10]妙无上帝自然元始天尊：一号“天宝君”，道教天神，居三宝君之首位，治在玉清境，即清微天也，其气青始。天宝君说十二部经，为洞真教主。《洞玄灵宝自然九天生神章经注》卷上：“天宝君，玉清元始天尊也。本玄一之炁凝结至高曰天，上有主宰谓之帝，道君帝之先，故为元始。”

[11]万劫：宇宙经历一成一毁为一劫。万劫，谓宇宙成毁一万次，极言时间之长。后世以“万劫不复”一语极言某物永世沉沦。

[12]真气：人体的元气，生命活动的原动力，先天之精为生命之气。由先天之气和后天之气结合而成，道教谓为“性命双修”所得之气，其相辅相成可修炼成气功。

[13]妙有大帝虚无玉晨大道君：一号“灵宝君”，道教天神，居三宝君之次位，灵宝君治在上清境，即禹余天也，其气白元。灵宝君说十二部经，为洞玄教主。

[14]道气：又称作“冲气”，冲气为虚极之道的动用，能调和阴阳，生化万物。由此，冲气被视为阴阳万物与道体之间联系的中介，亦即连接道与气的中介。冲气亦气亦道，故有时又称作“道气”。

[15]至真大帝万变混沌玄元老君：一号“神宝君”，道教天神，居三宝君之末位，治在太清境，即大赤天也，其气玄黄。神宝君说十二部经，为洞神教主。

【译文】

金阙玄元太上老君的圣人记录，按照《洞玄灵宝元始上帝贞教九符经》中道君拜访皇帝时所说：“从前天地还没有分开的时候，阴与阳还没有分离，宇宙渺茫辽阔，本原之气混混沌沌，空旷而黑暗无光，圣人自然而然地化生。其中有上百千万重的正气而化生成妙无圣君，有尊号为‘妙无上帝自然元始天尊’，又称‘天宝丈人’。经过九亿九万九千九百九十亿万劫的时间，再次凝结了上百千万重真气而化生成妙有圣君，自称‘妙有大帝虚无玉晨大道君’，又称‘灵宝丈人’。经过八亿八千八百八十亿劫的时间，再次凝结上百千万道道气化生成混沌圣君，所纪尊号为‘至真大帝万变混沌玄元老君’，又称‘神宝丈人’。”

又按《老君圣纪经》[16]：太上老君居太清境[17]，乃元气[18]之祖宗，天地之根本。于至寂[19]至虚[20]之内，太初太始之先，惟数御运[21]，布气融精，开化[22]天地，所历成壞三仪[23]，不可量计。其化身[24]周遍尘沙世界[25]，亦非筭数纪极[26]。

【注释】

[16]《老君圣纪经》:或为679年成书的尹文操《老君圣纪》。本段文字与《天皇至道太清玉册》记载相合:"按《圣纪》云:太上老君居太清仙境之上,乃元炁之祖宗,天地之根本,于至寂至虚之内,太初太始之先,开辟天地,化生万物之主宰也,推数御运,布气融精,开化天地,所历成坏二仪,不可量计,其化身周遍尘沙世界,非可以数纪极。开辟之后,观世道之浇淳,随时立教,代为帝师,建立法度,或流九天,或传四海,自三皇而下,历代帝王咸宗奉焉。是知天上天下道炁之内,皆老君之所化也,垂亿万之法,无不济度。盖百姓日用而不知者也。"由《天皇至道太清玉册》知,本段文字有错讹("惟""壤""三""浇流""达""上"当作"推""坏""二""浇淳""建""下")、夺文(夺"之上""开辟天地,化生万物之主宰也")现象。

[17]太清境:道教最高仙境"三清境"之一,全称"大赤天太清境",由玄气化成,道德天尊(太上老君)居于此。据《三天正法经》,九真帝的下三真生于此。

[18]元气:指超越时空的先天之气,被看作是"无上大道"的化生物,混沌无形。由元气产生阴阳二气,阴阳二气互相结合,摩荡相推,万物化生。

[19]至寂:道教常用术语,至"寂无所寂"之地,亦即清净心地后,连欲清净的此念亦须泯绝,无上宁静的境界,让心境处于极度寂静的状态,类似佛教中之"能所双亡""心法俱泯"。道教典籍中"至寂""至虚"常连用。《道教义枢·序》:"夫道者,至虚至寂,甚真甚妙,而虚无不通,寂无不应,于是有元始天尊,应气成象,自寂而动,从真起应,出乎混沌之际,窈冥之中,含养元和,化贷阴阳也。"《生天经颂解》:"泓蒙混合未分源,似有如无恍惚间。至寂至虚含万象,渐生五太立人天。"

[20]至虚:虚,道家和道教哲学及内丹学的基本概念。宇宙创生前空无的太虚境界,无形无象,称为"虚"。

[21]惟数御运:"惟"当作"推",说见前。数,指术数。推数,古代占验术,即按术数的义理推衍吉凶。《后汉书·方术列传》:"王莽篡后,文公推数。知当大乱。"李贤注解"推数"曰:"推历运之数也。"御运,"匡御运度"的简称。匡御,匡正控制。杜光庭《太子为皇帝醮太一及点金录灯词》:"伏闻玄化肇分,二仪构象,融结定阴阳之位,神明司匡御之权。"运度,指日月星辰运行的躔度。《云笈七签》卷二:"天地运度,否泰所终。"布气,谓散布阳和之气。汉·焦赣《易林·坤之乾》:"谷风布气,万物出生。萌庶长养,华叶茂成。"精,精华、精气。《道德经》:"窈兮冥兮,其中有精。其精甚真,其中有信。"融精,融合日月精华。

[22]开化:原始的状态进入有文化的状态,这里或指从原始状态到万物产生。

[23]成壤三仪:"壤""三"当为"坏""二",说见前。

[24]化身:源自梵文,在各宗教中,通常指神或精灵等超自然力量,通过某种方式,以人类或动物的形态,实体化出现在人类世界之中,而在人间的形象并非本体,是本体的投射或变化。《坛经》:"何名千百亿化身?若不思万法,性本如空。一念思量,名为变化。思量恶事,化为地狱;思量善事,化为天堂。"

[25]尘沙世界:原佛教术语,在宗教中泛指万千小世界,有"一沙一世界,一叶一菩提"之说。尘沙,喻数量之多。《行事钞》曰:"法界尘沙。"

[26]纪极:终极,限度。《左传·文公十八年》:"聚敛积实,不知纪极。"

【译文】

另外根据《老君圣纪经》记载:"太上老君居住在上清境,是元气的祖宗,天地的根本。在最寂静最虚无之中,在气和形形成的太初太始以前,他按术数的义理推衍吉凶,匡正控制日月星辰运行的躔度,散布阳和之气,融合日月精华,生成天地万物,天地的辽阔和人的数量不可以衡量计算。他的化身遍及所有世界,就算是数字的极限也不能计算清楚。

开辟之后,观世代之浇流[27],随时立教,代为帝师[28],达立法度。或流九天,或传四海,自三皇而上,历代帝王咸宗奉[29]焉。是知天上天下道气之内,皆老君之化也。垂亿万之法,无不济度[30],盖百姓日用而不知也。老子曰:"吾乃生乎无形之先,起于太初之前,行乎太素之元,立于太渺[31]之端,浮游幽虚之中,出入杳冥之门[32]。"故葛玄序《道德经》[33]云:"老子体自然而然,生乎太无之先,起乎无因,经历天地,始终不可称载。"又云:"世人谓老子降于殷代,老子之号始于无数劫,甚杳杳冥冥渺邈[34]久远矣。开辟已前[35],复下为帝师,代代不绝,人莫能知之。"

【注释】

[27]浇流:当为"浇淳",说见前,意思是浮薄的风气破坏了淳厚的风气。《梁书·武帝纪上》:"夫在上化下,草偃风从,世之浇淳,恒由此作。"

[28]帝师:中国古代职务称呼,有三个意思,一是帝王的老师。二是古星名。三是国家宗教的最高领导者。此外,封建时代皇帝敬赠智博功高德隆之臣也有称帝师的,如明朝开国谋臣刘基就被赐称帝师。依照下文"代代为王者师",此处应为第一个解释。

[29]宗奉:宗仰敬奉。

[30]济度:佛经汉译借用词汇。度,通"渡",渡河到彼岸。谓救济众生,超度苦海。《法华经·方便品》:"终不以小乘济度众生。"

[31]太渺:渺茫至极之处。

［32］吾乃生乎无形之先……出入杳冥之门：出自《云笈七签》卷一二〇《纪传部·纪三》："吾生于无形之先，超乎太初之前，长乎太始之端，行乎太素之元。浮游幽虚，出入杳冥。"

［33］葛玄序《道德经》：全名为《老子〈道德经〉序诀》，简称《老子序诀》或《五千文序》，原本题"太极左仙公葛玄造"，疑系东晋南朝道士伪托《隋书·经籍志》著录梁朝有葛仙公撰《老子序诀》一卷，《正统道藏》未收此书。

［34］渺邈：久远、广远，遥远模糊貌。

［35］开辟已前："已前"，亦作"以前"，出自王嘉《拾遗记》卷六《前汉下》："刘向于成帝之末，校书天禄阁，专精覃思。夜有老人，着黄衣，植青藜杖，登阁而进，见向暗中独坐诵书。老父乃吹杖端，烟燃，因以见向，说开辟已前。"

【译文】

天地开辟之后，老君观察世代的更迭发展，随着当时的时形创立教派，成为帝王的老师，广泛设立法令制度。流传于九天之上、四海之外，从三皇开始，历代帝王都宗仰敬奉他。这是知道天上天下在道气之内的都是由老君所化生的。降下的亿万法义没有不救济众生、超度众生脱离苦海的，只是百姓日常使用而不自知。老子说："我生在没有形体之先，起源于太初之前，行走在太素的源头，站立于极致渺茫的端点，浮游在幽冥玄虚之中，出入于杳冥之门。"因此，葛玄为《道德经》作序说："老子的身体自然而然地形成，他出生在极尽的虚无之前，起源没有原因，经历过无数天地，始终不能被人们所称呼记载。"又说："世人说老子降生于殷商时期，老子的名号起始于很早以前的无数劫，时间距离现在已经十分久远渺茫了。天地开辟之前，老子就已经下凡当帝王的老师，一代代从没有断绝，人们却无法得知。

按《老子传》记："自开辟之前，下至殷汤，代代为王者师，皆化身降世。当殷汤四十七年庚申[36]，始示诞生之迹，自太清常道[37]境乘太阳日精，化五色玄黄[38]，大如弹丸，时玉女[39]昼寂[40]，流入口中，吞之有孕，怀八十一岁，至武丁九年庚辰剖玉女左腋而生。生而色白，号曰'老子'。生于李树之下，指树曰：'此吾姓也。'名耳，字伯阳。自殷武丁九年庚辰[41]，下至秦昭王九年西升昆仑，计九百九十六年矣。"

【注释】

［36］殷汤四十七年庚申：明人朱权《天皇至道太清玉册》卷一"道教源流"章云："当殷阳甲十七年庚申，始示诞生之迹，自太清道境乘太阳日精，化五色玄黄之珠，大如弹丸，玉女昼寝，流入口中，吞之有孕。"疑"阳甲十七年"当为"阳甲七年"，甲骨文"甲"也作"＋"，可能误衍。"阳甲"这一年号只有六年，"阳甲七年"应该就是"盘庚

元年”,即公元前1401年。此处只是如此注释,翻译忠实于原文。

[37]常道:《道德经》有“道可道,非常道”一语,唐王玄览由此将道区分为“可道”与“常道”两种,认为常道生天地,可道生万物。常道作为“真常之道”,亦是修道的最高境界,故王玄览主张人们应追求常道,以获永生。

[38]玄黄:道教指称水银和铅液化融合后的液体,为合成丹药的一种原料。《云笈七籤》卷六五引《金丹诀·合丹法》:“取水银九斤,铅一斤,置土釜中,猛其火,从旦至日下晡,水银铅精俱出,如黄金,名曰玄黄。”“玄黄”后当如《天皇至道太清玉册》加“之珠”。而据道教传说,此玄黄之珠实为玄黄之气团。

[39]玉女:是中国神话传说中的仙女。《神异经·东荒经》:“东王公恒与一玉女投壶。”

[40]昼寂:“寂”当作“寝”,白天休息。说参“殷汤四十七年庚申”引《天皇至道太清玉册》。

[41]武丁九年:公元前1316年。

【译文】

根据《老子传》记载:“从天地开辟之前到殷商时期,每一代都是王者的老师,他们都是老子的化身降临。到殷商四十七年庚申,老子才开始显示出诞生的迹象,从太清常道境借助太阳的精华化作了五种颜色的突出天地玄黄色的珠子,有弹丸那么大。当时一位仙女在白天休息的时候,珠子流入她的口中,她吞下去后便有了身孕,怀了八十一年,到武丁九年庚辰,老子才剖开仙女的左腋而出生。生出来时肤色很白,自号‘老子’。出生于李树下,老子指着树说:‘这就是我的姓。’他名为耳,字伯阳。从殷武丁九年庚辰出生,到秦昭王九年向西飞升昆仑山,总计九百九十六年。”

按李石《续博物志》[42]云:“唐高祖武德三年,晋州人吉善行于羊角山,见白衣父老呼善行曰:‘为吾语唐天子,吾为老君,即汝祖也。’”高祖因立庙,高宗追尊“玄元皇帝”,明皇注《道德真经》,今学者约之[43]。两京及诸州各置玄元皇帝庙,京师号玄元宫,诸州号紫极宫,寻改西京为太清宫,东京为太微宫,皆置学生[44]。尊号曰“大圣祖高上大道金阙玄元天皇大帝”。宋《国朝会要》[45]曰:“宋真宗太平祥符六年八月十一日制,谨奉上尊号曰‘太上老君混元上德皇帝’。”

圣母[46]尊号:

唐武后光宅三年九月甲寅,追尊圣母曰“先天太后”。

祖殿在亳州[47]太清宫是也。

【注释】

[42]《续博物志》:属地理博物类的志怪小说,共十卷,应为宋人李石撰,旨在记《博物志》之未备。

[43]今学者约之:当作"令学者习之"。封演《封氏闻见记》卷一"道教"条有与本段故事类似记载:"玄宗开元二十一年,亲注老子《道德经》,令学者习之。"

[44]学生:这里应为接受他人的教导并帮助传播和实行的人。

[45]《国朝会要》:宋代全面汇纂本朝政令故实及典章制度沿革的大型官书,又为统修宋朝国史的重要史料依据。

[46]圣母:益寿氏,周朝时期女性,为御史大夫李敬的妻子,传说是老子李耳的母亲。《新唐书·本纪第四·则天皇后中宗》记载武则天"追尊老子母为先天太后"。

[47]亳州:现亳州位于安徽省西北部,北部与河南省商丘市相接,西部接壤河南省周口市,南部接壤安徽省阜阳市,东部接壤安徽省淮北市、蚌埠市。

【译文】

按照李石的《续博物志》记载:"唐高祖武德三年,晋州人吉善行在羊角山见到一位身穿白衣的乡中父老,他呼唤吉善行,并说:'替我告诉唐朝的天子,我是太上老君,就是你的祖先。'"唐高祖因此创立宗庙,唐高宗为老君追封尊号为"玄元皇帝",唐明皇注释《道德真经》让学者们学习。两京以及诸州各地都设置了玄元皇帝的宗庙,在京师的宗庙称为玄元宫,在诸州各地的宗庙称为紫极宫,不久改西京长安的为太清宫、东京洛阳的为太微宫,都安置学生在其中学习。唐朝尊称老君为"大圣祖高上大道金阙玄元天皇大帝"。宋朝的《国朝会要》记载:"宋真宗太平祥符六年八月十一日制,谨奉上尊号曰'太上老君混元上德皇帝'。"

圣母尊号:

唐武后光宅三年九月甲寅,武则天追尊圣母为"先天太后"。

她的祖殿在亳州的太清宫。

玉皇上帝[1]正月初九日圣生

按《圣纪》所载云：往昔去世[2]，有国名号“光严妙药”，其国王者名曰“净德”。时王有后名“宝月光”。王乃无嗣，常因一日作是思：“惟我今将老而无太子，身或崩灭，社稷九庙[3]，委付何人？”作是念已，即便敕下诏诸道众于诸宫殿依诸科教悬诸播盖，清净严洁[4]，广陈供养，六时行道[5]，偏[6]祷真圣，已经半载，不退初心。忽夜宝月光皇后梦太上道君与诸至真，金姿玉质[7]清净之俦[8]，驾五色龙舆[9]，拥不景旌[10]，荫明霞盖。

【注释】

[1]玉皇上帝：全称“昊天金阙无上至尊自然妙有弥罗至真玉皇上帝”，在先秦文献中称呼“天”“皇天”“帝”“上帝”“皇天上帝”“昊天上帝”，即玉帝。

[2]去世：本处指过去的世界，与“往昔”同为“从前”义。

[3]九庙：帝王的宗庙。古时帝王立庙祭祀祖先，有太祖庙及三昭庙、三穆庙，共七庙。王莽增为祖庙五、亲庙四，共九庙。后历朝皆沿此制。

[4]清净严洁：清净，心境洁净，不受外扰。严洁，整肃洁净。《皇经集注》卷六《功德品续上十八章》：“令诸道流，清净严洁，于其观内，设大斋醮。”原注：“清净严洁，内外肃然，身心无一，衣坛修饬，恭敬在严，终始如一，如是清净严洁。”

[5]六时行道：六时，即晨朝、日中、日没（以上三时为昼）、初夜、中夜、后夜（以上三时为夜），此六时分别又作平旦、日正中、日入、人定、夜半、鸡鸣。按24小时制，大概时间：初夜，18:00—22:00；中夜，22:00—02:00；后夜，02:00—06:00；晨朝，06:00—10:00；日中，10:00—14:00；日没，14:00—18:00。如南朝陈·徐陵《东阳双林寺傅大士碑》中有“乃起九层砖墟，形相巍然，六时虔拜”。六时，行道之谓也。不过，道教中斋醮科仪术语常说的是“九时行道”，指行三昼四夜醮事。五代后晋《玄坛刊误论·论三昼四夜品第十二》：“云光先生曰：凡修斋云九时行道者，三昼四夜也；兼言功拜表都十一朝。”

[6]偏:当依《高上玉皇本行集经》作“遍”。

[7]金姿玉质:金姿,指灵相;玉质,形容姿貌肌肤之美,质美如玉。

[8]俦:辈,同类。

[9]龙舆:高大轩敞的车舆;或谓黄帝的车驾;或谓竿头螭首加六龙的高大车舆。《宋史·志·舆服二》载:“绍兴奉迎皇太后,诏造龙舆,其制:朱质,正方,金涂银饰,四竿,竿头螭首,赭窗红帘,上覆以椶,加走龙六。”道教中或谓以金龙装饰的车舆,或谓金龙拉着的车舆。

[10]拥不景旌:《高上玉皇本行集经》作“拥耀景旌”。耀景,闪射光芒。江淹《别赋》:“日出天而耀景。”

【译文】

按照《圣纪》所记载的:从前有个国家,名“光严妙药”,国王名叫“净德”。那时他有一个王后名叫宝月光。国王没有子女,有一天这样思虑:“想想我如今将要老去但是没有太子,身躯崩坏或朽灭(而死去),国家宗庙托付给什么人呢?”这样想了,就下诏令诸道众在各宫殿依照科律教规悬挂花旛宝盖,心境洁净整肃,广泛陈设供养物品(诚心供养神祇),做了三昼四夜醮事,向所有真神圣灵祈祷赐福。就这样过去了半年,国王的心意仍旧没有改变。突然,一天晚上,宝月光皇后梦见太上道君与各位真圣到来,都是一些灵相貌美如玉洁净无比的仙真。驾着五色龙舆,被光芒四射鲜明耀眼的旌旗簇拥着,被灿烂的云霞做的伞盖笼罩着。

是时太上道君安坐龙舆,抱一婴儿,身诸毛孔放百亿光,照诸宫殿作百宝色,幢节[11]前道,浮空而来。是时皇后心生欢喜,恭敬接礼长跪[12]道前,白道君言:“令[13]王无嗣,愿乞此子为社稷主,伏愿[14]慈悲哀愍听许。”尔时[15]道君答皇后言:“愿特赐汝。”是时皇后礼谢道君而乃收之。

【注释】

[11]幢节:旗帜仪仗、旌旗和符号。

[12]长跪:古代的一种礼节,指直身而跪,其礼节较轻。直身而跪,也叫“跽”。《鸿门宴》中有“项王按剑而跽曰”之说,注解“跽”即挺直上身两腿跪着。古时席地而坐,坐时两膝据地,以臀部着足跟。跪则伸直腰股,以示庄敬。

[13]令:当依《高上玉皇本行集经》作“今”。

[14]伏愿:汉语词汇,解释为表示愿望的敬辞。

[15]尔时:犹言其时或彼时。

【译文】

这时候太上道君安稳地坐在龙舆上，怀中抱着一个婴孩，婴孩身上各个毛孔绽放出百亿道祥光，照耀着各宫殿呈现出百宝庄严的景色，旗帜仪仗充塞前方的道路，飘浮着从空中而来。此时，皇后心生欢喜，恭恭敬敬在道路前按照长跪的礼节施礼，皇后告诉太上道君说："现在国王没有子嗣，希望能让这个孩子作为继承王位的人选，伏愿道君发慈悲怜悯我，准许我的请求。"太上道君对皇后说："今天特将这个孩子赐予你。"皇后用礼节答谢道君后收下了婴孩。

皇后收已，便从梦归，觉而有孕。怀一年，于丙午岁正月九日午时诞于王宫。当生之时，身宝光穆[16]，充满王国，色相妙好，观者无厌。幼而敏慧，长而愿善，于其国中所有库藏一切则[17]宝尽皆散施，穷之困苦、鳏寡孤独、无所依怙、饥馑癃残[18]一切众生，亡[19]爱和逊，歌谣有道，化及遐方，天下仰从归仁太子，父王加庆。

【注释】

[16]穆：当依《高上玉皇本行集经》作"焰"。

[17]则：当依《高上玉皇本行集经》作"财"。

[18]癃残：衰老病弱，肢体残废。《旧唐书·文宗纪下》："京城内鳏寡癃残无告不能自存者，委京兆尹量事济恤，具数以闻。"

[19]亡：当依《高上玉皇本行集经》作"仁"。

【译文】

皇后收下婴孩后就从梦中醒来，发觉有了身孕。怀孕一年，于丙午岁正月九日午时在王宫产下太子。太子生下来的时候，身上放出百宝光焰，充盈了整个王国，容色相貌奇妙美好，观者百看不厌。太子从小机敏聪慧，长大后感愿从善，把国库中的一切财富珠宝都散发布施出去，给贫穷困苦的、没有劳动力而又没有亲属供养的无依无靠的、饥饿抱病伤残的一切众生。太子仁慈谦和，人们都称赞他言行有道，连远方的人都感化了，天下人仰慕他的仁德都归附依从太子，太子的父亲更加高兴。

当尔之后，王忽告崩，太子治政，俯金[20]浮生，告敕大臣，嗣位有道，遂舍其国，于普明秀岩山中修道，功成超度。过是劫已，历八百劫。身常舍其国，为郡[21]生故，割爱学道于此，后经八百劫，行药治病拯救众生，令其安乐。此劫尽已，又历八百劫。广行方便，启诸道藏，演说灵章[22]，恢宣[23]正化[24]，敷扬[25]神功，助国救人，自幽及显，过此已后，再历八百劫，亡身殒命，行忍辱故，舍己血肉。如是修行三千二百劫始证金仙，号曰“清净自然觉王如来”。

【注释】

［20］金：当依《高上玉皇本行集经》作“念”。

［21］郡：当依《高上玉皇本行集经》作“群”。

［22］灵章：道教的经典、符箓。

［23］恢宣：广为发扬。

［24］正化：运气术语。气分四时，以说明其气数迟早多少及其正常变化的规律。《素问·六元正纪大论》：“明其正化。”张景岳注：“当其位者为正，非其位者为邪。”如五运中的木运临卯，火运临午，土运临四季，就是当其位，当其位则按正常的规律而变化，属于平气之年。

［25］敷扬：传播宣扬。《五灯会元·西天祖师·阇夜多尊者》：“二十祖阇夜多尊者，北天竺国人也。智慧渊冲，化导无量。后至罗阅城，敷扬顿教。”

【译文】

在这之后，国王突然驾崩了，太子就处理政事。顾念人生在世虚浮不定，敕令昭告臣子，国嗣王位应由有道德的人担任，于是自己放弃王位离开国家，在普明秀岩山中修习道法，终获行满功成，超出凡世度生天上。过了舍弃王位修行这个劫数以后，又经历了八百劫。他常做太子而每舍其国，为了度化群生的缘故，割断六亲恩爱，学修道真。这些劫数过后，又经历八百劫，他普施药饵，治疗疾病，拯救拔度苦难的众生，让他们安康快乐。这场劫数结束，又经历了八百劫。他(对众生)多方施行方便，陈述道家藏书，阐述、解说道教的经典、符箓，广为发扬气数运道，传播宣扬神圣经功，帮助国家救助百姓，从幽冥以至阳世。经过这些劫数以后，又经历了八百劫，他亡没身体损殒生命，因为践行忍辱修行，所以舍弃了自己的血肉。像这样修行了三千二百劫，最终得以证道金仙，道号为“清净自然觉王如来”。

《宋真宗实录》曰：“大中祥符七年九月，上对侍臣曰：‘自元符之降，朕欲与天下臣庶同上王皇圣号。’至天僖元年正月辛丑朔，帝诣大初殿[26]，恭上玉皇大天帝圣号曰‘太上开天执符御历含真体道玉皇大天帝’。”

【注释】

［26］大初殿：当为“太初殿”，古代汉语中“大”通“太”常见，以义揆之，宫殿不应以“大初”为名。《宋史·乐志》“玉清昭应宫上尊号三首”中有“太初殿奉册宝，《登安》”句。“太初殿”这种称呼直至清朝还有，乾隆钦定《日下旧闻考》记载，雍正修整大光明殿后的建制为：“前殿则大光明殿也，左太始殿，右太初殿。”同时，据新出土

的北宋真宗天禧二年(1018年)玉简正面楷书,同样可证宋真宗天禧元年的道教宫殿为“太初殿”:“嗣天子臣恒,上为宗庙,下为群生,请福祈恩,消灾散咎,谨就玉清昭应宫太初殿,命道士二十一人开启金箓大斋二七日,伏冀和天安地,保国宁民,恭祷真灵,别陈大醮。”

【译文】

《宋真宗实录》中说:“大中祥符七年九月,皇帝对侍臣说:‘自从元符以来,我想要与天下臣民一同记王皇圣号。’到了天禧之元年正月辛丑朔,皇帝到了太初殿,恭敬奉上玉皇大天帝的圣号为‘太上开天执符御历含真体道玉皇大天帝’”。

敬启

圣祖尊号

御制《灵遇记》曰:“景德初,王中正遇司命真君,传药金法[27],上[28]之[29]四年十一月降刘承规[30]之真舍,五年始奉上徽号曰‘九天司命天尊’。”《宋真宗实录》曰:“大中祥符五年十月十七日,上景德四年先降神人传玉皇命云:‘今汝祖赵有名此月二十四日降,如庚真元事[31]。’至日,天尊降延恩殿,闰十月己巳加号‘圣祖上灵高道九天赦命保生天尊[32]’。”

【注释】

[27]药金法:即金丹法。

[28]上:当指赵公明。《续资治通鉴·宋纪三十一》说明了赵公明为何称“上”:“(宋真宗大中祥符六年)秋,七月,甲午,改上九天司命上卿保生天尊曰东岳司命上卿祐圣真君。初,封禅毕,诏上保生天尊之号。至是以圣祖名称相类,故改上焉。”

[29]之:疑为“于”。存疑。

[30]刘承规:原名刘承珪,因生病,宋真宗为其改道家名为“规”,事见《续资治通鉴·宋纪三十一》:“景福殿使、新州观察使刘承珪久病,帝为取道家易名度厄之义,改‘珪’为‘规’。”也因此才有赵公明降于刘承规真舍的附会故事。

[31]庚真元事:庚,继续。真元,玄妙。

[32]圣祖上灵高道九天赦命保生天尊:指赵玄坛,是民间信仰的一位财神,字公明。生于秦代终南山赵大村。大中祥符五年(1012年),宋真宗追尊他为“上灵高道九天司命保生天尊大帝”,庙号“圣祖”。自元明以后,逐渐演化成财神赵玄坛。

【译文】

敬启

圣祖尊号

帝王所制《灵遇记》中说："景德初年，王中正遇到司命真君传授药理金法，圣祖赵公明于（宋真宗景德）四年十一月到了刘承规的修真房舍，五年开始敬奉圣祖赵公明的尊号为'九天司命天尊'。"《宋真宗实录》中说："大中祥符五年十月十七日，圣祖赵公明先在景德四年以神人身份降世转述玉皇的诏令说：'如今你的祖上赵有名这个月二十四日降生，如同继续道教玄妙之事。'到了这一天，天尊（即圣祖赵公明）降临延恩殿，闰十月己巳加封圣祖赵公明的尊号为'圣祖上灵高道九天赦命保生天尊'。"

圣母尊号

《国朝会要》曰："天禧元年三月六日册上圣母尊号曰'元天大圣后[33]'。先是大中祥符五年制加上圣祖母号，候充[34]州太极观成，择日奉上。至是，诏王旦等行册礼。"

【注释】

[33]元天大圣后：道教之神，赵玄朗之妻。大中祥符五年（1012年）十月，宋真宗追尊赵玄朗之妻为"元天大圣后"。

[34]充：当为"兖"。宋代，兖州有太极观。《续资治通鉴·宋纪三十一》记载，天禧元年（1017年）正月"丙寅，命宰相王旦为兖州太极观奉上册宝使"。

【译文】

圣母尊号

《国朝会要》中说："天禧元年三月六日册皇帝圣母尊号曰'元天大圣后'。在此以前，大中祥符五年制加上圣祖母尊号，等待兖州太极观建成，选择吉日奉上这个尊号。到了吉日（天禧元年正月丙寅）这天，（宋真宗）命令宰相王旦等举行册封礼。"

后土皇地祇[1]三月十八日圣生

天地未分,混而为一,二仪忧判[2],阴阳定位,故清气腾[3]而为阳天,浊气降而为阴地。为阳天者,五太相传,五夫[4]定位,上施[5]日月,参著[6]玄象[7]。为阴地者,五行相乘[8],五气[9]凝结,负载江海山林屋宇。故曰天阳地阴,天公地母也。世界[10]曰后土者,乃天地初判黄土也,故谓土母正[11]。庙在分阴[12],宋真宗朝大中祥符[13]其[14]年七月二十三日,诏封"后土皇地祇",其年驾幸华阴,亲祀之。今扬州蕃厘[15]观,后土祠也。殿前琼花一株,香色柯[16]叶绝异,非世之常品[17]。

【注释】

[1]后土皇地祇:全称"承天效法厚德光大后土皇地祇",是道教辅佐神"四御"中的第四位神,最初的形象是男性。《国语·鲁语》记载:"共工氏之伯九有也,其子曰后土,能平九上,故祀以为社。"这是说,共工氏有子,名后土,是地神。还有一种说法,认为后土皇地祇是颛顼之子。《山海经》甚至将后土皇地祇写成夸父的爷爷。隋代以后,后土皇地祇开始以女性神仙形象出现。民间尊其为"后土娘娘",供奉在后土祠中。所以说,后土皇地祇是道教辅佐神"四御"中的第四位神,是主宰大地江湖山川的女性神。人们常说的"天公地母",天公是玉皇大帝,后土皇地祇就是地母。

[2]忧判:"忧"当作"攸",句中语气词,无义。《新刻出像增补搜神记大全》"忧"作"既",《绘图三教源流搜神大全(外二种)》"忧"作"初",皆通。

[3]腾:飞腾、上扬。

[4]五夫:《绘图三教源流搜神大全(外二种)》《新刻出像增补搜神记大全》皆作"五天"。五天,古代谓天有皇天、昊天、旻天、上天、苍天等五种别号,故称。

[5]施:延伸,延续。

[6]参著:"著",《绘图三教源流搜神大全(外二种)》作"差",《新刻出像增补搜神记大全》作"著"。参差,差不多;几乎。

[7]玄象:天象,谓日月星辰在天所成之象。

［8］五行相乘：是指五行中某一行对其所胜一行的过度克制，即相克太过，是事物间关系失去相对平衡的一种表现。即木乘土、土乘水、水乘火、火乘金、金乘木。

［9］五气：五行之气，五方之气。指太阳运行产生的气。一作“五风”。《无上秘要》卷三《日品》：“五行之气，即金、木、水、火、土。”

［10］世界：代指世上的人。

［11］正：当依《绘图三教源流搜神大全（外二种）》作“焉”，形近而讹。

［12］分阴：当依《绘图三教源流搜神大全（外二种）》作“汾阴”。汾阴县（治今山西万荣县荣河镇西南庙前村北古城）后土祠建于汉武帝元狩二年（公元前121年），《史记·孝武本纪》：“于是天子遂东，始立后土祠汾阴脽上，如宽舒等议。”现在的后土庙（又称后土圣母庙）在山西汾阳市西北栗家庄乡田村。

［13］宋真宗朝大中祥符：大中祥符（1008—1016年），是宋真宗赵恒的第三个年号，北宋使用这个年号共9年。大中祥符九年（1016年），高丽开始使用北宋年号。概括北宋大中祥符元年（辽统和二十六年，1008年）正月，王钦若等屡假造天书符瑞事，诈谓天书降，因改元大中祥符。

［14］其：《绘图三教源流搜神大全（外二种）》《世略》作“五”，《新刻出像增补搜神记大全》作“三”。《宋史·隐逸传》记载：“大中祥符四年，真宗幸华阴，至云台观，阅抟画像，除其观田租。”《钦定古今图书集成·博物汇编·神异典·神仙部》也记载是大中祥符四年。暂依《绘图三教源流搜神大全（外二种）》《世略》。

［15］蕃厘：洪福。“蕃厘”，《绘图三教源流搜神大全（外二种）》作“玄妙”，《世略》也云：“今扬州玄妙观，后土祠也。”《汉书·礼乐志》：“惟泰元尊，媪神蕃釐。”颜师古注：“蕃，多也；釐，福也。”

［16］柯：草木的枝、干。

［17］常品：平常的品类。

【译文】

天与地起初没有分开，混为一体。天地区分开来时，用阴与阳来确定事物的名位，所以清明之气飞腾上升为阳天，浑浊之气下降成为阴地。成为阳天的，以五太来相传，用五天来确定事物的名位，上升延伸到日月，和日月星辰在天所成之象相类。成为阴地的，五乘、五气相互凝结，承载着江海山林与房屋。所以说，天为阳，地为阴；天为公，地为母。世人说后土，那是天地刚刚分开时的黄土地，所以称之为土母。后土庙在汾阴，在宋真宗大中祥符五年（1012年）七月二十三日，下诏封为“后土皇地祇”。那一年，宋真宗驾幸华阴亲自祭祀后土皇地祇，如今扬州的玄妙观就是后土祠。殿前生长着一株琼花，香味颜色枝叶独特不凡，不是世上平常的品类。

东华帝君

东华帝君[1]，绝[2]习[3]，在道气[4]疑[5]寂，湛体[6]无为，将欲般迪玄功[7]，生化万物，先以东华至真之气，化而生[8]木公[9]，于[10]碧海之上、苍灵之墟，以主阳和之气[11]，理于东方，亦号王公焉。与金母[12]皆挺质[13]太元[14]，毓[15]神玄奥，于东方溟涬[16]之中，分大道[17]醇精[18]之气，而[19]成形，与王母共理二气，而育养天地，陶钧[20]万物。凡天上天下，三界十方[21]，男子之登仙得道者，悉所掌焉，居方诸之上。按《尘外记》[22]："方诸山[23]在东海之内，其诸司命三十五，所以隶天上人间罪福，帝君为大司命总统之。山有东华台，帝君常以丁卯日登台四望。"

【注释】

[1]东华帝君：道教中全真教始祖，为"北五祖"之首，又称东王公、扶桑大帝、东华少阳帝君，为领导女仙的西王母的丈夫，与西王母共理二气，分别掌管天下男女得道之事，并负责领导男仙，圣诞之日为农历二月初六。

[2]绝：到极点的；不能超越的。

[3]习：熟悉、通晓、学习。

[4]从"在道气"至"悉所掌焉"：《历世真仙体道通鉴后集》卷一"金母元君"条有相类似的记载，可补本段之缺漏错讹："在昔道气凝寂，湛体无为，将欲启迪玄功，生化万物，先以东华至真之气化而生木公焉。木公生于碧海之上，苍灵之墟，以生阳和之气，理于东方，亦号曰王公焉。又以西华至妙之气化而生金母焉。金母生于神州伊川，厥姓缑氏，生而飞翔，以主阴灵之气，理于西方，亦号王母。皆挺质大元，毓神玄奥。于西方渺莽之中，分大道醇精之气，结气成形。与东王木公，共理二气，而育养天地，陶钧万物矣。体柔顺之本，为极阴之元，位配西方，母养群品。天上天下，三界十方，女子之登仙得道者，咸所隶焉。"道藏本《搜神记》和《历世真仙体道通鉴后集》皆当祖源于杜光庭《墉城集仙录》文句。由此可知，"在"后当有"昔"字。

[5]疑：在此作"凝"，意为凝结、凝聚。凝寂，端庄镇定。据东晋·葛洪《元始上

真众仙记》："东华帝君绝习在道气凝寂。"

[6]湛体：义同"湛定"，沉静、镇定。

[7]殷迪玄功：如前，当作"启迪玄功"。殷，当为"啓"，形近而讹。啓迪，开导、启发。玄功，道教指修道的功夫。

[8]化而生：即化生，而表承接。化生或谓自然变化生成之造化。《列子·天瑞》："天地含精，万物化生。"东晋·葛洪《抱朴子·祛感》："澄浊剖判，庶物化生。"或谓精、气、神相合，生物化育生长之过程。《庄子·知北游》："已化而生，又化而死，生物哀之，人类悲之。"

[9]木公：即东华帝君，东华紫府少阳君。由前引《历世真仙体道通鉴后集》知，后缺"焉"字。

[10]于：由前引《历世真仙体道通鉴后集》知，前缺"木公生"三字。

[11]阳和之气：即阳气。

[12]金母：指西王母。《历世真仙体道通鉴后集》则载：西王母即九灵太妙龟山金母，以"西华至妙之气"化而生成。金母生于神州伊川，本姓缑氏，生而飞翔，因为主阴灵之气、理于西方，亦号王母，与东王木公共理二气，而育养天地。

[13]挺质：生就的美质。

[14]太元：道教认为人体各部位都有主司之神，其神各有名字。人发居头之上，故其字曰太元。《黄庭内景经·至道》："发神，苍华。字，太元。"梁丘子注："白与黑谓之苍，最居首上，故曰太元。"

[15]毓：通"育"。

[16]溟涬：天地与先天一炁未形成前，世界混混沌沌的样子。道教所谓的自然之气。汉·张衡《灵宪》："太素之前，幽清玄净，寂寞冥默，不可为象。厥中惟灵，厥外惟无，如是者永久焉，斯谓溟涬。"

[17]大道：指促成万物生成的规律。

[18]醇精：质朴精纯。醇，通"淳"，朴实、质朴。

[19]而：由前引《历世真仙体道通鉴后集》和道藏本《搜神记》"西王母"条知，前缺"结气"二字。

[20]陶钧：本意制造陶器时用的转轮，分快轮和慢轮。比喻培养人才。

[21]三界十方：道教的空间构成观念。十方指东方、南方、西方、北方、东北、东南、西南、西北、上方、下方；三界指天界、地界、水界。道教认为，宇宙虚空即由十方三界所构成。三界有时又指时间上的无极界、太极界、现世界，或指欲界、色界、无色界三种道境。

[22]《尘外记》:佚。唐代阙名撰。志怪集。此书不见著录。宋·高似孙《纬略》卷二《白瑶宫》引《尘外记》云:“上帝迁都于月圃,构新宫,命曰白瑶,召李贺为记。”

[23]方诸山:是道教上清派构想的仙山,传说是西王母的第四女南极夫人所造,大方诸岛正四方形,四面合五千三百里,上高九千丈,岛上草木茂盛,有甘泉水,饮之能长生不死,是东王公的治所。

【译文】

东华帝君在学习与通晓道气上已经到达了极点,从前道气凝定,沉静无为,将要启迪玄功,使万物滋生。就先用东华本真的气,幻化生成木公,木公便生于碧波荡漾的大海之上、东方青气所起的土丘之中。因为能够启用阳和之气治理东方,所以又号称东王公。与西王母生来就应该都是主司之神,养育玄奥神灵,在东方混沌之时,分析促成万物生长的规律,选取质朴纯洁的气体凝结成形,一起共同调理阴阳通感之气,育养天地,调节万事万物。凡是天上天下、三界之间、十方之内的男子,得道登仙之人,都隶属于东华帝君管辖掌控,居住在方诸山之上。按照《尘外记》的记载:“方诸山在东海之内,其中各位司命共有三十五名,用来掌控分配着天上人间的罪福,东华帝君担任大司命进行总体掌管统率。方诸山有东华台,帝君常在丁卯日登上东华台四处张望。”

“学道之人,凡仙有九品,一曰九天真王[24],二曰三天真皇,三曰太上真人,四曰飞天真人,五曰灵仙,六曰真人[25],七曰灵人[26],八曰飞仙[27],九曰仙人[28]。凡此品次,升天之时,先拜木公,后谒金母。受事既讫,方得升九天[29]、入三清[30]、拜太上,而观元始。”故汉初有四五小儿戏于路中,一儿诗曰:“着青裙,上天门,揖金母,拜木公[31]。”时人皆莫之知,唯子房往拜焉。曰:“此东王公之玉童[32]也。”

【注释】

[24]九天真王:在早期道经中,与元始天王并列,神位颇高。《洞玄灵宝自然九天生神玉章经解》卷上记载:“昔元始天王与九天真王并生于九气之先。”

[25]真人:即修真得道的仙人,与仙人统称为“仙真”,最受道教徒崇敬,视为修炼的目的。

[26]灵人:神仙。晋·陶潜《读〈山海经〉》诗之六:“灵人侍丹池,朝朝为日浴。”逯钦立校注:“灵人,指羲和。”

[27]飞仙:即天仙。道教指居于天府、能举形飞升的神仙。

[28]仙人:亦称“神仙”。指修炼得道,神通广大,变化莫测,而又长生不死之人。仙人是道教徒修炼的理想境界。《释名·释长幼》:“老而不死曰仙。”

[29]九天：道教有两种说法：一谓中天、羡天、从天、更天、天、廓天、减天、沈天、成天(《太玄经》)，一谓郁单天、兜率天、不骄天、禅善天、梵辅天、应声天、须延天、高虚天、无想天(《太清玉册》)。

[30]三清：道教三清大殿中，通常供奉着神态庄严的三位尊神，这就是道教的最高神"三清"，即玉清元始天尊、上清灵宝天尊、太清道德天尊。

[31]拜人公：在道教典籍中多作"拜木公"。唐·杜光庭《仙传拾遗·木公》："昔汉初，小儿于道歌曰：'着青裙，入天门，揖金母，拜木公。'"

[32]玉童：仙童。

【译文】

"学道的人，成仙共有九品，一称之为九天真王，二称之为三天真皇，三称之为太上真人，四称之为飞天真人，五称之为灵仙，六称之为真人，七称之为灵人，八称之为飞仙，九称之为仙人。凡是依照品次升仙之时，需要先去拜见木公，再去拜见金母。将这些事做完，就可以升入九天、进入三清殿、拜见太上老君，进而拜见元始天尊。"汉朝初期，有几个小孩子在路间嬉戏，一个小孩说："穿着青色的裙衫，登上天门，拱手向金母行礼，拜见木公。"当时人们都不知道他是谁，只有子房前往拜见过他。张良于是说："这个小孩是东王公身边的仙童。"

昔元始告十方天人曰："吾自造言[33]混沌[34]、化生二仪、役御[35]阴阳，始封'皇上元君'。与东华扶桑大帝等，校量水火，定平劫数。"中皇元年，太上于玉清琼房[36]金阙上宫授帝《宝经花图玉诀》，使传后学，玉名合真[37]之人。故《玄纲》云："东华不秘于真诀。"是也。

【注释】

[33]言：当作"立"。《灵宝无量度人上品妙经》"蠲化水火灾疠品"记载："告命大众十方天人曰：吾自造立混沌、化生二仪、役御阴阳，始封皇上元君。"

[34]混沌：又可写为"浑沌"。一般是指元气未分，天地未形成以前浑然一体的状态。在道经中，混沌既作为世纪名，又是气化之名和神名。文章中指的是天地未形成时的样子。

[35]役御：役使；使用。东晋·葛洪《抱朴子·诘鲍》："服之，故君臣之道起焉；事之，故力寡之民制焉。然则隶属役御，由乎争强弱而校愚智，彼苍天果无事也。"

[36]玉清琼房：神话中仙人居住的宫殿。

[37]合真："与道合真"的简称，即合于道真，指内炼功夫至于形神会合。

【译文】

从前,元始天尊告知十方天人说:“我自从创立混沌状态、化育长养天地二仪、役使阴阳二气以来,才被封为‘皇上元君。’与东华扶桑大帝考虑水火灾疠,平定劫数。”中皇元年间,太上在玉清琼房金阙上宫将《宝经花图玉诀》授予东华帝君,命令帝君传授下去以供后人学习,道教称这种传法之人为“合真之人”。所以《玄纲》上说:“东华帝君不会将真诀秘密保存。”的确是这样。

紫府[38]者,帝君校[39]功行之所,夫海内有三岛,而十洲列其中。上岛三洲谓蓬莱[40]、方丈、瀛洲也,中岛三洲谓芙蓉、阆苑、瑶池也,下岛三洲谓赤城、玄关、桃源也。三岛九洲[41]鼎峙[42]混一之中。又有洲曰紫府,踞[43]三岛之间,乃帝君之别理,迁转灵官职位,较量群仙功行,自地仙[44]而至神仙[45],神仙而至天仙,天仙而转真圣入虚无洞天。凡三迁也,皆帝君主之。

【注释】

[38]紫府:外在的仙人居住的宫殿、境界。此篇中指帝君查对核实功行的地方。

[39]校:校对;核计。

[40]蓬莱:后汉东观的别名,海中神山,为仙府,道教名山。

[41]三岛九洲:道教典籍记载中多为十洲三岛,十洲三岛是道教神仙居住的地方,其传说源于战国秦汉间方士们的“三神山”说。秦汉时,相传海中有三岛,而十洲位列其中:上岛三洲,为蓬莱、方丈、瀛洲;中岛三洲,为美蓉、阆苑、瑶池;下岛三洲,为赤城、玄关、桃源。三岛九洲鼎峙洪蒙之中。三岛之间有紫府洲,为东华帝君别理统传灵官职位,较量群仙功行,自地仙而至全神仙,神仙而至天仙,天仙而转真圣,入虚无洞天的地方。凡此三迁都是由东华帝君主管。

[42]鼎峙:鼎立,三方面并峙。

[43]踞:盘踞。

[44]地仙:道教仙人谱系的一种,为无神通力之仙。据《天隐子》载,在天为天仙,在地为地仙。地仙在道教神仙体系中属中等仙人。

[45]神仙:一般指长生不死、修炼得道的人。

【译文】

紫府,是东华帝君考较功行的地方,在此海内有三座岛屿,十洲也就在其中。上岛三洲是蓬莱、方丈、瀛洲;中岛三洲是芙蓉、阆苑、瑶池;下岛三洲是赤城、玄关、桃源。三岛九洲,三足鼎立,又都在一个统一体中。又一个洲叫紫府,雄踞于三岛之间,是帝君评判是非治理政事的地方,来调任灵官的职位,比较估量众仙的功力本领。从地仙到神仙，再从神仙升到天仙，天仙转而升为真圣乃至升入虚无洞天。凡是迁升的，都是帝君所主持掌管的。

释之名也，东华者，以帝君东华至真之气化而生也。分治东极，居东华之上也。紫府者，职居紫府，统三十五司命，迁转[46]虚官较品真仙也。阳者主东方，少阳[47]九气生化方汇也。帝君者位东方，诸天之尊，君牧众圣为生物之王。《易》曰："帝出乎震。"[48]是也，故曰"东华紫府少阳帝君"。

【注释】

[46]迁转：迁流转移，升官。

[47]少阳：东方、东宫，《易》"四象"之一。道教有少阳派，称传自东华紫府少阳帝君王玄甫。

[48]帝出乎震：语出《易·说卦》。震，东方。

【译文】

解释他的名号东华的话，指的是帝君用他最质朴纯正的真气所化而生。帝君治理的是东极，位居东华之上。紫府，是指东华帝君在紫府任职，统率三十五司命，职责是根据空缺官位升降神仙官职、比较真仙优劣。阳气代表东方，少阳是九气汇集而生。东华帝君神位位于东方，是众位天神中最尊贵的，帝君管束众神成为万物之王。《易》书上说："帝是产生在东方的。"所以称东华帝君为"东华紫府少阳帝君"。

又《真教元符经》云："昔二仪未分，溟涬濛洪[49]，如鸡子[50]玄黄[51]之中也。自然有盘古真人，移古就今是曰盘古，乃是天地之精，自号'元始天王[52]'，游行虚空之中。"又有太元圣母[53]化生天脊脉[54]中，经一劫，天王行施，圣母遂生天皇，号上皇元年，始世主万六千岁[55]，受元始上帝符命，为"东宫大帝扶桑大君"，东皇[56]公号曰元阳父，考之仙经，或号东王公，或号青童君，或号方诸君，或号青提君。名号虽殊[57]，即一东华也。

【注释】

[49]濛洪：也作"蒙鸿"，天地未形成前元气未分的样子。

[50]鸡子：鸡蛋。

[51]玄黄：指玄色天、黄色地相混合在一起而未分开的混沌一片。

[52]元始天王：又名"玉清元始天尊"，是公认的道教鼻祖。在"三清"之中位为最尊，也是道教神仙中的第一位尊神。

[53]太元圣母：道教神仙，谓生于天地构成之后。《仙苑编珠》记载："忽生太玄

玉女在石间。出能言，人形具足，天姿绝妙，号曰太元圣母。元始君下游见之，乃招还上官。”《元始上真众仙记》记载：“元始天王在天中心之上，名曰玉京山，山中宫殿，并金玉饰之，常仰吸天气，俯饮地泉。复经二劫，忽生太元玉女，在石涧积血之中，出而能言，人形具足，天姿绝妙，常游厚地之间，仰吸天元，号曰太元圣母。”

[54]天脊脉：道教典籍中记载：“又有太元圣母化生天脊臂中，经百劫，天王行施，圣母道生天皇。”

[55]世主万六千岁：从“经一劫”至“主万六千岁”文字有较大遗漏，《元始上真众仙记》记载：“元始君经一劫，乃一施太元母，生天皇十三头，治三万六千岁，书为扶桑大帝东王公，号曰元阳父；又生九光玄女，号曰太真西王母，是西汉夫人。天皇受号十三头，后生地皇，地皇十一头，地皇生人皇九头，各治三万六千岁。”

[56]皇：当依《元始上真众仙记》作“王”。

[57]殊：不同；差异。《过秦论》：“始皇既没，余威震于殊俗。”

【译文】

《真教元符经》又说：“从前还没有分开的时候，混沌一片元气未分，玄色天、黄色地混合在一起而未分开，混沌一片，犹如鸡蛋的蛋黄和蛋清搅在一起一样。自然之间有个盘古真人，由古代迁移到现代就叫盘古，是天地的精华，自命名号为‘元始天王’，游行在天空中。”又有太元圣母幻化生成在天脊脉中，元始天王经过一劫给太元圣母行施一次，圣母生下天皇，这一年为“上皇元年”。天皇开始主持世事，已有（三万）六千年，接受元始上帝的符命，成为“东宫大帝扶桑大君”。东王公又被称为元阳父，考其仙经，或者叫东王公，或者叫青童君，或者叫方诸君，或者叫青提君。名号虽有所不同，但指称的都是同一个仙真，即东华帝君。

圣朝至元六年正月日，上尊号曰“东华紫府少阳帝君”。

西王母七月十八日生

西王母[1]者，乃九灵太妙龟山金母也，号太虚九光龟台金母焉。吾[2]乃西华之至妙，洞阴之极尊。在昔道气凝寂，湛体无为，将欲赞助玄功[3]，生化万物，先以东华至真之气，化而生木公焉。木公生于碧海之上，苍灵之墟，以主阳和之气，理于东方，亦号曰东王公焉。又以西华至妙之气，化而生金母焉。金母生神于伊川，厥姓纵[4]氏，生而飞翔，以主元，毓玄奥。于眇莽之中，分大道醇精之气，结而成形，与东王公共理二气，而养育天地，陶钧万物矣。柔顺之本，为极阴之元，位配西方，母养群品。天上天下，三界十方，女子之登仙得道[5]，咸所隶焉。

【注释】

[1]西王母：王母娘娘，另称王母、金母、阿母、西姥、瑶池金母、金母元君、西王母、西灵圣母、太华西真万炁祖母元君、九灵太妙龟山金母、太虚九光龟台金母等，道号为上圣白玉龟台九灵太真无极圣母、瑶池大圣西王金母、无上清灵元君、统御群仙大天尊，是古代中国神话传说中掌管不死药、罚恶、预警灾厉的长生女神。《枕中书》曰："木公、金母，天地之尊神，元气炼精，生育万物，调和阴阳，光明日月，莫不由之。"

[2]吾：衍文。《墉城集仙录》《太平广记》均无"吾"字。

[3]赞助玄功：道藏典籍中多作"启迪玄功"，此处可能化用杜光庭《墉城集仙录》文句。赞助，有启迪之意。

[4]纵：当依《历世真仙体道通鉴后集》《墉城集仙录》等作"缑"。

[5]女子之登仙得道：唐末五代道士杜光庭所撰之《墉城集仙录》卷一中，作"女子之登仙得道者"，多"者"字。

【译文】

西王母，就是九灵太妙龟山金母，另号为太虚九光龟台金母元君。她是西华的至妙，洞阴的极尊。从前，道气沉寂，沉静无为，将要启迪玄功，使万物滋生，就先用东华本真的妙气，幻化生成木公，木公便生于碧波荡漾的大海之上、东方青气所起的土丘之中。因为能够启用阳和之气治理东方，所以又号称东王公。然后又用西部最为质朴神妙的灵气，变化而生出金母。金母诞生在神州大地伊川，她姓缑，一出世就能够飞行翱翔，因为她主宰本源，养育玄奥神灵。西王母在西方幽渺氤氲之中，分析促成万物生长的规律，选取质朴纯洁的气体凝结成形，和东王公一起共同调理阴阳通感之气，育养天地，调节万事万物。(她是)柔顺的根本，也是极阴的初始，位配西方，生养众类，天上天下，三界十方，凡女子登仙得道的人，都隶属于西王母管辖。

所居昆仑[6]之圃，阆风之苑，玉扬玄台九层[7]，左带瑶池[8]，右环[9]翠水[10]。女五，华林、娟兰、青娥、瑶姬、玉卮。周穆王三十五年，命八骏[11]使西巡狩，至昆仑，宾谒祠见之，持白璧重锦[12]，以为王母寿焉。时王母以瑶池珍飨、紫府琼浆、九天仙药[13]，于[14]穆王燕于瑶池。

【注释】

[6]昆仑：在神话传说中，元始天尊的道场玉虚宫坐落其上，故而别名“玉京山”。古代神话传说，昆仑山上有瑶池、阆苑、增城、县圃等仙境。

[7]玉扬玄台九层：葛洪《神仙传》作“昆仑阆风苑，有玉楼十二，玄台九层”。玄台，神话中天帝藏书之台。《汉武帝内传》：“《五岳真形图》书形秘于玄台，而出为灵真之信。”这几句文字，《太平广记》记载如下：“有城千里、玉楼十二，琼华之阙、光碧之堂、九层玄室、紫翠丹房。”

[8]瑶池：神话中昆仑山上的池名，西王母所居住的地方，即今新疆天池。《穆天子传》卷三：“乙丑，天子觞西王母于瑶池之上。”

[9]环：围绕，包围。

[10]翠水：碧绿的水。翠，本义指一种青色的翠鸟，引申指青绿色鸟毛；又引申指青绿色，进而可指色彩鲜明。

[11]八骏：古代神话中的形象，出自《穆天子传》，分别是赤骥、盗骊、白义、逾轮、山子、渠黄、华骝、绿耳。

[12]重锦：指精美的丝织品。《左传·闵公二年》：“归夫人鱼轩重锦三十两。”杜预注：“重锦，锦之熟细者。”

[13]九天仙药：药，讹字“乐”，如《三教源流搜神大全》卷一云：“时王母以瑶池珍飨、紫府琼浆、九天仙乐，与穆王燕于瑶池。”

[14]于：讹字，当作“与”，如《三教源流搜神大全》卷一云：“时王母以瑶池珍飨、

紫府琼浆、九天仙乐，与穆王燕于瑶池。”

【译文】

西王母居住在昆仑之圃，阆风之苑，里面有十二座玉楼，玄室有九层那么高，左面瑶池如带，右边翠水环绕。有女五人，名华林、娟兰、青娥、瑶姬、玉卮。周穆王三十五年，周穆王命令八匹名马出使西边巡视，到昆仑去拜见西王母，携带着玉石和精美的丝织品来为西王母贺寿。当时西王母在瑶池享用美食，在仙人居住的地方喝着美酒，在九天上听着仙乐，与周穆王在瑶池宴饮。

七月七日，降汉武帝殿，母进蟠桃七枚于帝，自食其二。帝欲留核，母曰：“此桃非世间所有，三千年一实。”忽东方朔于牖间窥之，母指之曰：“此儿已三偷吾桃矣”。是日，命侍女董双成吹云和之笛，王子登弹入琅之璈[15]，许飞琼鼓灵虚之簧，安法兴歌玄[16]，以为武帝寿焉。

【注释】

[15]入琅之璈：古代典籍中多作“八琅之璈”。璈，为金属制乐器名，其状扁平如鏊，叩之其声清越而长，击璈时双手需四处游走、不断变换方位，才能敲奏出宫商抑扬之音。李群认为，“八琅之璈”是镶有八种颜色宝石的弦乐器，如《汉武帝内传》：“王子登弹八琅之璈。”

[16]安法兴歌玄：《汉武帝内传》：“安法兴歌玄灵之曲。”多“灵之曲”三个字。

【译文】

七月七日，西王母降临到汉武帝的殿堂，送给汉武帝七个蟠桃，汉武帝吃了两个。汉武帝想要留下它的桃核，西王母说：“这蟠桃不是人间所拥有的，它三千年结一果实。”忽然看见东方朔在屏风后面窥探，西王母说：“这小子已经三次偷我的蟠桃了。”第二日，命令侍女董双飞吹奏云和之笛，王子登弹奏八琅之璈，许飞琼鼓灵虚之簧，安法兴歌玄灵之曲，给汉武帝祝寿。

东王公[1]

相传东王公与玉女投壶[2]，袅而脱误不接者[3]，天为之笑，开口流光，今电是也。

【注释】

[1]东王公：这段文字怀疑应该在“东华帝君”后面，或许错讹至此。

[2]玉女投壶：玉女是对他人之女的美称，美女、仙女，常与“金童”对举，指侍奉仙人的女童，草名，即女萝。“玉女投壶”是个典故，汉·东方朔《神异经·东荒经》：“东荒山中有大石室，东王公居焉……恒与一玉女投壶，每投千二百矫（jiǎo，矢跃出）。设有入不出者，天为之嘘（开口笑）。矫出而脱误不接者，天为之笑。”晋·张华注：“言笑者，天口流火熠灼。今天不下雨而有电火，是天笑也。”投壶是古代一种投掷游戏。传说东王公与玉女投壶玩耍，投不中时，上天为之笑而闪电。后因以“玉女投壶”“天笑”“电笑”等泛指闪电雷雨；又以“投壶玉女”指得势的奸佞或陪人嬉戏的女子。隋·辛德源《霹雳引》：“云衔天笑明，雨带星精落。”唐·李白《梁父吟》诗：“吾欲攀龙见明主，雷公砰訇震天鼓。帝旁投壶多玉女，三时大笑开电光。倏烁晦冥起风雨，阊阖九门不可通。”唐·陆龟蒙《奉酬袭美若雨见寄》：“其如玉女正投壶，笑电霏霏作天喜。”唐·李商隐《寄远》：“姮娥捣药无时已，玉女投壶未肯休。”清·龚自珍《戎将归文》：“造亭亭之高宫兮，接玉女于云涯。”

[3]袅而脱误不接者：东方朔《禅异经·东荒经》“脱误”前无“袅而”二字，而冯浩注《神异经》则曰：“每投千二百矫（一作‘枭’），矫出而脱误不接者，天为之笑。”矫，古代投壶，箭从壶中跃出而手接之复投谓之“矫”，也称为“骁”。清·方以智《通雅·器用》：“矫即骁。”袅，与“骁”音近通用。

【译文】

相传，东王公与玉女进行投壶的游戏，每次箭从壶中跃出而东王公手没接住，老天都会为他这失误而大笑，嘴一张开闪耀的光芒就喷射出来，在今天看来就是闪电。

上元一品帝[1]

上元一品九气天宫[2]紫薇大帝[3]，即延生之符[4]始阳[5]之气结成至真[6]，处玄都元阳七宝紫薇上宫[7]，总主上宫诸天帝王、上圣高真、参罗万象星君。每至正月十五日，上元月日[8]，天官[9]考籍大千世界[10]之内、十方国土[11]之中、上至诸大[12]神仙升临之籍、星宿照临国土分野之薄[13]，中至人品考限[14]之期，下至鱼龙变化飞走潜动生化之期[15]，并俟天官集圣之日，录奏分别。随业改形，随福受报，随劫转轮，随业生死，善恶随缘，无复[16]差别。

【注释】

[1]上元一品帝：道教通常称为“上元一品大帝”，全名为“上元一品九炁赐福天官曜灵元阳大帝紫微帝君”。《新刻出像增补搜神记大全》即是如此。本节讲三元大帝，《陔余丛考》卷三五说：“以天、地、水为三元，能为人赐福、赦罪、解厄。”天官赐入福禄，地官赦免人们罪孽，水官替福禄寿三星人化解厄运。

[2]宫：当作“官”。据《三教源流搜神大全》卷一说：“上元一品九气天官紫薇大帝。”

[3]紫薇大帝：紫薇本是道教神，全称“中天紫薇北极太皇太帝”。紫薇又叫紫薇垣、紫宫，位处三垣之中的中垣，是星座上属帝王之所居，皇宫又叫紫禁城即是这一来历。紫薇大帝在道教和佛教诸天中的形象都是一中年帝王像，是道教四御之一，地位仅次于玉皇大帝。北极紫薇大帝位居天的中央，协助玉皇大帝执掌天经地纬、日月星辰及四时节气等自然现象，在古代民间极受崇拜。

[4]延生之符：据《三教源流搜神大全》卷一说：“上元一品九气天官紫薇大帝，即诞生之符始阳之气结成至真。”

[5]始阳：尹湾汉简《神乌赋》：“惟此三月，春气始阳，众鸟皆昌。”阳，温和。

[6]至真：对修真得道者的尊称。谓六年绝粒，鼻无喘息，名曰至真。《三极至命筌蹄》：“至真者白玉其骨，黄金其筋，覆蹈虚空，洞贯金石，此修仙之极致也。”

[7]上宫：仙宫。《云笈七签》卷二九："（上上禅善无量寿天王）治天王国朱林七宝琼台，乘十二玄龟飞青羽盖，从上宫太仙玉童三十二人。"

[8]上元月日：即元宵节，又称上元节、小正月、元夕或灯节，时间为每年农历正月十五。正月是农历的元月，古人称"夜"为"宵"，正月十五是一年中第一个月圆之夜，所以称正月十五为"元宵节"。

[9]天官：是古代神话中的天神。道教奉天、地、水三神，亦叫三官，道经称，天官赐福，地官赦罪，水官解厄。天官即其中之一。天官名为上元一品赐福天官，紫薇大帝，隶属玉清境。天官由青黄白三气结成，总主诸天帝王。每逢正月十五日，即下人间，校定人之罪福，故称"天官赐福"。旧时民间用作祈福消灾的吉利话。

[10]大千世界：佛教用语，世界的千倍叫小千世界，小千世界的千倍叫中千世界，中千世界的千倍叫大千世界。后指广大无边的人世。

[11]十方国土：佛法中说的十方，为四方、四维、上下之总称，即指东、西、南、北、东南、西南、东北、西北、上、下。佛教主张十方有无数世界及净土，称为十方世界、十方法界、十方净土、十方刹等。又其中之诸佛及众生，则称为十方诸佛、十方众生。

[12]大：当作"天"，据《三教源流搜神大全》："上至诸天神仙升临之籍。"

[13]薄：当作"簿"，据《三教源流搜神大全》："上至诸天神仙升临之籍，星宿照临国土分野之簿。"下文中元一品帝同此。

[14]考限：考绩的程限。《新唐书·选举志下》："故士人二年居官，十年待选，而考限迁除之法寖坏。"

[15]潜动生化之期：据《三教源流搜神大全》："下至鱼龙变化飞走万类养动生化之期。"

[16]无复：没有重复。

【译文】

上元一品九气天官紫薇大帝，就是他的诞生符合春天晴和之气最终修道成真的那个仙人，居住在玄都元阳七宝紫薇上宫，主管上宫诸天帝王、上圣高真、参罗万象星君。每到正月十五的上元节，天官考察大千世界以内、十方国土之中、上到各个神仙升入仙籍、星宿照临国土的分界，中到一定时段内世人功业品级的考察，下到鱼龙变化飞走潜动生息化育的时间，并且等到天官大帝考察收集完成的日子，分别记录上奏。随着业力高下不同改变形状，随着福气多少接受相应福报，随着劫难大小不断轮转，随着业力高下决定生死，好事坏事都随缘，没有任何差别。

中元二品大帝七月十五日圣生

中元二品七气地官清虚大帝[1]，九土无极世界洞空清虚之宫，总主五岳帝君[2]并二十四治山、九地土皇[3]、四维八极神。每至七月十五日，中元月日[4]，地官[5]考籍大千世界之内、十方国土之中，上至诸大[6]神仙升临之籍，星宿照临国土分野之薄，中至人品考限之期，下至鱼龙变化飞走潜动生化之期，并俟地官集圣之日，录奏分别。随业改形，随福受报，随劫转轮，随业生死，善恶随缘，无复差别。

【注释】

[1]清虚大帝：即地官大帝，全称“中元二品七炁赦罪地官洞灵清虚大帝青灵帝君”，亦称为地官、清虚大帝、中元二品赦罪地官清虚大帝。是道教中三官大帝之一，地官是由元洞混灵之气、结黄之清凝结而成，掌管五岳大帝、五岳诸真人及惜地神仙已得道者。传说“地官赦罪”，农历七月十五日是地官的诞辰，民间称这一天为中元节，有祭祖的习俗，并祈求地官赦免祖先亡魂之罪。亦是祭祀一切亡灵的日子。

[2]五岳帝君：东岳帝君，名金虹氏，东华帝君弟。

[3]九地土皇：九地，对于天界而言，道教分泉地为九重，谓之九垒地，又叫九垒土皇，即元德、皇德、帝德、王德、人德、地德、里德、福德、昌德。土皇是道教的地神。

[4]中元月日：即中元节，是道教名称，民间世俗称为七月半、七月十四、祭祖节，佛教则称为盂兰盆节。七月乃吉祥月、孝亲月，七月半是民间初秋庆贺丰收、酬谢大地的节日，有若干农作物成熟，民间按例要祀祖，用新稻米等祭供，向祖先报告秋成。该节是追怀先人的一种文化传统节日，其文化核心是敬祖尽孝。

[5]地官：全称为“中元二品七炁赦罪地官清虚大帝青灵帝君”，隶属上清境。地官由元洞混灵之气和极黄之精结成，总主五帝五岳诸地神仙。每逢七月十五日，即来人间，校戒罪福，为人赦罪，称为“地官赦罪”。

[6]大：当作“天”。

【译文】

中元二品七气地官清虚大帝，居住在九土无极世界洞空清虚之宫，主管五岳帝君和二十四治山、九地土皇、四维八极神。每到七月十五日的中元节，地官考察大千世界以内、十方国土之中、上到各个神仙升入仙籍、星宿照临国土的分界，中到一定时段内世人功业品级的考察，下到鱼龙变化飞走潜动生息化育的时间，并且等到地官大帝考察收集完成的日子，分别记录上奏。随着业力高下不同改变形状，随着福气多少接受相应福报，随着劫难大小不断轮转，随着业力高下决定生死，好事坏事都随缘，没有任何差别。

下元三品大帝

下元三品五气水官洞阴大帝[1],洞元风泽之气、晨浩之精,金灵长乐之宫,总主九江水帝[2]、四渎神君[3]、十二溪真、三河四海神君。每至十月十五日,下元月日[4],水官[5]考籍大千世界之内,十方国土之中,上至诸大神仙升临之籍,星宿照临国土分野之薄,中至人品考限之期,下至鱼龙变化飞走潜动生化之期,并俟水官集圣之日,录奏分别。随生改形,随福受报,随劫转轮,随业生死,善恶随缘,无复差别,宜悉[6]知之。

【注释】

[1]洞阴大帝:全名"下元三品五炁解厄水官金灵洞阴大帝旸谷帝君",隶属太清境。水官由风泽之气和晨浩之精结成,总主水中诸大神仙。每逢农历十月十五日,即来人间,校戒罪福,为人消灾减厄、解冤释结。

[2]九江水帝:即浙江水帝、扬子江水帝、松江水帝、吴江水帝、楚江水帝、湘江水帝、剩江水帝、汉江水帝、南江水帝。

[3]四渎神君:四渎神,即长江(古称扬子江)、黄河、淮河、济水四大独流入海的河川神,在民间信仰中是河川神的代表。

[4]下元月日:即下元节,是我国传统节日,为农历十月十五日,亦称"下元日""下元"。下元节,就是水官解厄旸谷帝君解厄之辰,俗谓下元日。

[5]水官:民间传说中的神仙。三官大帝,即天官、地官、水官,亦称"三官",又称"三元",为道教较早供祀的神灵。一说天官为唐尧,地官为虞舜,水官为大禹。道经称,天官赐福,地官赦罪,水官解厄。

[6]宜悉:全部都知道。

【译文】

下元三品五气水官洞阴大帝,由风泽之气和晨浩之精凝结而成,居住在金灵长乐宫。主要负责九江水帝、四渎神君、十二溪真、三河四海神君。每到十月十五日的下元节，掌控水的神官考察大千世界的内部情况，还有十个方位版图的内部，上到各个神仙升天的登记，星光照耀在各个国家土地地域的兴亡之簿，中到各个人品考察的时间，下到鱼龙变化飞走万类改易身形，并且等到水官大帝考察收集完成的日子，分别记录上奏。随着业力高下不同改变形状，随着福气多少接受报答，随着劫难大小不断轮转，随着业力高下决定生死，好事坏事都随缘，不再有任何差别，应该全部都知道。

东岳三月二十八日生

泰山者，乃群山之祖，五岳之宗，天地之神，神灵之府也。在兖州奉符县[1]，今太安州是也。以梁父山为储副[2]。东方朔《神异经》曰："昔盘古氏五世之苗裔[3]曰赫天氏，赫天氏曰胥勃氏，胥勃氏曰玄英氏[4]，玄英氏子曰金轮王，金轮王弟曰少海氏，少海氏妻曰弥轮仙女也。弥轮仙女夜梦吞二日，觉而有娠。生二子，长曰金蝉氏，次曰金虹氏。金虹氏者，即东岳帝君也，金蝉氏即东华帝君也。"

【注释】

[1]兖州奉符县：今山东肥城市。

[2]储副：本指国之副君，指太子。晋·袁宏《后汉纪·顺帝纪》："太子，国之储副。"此处指副山，即客山。

[3]苗裔：子孙后代。《楚辞·离骚》："帝高阳之苗裔兮，朕皇考曰伯庸。"王逸注："苗，胤也；裔，末也。"朱熹集注："苗裔，远孙也。"

[4]赫天氏曰胥勃氏，胥勃氏曰玄英氏：《神异经》作"赫天氏子曰胥勃氏，胥勃氏子曰玄英氏，玄英氏子曰金轮王"，当从。

【译文】

泰山，是所有山中的祖先，五岳的宗祖，天地之间的神灵，神灵所居住的地方。在兖州奉符县，是现今的太安州。把梁父山当作副山。东方朔在《神异经》中说道："曾经的盘古氏五代的后裔叫赫天氏，赫天氏的孩子叫胥勃氏，胥勃氏的孩子叫玄英氏，玄英氏的孩子叫金轮王，金轮王的弟弟叫少海氏，少海氏的妻子叫弥轮仙女，弥轮仙女夜里梦见吞了两个太阳，然后感觉怀孕了。生了两个孩子，长子叫金禅氏，次子叫金虹氏。金虹氏也就是东岳帝君，金禅氏也就是东华帝君。"

金虹氏有功在长白山中，至伏羲氏封为"古岁"，为太华真人。掌天仙六籍[5]，遂以岁为姓，讳崇。其古岁者，乃五岳之前无上天尊所都之地，今之奉高[6]是也。

其后乃水一天尊之女也。至神农朝赐天符都官，号名府君。至汉明帝封太山元帅，掌人世居民贵贱高下之分，禄科[7]长短之事，十八地狱六案[8]簿籍[9]，七十五司[10]生死之期。圣帝自尧、舜、禹、汤、周、秦、汉、魏之世，只有天都府君之较[11]。

【注释】

[5]六籍：儒家指六经，佛教指《大般若经》《金刚经》《维摩诘经》《楞伽经》《圆觉经》《楞严经》禅家六籍，道教应该指《道德真经》《先天真经》《文始真经》《冲虚真经》《南华真经》《正一真经》等道宗六书，传说读通一部就能观天之道、执天之行。明·袁中道《珂雪斋集》之《寄周仪曹野王》有"以方书为六籍"之语。

[6]奉高：古县名，汉武帝时置，治所在今山东泰安东。汉、魏、晋均为泰山郡治所。北齐废入岱山县。隋初改岱山为奉高，治所在今泰安东南，开皇六年(586年)又改名岱山，位于今岱岳区范镇故县村。古城现已绝迹。

[7]科：《新刻出像增补搜神记》亦作"科"，据文义当依《绘图三教源流搜神大全》作"科"。禄科，是道教四化星禄、权、科、忌中的两种，禄指的是福气、钱财、好运、增幅等，科指的是等级、品级、类别、名声等。

[8]六案：宋于州、县仿吏、户、礼、兵、刑、工六部设六个办事机构，称"六案"。《宋史·徽宗纪二》："(崇宁四年)令州县仿尚书六曹分六案。"

[9]簿籍：登记、书写所用的册籍，如户口簿、军队名册、账簿等。

[10]七十五司：民间传说中，七十五司的阴间官吏都是在阴曹地府里行刑服满的鬼魂，专门带恶魂下地狱。

[11]较：《绘图三教源流搜神大全》作"位"。

【译文】

金虹氏在长白山这个地方有功业，到伏羲氏的时候就被封为"古岁"，也就是太华真人。掌管天上神仙的六籍，所以就把岁当作自己的姓，名为崇。他是古岁的人，是五岳之前无上天尊所居住的地方，也就是今天的奉高。此后就是水一天尊的女儿。到神农朝的时候被赐予"天符都官"，名号府君。到汉明帝时期，被封为太山元帅，负责主掌人世间居民高低贵贱的区分，掌管福禄等级寿命长短的事情，管理十八层地狱的六案簿籍，七十五司的生死之期。自圣帝尧、舜、禹、汤、周、秦、汉、魏的时代，只有天都府君的考较。

按《唐会要》曰："武后垂拱二年七月初一日封东岳为'神岳天中王'，武后万岁通天元年四月初一日尊为'天齐君'。玄宗开元十三年加封'天齐王'。"宋真宗大中祥符元年十月十五日诏封"东岳天齐仁圣王"，至祥符四年五月日尊为帝号"东岳天齐仁圣帝”。淑明皇后，圣朝加封“大生”二字，余封如故。帝五子：宣灵侯；惠灵侯，和惠夫人；至圣炳灵王，永泰夫人；居仁尽鉴尊师；佑灵侯，淑惠夫人。帝一女玉女大仙，即岱岳太平顶玉女娘娘是也。

【译文】

按《唐会要》中说：“武则天在垂拱二年七月初一封东岳大帝为‘神岳天中王’，武则天万岁通天元年四月初一尊称其为‘天齐君’。玄宗开元十三年又加封为‘天齐王’。”宋真宗大中祥符元年十月十五日诏封东岳大帝为“东岳天齐仁圣王”，到祥符四年五月日的时候被尊为帝号“东岳天齐仁圣帝”。他的妻子是淑明皇后，圣朝时又加封东岳大帝“大生”二字，其他封号用字跟以前一样。东岳大帝有五个儿子：长子为宣灵侯；次子为惠灵侯，其夫人为和惠夫人；三子为至圣炳灵王，其夫人为永泰夫人；四子为居仁尽鉴尊师；幼子为佑灵侯，其夫人为淑惠夫人。东岳大帝还有一个女儿——玉女大仙，也就是岱岳太平顶玉女娘娘。

南岳

南岳衡山，衡州衡山县是也，以霍山为储副。东方朔《神异经》云："姓崇，讳覃。"南岳[1]，主于世界星辰分野[2]之地，兼麟甲水族龙鱼之事。大中祥符四年五月二十五日追尊帝号"司天昭圣帝"，景明皇后。圣朝加封"大化"二字，余封如故。

【注释】

[1]南岳：据文例，"南岳"后当有"者"字。

[2]分野：分界；界限。

【译文】

南岳衡山，在衡州衡山县，把霍山当作副山。东方朔《神异经》中说："他姓崇，名讳为覃。"南岳大帝主管天下上天星空区域与地上国、州之间的分界，兼管龙鱼海虾等海洋生物的事情。大中祥符四年五月二十五日追尊帝号为"司天昭圣帝"，他的妻子是景明皇后。圣朝时又加封南岳大帝"大化"二字，其他封号用字跟以前一样。

西岳

西岳华山，在华州华阴县是也，以太白山为储副。东方朔《神异经》云："神姓善，讳里。"西岳者，主管世界金银铜铁五金之属、陶铸坑冶，兼羽毛飞乌[1]之事。大中祥符四年五月日追尊帝号"金天顺圣帝"，肃明皇后。圣朝加封"大利"二字，余封如故。

【注释】

[1]乌：据文意当作"鸟"。

【译文】

西岳华山，在华州华阴县，把太白山当作太子。东方朔《神异经》中说："西岳神姓善，名讳为里。"西岳神主掌管着天下金银铜铁锡五金的分类、烧铸瓷器、冶炼金属，兼管飞禽的事情。大中祥符四年五月日追尊帝号为"金天顺圣帝"，他的妻子是肃明皇后。圣朝时又加封南岳大帝"大利"二字，其他封号用字跟以前一样。

北岳

北岳恒山，在定州曲阳县是也。以嵱峒山[1]为储副。东方朔《神异经》云："神姓晨，讳锷。"北岳者，主于世界江河淮济，兼虎豹走兽之类，蛇虺[2]昆虫等属。大中祥符四年五月日追尊帝号"安天玄圣帝"，静明皇后。圣朝加封"大贞"二字，余封如故。

【注释】

[1]嵱峒山：嵱，当为"崆"。崆峒山，传说广成子所居地，位于河南禹州、汝州地界。

[2]蛇虺：泛指蛇类。亦用以比喻凶残狠毒的人。

【译文】

北岳恒山，在定州曲阳县。把崆峒山当作副山。东方朔《神异经》中说："北岳神姓晨，名讳为锷。"北岳神主管着天下的长江、黄河、淮河、济水，兼管豺狼虎豹的类别，蛇类昆虫等的分类。大中祥符四年五月日追尊帝号"安天玄圣帝"，他的妻子是静明皇后。圣朝时又加封北岳大帝"大贞"二字，其他封号用字跟以前一样。

中岳

中岳嵩山，在西京河南府登封县是也。以少室山[1]为储副。东方朔《神异经》云："神姓恽，讳善。"中岳者，主于世界地泽川谷沟渠山林树木之属。大中祥符四年五月日追尊帝号"中天崇圣帝"，正明皇后。圣朝加封"大宁"二字，余封如故。

【注释】

[1]少室山：又名"季室山"，亦名"九顶莲花山"或"御寨山"，位于今天的河南登封市西北。

【译文】

中岳嵩山，在西京河南府登封县。把少室山当作副山。东方朔《神异经》中说："中岳神姓恽，名讳为善。"中岳神主掌管天下土地湖泽山川谷壑沟渠林木等事。大中祥符四年五月日追尊帝号"中天崇圣帝"，他的妻子是正明皇后。圣朝时又加封北岳大帝"大宁"二字，其他封号用字跟以前一样。

四渎神[1]

江渎神，即楚屈原大夫也。唐始封二字公，宋加四字公。本朝加封四字王，号“广源顺济王”。

河渎神，即汉陈平也。唐始封二字公，宋加四字公。本朝加封四字王，号“灵源弘济王”。

淮渎神，即唐裴度也。唐始封二字公，宋加四字公。本朝加封四字王，号“长源候济王”。

济渎神，即楚作[2]大夫也。唐始封一字公[3]，宋加四字公。本朝加封四字王，号“清源汉济王”。

【注释】

[1]四渎神：即长江（古称扬子江）、黄河、淮河、济水四大独流入海的河川神，在民间信仰中是河川神的代表。河流崇拜，在中国起源很早，但同山岳崇拜一样，地方性很强，并无统一的河神或水神。

[2]作：《新刻出像增补搜神记》亦作“作”，据文义当依《绘图三教源流搜神大全》作“伍”。伍大夫，即楚国伍子胥。

[3]一字公：据文例当为二字公。“唐始封二字公”，《旧唐书·玄宗本纪下》记载天宝六载（747）正月：“五岳既已封王，四渎当升公位，封河渎为灵源公，济渎为清源公，江渎为广源公，淮渎为长源公。”《旧唐书·礼仪志四》记载：“六载，河渎封灵源公，济渎封清源公，江渎封广源公，淮渎封长源公。”《唐会要》卷四七“封诸岳渎”条：“六载正月十二日敕文：四渎五岳，虽差秩序，兴云播润，盖同利物。崇号所及。锡命宜均。其五岳既已封王，四渎当升公位。递从加等，以答灵心。其河渎宜封为灵源公，济渎封为清源公，江渎封为广源公，淮渎封为长源公。”“宋加四字公”指的是东渎大淮广润公、西渎大河灵源公、北渎大济清源公、南渎大江广源公。宋代黄遵编的《翰苑群书》：“东渎大淮广润公在泌州，西渎大河灵源公在河府，北渎大济清源

公在孟州，南渎大江广源公在广都府。”见《翰苑群书》卷五“皇帝迁归西都应岳镇海渎名山大川及州府灵迹封崇神祠祭告”条。而加封四字王之事，本有两处记载，一处是《宋会要》：“江渎封广源顺济王，河渎灵源宏济王，淮渎长源广济王，济渎清源汉济王。”《宋会要辑稿·礼二一》“岳渎诸庙”条记载宋仁宗康定元年（1040年）加封“江渎为广源王，河渎为显圣灵源王，淮渎为长源王，济渎为清源王”。而《宋史》卷一二〇“礼五”文字与《宋会要辑稿》基本相同，并无“顺济”“宏济”“广济”“汉济”之封号。到了《元史》卷七六“祭祀五”才有“顺济”“宏济”“广济”“汉济”字样：“（元世祖忽必烈）至元二十八年春二月……加封江渎封广源顺济王，河渎灵源弘济王，淮渎长源溥济王，济渎清源善济王。”封号文字偶与本《搜神记》略有差异。以吾度之，只不过是方言区的记录《元史》带来的差异，“候”“溥”音近而致讹，“汉”“善”韵同而致讹，当以《元史》为正。

【译文】

江渎神（南渎），也就是楚屈原大夫。唐初时被封为二字公（即广源公），宋朝时又被加封为四字公（即大江广源公）。本朝的时候加封为四字王，号“广源顺济王”。

河渎神（西渎），也就是汉朝的陈平。唐初时被封为二字公（即灵源公），宋朝时又被加封为四字公（即大河灵源公）。本朝的时候加封四字王，号“灵源弘济王”。

淮渎神（东渎），也就是唐朝的裴度。唐初时加封为二字公（即长源公），宋朝时又被加封为四字公（即大淮广润公）。本朝的时候加封为四字王，号“长源候济王”。

济渎神（北渎），也就是楚国大夫伍子胥。唐初时被封为二字公（即清源公），宋朝时又被加封为四字公（即大济清源公）。本朝加封四字王，号“清源汉济王”。

五方之神

武王伐纣都洛邑，天大雨雪，甲子朔，五神车骑止王门之外，欲谒武王。王曰："诸神各有名乎?"师尚父[1]曰："南海神名祝融[2]，北海神名玄冥，东海神名勾芒，西海神名蓐收，河泊名冯修。"使谒者以名召之，神皆警[3]而见武王。王曰："何以教之?"神曰："天伐殷立周，谨来受命，各奉其使。"武王曰："予岁时无废礼焉。"按传：共工氏子曰龙[4]，主社，为后土神；少昊子曰重，主木，为勾芒神；颛顼子黎，喜[5]火，为祝融神；少昊第二子该，主金，为蓐收[6]神；少昊第三子熙，王[7]水，为玄冥神。

【注释】

[1]师尚父：齐太公吕望的尊称。《诗·大雅·文王》："维师尚父，时维鹰扬。"毛传："师，大师也。尚父，可尚可父。"郑玄笺："尚父，吕望也，尊称焉。"宋·陆游《跋鲁直书大戴践阼篇》："此三十二字，与丹书三十九字，一传于箕子，一传于师尚父。"清·陈梦雷《李葆甫传》："昔师尚父八十始秉钺建旄。"

[2]祝融：号赤帝，古代神话中的火神、南方神、南岳神、南海神、夏神、灶神，五行神之一。历史文献中，祝融的相关记载纷繁复杂。在部分文献中，祝融指三皇之一的祝融氏。又有文献记载祝融为炎帝之后。另有文献记载祝融为黄帝之后。而祝融也指火正、夏官的官职名称。

[3]警：戒备。《左传·宣公十二年》："且虽诸侯相见，军卫不彻，警也。"

[4]龙：即勾龙。《周礼正义》说："颛顼氏有子，曰犁，为祝融；共工氏有子，曰句龙，为后土。此其二祀也。后土为社稷田正也。"《尚书注疏》说："共工氏子曰句龙，能平水土，祀以为社。"《春秋左传注疏》说："共工氏有子曰句龙，为后土。"杜预注说："共工在太皞后、神农前，以水名官。其子句龙，能平水土，故死而见祀。"《周易筮述》说："颛顼氏有子曰荦，为祝融。共工氏有子曰句龙，为后土。"

[5]喜：据文例当为"主"。《新刻出像增补搜神记》即为"主"。

[6]蓐收：也作"神蓐"。《绘图三教源流搜神大全》："盖五行为天地间至入之极，

必有为之主宰者,故曰玄冥,曰祝融,曰勾芒,曰神哮,曰后土,皆指水火金木土而言之物。”

［7］王:据文例当为“主”。《新刻出像增补搜神记》即为“主”。

【译文】

周武王讨伐纣王的都城洛邑,天上下着雨雪,甲子朔年时,五神的车骑停在武王门外,想要拜见武王。武王说:“诸位神各自都有名字吗?”姜子牙说:“南海神叫祝融,北海神叫玄冥,东海神叫勾芒,西海神叫蓐收,河泊叫冯修。”让拜见的人依据名字召见他们,诸神都警畏谨慎地去拜见武王。武王说:“来这里有什么见教?”神说:“周武王顺天伐纣,四海之内的神仙都来接受命令(听候差遣),我们会按照各自的使命去做的。”武王说:“你们会每年按时接受祭享的。”依据传说:共工氏的儿子叫(句)龙,按五行排列主宰社(即土神),是后土神;少昊的儿子叫重,按五行排列主宰木(即木神),被称为句芒神;颛顼的孩子叫黎,喜欢火(即火神),被称为祝融神;少昊第二个孩子叫该,按五行排列主宰金(即金神),被称为蓐收神;少昊第三个孩子叫熙,按五行排列主宰水(即水神),被称为玄冥神。

太乙

天神也,按《汉书》:刘向校书天禄阁,有老人着黄衣植青藜[1]而进见,向在暗中,遂出杖端火照向读书。向问其姓名,答曰:"我太乙之精"。

【注释】

[1]植青藜:植,拄,倚扶。《论语·微子》:"丈人曰:'四体不勤,五谷不分。孰为夫子?'植其杖而芸。"何晏集解引孔安国曰:"植,倚也。"一说为立。朱熹集注:"植,立之也。"青藜,此处指藜杖,后以"青藜"指夜读照明的灯烛。

【译文】

他是天神,按《汉书》中所说:刘向在天禄阁校正书目,有位老人穿着黄衣拄着拐杖进来与他见面,刘向在暗中,于是就拿着拐杖端着火给刘向照明读书。刘向问老人的姓名,老人回答说:"我是太乙之精。"

肩吾

按《山海经》："昆仑之丘，是实惟帝之下都，神陆吾司之，其神人面、虎身、虎爪而九尾，司天之九部及帝之囿时[1]。"庄子所谓"肩吾得之，以处太山[2]"是也。

【注释】

[1]"按《山海经》"至"囿时"：这段文字语出《山海经·西山经》："西南四百里，曰昆仑之丘，实惟帝之下都，神陆吾司之。其神状虎身而九尾，人面而虎爪，是神也，司天之九部及帝之囿时。"

[2]肩吾得之，以处太山：语出《庄子·大宗师》："肩吾得之，以处大山也。"

【译文】

按照《山海经》中所说："昆仑山，其实是天帝在下界的都城，由天神陆吾掌管。陆吾长着人的面孔，身子像老虎，手像虎爪，有九条尾巴。他主管天上九域的领地和昆仑山苑圃的时节。"庄子所说的"肩吾得到了道，就处东岳而为泰山之神"就是他。

烛阴

《海外北经》:“钟山之神,名曰烛阴,即烛龙也。其神视为昼,瞑为夜,吹为冬,呼为夏,不饮,不食,不息,息为风,身长千里,人面蛇身,一足赤色,在无启之国。”[1]

【注释】

[1]“《海外北经》”至“在无启之国”:语出《山海经·海外北经》:“钟山之神,名曰烛阴,视为昼,瞑为夜,吹为冬,呼为夏,不饮,不食,不息,息为风,身长千里。在无启之东。其为物,人面,蛇身,赤色,居钟山下。”烛阴,即烛龙,又名烛九阴、逴龙、火精,中国古代神话中的神兽,开眼为昼、闭眼为夜,有一子名为鼓。据《山海经·大荒北经》记载,烛龙是章尾山之神,人面蛇身,浑身红色,眼睛竖着长。《山海经·海外北经》记载的钟山之神烛阴也是人面蛇身赤色。郭璞在《山海经图赞译注》中认为,烛龙与烛阴乃是同一物。

【译文】

按照《海外北经》中所说:“钟山的神名叫烛阴,即烛龙。他睁开眼睛就是白天,闭上眼睛就是黑夜;一吹气便是冬天,一呼气就是夏天。他既不喝水,不吃东西,也不呼吸,一呼吸就成了风。他的身体足有一千里长,他的面孔和人的一样,身子和蛇的一样,一只脚赤红色,这烛阴神在无启国(东边,就住在钟山脚下)。”

雷神[1]六月二十四日生

庙在雷州之西南八里，昔乡人尝造雷鼓雷车置庙中。有以鱼彘肉同食者，立为霆震。《旧记》[2]云："陈天建[3]初，州民陈氏者因猎获一卵，围及尺余，携归家。忽一日霹雳而开，生一子，有文在手，曰雷州，后养成，名文玉，乡俗呼为雷种。后为本州刺史，殁而有灵，乡人庙祀之，阴雨则有电光吼声自庙而出。"宋元累封王爵，庙号"显震"，德佑中更名"威化"。《国史补》[4]："雷州春夏多雷，秋日则伏地中，其状如彘，人取而食之。又雅州瓦屋山有雷洞，投以瓦石，应手电震。"

【注释】

[1]雷神：雷神信仰起源于古代先民对于雷电的自然崇拜。道教神话中，编造出了数量繁多、级别分明的雷神，最基层的是"雷公"，上一层的是普通"雷神"，再上层是"雷王"。相传雷王出生在广东的雷州半岛，名叫陈文玉，后来成为神仙。道教中级别最高的雷神是"普化天尊"。

[2]《旧记》：张应斌认为，《旧记》指的是唐代房千里《投荒杂录》中的《陈义》，又称《古记》，而"《古记》是雷州雷神神话最早的文本"。

[3]天建：误，应为"太建"。太建（569—582年）是南朝陈政权陈宣帝陈顼的年号，共计13年余。

[4]《国史补》：即《唐国史补》，为中唐人李肇所撰，是一部记载唐代开元至长庆之间一百年事，涉及当时的社会风气、朝野轶事及典章制度等各个方面的重要轶事小说。本段文字出自唐代李肇的《唐国史补》卷下："或曰：雷州春夏多雷，无日无之。雷公秋冬则伏地中，人取而食之，其状类鼠。又云，与黄鱼同食者，人皆震死。"

【译文】

雷神的庙宇在雷州西南方八里的地方，以前的乡人曾经制造雷鼓雷车放在庙中。有人把鱼猪肉同吃的人，立为霆震。《旧记》说："南朝陈太建初年，雷州百姓陈氏因为猎获了一枚卵，周长一尺有余，便带回了家。忽然有一日，又急又响的雷把蛋炸开,生出一个孩子,有字在手中,叫雷州,后来长大,名叫文玉,乡里俗称他为雷种。"后来成为雷州的刺史,死后拥有灵气,乡人建庙祭祀他,阴天下雨时就有闪电雷声从庙里发出。宋元时期多次加封王爵,庙号为"显震",德祐时更改名字为"威化"。《国史补》:"雷州,春天和夏天多打雷,秋天就趴伏在地上,其形状像猪,人可以取来食用。在雅州瓦屋山上有一个雷洞,将瓦石投掷到里面,随手就会感到被电击的震动。"

电神[1]

相传东王公与玉女投壶皋而脱误不接者，天为之笑，开口流光，今之闪电是也。

【注释】

[1]电神：此节文字与《东王公》大致相同。

【译文】

相传，东王公与玉女进行投壶游戏，每次箭从壶中跃出而东王公手没接住，老天都会为他这失误而大笑，嘴一张开闪耀的光芒就喷射出来，在今天看来就是闪电。

风伯[1]

飞廉是也，应劭曰："飞廉神禽，能致风气，身似鹿，头似爵[2]，有角，尾似蛇，大如豹。"

【注释】

[1]风伯：指风神，是人面鸟身的天神。又称风师、飞廉、箕伯，等等。

[2]爵：一种酒器，是天子分封诸侯时赏赐给诸侯的。古代"爵"与"雀"同音，所以"爵"在古书中也被假借作"雀"，此处即"雀"义。

【译文】

风伯就是飞廉，应劭说："飞廉是神兽，能够送来风，身体像鹿，头像雀，有犄角，尾巴像蛇，大得像豹子。"

雨师[1]

商羊[2]是也。商羊神鸟，一足，能大能小，吸则溟渤[3]可枯。

【注释】

[1]雨师：道教俗神，亦称萍翳、玄冥等。

[2]商羊：一足鸟，招大雨。商羊是古代神话传说中的神兽，每当大雨到来之前，会屈着一只脚在田间飞舞。

[3]溟渤：溟海和渤海。多泛指大海。

【译文】

雨师就是商羊。商羊是神鸟，一只脚，可以变化大小，能量很大，能够吸光溟海和渤海之水。

卷二

玄天上帝[1]三月初三日生

按《混洞赤文》[2]所载，玄帝乃元始化身，太极别体。上三皇时下降为太始真人，中三皇时下降为太朴直[3]人，下三皇时下降为太素真人，至黄帝时下降为当上天[4]。开皇初劫下世，紫云元年，建[5]甲午三月甲寅庚午时符太阳之精，托胎化生净乐国王善胜夫人之腹，孕秀一十四月，则太上八十二化也。净乐国者，乃奎娄[6]之下海外国，上应龙变梵度天[7]。玄帝产母左胁，当生之时瑞云覆国，异香芬然，地上[8]变金玉，瑞应之祥。

【注释】

[1]玄天上帝：即真武大帝，或真武、北极真君。真武即北方之神玄武，宋时避讳改玄为真，称真武帝，宋朝道教的北方上帝，明朝天子的保护神。

[2]《混洞赤文》：《太上混洞赤文女青诏书天律》是道教之中对于各种神灵犯罪行为的惩罚条令。

[3]直：据文例和文义，当为"真"。

[4]从"上三皇时"至"当上天"：《新刻出像增补搜神记》与此同。《绘图三教源流搜神大全》作"上三皇时，下降为太始真人；中三皇时，下降为太元真人；下三皇时，下降为太乙真人；至黄帝时，下降为玄天上帝"。《玄天上帝启圣录》卷一作："上三皇时下降为太始真人，中三皇时下降为太初真人，下三皇时下降为太素真人，黄帝时下降符太阳之精。"《武当福地总真集》卷下作"上三皇时降为太初真人，中三皇时降为太始真人，下三皇时降为太素真人"。与道藏本《搜神记》类似的是《北极真武普慈度世法忏》，其卷三作："《混沌赤文》载，上三皇时下降为太始真人，中三皇时下降为太初真人，下三皇时下降为太素真人，至黄帝时下降正上天。""当上天""正上天""太阳之精"当应"玄天上帝"。

[5]建：《绘图三教源流搜神大全》"建"前有"岁"字。

[6]奎娄：又称降娄，十二星次之一。

[7]龙变梵度天:道教所说三十二天之种民四天之一。种民四天为:大虚无上常融天、太释玉隆腾胜天、龙变梵度天、太极平育贾奕天。

[8]上:当依《绘图三教源流搜神大全》作“土”。

【译文】

按照《混洞赤文》记载:玄天上帝是元始天尊的化身、太极的化身,上三皇时下降为太始真人,中三皇时下降为朴真人,下三皇时下降为太素真人,到了黄帝时下降为玄天上帝。开皇初劫下到凡间,紫云元年,岁在甲午年三月甲寅日庚午时符应太阳的精气,投胎到净乐国王善胜夫人的肚子里,怀胎十四个月,是玄元圣祖八十二次化身。净乐国在“星分奎娄之下”的海外之国,上应龙变梵度天。玄帝从母亲的左胁下诞生,出生时祥云弥漫在净乐国的上空,全国飘着异香,地上的土变成金玉,征兆祥瑞。

生而神灵,举措隐显,年及十岁,经典一览,悉皆默会,仰观俯察,靡所不通,潜心念道,志气太虚,愿辅上帝普福兆民。父王不能抑志[9],年十五,辞父母欲寻幽谷内炼元真,遂感玉清圣祖紫虚元君,传授无极上道。

【注释】

[9]抑志:抑制自己的志向。

【译文】

出生时就是神灵,举措中显示出若隐若现的神通,年纪才十岁,经典书籍看一遍就都会了。仰头看低头观察,没有什么是不会的,潜心修习大道,志在气之太虚之境,希望辅佐上帝给百姓降下福兆。玄帝的父王不能阻遏他的志向,玄帝在十五岁的时候离开父母,想要去寻找幽静的山谷修炼元真,于是感动了玉清圣祖紫虚元君,传授给他无极上道。

元君告玄帝曰:“子可越海东游,历于翼轸[10]之下,有山自乾兑起迹,盘旋五万里,水出震宫,自有太极便生是山,应显定极风天、太安皇崖二天[11]。子可入是山,择众峰之中冲高紫霄者居之,当契太和[12]。升举之后五百岁,当龙汉二劫[13]中,披发跣[14]足,摄[15]离坎真精归根复位,上为三境辅臣,下作十方大圣[16],方得显名亿劫[17],与天地日月齐并,是其果满也。”告毕,元君升云而去。

【注释】

[10]翼轸:二十八宿中的翼宿和轸宿。古为楚之分野。《史记·天官书》:“翼轸,荆州。”

[11]显定极风天、太安皇崖二天：道教所说三十二天中色界十八天中的二天名。显定极风天，主度有善功之人事，系翼宿之气，气名浩阳，其色黄；太安皇崖天，主开度善人事，系轸宿之气，气名太阳，其色白。《上清灵宝大法》卷一〇：“太安皇崖天帝，号婆娄阿贪，讳宛，主开度善人，居开明宫，治在南方巳之西，系轸宿炁，名太阳，白色，宛薮涤色，太渺之堂，分色界。天民寿数一万一千七百九十万亿四千八百万岁。显定极风天帝，号招莫童，讳流，主度有善功之魂，居太赫宫，治在南方丙之东，系翼宿炁，名浩阳，黄色，流罗梵萌，景郁萧隅，分色界。天民寿数二万三千五百九十二亿九千六百万岁。”

[12]太和：太，至高至极；和，和谐。太和本指至极的合顺和谐的状态。《易·乾彖凡》：“保合太和，乃利贞。”王夫之认为：“太和，和之至也。”也指阴阳会合冲和之气。

[13]龙汉二劫：道教有“龙汉劫”一说，据《道藏》当还细分为“龙汉初劫”“龙汉二劫”。龙汉初劫，道教谓元始天尊年号之一，又为五劫之始劫（龙汉、赤明、开皇、上皇、延康）。《元始无量度人上品妙经四注》卷三：“天尊结元洞之炁，为玉历之书，其历以龙汉劫为初劫。”《玉清无极总真文昌大洞仙经注》卷三：“《大洞经》先出于龙汉元年，元始当生出书之时也，故号龙汉劫初。”《灵宝无量度人上品妙经》卷二二《飞神召灵品》：“混然六合，照彻十方，龙汉初劫，传迭开生。”按《元洞玉历纪》：至五帝末，乃上天龙汉二劫，下世洪水渐息，人民始耕，生灵方足衣食。

[14]跣：光着脚，不穿鞋袜。

[15]摄：通“蹑”，踩、踏，轻步行走的样子。

[16]十方大圣：亦称“十方救苦天尊”“十方天尊”“十方大神”“十方至真”等，是道教信仰神祇。十方救苦天尊即“东方玉宝皇上天尊、南方玄真万福天尊、西方太妙至极天尊、北方玄上玉晨天尊、东北方度仙上圣天尊、东南方好生度命天尊、西南方太灵虚皇天尊、西北方无量太华天尊、上方玉虚明皇天尊、下方真皇洞神天尊。灵宝化行十方身，无量救苦度天人。“十方天尊”“十方无极天尊”“十方无极太上灵宝天尊”等，其实都是“元始天尊”的一种十分重要的存在方式，是古灵宝经借鉴大乘佛教“十方诸佛”之后所形成的主神观念。

[17]亿劫：极长久的时间。佛经言天地的形成到毁灭，亿劫是佛学中量词用语。亿，形容数量极多，盈满。《金刚经》：“百千万亿分，乃至算数譬喻所不能及。”劫，为古代印度极大时限之时间单位。

【译文】

紫虚元君告诉玄帝说：“你可以越过大海向东游去，游历于翼轸之下。有山从乾兑蜿蜒而起，盘旋五万里，水从震宫出来，自有太极，便有了那座山，山又上应显定极风天和太安皇崖天二天。你就可以进入山中，选择众多山峰中高耸直入紫霄殿的山峰居住下来，这应该就契合太和之气了。飞升五百岁后，在龙汉二劫的时候，披散着头发光着脚，踩在离坎真精归根复位的地方，上为三清圣境的辅臣，下做十方大圣，才可以明显亿劫，与天地日月同寿，方才算得功果圆满。”说完之后，紫虚元君就驾云走了。

玄帝乃如师语，越东海游，步至翼轸之下，果见师告之山，山水藏没，皆符师言。乃入观览，果有七十二峰，中有一峰耸翠上凌紫霄，下有一岩，当阳虚寂，于是玄帝采师之诚[18]，目山曰太和山，峰曰紫霄峰，岩曰紫霄岩，因卜居[19]焉。潜虚玄一[20]，默会[21]万真。四十九年[22]，大得上道，于黄帝紫云五十七年岁次甲子九月初九日丙寅清晨，忽有祥云天花自空而下，迷漫山谷，去山四方各三百里林峦震响，自作步虚[23]仙乐之音。

【注释】

[18]诚：《绘图三教源流搜神大全》《玄天上帝启圣录》均作“诫”，当从。

[19]卜居：择地居住。《艺文类聚》卷六四引南朝齐·萧子良《行宅》诗：“访宇北山阿，卜居西野外。”

[20]玄一：《老子》：“道生一，一生二，二生三，三生万物。”后因称道的本源为“玄一”。

[21]默会：暗自领会。

[22]四十九年：《太上说玄天大圣真武本传神魂妙经注》《玄天上帝启圣录》《绘图三教源流搜神大全》均作“四十二年”。

[23]步虚：斋醮科仪名词，亦称步虚韵。道教诵经时咏吟的韵调，声韵优雅缥缈，犹步云端。

【译文】

玄帝就听师傅紫虚元君的话，向海的东边游去，到了翼宿、轸宿的下面，果然看见师傅告诉的山，山水藏没，符合师傅所说的话。于是进入山中观赏浏览，果然有七十二座山峰，其中有一峰高耸翠绿直到凌霄殿，下面有一山岩，朝向阳面虚清静寂，于是玄帝记取师傅紫虚元君的告诫，望着这座山将其命名为太和山，山峰叫紫霄峰，山岩叫紫霄岩，并在山上择地居住。沉下心来静静修行玄一之道，暗自领会仙真的言语教诫。经过四十九(译者按：实为“二”)年，大得上道，在黄帝紫云五十七年甲子九月初九丙寅日的早上，忽然有祥云天花从空中飘落，迷漫在山谷之中，在山的四面各三百里的地方树林震动发出声响，自己创作出步虚仙乐之音。

是时玄帝身长九尺，面如满月，龙眉凤目，钳发[24]美髯，颜如冰清[25]，顶九气玉冠[26]，身披松罗[27]之服，跌[28]足拱手，立于紫霄峰上。

【注释】

[24钳：《绘图三教源流搜神大全》《玄天上帝启圣录》作“绀”，当从。绀发，原指佛教如来绀琉璃色头发，此处指道教得道者之发。

[25]冰清：清新，也比喻德行高洁。

[26]九气玉冠：九气，三清玄、元、始三气各生三气，合为九气。唐·张万福《传授三洞经戒法箓略说》：“道以一气化生三气，三气化生九气，九气各生三气，为三十六天。”玉冠，道士的帽子。唐·项斯《送宫人入道》诗：“初戴玉冠多误拜，欲辞金殿别称名。”

[27]松罗：亦作“松萝”，即女萝，地衣门植物，可入药，有祛寒退热的作用。

[28]跌：当作“跣”，说见前[14]。

【译文】

此时玄帝身长九尺，面庞如同满月，龙眉凤眼，头梳得道者之绀发，长须，容颜清新，戴着九气玉冠，穿着松罗的衣服，赤脚拱手，站立在紫霄峰上。

须臾云散，有五真[29]群仙降于玄帝之前，导从甚盛，非凡见闻。玄帝稽首，祇奉[30]迎拜，五真曰：“予奉三清王帝诏，以子功满道备升举，今闻子之圣父圣母已在九霄矣。”玄帝跪伏恭诏，五真乃宣诏毕，可特拜太玄元帅，领元和迁校府公事，赐九德偃月金晨玉冠、琼华玉簪、碧瑶宝圭[31]、素销[32]飞云金霞之帔、紫销龙衮丹裳羽属绛彩之裙、七宝铢衣、元光朱履、飞红云舄[33]，佩太玄元帅玉册乾元宝印，南北二斗三台[34]龙剑，飞云玉辂[35]，丹举[36]绿辇，羽益琼轮[37]，九色之节，十绝灵旛，前踞九凤，后次八鸾[38]，天下玉女，亿乘万骑，上赴九清[39]，诏至奉行。玄帝再拜授[40]诏，易服讫，飞升金阙。

【注释】

[29]五真：谓五星，亦名五纬，即金、木、水、火、土五行星。

[30]祇奉：敬奉。

[31]宝圭：古代帝王或诸侯在举行典礼时拿的一种玉器，上圆(或剑头形)下方。

[32]销：据文义当作“绡”，下面“紫销”的“销”也作“绡”。绡，薄的生丝织品，轻纱。《礼记·玉藻》：“君子狐青裘豹褎，玄绡衣以裼之。”郑玄注：“绡，绮属也。”素绡，

白色的丝织品。宋·张镃《兰陵王·蓼汀侧》有“湘女淡妆，羽节飞来带秋碧。轻裙素绡织”之句，元末孙蕡《画梅》有“春风环佩素绡裳”之句。

[33]飞红云舄：飞红，犹绯红。云舄，仙道穿的鞋子。清代赵翼《连日大僚多暴亡》诗：“岂比游仙云舄去，剩携使鬼纸钱行。”

[34]三台：星名，指北斗三星。

[35]玉辂：皇帝乘用的主要车辆之一。与金辂、象辂、革辂、木辂合称皇帝“五辂”。

[36]举：据文义当作“舆”。

[37]羽益琼轮：益，《新刻出像增补搜神记》《绘图三教源流搜神大全》《武当福地总真集》均作“盖”，当从。琼轮，玉做的车轮。羽盖，以鸟羽为饰的车盖，也代指仙人车驾。琼轮羽盖，也作“琼轮羽驾”，五代·孙光宪《河渎神·汾水碧依依》：“四壁阴森排古画，依旧琼轮羽驾。”琼轮羽驾，就是用玉做的车轮，用翠羽装饰的车盖。

[38]前踞九凤，后次八鸾：《绘图三教源流搜神大全》作“前啸九凤，后吹八鸾”，《武当福地总真集》作“八鸾九凤”。八鸾，亦作“八銮”，八个鸾铃。鸾，结在马衔上的铃铛，马口两旁各一，四马八铃，故称八鸾。九凤，传说中的神名。《山海经·大荒北经》：“大荒之中，有山名曰北极天柜，海水北注焉。有神，九首，人面，鸟身，名曰九凤。”根据对仗可知，《搜神记》中的“九凤”“八鸾”均指神鸟，非鸾铃、神名之类。

[39]九清：道教语，犹九天，也指天庭。

[40]授：当如《绘图三教源流搜神大全》作“受”。

【译文】

一会儿云消散了，有五真众仙降落到玄帝面前，场面壮大，见到的听到的非同凡响。玄帝恭敬地跪迎，五真仙人说：“我奉三清王帝的诏书，你的功德圆满准备高升，现在听说你的父亲母亲已经在九霄之中。”玄帝恭敬地跪拜听诏，五真仙人宣读诏书完毕，特封为太玄元帅，领元和迁校府的职务，赏赐九德偃月金晨玉冠、琼华玉簪、碧瑶宝圭、素绡飞云金霞之帔、紫绡龙兖红色衣裳羽属绛彩的裙子，镶嵌七宝的红色仙衣，穿着绯红色的云舄，佩带有太玄元帅玉册印证的乾元宝印，腰悬绘有南北二斗及北斗三星的龙剑，乘坐绘有飞云的玉辂，以及红绿辇舆，上张用翠羽装饰的车盖下配上美玉做的车轮，打着九色节杖，打着十绝灵旛，前面九凤蹲踞，后面八鸾飞绕，天下的仙女，亿辆车万匹马，上赴九天，诏书一到即请奉行。玄帝行了再拜礼接受了任命诏书，换了服装，飞升到天庭。

按《元洞玉历记》云：“殷纣日造罪愆，恶毒自横，遂感六大魔王，引诸鬼众伤害众生。元始乃命玉皇上帝降诏紫薇,阳则以周武伐纣,阴以玄帝收魔。斯时,上赐玄帝披发,跣足,金甲玄袍,皂纛玄旗[41],统领丁甲[42],下降凡世。与六天魔王战于洞阴之野,魔王以坎离二气化苍龟巨蛇,变现方成,玄帝神力摄于足下,锁鬼众于酆都大洞。宇宙肃清,玄帝凯还,特赐尊号,拜'玉虚师相玄天上帝',领九天采访使。圣父曰'净乐天君明真大帝',圣母曰'善胜太后琼真上仙';下荫天关曰'太玄火精命阴将军赤灵尊神',地轴[43]曰'太玄水精育阳将军鱼灵尊神',并居天一[44]。"

【注释】

[41]皂纛玄旗:皂纛,亦作"皁纛",古代用黑色丝织物制作的军中大旗。玄旗,浅黑色的旗。

[42]丁甲:天兵天将。

[43]天关、地轴:天关,仙宫,道教认为天有开关之门,与地轴相对而言。地轴,古代传说大地有轴。王必昌《重修台湾县志》卷六载:"后人据神异传,谓真君仗剑,追天关地轴之妖,冠履俱丧,伏而收之。天关龟也,地轴蛇也。"

[44]从"太玄火精命阴将军赤灵尊神"至"并居天一":《绘图三教源流搜神大全》作:"'太玄火精含阴将军赤灵尊神',地轴曰'太玄水精育阳将军黑灵尊神',并居天一真忧之。"根据动宾相对,"命阴"当作"含阴",以便于"育阳"相配;根据颜色相对,"鱼灵"当作"黑灵",以便与"赤灵"相配。"天一""天一真忧之",前者语句不全,后者讹误。《太上说玄天大圣真武本传神咒妙经注》:"按《降笔实录》云:玄帝所居之阙,号曰'天一真庆宫'。"《武当福地总真集》说"(玄帝)所都则日天一真庆宫""下荫天关曰'太玄火精含阴将军赤灵尊神',地轴曰'太玄水精育阳将军黑灵尊神',并居天一真庆宫"。

【译文】

按照《元洞玉历记》说:"商殷纣王每日造下罪行,恶毒之气缠绕于身,于是感召六大魔王,带领众鬼怪伤害黎民百姓。元始天尊于是命令玉皇大帝下诏书命令紫薇,阳间让周武王讨伐纣王,阴间就让玄帝收服魔王。这时,玉皇上帝赐令玄帝披发、光脚,穿金色的铠甲、红色的衣袍,打着黑色的旗子,统领天兵天将,降落到人间。与六大魔王在洞阴的野外大战,魔王用坎离二气变化出苍龟巨蛇,变为方成,玄帝把神力汇聚到脚下,把鬼怪封锁在邓都大洞中,天地之间肃然清净。玄帝凯旋,被特意赐封尊号,被拜称为'玉虚师相玄天上帝',领九天采访使的职务。玄帝的父亲被称为'净乐天君明真大帝',玄帝的母亲被称为'善胜太后琼真上仙';下面福荫泽及(天关和地轴),天关神(即龟)被称为'太玄火精含阴将军赤灵尊神',地轴神(即蛇)被称为'太玄水精育阳将军黑灵尊神'。他们和玄帝一同居住在天一真庆宫。"

北极驱邪院左判官[1]

左判官者,唐颜真卿。德宗命真卿问罪李希烈[2]。亲族饯[3]于长乐坡,公醉跳踯前楹曰:“吾早遇道士云陶八[4],八授以刀圭碧霞丹[5],至今不衰。又曰:‘七十有厄即吉,他日待我于罗浮山。’得非今日之厄乎?”公至大梁,希烈命缢杀之,葬于城南。希烈败,家人啟[6]柩,见貌状如生,遍身金色,爪甲出手背,须发长数尺,归葬偃师北山。后有商人至罗浮山。有二道士弈棋树下,一曰:“何人至此?”答曰:“小客洛阳人。”道士笑曰:“愿寄一书达吾家。”遣童子取纸笔作书。客还至北山,颜家子孙得书惊曰:“先太师[7]亲笔。”发冢开棺已空矣。后白玉蟾[8]云:“颜真卿为北极驱邪左判官。”

【注释】

[1]北极驱邪院左判官:颜真卿。顾名思义,驱邪院即神界专掌驱除邪祟之官府。

[2]李希烈(约750—786):燕州辽西县(今北京顺义区)人。唐朝藩镇将领,淮西节度使李忠臣族侄。

[3]饯:用酒食送行。

[4]陶八:《道教大辞典》作“陶八八”,认为是唐代道士,并引《续文献通考》云:“肃宗时道士,尝以丹授颜真卿。后为李希烈所害,此尸解中名曰剑解。”清代方浚师《蕉轩随录》“六六七七八八”条:“冯六六,元之名妓也。殷七七,能开顷刻花者也。陶八八,以丹授颜鲁公,肃宗时道士也。”清朝王防《竹云题跋》:“考鲁公平生颇溺老佛,常时或从陶八八学神仙之术,亦未可知,及其使希烈一出一入,动以义命。”笔者怀疑“陶八八”可能是“陶八”,其后一个“八”字或连下文而读,清人不解其句读,遂以叠音字名陶八,道士名取叠字者,未闻。著名书法家颜真卿说:“吾昔江南遇道士陶八,八得刀圭碧霞,饵之。”(米芾《鲁公仙迹记》,王昶《金石萃编》卷一四〇,中国书店,1985年,第5页)《鲁公仙跻记》这个碑文笔者不得见,仅以此论,得刀

者为陶八，而《搜神记》不论是把八叠字，还是将两八断开，得刀者均为颜真卿。自唐迄清，对于修道和隐居者，文中颇多尊敬，有《赠卫八处士》《灞上逢元九处士东归》《赠陆七处士》《因安溪先生寄梅定九处士》《题汪六处士兰竹》名篇者，未闻卫八八、元九九、陆七七、梅九九、汪六六也。另外，即使如朱元璋名中有两个八，也不叫八八，而曰重八；节日中有两个九，也不叫九九，而叫重阳；有两个十，也不叫十十，而叫双十。至于冯六六之辈，对妓女的谑称、昵称而已，对于给予颜真卿那么大影响的陶道士，岂可以谑称、昵称戏之乎？为尊重学术计，此处存疑，笔者将另文讨论之。且依古代习惯和本《搜神记》上下文逻辑，将其命名为"陶八"。

[5]刀圭碧霞丹：刀圭，中药的量器名。晋代葛洪《抱朴子·金丹》："服之三刀圭，三尸九虫皆即消坏，百病皆愈也。""碧霞丹"三字后当有给或让颜真卿吃丹药的记载，如米芾《鲁公仙迹记》："吾昔江南遇道士陶八，八得刀圭碧霞，饵之。"何镗《名山记》："唐颜真卿早年典郡江南，遇道人陶八。八授与一刀圭碧霞丹，令服之，约他日相待于罗浮山。"《经验方》："碧霞丹：治吐逆立效。北来黄丹四两筛过，用好米醋半斤，同药入铫内煎令干，却用炭火三称，就铫内煅透红，冷，取研细为末，用粟米饭丸如梧子大。煎醇汤下七丸，不嚼，只一服。"(《图经衍义本草》卷五)

[6]殷：《历世真仙体道通鉴》《三洞群仙録》均作"启"，是。

[7]先太师：先人。陆游《闻鼙录序》中"先太师以三馆兼判学事"的先太师指的是陆游的祖父陆佃；文天祥《告先太师墓文》中"遣人驰告于先太师革斋先生墓下"的先太师就是指文天祥的父亲文革斋。本《搜神记》指先人。

[8]白玉蟾(1134—1229)：原姓葛，乳名玉蟾。稍长取名葛长庚，字白叟、如晦、以阅、众甫，号海琼子、海蟾、云外子、琼山道人、海南翁、武夷翁，世称紫清先生。北宋琼管安抚司琼山县五原都显屋上村(今海南海口市琼山区石山镇典读村)人。

【译文】

左判官是唐代的颜真卿。唐德宗命令颜真卿问罪李希烈。颜氏家族在长乐坡为其饯行，颜真卿喝醉了，在殿堂前的柱子旁上下跳跃说："我早些年前遇到叫陶八的道士，陶八赠送给我(一)刀圭碧霞丹(让我服用)，(我服用后)直到今日都不衰败，又告诉我说：'七十岁有厄难临头，到时在罗浮山等我。'难道说的就是这次遇难吗?"颜真卿到了大梁，果然，李希烈命人将颜真卿勒死，埋葬在大梁城南。李希烈败亡，颜氏家人打开颜真卿的棺椁，看到棺材中颜真卿的面貌像活着一样，全身布满金色，指甲长出手背，头发长数尺，家人就把颜真卿的尸身移往偃师北山安葬。后来，有个商人到罗浮山经商，见到两个道士在树下对棋。其中一个道士对商人说："您是哪里人?"商人说："洛阳人。"道士笑着说："请您捎封家信好吗?"说完便让童子取来纸笔写了一封家信(交给商人)。商人回去送到了北山,颜家的子孙收到信,吃惊地说:“这是我家先人颜真卿的亲笔信!”(选了个好日子)破坟开棺,竟是一个空棺。后来,白玉蟾真人说:“颜真卿是北极驱邪院左判官。”

梓撞帝君[1]二月初三日生

按《清河内传》[2]:余本吴会间人,生于周初,后七十三化[3]为士大夫,未尝酷民虐吏,性烈而行察,同秋霜白日之不可犯。后西晋末,降生于越之西、隽之南两郡之间。是时,丁未年二月三日诞生,祥光罩户,黄云[4]迷野。居处地俯近海里,人请清河叟曰:"君令[5]六十而获贵嗣。"童稚时不喜嬉戏,每慕山泽[6],往往语言若有隐显,尽诵群书,丧[7]避众子,自笑自乐,身体光射[8],居民祈祷,则余嗤讪[9],长啸曰:"土木而能衣人之衣,食人之食,享之而有应,谤之而有祸,我为人而焉无灵乎?"自后夜梦或为龙,或为王者、天符[10],或为水符[11]漕,自怪而不甚信为吉兆。

【注释】

[1]梓撞帝君:当如本道藏本《搜神记》目录作"梓潼帝君"。道教神名,即文昌帝君。相传名张亚子,居蜀中七曲山,仕晋战死,后人立庙祀之。唐宋时封王,元时封为帝君。掌人间功名禄位事。宋·吴自牧《梦粱录·外郡行祠》:"梓潼帝君庙,在吴山承天观。此蜀中神,专掌注禄籍,凡四方士子求名赴选者悉祷之。"《明史·礼志四》:"梓潼帝君者,记云:神姓张名亚子,居蜀七曲山。仕晋战没,人为立朝。唐宋屡封至英显王。道家谓:帝命梓潼掌文昌府事及人间禄籍,故元加号为帝君。"

[2]《清河内传》:经名。《清河内传》一卷,收于《正统道藏》洞真部谱箓类,约出于明代。假托文昌帝君自述家世生平,并附宋元加封文昌圣号及行祠记。

[3]化:《清河内传》后有"累"字。

[4]黄云:黄色的云气,也指天子气、祥瑞之气。

[5]令:据文义,当如《新刻出像增补搜神记》《绘图三教源流搜神大全》作"今"。

[6]每慕山泽:每,时常,往往。慕,依恋,向往。此句意为:时常向往山林与河泽。

[7]丧:《清河内传》《绘图三教源流搜神大全》均作"夜"。

[8]身体光射:身体辐射出光。

[9]讪：讥笑，讥刺，挖苦。

[10]天符：阴阳家语，亦称“非位”。凡该年的天干与地支所对应之气在五行上属性相同者，称为“天符”。

[11]符：《清河内传》《绘图三教源流搜神大全》均作“府”。水府漕，即水府曹，水府官吏，下元四十二曹中左宫左府有机令曹、中府有九河曹等，中宫左府有水明曹、清水曹。

【译文】

按照《清河内传》记载：我本来是吴会间人，生于周朝初年，后来经过七十三次化身，多次成为士大夫，从不曾使人民感到残酷，使官吏感到受虐，性情刚烈并且举止端正，与秋日的霜露和白天的太阳一样不可侵犯。而后到西晋末期，降生于越的西郡、隽的南郡这两郡之间。于丁未年二月三日这个时候诞生，祥瑞之光罩在房户周围，黄色的云气弥漫于云野之中，所住之地临近大海，邻居对清河的老人说：“你现在虽然已六十，但却获得了一名贵子。”这个孩子小时候并不喜欢嬉戏玩耍，时常向往山林和川泽，他的话语中常常似乎隐现着什么，书写并诵读了众多书籍，夜晚避开众人，自笑而且快乐，身体的光辐射出来。居民祈祷，他则嗤笑而讥讽，长啸说：“土木尚能让人穿上衣服，吃上食物，我们祭享则会有灵应，毁谤则会有祸患，我作为人怎么能没有灵应呢？”此后做梦，有时候变成了龙，有时候变成了王者、天符，有时候变成了水府漕，自认为奇怪并且不太相信这是吉祥的象征。

三农[12]愆[13]旱，嘉禾[14]无苏[15]，舞雩祝神，括[16]然无验，余思曰：“寐中梦治水府，今夕当验。”夜往水际，以梦中官函牒河伯，而惊魂尤恐忸怩[17]不能，忽尔之间阴云四合风飞雷震。一吏稽首余前曰：“运判徒[18]居？”余曰：“非我也，我乃张户老之子，名亚。缘水府得达，故字需美[19]。”吏曰：“奉命从[20]子。”余曰：“家人如何？”吏曰：“先到治所。”余惶惧未决，吏揖，上一白驴而去。俛首里闬[21]，风雨声中，顿失乡地。到一山，连剑岭而撑参宫星也，若凤凰之偃，下有舌湫[22]，引余入一巨穴。门有一石葤[23]，吏曰：“民之祷雨，祝此石而有应，名曰雷柱。”

【注释】

[12]三农：指春、夏、秋三个农时。

[13]愆：过分、过度。

[14]嘉禾：生长奇异的禾，古人以之为吉祥的征兆。本处泛指生长茁壮的禾稻。典出《书·微子之命》：“周公既得命禾，旅天子之命，作《嘉禾》。”

[15]苏：枯萎的草木复活。

[16]括:《清河内传》《绘图三教源流搜神大全》均作“恬”。恬然,安然,不在意貌。《荀子·强国》:“观其朝廷,其朝闲,听决百事不留,恬然如无治者,古之朝也。”

[17]忸怩:本羞惭的样子,文中指不好意思。

[18]徒:《清河内传》《绘图三教源流搜神大全》均作“徙”,当从。

[19]需美:《清河内传》《绘图三教源流搜神大全》均作“霈夫”,当从。

[20]从:《清河内传》《绘图三教源流搜神大全》均作“促”,当从。

[21]里闬:指里门。闬,本指门。《后汉书·成武孝侯顺传》:“顺与光武同里闬,少相厚。”李贤注:“闬,里门也。”此处代指乡里。元·辛文房《唐才子传·徐凝》:“(凝)与施肩吾同里闬,日亲声调。”

[22]舌湫:舌,《清河内传》《绘图三教源流搜神大全》均作“古”,当从。湫,水潭。

[23]门有一石荀:当依《绘图三教源流搜神大全》作“门有一石笋”。《清河内传》作“门有数石笋”。“荀”乃“筍”(笋的繁体字)之形讹字。

【译文】

后来春夏秋三季异常干旱,禾苗枯死,舞雩向神祈祷求雨,但依然平静无奇没有灵验,干旱照常。我暗想:“睡梦中我做了一个治理水府的梦,今晚应该可以验证了吧。”晚上去水边,用梦中的官函送给河伯看,而自己却非常恐惧,忐忑不安。忽然之间,乌云四下合拢聚集,风飞雷鸣,一个小吏叩头跪拜于我,说:“根据运道判断您要迁居?”我说:“不是我,我是张户老的儿子,名亚,后来缘水得达水府,因此取字为霈夫。”小吏说:“我是奉命前来催促您的。”我说:“那我的家人怎么办?”小吏说:“他们已经先去您的治所了。”我感到十分害怕,还没做出决定。小吏就向我作揖,骑着白驴离开,对着村子点点头,顿时风雨雷声交加,村子一下子就消失了。到了一座山上,这座山连着剑岭直冲参宫星,如凤凰倾身向下一般,下面有一古潭,(小吏)引我进入了一个巨大的洞穴,门口有一个石笋,小吏说:“百姓求雨,向这块石头祈祷就有灵验,所以把它叫雷柱。”

吾方褰衣入穴,吏又曰:“君记周室为人七十三化阴德传家而迄今否?”余方大悟,若梦觉也。吏曰:“君在天谱得神之品,于人世界有[24]知之者。晋不日有中兴之兆,君可寻方而显化[25]。”余曰:“谢天使响报[26]也。”入穴则若堕千仞之壑,近地而足不沾,若腾身虚空。有王者之宫,中有禁卫。余入遂见家人,悉都其间。改日作儒士往咸阳,讲姚苌[27]之故事。

【注释】

［24］有：《清河内传》“有”字前有“鲜”字，当从。

［25］显化：神灵显现化身。《水浒传》第四十二回：“想是此间神圣最灵，显化如此，只是不知是何神明？”

［26］响报：谓应报之速如回声。笔者在翻译时，根据情况灵活处理“感应如响”“神应如响”“有祷即应”这类祈祷响应与否的句子的翻译，请读者察之。

［27］姚苌：后秦武昭帝，字景茂，东晋十六国时期后秦开国皇帝、军事统帅。

【译文】

我正要提起衣服进入洞穴，小吏又说：“你记得你在周朝做官，经历了七十三次化身多次积累阴德传家一直到今天的事情吗？”我一下明白了，就像是从梦中醒来一般。小吏说：“你在天谱获得了神的位品，在人世间却甚少有人知道你。晋国不久会有昌盛的预兆，你可以找个地方显现化身。”我说：“感谢天使的响报。”进入洞穴就像是坠入了千仞深的沟壑之中，靠近地面脚却不会碰到泥巴，像在空中腾飞。有君王的宫殿，宫中有禁卫守护。于是我便进入其中，果然一家全都在这里。改天我化作儒生前往咸阳，讲述姚苌的故事。

庙在剑州梓潼县九曲之北，其殿有降笔亭，中以金索悬一五色飞鸾，鸾口啣笔，用金花栈[28]数百番[29]常留笔下，笔墨皆具亭门，本府差官封锁甚严，以防欺伪之弊。降等[30]讫，其亭内有铜钟自鸣，庙吏闻于本府，本府差官启钥取书以观报应，其降笔多劝人以忠孝为本。昨逆曦[31]僭为蜀王，具牺牲设俎[32]豆，洁粢盛[33]，亲诣帝君庙设祭，甫[34]欲行礼，黑风骤起灭烛撒香，逆曦震惧，俯伏殿下，须臾开明，视祝板已碎作两片矣。帝君奉唐玄宗追封左丞相。僖宗加封“顺济王”。宋太祖加封圣号“忠烈仁武孝德圣烈王”，圣后“协应德惠妃”；圣父“显庆慈佑仁裕王”，圣母“昭德积庆慈淑妃”；圣子“嗣德王”，圣子妇“善助显懿夫人”；圣子“昌德王”，圣子妇“顺助惠懿夫人”；圣孙“绍应昭灵侯”，圣孙妇“淑应夫人”；圣孙“承应宣灵侯”，圣孙妇“惠应夫人[35]”；佐神“英惠忠烈翼济福安王”，卿[36]“报喜太尉”也；左右桂禄二籍仙官。延佑三月七日[37]加封圣号“辅元开化文昌司禄宏仁帝君”。

【注释】

［28］金花栈：即金花笺、描金笺，一种描绘有金花的书笺，古代名纸。宋代乐史《杨太真外传》卷上：“上（唐玄宗）曰：‘赏名花，对妃子，焉用旧乐为？’遽命龟年持金花牋，宣赐翰林学士李白，立进《清平乐词》三篇。”亦省称“金花”。《宋史·列传·卷二四四外国一》：“太宗亲书五色金花笺以赐之，授夏州刺史。”“栈”与“笺”通假，古已

有之,如刘向《书录》中"有栈"即"作了笺注","栈"字与"笺"字通假。

［29］番:量词,张、幅。

［30］等:当依《绘图三教源流搜神大全》作"笔"。

［31］曦:指吴曦。吴曦(1162—1207),德顺军陇干(今甘肃静宁)人,南宋中期将领、叛臣。信王吴璘之孙,定江军节度使吴挺之子。初因祖父功勋补任右承奉郎,后历任中郎将、高州刺史、濠州团练使、利西路安抚使、太尉、四川宣抚副使、兴州知州等。开禧二年(1206年),吴曦叛宋降金,并请求金国封他为蜀王。开禧三年(1207年),吴曦自称蜀王。吴曦称王仅四十一天被杀,死时年四十六岁。

［32］姐:此处应为"俎",古代祭祀时放祭品的器物。"俎"和"豆",都是古代祭祀用的器具。文中指祭祀。

［33］粢盛:古代盛在祭器内以供祭祀的谷物。《公羊传·桓公十四年》:"御廪者何? 粢盛委之所藏也。"何休注:"黍稷曰粢,在器曰盛。"

［34］甫:方才,刚刚。

［35］从"宋太祖"至"惠应夫人":根据《清河内传》"宋制"条:"可依旧封神文圣武孝德忠仁王""(神后)恭顺淑应德慧昭懿妃""神父显庆慈佑仁裕令德王,神母昭德积庆慈淑恭慧妃""神长子嗣德王,次子昌德王""神长子妇善助显懿夫人,次子妇顺助慧懿夫人""神长孙绍应昭灵侯,神次孙承应宣灵侯,长孙妇淑应夫人,次孙妇慧应夫人"。

［36］卿:《绘图三教源流搜神大全》作"即"。

［37］延佑三月七日:《绘图三教源流搜神大全》作"延佑三年七月七日",《清河内传》作"延佑三年七月日"。延佑,元仁宗的年号,1314—1320年。

【译文】

庙宇建在剑州梓潼县九曲江的北面,殿中有一个降笔亭,中间用一条金索悬挂一只五色飞鸾,飞鸾的口中衔着笔,常常把几百张金花栈放在笔下,笔墨都在降笔亭门口备好,府衙派官员封锁甚严,为了防止欺骗伪造的祸端。笔降下来后,这个亭内的铜钟自己就响了,庙中的小吏就告诉府衙,府衙派遣官员拿出钥匙取出金花栈来验证是否灵应,栈上的文字多是劝人要以忠孝为本。昨日叛军吴曦僭越称蜀王,都准备好了祭品,设了祭祀的器皿,亲自到梓潼帝君庙设祭,刚刚想要行礼,黑色的风暴刮起将烛火熄灭,炉香尽撒,逆党吴曦十分惊惧,俯身趴在大殿下,过了一会儿才又明亮起来,吴曦看见祭祀所用的祝板已碎作两片了。唐玄宗追封梓潼帝君为左丞相。唐僖宗加封梓潼帝君为"顺济王"。宋太祖加封梓潼帝君的圣号为"忠烈仁武孝德圣烈王",加封圣后为"协应德惠妃";加封圣父为"显庆慈佑仁裕王”,加封圣母为“昭德积庆慈淑妃”;加封圣子(长子)为“嗣德王”,加封圣子(长子)的夫人为“善助显懿夫人”;加封圣子(次子)为“昌德王”,加封圣子(次子)的夫人为“顺助惠懿夫人”;加封圣孙(长孙)为“绍应昭灵侯”,加封圣孙(长孙)的夫人为“淑应夫人”;加封圣孙(次孙)为“承应宣灵侯”,加封圣孙的夫人为“惠应夫人”;加封佐神为“英惠忠烈翼济福安王”,也就是“报喜太尉”也;加封左右为桂禄二籍仙官。(元仁宗)延佑三年七月七日(1316年8月14日)加封梓潼帝君的圣号为“辅元开化文昌司禄宏仁帝君”。

吴客三真君

昔周厉王有三谏官[1]，唐、葛、周也。王好畋猎，失政。三官谏曰："先王以仁义守国，以道德化民，而天下咸服，未闻禽荒也。"叠[2]谏弗听，三官弃职南游于吴，吴王大悦。会楚兵侵吴，王甚忧之，三官进曰："臣等致身以死事[3]大王，自有安邦之谋，大王无虑。"三官迎敌，各用神策，楚降，吴王迁赏三官，拜辞奏曰："臣等客臣也，不敢受赐。"后知厉王薨，宣王立，复归周国。宣王锡赉[4]甚厚，仍其爵位。后救太子靖王[5]，降五方使者及非灾横祸，宣王迁三官于东衮[6]。抚治安慰，民受其赐，商请其资，所至无乏，其国大治，三官既升加封侯号：唐宏，字文明，"孚灵侯"，七月二十一日诞；葛雍，字文度，"威灵侯"，二月十三日诞；周武，字文刚，"浃灵侯"，十月初二日诞。

【注释】

[1]三谏官：根据后文，唐宏字文明，孚灵侯；葛雍字文度，威灵侯；周武字文刚，浃灵侯。合称为"三灵侯"。周武，《绘图三教源流搜神大全》作"斌"。

[2]叠：屡次，反复。

[3]事：这里指侍奉。

[4]锡赉：即赐赉，赏赐。

[5]靖王：太子靖，姓姬名静，周厉王的太子，即上文的周宣王。厉王实施暴政，激怒国人，群起攻击，厉王出逃，而太子靖也遭围攻，被大臣召公所救。此处显然是故意混淆移植救人者与宣王登基时间，为的就是要突出三谏官的功绩。

[6]东衮：《绘图三教源流搜神大全》作"东兖"。

【译文】

过去周厉王有三位谏官，他们是唐宏、葛雍、周武。王喜欢打猎，政事混乱。三位谏官说："先王用仁义来守护国家，用道德教化百姓，于是天下都臣服于他，从未听说过因畋猎而荒废政事的。"多次谏言却从不听取。三官于是辞职向南周游吴国，吴王非常高兴。恰逢楚国兵戎入侵，吴王非常担忧，三官进宫说："我们会不顾自身安危来侍奉您，我们自有安邦的计策，大王不必担心。"三官迎击敌人，各自用他们的神计，楚国投降了。吴王要给他们升迁奖赏，三官拜谢推辞说："我们是（寄居贵国的）客臣，不敢接受您的赏赐。"后来知道周厉王驾崩，立宣王为周王，他们又回到了周国。周宣王给他们丰厚的赏赐，恢复了他们的爵位，后来解救了太子靖王，降服了五方使者，平息了非灾横祸，宣王将三官迁到东兖一带做官。到了那里，治理安抚百姓，百姓受到他们的恩赐，商人向他们借资，只要有所请求，三官都满足他们。周国治理得非常好，三人之后也升官加封为侯：唐宏，字文明，封为"孚灵侯"，七月二十一日诞生；葛雍，字文度，封为"威灵侯"，三月十三日诞生；周武，字文刚，封为"浃灵侯"，十月初二日诞生。

宋祥符元年真宗东封岱岳，至天门忽见三仙自空而下，帝敬问之。三仙曰："臣奉天命护卫圣驾。"帝封三仙曰"上元道化真君""中元护正真君""下元定志真君"，同判岱岳冥司。

赞曰："应变之圣，道德之君。辞周寄吴，济世救民。周而烈极，吴封客臣。宋遇真宗，天门显身。帝亲问之，方得其因。唐葛周氏，天地水神。上奉王诏，保驾圣明。御制妙赞，敕载姓名。祠封太顶，号建'三灵。'"

【译文】

宋真宗祥符元年，真宗东封岱岳，至天门忽见三仙自空而下，真宗十分恭敬地问他们（所为何来）。三仙说："臣等奉天命护卫圣驾。"宋真宗分别封三仙为"上元道化真君""中元护正真君""下元定志真君"，共同判理岱岳冥司。

有赞词说："你们是应变之圣，道德之君。辞去周国寄身吴国，济世救民。周厉王暴虐至极，你们在吴则封客臣。到宋朝遇到真宗，在天门三仙显身。宋真宗亲自向你们询问，才得知你们下降之因。唐宏、葛雍与周武，你们分别被封为天神、地神与水神。你们亲奉天帝的诏旨，下到人间保驾圣主贤君。皇上亲自创制精妙赞词，圣敕中记载着你们的姓名。把你们的庙宇封在泰山之顶，加封给你们的圣号就是著名的'三灵'（孚灵、威灵、浃灵）。"

许真君八月初一日[1]

许真君[2]名逊，字敬之，汝南人也。祖、父世慕至道，真君弱冠师大洞真君[3]吴猛，传三清法。举孝廉，拜蜀旌阳令。以晋乱弃官，与吴君问[4]游江左[5]。会王敦[6]作乱，二君乃假符咒谒敦，欲止敦而存晋也。一日，同郭璞[7]候敦，敦蓄怒而见曰："孤昨梦将一木，上破其天，禅帝位果十全乎？请先生圆之。"许曰："此梦非吉矣。"曰："木上破天是宋[8]字，明公未可妄动。"又令璞筮[9]之，曰："事无成。"

【注释】

[1]日：根据全书通例，"日"后当有"生"字。

[2]许真君(238—251)：名逊，字敬之，豫章郡南昌县长定乡益塘坡慈母村(今江西省南昌市高新区麻丘镇附近)人。晋代著名道士，道教净明派祖师，与张道陵、葛玄、萨守坚并称道教四大天师。个性聪颖，师从大洞真君吴猛学道。太康元年(280年)，举孝廉出身，任旌阳县令。不慕名利，弃官东归，修道炼丹于西山。著书立说，创立"太上灵宝净明法"。相传著有《灵剑子》《玉匣记》等道教经典。

[3]大洞真君：即吴猛，字世云，豫章分宁(今江西修水县)人，祖籍濮阳(今河南濮阳县)，三国到晋朝时期道士。是净明道信仰体系里"十二真君"之一，历史上以孝道(恣蚊饱血)著称。四十岁时，得至人丁义神方。初仕孙吴，为西安(今修水县)县令。继师南海太守鲍靓，复得秘法。黄龙(230年)中，得白云符，遂以道术大行于吴晋之间。晋武帝时，以所得秘法尽传许逊。著作郎干宝感其异，作《搜神记》行于世。东晋孝武帝宁康二年(374年)，羽化于"紫云府"。宋政和二年(1112年)，被徽宗封为"真人"。

[4]问：当如《绘图三教源流搜神大全》《太平广记》作"同"。

[5]江左：古代地理概念，指长江下游以东的地方，又称江东，指长江下游南岸地区，为东晋、宋、齐、梁、陈各朝统治的全部地区，即今江苏省南部等地。丘光庭《兼明书·杂说·江左》："晋、宋、齐、梁之书，皆谓江东为江左。"魏禧《日录·杂税》：

“江东称江左，江西称江右，何也？曰：自江北视之，江东在左，江西在右耳。”

［6］王敦：字处仲，琅邪临沂（今山东临沂北）人。晋元帝时权臣，后举兵造反，史称王敦之乱，又称王敦之难、王敦之叛，是东晋初年发生的一场动乱，爆发于晋元帝永昌元年（322年），结束于明帝太宁二年（324年）。由出身琅琊王氏的权臣王敦发动，以诛刘隗为名进攻建康，并击败朝廷军队。后自任丞相，诛杀周顗等人，并在武昌遥控朝廷。晋元帝死后，明帝继位，王敦意图夺位，但明帝已准备反击王敦。同时王敦亦患病，面对明帝的讨伐，只得由兄长王含与部下将领钱凤等领军与朝廷军队作战，但最终失败。王敦亦在战事期间病逝。

［7］郭璞：字景纯，河东郡闻喜县（今山西闻喜县）人，著名文学家、训诂学家，又是中国风水学和游仙诗的鼻祖。永昌元年间，王敦欲谋反，命他占卜，璞言必败，被杀，时年49岁。

［8］宋：当作“未”字。“木上破天是宋字”，《太平广记》作“木上破天，是未字”。

［9］筮：巫史用蓍草的茎按一定程序操作，得出一定的数的组合，再查《易经》来解释，断定凶吉。这种方法叫“筮”。卜与筮，是古代占卜的两种主要方法。《说文·竹部》云：“筮，易卦用蓍也。”《广韵》：“龟曰卜，蓍曰筮。巫咸作筮。筮，决也。”

【译文】

许真君名叫许逊，字敬之，原是河南汝南县人。他祖父许琰、父亲许肃，世代热衷于道术，许真君二十岁的时候拜大洞君吴猛为师，吴猛传授给他三清道法要。后来通过乡试举荐为孝廉，被任命为四川旌阳县令，后来由于晋朝朝政混乱，真君辞去官职东归。归途中，和吴君一同在长江以东游历。恰好遇上镇东大将军王敦造反，许真君就和吴君一起带着一道符咒去见王敦，想要制止造反，以稳定晋国朝政。有一天，许真君和郭璞一起求见王敦，王敦满脸怒气对真君说：“本帅梦见自己持着一根木杆，捅破了天，我接受皇帝的禅让是一定的吗？请先生给我解释一下。”许真君说：“这梦并不是很吉利。”又说：“‘木’字刺破了‘天’，这是‘未’字，我看将军不能轻举妄动。”又让郭璞卜筮，郭璞也说：“事情不会成功。”

问寿[10]，曰：“若起事[11]祸将不久，若住武昌[12]，寿不可测。”敦怒曰：“卿寿几何？”曰：“予寿尽今日。”敦令武士执[13]璞赴刑。二君同敦饮，席间乃隐形去。至卢江口，召舟过钟陵[14]，舟师以无人力驾舡[15]。二君曰：“但载我，我自行舡。”仍戒[16]舟师曰：“汝宜坚闭户隐[17]，若闻舟行声，慎勿潜窥[18]。”于是入舟，顷刻间舟师闻舟摇撼木叶声，遂潜窥，见二龙驾舟在紫霄峰[19]顶。龙知其窥，委[20]舟而去。二君曰：“汝不信吾教，今至此，奈何？”遂令舟师舟隐此峰顶，教服灵草，授以神仙术。舟之遗迹,今尚存。

【注释】

[10]寿:其本义为长寿,引申义为寿命、寿数。

[11]起事:举兵发事。

[12]武昌:指今鄂州市,以武昌山而得名。武昌山相传是三国孙权都鄂(鄂县),欲“以武而昌”,故名。

[13]执:捉拿,逮捕。

[14]钟陵:古县名,西晋太康初置,治今江西省进贤县西北,属豫章郡。寻废。

[15]舡(chuán):古音xiāng,同“船”。

[16]戒:告诫。

[17]隐:躲藏。

[18]潜窥:秘密地在暗中偷看。

[19]紫霄峰:被称为“楼尖”,位于玉皇沟与待仙沟之间,是少室山的驰名山岳之一,与少室山最高的“连天峰”(海拔1512米)柜依并矗,直刺云天,且双峰高挂天上,亦称“并玉峰”。因为高高的峰尖直插云霄,并且峰尖经常有云雾缭绕,像紫烟一样,因此得名紫霄峰。

[20]委:抛弃,放弃。

【译文】

王敦让郭璞算一算他的寿数,郭璞说:“你要起兵,不久将大祸临头,如果仍留在武昌当你的江南刺史,那么年寿还会很长。”王敦听了非常生气,又问郭璞:“你算算你自己能活到什么时候?”郭璞说:“我的死期就是今天了。”王敦很恼火,让武士立刻把郭璞拉出去绑赴刑场。当时,二位真君正和王敦一起喝酒,许真君就隐身离去了。他抵达庐江口,招呼船工,要搭船到钟陵去。船工说没人划船,许、郭二人说:“你只管让我上船,我自己划船行进。”真君上船后又告诫船工说:“你到船舱里待着,关上舱门躲着不要出来,如果你听见了船行走的声音,千万不要向外偷看。”于是船工就到船舱里去了,片刻之间,船工听到船在山上的林木之间穿过发出震耳的声音,忍不住往外面偷看了一眼。看见两条龙驾船在紫霄峰顶。那两条龙知道被人偷看了,就在山顶把船放下飞走了。许真君对船工说:“你不听我的话,如今到这个地步,怎么办呢?”于是让船工在这紫霄峰上隐居下来,把船也藏在这儿,真君把服食灵草的方法告诉船工,又把神仙方术也传授给他。到现在,那条船的痕迹还留在紫霄峰上。

真君后在豫章[21]遇一少年,容仪修整,自称慎郎。真君与之话,知非人类。既去,谓门人曰:"适[22]少年即蛟蜃精[23],吾念[24]江西累遭洪水为害,若不剪除,恐致逃遁。"遂举道眼[25]一观,见蜃精化一黄牛于洲壮[26]。真君谓弟子施太玉曰:"彼黄牛,我今化黑牛,仍以白巾与斗,汝讯[27]之,当以剑截彼。"俄顷二牛奔逐,太玉以剑中黄牛之左股,因投入城西井中,黑牛亦入井,蜃精径走。

【注释】

[21]豫章:南昌的别称、古称。

[22]适:刚才。

[23]蛟蜃精:传说中蜃蛟的精怪。出自《古今图书集成·神异典·神仙部》:"真君(许真君)谓门人曰:'适来年少,乃是蛟蜃之精,吾念江西累为洪水所害,若非剪戮,恐致逃遁。'"

[24]念:思量,考虑。

[25]道眼:借用的佛教语。指能洞察一切,辨别真妄的眼力。

[26]壮:当依《新刻出像增补搜神记》《绘图三教源流搜神大全》作"北"。

[27]讯:本义指杀敌砍首和活捉俘虏,此处指捉住。

【译文】

后来,许真君在豫章遇见一个少年,容貌整洁,风度翩翩,自称慎郎。许真君和他谈话后,看出他不是人。少年离开后,真君对他的门人说:"刚才来的那个少年,是蛟蜃精,我想江西连年闹洪水,百姓倍受祸害,就是它在兴风作浪,这次若不除掉它,它就逃脱了。"真君用他的道眼向远处一看,发现蛟蜃精变成一头黄牛逃到(龙沙)洲北边去了。真君就对弟子施太玉说:"妖怪变作了黄牛,我现在变成一头黑牛,还拿白巾跟他搏斗。你逮住它用剑砍成两半。"不一会儿,果然看见黑牛赶着黄牛狂奔而来,施太玉用剑砍黄牛,砍中了它的左腿,于是把它投入城西的一口井里,许真君变的黑牛也追进了井里。那蛟蜃精又直接从井里逃了出来。

蜃精先在潭州[28]化一聪明少年人,多珍宝,娶刺史贾玉女,常旅游江湖,必多获宝货而归。至是空归,且云被盗所伤。须臾,典客[29]报云:"有道流[30]许敬之见使君。"贾出接坐,真君曰:"闻君得佳婿,略请见之。"慎郎托疾不出。真君厉声曰:"蛟精老魅,焉敢遁形[31]!"蛟乃化本形至堂下,命空中神杀之。又令将二儿来,真君以水噀[32]之,即成小蜃[33]。妻贾氏几变,父母力恳乃止。令穿屋下丈余地,皆无[34]水际,又令急移,俄顷官舍沉没为浑[35],踪迹皆宛然。

【注释】

[28]潭州:长沙的古称,辖区多变。潭州曾作为一级行政单位潭州行省,是大部分湖南地区以及部分湖北地区在古代的称呼;也曾作为二级行政单位潭州或潭州府,地域包括今长沙、湘潭、株洲、岳阳南、益阳、娄底等地。

[29]典客:又作"知客、典宾",典掌迎待宾客之职。

[30]道流:道家或僧家的统称。这里指道士。

[31]遁形:隐藏形迹、身影。《淮南子·俶真训》:"无所遁形矣。"

[32]噀:降水含在口中喷出去。

[33]蜃:大蛤蜊。

[34]无:《绘图三教源流搜神大全》作"有"。

[35]浑:《绘图三教源流搜神大全》作"潭"。

【译文】

以前那蛟蜃精在潭州(今湖南长沙)变成一个聪明俊秀的少年,有非常多的钱财宝物,娶了潭州刺史贾玉的女儿,蛟蜃精经常和妻子到处旅行,然后就带回来数以万计的珍宝财物。然而这一次,蛟蜃精回来以后什么都没有带,并且说是被强盗所伤害。过了一会儿,接待宾客的典客进来通报说:"有一个姓许字敬之的道士求见刺史。"贾玉出来接见了他。真君对贾玉说:"我听说你得到一位佳婿,我想见见他。"贾玉就让那个自称慎郎的女婿出来和道士相见。慎郎害怕,假装说有病躲了起来。这时许真君厉声说:"你这个江河里的害人精蛟蜃精,还不快现出你的原形来!"蛟蜃精立刻现出了原形,在堂前蠕动,许真君让空中的天神将其杀死。许真君又让蛟蜃精的两个儿子出来,用水一喷,就变成两个小蛤蚌。刺史的女儿贾氏也几乎要变成了蛤蚌,她的父母恳求真君相救,真君这才没让她变成蛤蚌。然后,真君让贾玉挖开房子的地基,挖下去一丈,就见地下已大水无边了。许真君让贾玉家的人赶快搬走,过了一会儿,房屋就崩塌变成了深潭,现在那里还有深潭的遗迹。

旨[36]蜃后,于东晋太康二年八月一日,于洪洲[37]西山,举家白日上升。真君自飞升之后,里人[38]与真君族人就其地立祠,以所遗诗一百二十首,写竹简之上,载之竹筒,令人探取,以决休咎[39],名曰"圣签"。宋徽宗政和二年五月十七日,上尊号曰"神功妙济真君",改观为宫,赐额曰"玉隆万寿"。帝因看书于崇政,恍然似梦见东华门北有一道士,戴九华冠披绛童服,导从者甚众,至丹墀[40]起简揖帝。

【注释】

[36]旨:当依《绘图三教源流搜神大全》作"除"。

[37]洪州:今江西南昌。

[38]里人:同里的人,同乡。

[39]休咎:吉与凶。

[40]丹墀:指古时宫殿前的红色台阶及台阶上的空地,也指官府或祠庙的台阶,故称为“丹墀”。常用在宫殿或庙宇的正殿等具仪典性的建筑物前。

【译文】

除掉蛟蜃精后,东晋孝武帝太康二年八月一日这天,在洪州西山上,许真君全家都飞升成仙。自从许真君飞升那天起,同乡的人和许真君的族人就在原来的地方立了祠堂。把遗留下的一百二十首诗都写在竹简上,装在竹筒里,让人探取用来判断吉凶,命名为“圣签”。宋徽宗在政和二年五月十七日上尊号“神功妙济真君”。把观改为宫,赐予匾额“玉隆万寿”。宋徽宗因为在崇政殿看书,恍然间似乎梦见东华门北面有一个道士,戴着九华冠,穿着绛童服,跟随的侍从很多,行走到宫殿前的石阶时拿着简策向宋徽宗拱手行礼。

帝因问曰:“卿是何人,不诏而至?”对曰:“吾为许旌阳,权掌九天司职[41],上帝诏往按察西瞿耶国,经由[42]故国。”复问曰:“朕患安息疮,诸药不能愈,真君有药否?”即取小瓢[43]子,倾药一粒,如绿豆大,呵咒抹于疮上,觉如流酥[44]灌体,入骨清凉。逐揖而云[45],行数步随回顾曰:“吾弊舍已久寥落,愿圣皇举眼一看为幸。”帝豁然而觉,诏画像,如梦中所见祥[46],赐上清储祥宫崇奉,诏真君遗迹去处,未有宫观即取本属官职建造,如宫观只因损坏如法修换,无常住即拨近便官田供辨[47]。圣朝崇奉加“至道玄应”四字,余封如故。

【注释】

[41]司职:担任某种职务,担负某种职责。

[42]经由:经过某地或某条路线。

[43]瓢:《绘图三教源流搜神大全》作“瓠”。

[44]流酥:即流苏,用彩色羽毛或丝线等制成的穗状垂饰物,常饰于车马、帷帐等物上。

[45]逐揖而云:当依《新刻出像增补搜神记》《绘图三教源流搜神大全》作“遂揖而去”。

[46]祥:当作“样”。

[47]辨:当作“办”。

【译文】

宋徽宗问他:“你是什么人,为何没有奉诏就来到这里?”许真君回答说:“我是许旌阳,掌管九天司职,上帝下诏命我去巡察西瞿耶国,路经故国。”宋徽宗又问:“我得了安息疮,用了所有药都不能痊愈,真君有药吗?”许真君便取出一个小葫芦,倒出一粒药,像绿豆一样大,念着咒语涂抹在疮上,宋徽宗觉得有如流苏灌入体内,入骨后感到一阵清凉。于是许真君作揖后离去,走了几步后回头说:“我的老屋已经衰败很久了,希望圣明的皇上您可以去看一眼。”宋徽宗突然醒了,命人画像,按梦里所见到的样貌画,赏赐上清储祥宫来崇奉他,下诏命人去有许真君遗迹的地方,没有建造宫观的让那个地方的官员建造,如果宫观只是损坏的则按法修换,经常没有人去的便让田地附近的官员和百姓去供奉办理。圣朝崇奉添加“至道玄应”这四个字,其他封号用字跟以前一样(即称号为“至道玄应神功妙济真君”)。

张天师

天师者,汉张道陵也。子房八世孙。光武建武间生于吴天目山[1],学长生之术,隐北邙山[2]。章帝、和帝累召不起,久之遍游名山。东抵兴安云锦溪,升高而望曰:“是有异境[3]。”遂沂流[4]而之云锦洞,有岩焉,炼丹其中三年,青龙白虎旋绕于上。丹成饵之时,年六十,容貌益少。又得秘书[5],通神变化,驱除妖鬼。后于蜀之云台峰升天,所遗经录、符章并印剑以授子孙。其四代曰盛,复居此山,历代重之。今其子孙世袭真人,居于江西广信府贵溪县之龙虎山[6]。

【注释】

[1]天目山:地处浙江省杭州市西北部临安区境内,浙皖两省交界处。

[2]北邙山:一般指邙山,位于河南省洛阳市北,黄河南岸。

[3]异境:指奇异的境界。

[4]沂:当作“泝”。泝流,亦作“溯流”,逆着水流方向。《太平广记》卷三二八引唐·薛用弱《集异记·陈导》:“见一舟泝流而来,亦宿于此。”

[5]秘书:宫禁秘藏之书,此处指秘藏之书。

[6]龙虎山:位于江西省鹰潭市西南20公里处,为历代天师供祀神仙之所,有“仙灵都会”“百神授职之所”之称。据《龙虎山志》记载:“山本名云锦山,东汉中叶,正一道创始人张道陵曾在此炼丹,传说‘丹成而龙虎现’,山因得名。”

【译文】

张天师,是东汉张道陵。张良第八世孙,光武建武年间生于吴地天目山,学习长生术,隐居在北邙山,汉章帝和汉和帝多次征召,但他不愿做官,长时间游历各地名山。向东抵达了兴安的云锦溪,登上高处向远方眺望时说:“这里有奇妙的境界。”于是逆着水流到达了云锦洞,洞中有岩石,他就在洞中炼丹三年,有青龙和白虎盘旋在洞顶。丹药炼成的时候,他已经六十岁了,容貌却更加年轻。又得到了一本秘藏之书,通神变化,可以驱妖除鬼。后来在蜀地云台峰升天,所遗留下来的经录、符章和印剑一并传授给了子孙。张天师的第四代后人叫张盛,又居住在这座山,历朝历代都受到重视。如今,他的子孙世袭真人,居住在江西广信府贵溪县的龙虎山。

三茅真君三月十八日生

茅盈字叔申，濛[1]玄孙。弟固，字季伟。次弟衷，字思和。生于汉景帝中元五年，少秉异操[2]，独味清虚，年十八遂弃家入恒山修道饵术[3]。后师王君，因西至龟山得见王母，授以太极玄真之经，归入恒山北谷，时年四十九也。

【注释】

[1]濛：茅盈的曾祖父，“濛字初成，学道于华山，丹成，乘赤龙而升天，即秦始皇时也。”

[2]异操：独特的节操。

[3]饵术：服食苍术，传说久服可以成仙。也就是服药养身，修仙学道。

【译文】

大茅君名茅盈，字叔申，濛的玄孙。二弟名固，字季伟。三弟名衷，字思和。生于汉景帝中元五年，年少时就与众不同，自己能够体味道教清净虚无的境界，十八岁时，离家入恒山修道学习饵术。后拜王君为师，于是西行至龟山见到了西王母，西王母传授茅盈太极玄真之经，然后回到恒山北谷，当时茅盈四十九岁。

盈父母尚存，父恶其久出远游欲杖之，盈长跪曰：“盈已受圣师符箓[4]，常有天兵侍卫，杖盈恐天兵相阻，盈罪愈加重也。”父欲验其语，故杖之，杖辄折成数十段，如弓矢之发，中壁则壁穿，中柱则柱陷。父母始知其道成，乃止。盈曰：“向所启正虑如此。”

【注释】

[4]符箓：亦作“符录”。道教所传秘密文书符和箓的统称，也指道士巫师所画的相传可以役鬼神辟病邪的图形或线条。

【译文】

茅盈的父母尚在，其父讨厌茅盈久出远游，要杖责他，茅盈长跪不起说：“我已经接受圣师符录,常常有天兵侍卫我,杖责茅盈恐怕会引来天兵的阻挠,茅盈的罪过就更大了。”其父想要验证他说的话,因此动手打他,棍棒折成数十段,如同弓箭一样发射出去,射中墙壁则穿墙而过,射中柱子则陷落。父母这才知道茅盈得道成功,就不再杖责他了。茅盈说:“我当时所思虑的就是如此。”

后二弟俱贵,衷为西河太守,固为执金吾。当并之官,乡里送者数百人。时盈亦在座,笑谓宾曰:“吾虽不作二千石[5],来年四月三日送仆登仙,当亦不减于今日也。”众皆不之许,时宣帝初元四年也。至期,门前数顷地,忽自平治[6]无寸草,皆施青缣幄[7],屋下尽铺白毡,可容数百人。众宾并集,大作宴会,杳无使从[8],但见金盘玉杯自至筵前,美酒奇殽异果,不可名状。复有妓乐丝竹金石之音满耳,兰麝之香达数里外。少顷迎官来至,朱衣玉带者数百人,旌旗甲仗光采耀日。盈乃与家人亲友辞别,登车乘云冉冉[9]而去。

【注释】

[5]二千石:汉制,郡守俸禄为二千石,即月俸百二十斛。世因称郡守为“二千石”。

[6]平治:平整。

[7]青缣幄:青缣,青色的细绢。幄,形同房屋的大幕帐。《释名·释床帐》:“幄,屋也。以帛衣板施之,形如屋也。”《三礼图》:“上下四旁悉周(环围)曰幄。”《周礼·天官·幕人》:“掌帷幕幄帟之事。”郑玄注:“王出宫则有是事,在旁曰帷,在上曰幕,皆以布为之。四合象宫室曰幄,王所居之帐也。”

[8]众宾并集,大作宴会,杳无使从:《历世真仙体道通鉴》作“众宾并集,尔乃大作主人,不见使人”。

[9]冉冉:渐进地、慢慢地、缓慢地,也可以形容云霞缓慢飘飞的样子。

【译文】

后来两个弟弟都很显贵,二弟茅衷为西河太守,三弟茅固为执金吾。当时两人一块去赴任,乡里去送行的有数百人。当时茅盈也在,笑着对宾客说:“我虽然不做二千石的官,来年四月三日送我成仙的人,当应不少于今日。”众人都不认可他的话,当时是宣帝初元四年。到了那个时间,门前数顷地,忽然变得平整寸草不生,出现了青色细绢的幕帐——青缣幄,屋子的地下都铺满了白毡,可容纳数百人。众宾客云集而至,举行隆重的宴会,场地辽阔却没有侍从,只看到金盘杯自己来到筵席前,席上摆满美酒佳肴奇珍异果,都没有办法去形容它们的形状。又有伎女抚乐,丝竹金石的声音充塞耳骨,余音绕梁,兰麝的香味可达数百里外。不久,欢迎的官员来到这里，穿着朱衣配着玉带的有数百人，旌旗飘扬，甲仗鲜明，光彩耀人。于是茅盈与家人朋友告别，登上马车乘云缓慢飘飞而去。

时二弟在官，闻盈飞升皆弃还家，求兄于东山。盈乃与相见，谓二弟曰："悟何晚矣。今年已俱老，难可补复[10]，纵得真诀，但可成地仙耳。"于是初教二弟延年不死之法，令长斋[11]三年，授以上道，使存明堂玄真之气，又各赠九转还丹一剂，并神方一首。各佩服之，遂亦成仙。后人谓之三茅真君，令[12]祠庙鼎列于句容之茅山三峰，灵应奇验礼，拜者倾江以南云。

【注释】

[10]补复：补充缺职。

[11]长斋：本指佛教徒长期坚持过午不食，后多指长期素食。本处即用后义，道教与辟谷修炼有共通之处。辟谷，不食五谷，道教的一种修炼术。辟谷时，仍食药物，并须兼做导引等功夫。

[12]令：据文义，当作"今"。

【译文】

当时茅盈的两个弟弟还在任职，听闻茅盈飞升都辞官回家，请求与兄长在东山见面。于是茅盈与他们相见，对两个弟弟说："为什么悟道这么晚啊。你们现在都已经年纪大了，很难再有缺职补充给你们，纵然得到真诀，也只能成为地仙了。"于是就开始教两个弟弟延年益寿的方法，让他们长斋三年，传授上乘之道，使他们储存明堂玄真之气，又给他们各自九转还丹一剂，还有神方一首。两个弟弟都服下了丹药，于是不久后他们也都得道成仙了。后人称他们兄弟三人为三茅真君，现在祠庙鼎足而列于句容之茅山三峰，求拜的人愿望都灵验了，很神奇，去求拜的人多到能排到江的南面。

祠山张大帝[1]

大帝姓张，讳渤，字伯奇。武陵龙阳人也。父龙阳君，母曰张媪。龙阳君与媪游于太湖之陂，忽风雨晦冥[2]雷电并起，失媪处。俄顷开霁，媪言见天神赐以金丹，已而有娠。

【注释】

[1]祠山张大帝：姓张，名渤，字伯奇，武陵龙阳人；也有说广德军人；又有说是吴兴人。其父曰龙阳君，其母曰张媪。民间信仰张大帝，特别是江浙一带，主要认为他不仅保佑不受洪旱灾害所患，又能预卜休咎，保佑人的前程，所以不分农民或读书人皆行祀祭。张大帝的封号是民间叫起来的，并非皇帝的封号

[2]风雨晦冥：谓风雨交加，天色昏暗犹如黑夜。

【译文】

祠山张大帝，姓张，讳渤，字伯奇，是武陵龙阳人。父亲为龙阳君，母亲为张媪。龙阳君与张媪在太湖边游玩，忽然风云雷电交加，在张媪待的地方找不到她。过了一会儿云雾才散开，张媪说看见天神并且赐予她金丹，不久她就怀孕了。

西汉神爵三年二月十一日夜半生，长而奇伟，隆准修髯[3]，有神告以地荒僻，不足建家，命行。有兽前导，遂与李夫人东游吴会，渡浙江至苕云山白鹤山，山有四水会流其下，公止而居焉。于白鹤得柳氏、于乌程桑垤得赵氏为侍人。

【注释】

[3]隆准修髯：隆准，指高鼻。《史记·高祖本纪》："高祖为人，隆准而龙颜。"裴骃集解引文颖曰："准，鼻也。"修髯，整齐美观的胡须。

【译文】

张大帝于西汉神爵三年二月十一日夜半出生，长相英威奇特，高鼻梁长胡须。有神告知这里的田地荒芜偏僻，不足以在这里安家，命他离开。有兽类在前面指路

引导，于是张大帝就与李夫人一路向东到绍兴游玩，渡过浙江，一直到苕云山、白鹤山，山上有四条河流汇聚向下涌去，张大帝阻止洪水并在此定居。于白鹤山得有柳氏、于乌程桑坵得有赵氏为侍人。

王九弟、五子、一女、八孙，始于吴与郡[4]长兴县顺灵乡，役阴兵自长兴荆溪疏凿圣渎长三十里，志欲通津于广德也。王设鼓坛为乌所误，王见夫人，变形未及，遂不与夫人相见，化于广德县西五里横山之顶[5]。

【注释】

[4]吴与郡：当为“吴兴郡”。三国吴宝鼎元年(266年)，分吴丹阳为吴兴郡。隋开皇九年(589年)灭陈，罢吴兴郡。

[5]“始于”至“之顶”：这几句话当有脱误，或许是有意简省。《绘图三教源流搜神大全》云：“复于后村毕宅，保小山枫树之侧，为挂鼓坛。先时，与夫人李氏密议为期，每饷至，鸣鼓三声，王即自至，不令夫人至开河之所。厥后，因夫人遗飧于鼓，乃为乌啄，王以鸣鼓而饷至，洎王诣鼓坛，乃知为乌所误。及夫人至，鸣其鼓，王反以为前所误而不至。夫人遂诣兴功之所，见王为大豨，役阴兵开凿渎河。王见夫人，变形未及，遂不与夫人相见，圣渎之功息矣。”

【译文】

张大帝有九个弟弟、五个儿子、一个女儿、八个孙子，开始在吴兴郡长兴县顺灵乡役使阴兵自长兴荆溪疏凿河流，想把圣渎河流通到广德县。张大帝设立鼓坛反而被乌鸦所误(张大帝与夫人相约鼓鸣三声自来取食，乌鸦啄食鼓鸣，后夫人鼓鸣张大帝反以为是乌鸦啄食而不出，夫人遂自来寻找张大帝，当时张大帝已经化身猪形，驱役阴兵，为夫人觇破猪形)，张大帝见到夫人，变形未及，于是(生了羞愧之心)不愿再见李夫人，后张渤遁于广德县城西北五里横山之巅。

居民思之，立庙祀焉。夫人亦至县东二里而化，时人亦为立庙。圣渎之河湮[6]为民田，即浴兵池，为湖灌溉，濒湖之田仅万顷。挂鼓之坛，禽不敢栖，蚁不敢聚云。

【注释】

[6]湮：淤塞。湮，《绘图三教源流搜神大全》作“涸”。

【译文】

居民思念他，便为他建立祠庙祭祀。李夫人也从其郡县东面二里遁化，当时人们也为其建立寺庙。圣渎河流被填塞，成为人们耕作的田地，就是浴兵池，为湖泊所灌溉，靠近湖泊的田地差不多有一万顷。当年的挂鼓坛，飞禽不敢在这里栖息，蚂蚁不敢在这里聚集。

唐大宝[7]中祷雨感应，初赠水部员外郎，横山改为祠山。昭宗赠司农少卿，赐金紫。景宗封“广德侯”。南唐封为司徒，封“广德公”。后晋封为“广德王”。宋仁宗封为“灵济王”。至宁宗朝累加至八字王[8]，至理宗淳祐五年改封“正祐圣烈真君”。至咸淳二年加封“正祐圣烈昭德昌福真君”。二月十一日诞生。

【注释】

[7]大宝：当依《绘图三教源流搜神大全》作“天宝”。

[8]八字王：宋宁宗曾有三次加封张大帝为八字王，嘉泰元年（1201年）六月十三日，改封“正顺忠祐威德圣烈王”；开禧元年（1205年）九月二十四日，改封“正祐显应威德圣烈王”；开禧三年（1207年）六月十四日，改封“正祐昭显威德圣烈王”。

【译文】

唐天宝中期（遇水旱灾害），人们向张大帝祷告求雨，灵应异常，开始追赠张大帝为水部员外郎，“横山”也被改为“祠山”。唐昭宗追赠他为司农少卿，赐金紫。唐景宗封他为“广德侯”。南唐封他为司徒，并且封他为“广德公”。后晋封他为“广德王”。宋仁宗封他为“灵济王”。一直到宁宗朝累加至八字王（宋宁宗曾有三次加封张大帝为八字王：嘉泰元年六月十三日，改封“正顺忠祐威德圣烈王”；开禧元年九月二十四日，改封“正祐显应威德圣烈王”；开禧三年六月十四日，改封“正祐昭显威德圣烈王”），至理宗淳祐五年改封“正祐圣烈真看”。至咸淳二年加封“正祐圣烈昭德昌福真君”。二月十一日诞生。

封正“宁昭助灵惠顺圣妃”，李氏，二月初二日诞生。

封协“应济惠慈昭广懿夫人”，赵氏。

封协“顺承济慈佑广助夫人”。

王祖“显庆垂休昭远灵惠侯”。

祖母“显应起家昭灵夫人”。

王父“慈应港光储祉衍灵侯”。

王母“慈惠嗣徽圣善夫人”。

【译文】

封张大帝正妃为“宁昭助灵惠顺圣妃”，她是李氏，二月初二日诞生。

封张大帝侧妃为“应济惠慈昭广懿夫人”，她是赵氏。

封张大帝侧妃为“顺承济慈佑广助夫人”。

封张大帝祖父为“显庆垂休昭远灵惠侯”。
封张大帝祖母为“显应起家昭灵夫人”。
封张大帝父亲为“慈应港光储祉衍灵侯”。
封张大帝母亲为“慈惠嗣徽圣善夫人”。

九弟[9]

“灵贶普济昭助侯”,“灵德昭惠嘉懿夫人”。
“善利通贶灵助侯”,“善德助惠正懿夫人”。
“顺成孚应显助侯”,“顺德衍惠昭懿夫人”。
“康卫昭应广助侯”,“康德顺惠显懿夫人”。
“靖镇豊利宏助侯”,“靖德淑惠灵懿夫人”。
“休应曹泽孚助侯”,“休德敷惠靖懿夫人”。
“明济福谦善助侯”,“济德缓惠昌懿夫人”。
“昭佑通济信助侯”,“昭德靖惠明懿夫人”。
“嘉惠予直顺助侯”,“嘉德柔惠光懿夫人”。

【注释】

[9]九弟:按照常理,应该是从二弟一直到十弟。其后的王子、王女、王孙也应该是按从大到小的顺序排列。

【译文】

张大帝的九个弟弟

封张大帝二弟为“灵贶普济昭助侯”,其夫人为“灵德昭惠嘉懿夫人”。
封张大帝三弟为“善利通贶灵助侯”,其夫人为“善德助惠正懿夫人”。
封张大帝四弟为“顺成孚应显助侯”,其夫人为“顺德衍惠昭懿夫人”。
封张大帝五弟为“康卫昭应广助侯”,其夫人为“康德顺惠显懿夫人”。
封张大帝六弟为“靖镇豊利宏助侯”,其夫人为“靖德淑惠灵懿夫人”。
封张大帝七弟为“休应曹泽孚助侯”,其夫人为“休德敷惠靖懿夫人”。
封张大帝八弟为“明济福谦善助侯”,其夫人为“济德缓惠昌懿夫人”。
封张大帝九弟为“昭佑通济信助侯”,其夫人为“昭德靖惠明懿夫人”。
封张大帝十弟为“嘉惠予直顺助侯”,其夫人为“嘉德柔惠光懿夫人”。

王子

“承烈显济启佑王”,五月十五日生,“承祀赞福元穆协应夫人”。

“嗣应昭佑公”，正月初四日诞生，“嗣嫔翊福昭穆夫人”。

“济美崇佑公”，三月十五日诞生，“济顺保福恭穆夫人”。

“绍休广佑公”，十二月十二日诞生，“绍姒崇福交穆夫人”。

“善继孚佑公”，正月十一日诞生，“善行敷福瑞穆夫人”。

【译文】

张大帝的儿子

张大帝的长子被封为“承烈显济启佑王”，五月十五日生，其夫人被封为“承祀赞福元穆协应夫人”。

次子被封为“嗣应昭佑公”，正月初四日诞生，其夫人被封为“嗣嫔翊福昭穆夫人”。

三子被封为“济美崇佑公”，三月十五日诞生，其夫人被封为“济顺保福恭穆夫人”。

四子被封为“绍休广佑公”，十二月十二日诞生，其夫人被封为“绍姒崇福交穆夫人”。

五子被封为“善继孚佑公”，正月十一日诞生，其夫人被封为“善行敷福瑞穆夫人”。

王女

“淑显柔嘉令仪夫人”，王婿李夫人，本广无像位醮筵及祠祭呼云。

【译文】

张大帝的女儿

张大帝的女儿被封为“淑显柔嘉令仪夫人”，其夫婿姓李。夫人(即王女)原本没有多余的位置放她的画像，只是在醮坛及祠祭供人拜祭时的称呼罢了。

王孙

第一位“永福侯”，第二位“衍社侯”，

第三位“衍佑侯”，第四位“衍泽侯”，

第五位“衍瑞侯”，第六位“衍渥侯”，

第七位“衍庆侯”，第八位“衍惠侯”。

【译文】

张大帝的孙子

张大帝的长孙被封为“永福侯”，次孙被封为“衍社侯”，三孙被封为“衍佑侯”，四孙被封为“衍泽侯”,五孙被封为“衍瑞侯”,六孙被封为“衍渥侯”,七孙被封为“衍庆侯”,八孙被封为“衍惠侯”。

佐神:丁壬三圣者、打供方使者,封“协灵住”[10]。

【注释】

[10]丁壬三圣者、打供方使者,封“协灵住”:本句《绘图三教源流搜神大全》作“丁壬二圣者、打拱方使者,封协灵侯”。根据《道法会元》卷一三一,丁壬二圣者是指“祠山正祐圣烈真君张渤,左卫大将军丁圣者旷,右卫大将军壬圣者泳”。

【译文】

辅佐张大帝的神是:丁壬二圣者(即左卫大将军丁圣者旷、右卫大将军壬圣者泳)、打供方使者,打供方使者被封为“协灵侯”。

五圣始末九月二十八生[1]

按《祖殿灵应集》云：五显公[2]之神在天地间，相与为本始[3]，至唐光启中乃降于兹邑，图籍莫有登载，故后来者无所考据。惟邑耆耄[4]口以相传，言邑民王瑜有园在城北偏，一夕园中红光烛天。邑人麇王[5]观之，见神五人自天而下，道从[6]威仪如王侯状，黄衣皂丝坐胡床[7]，呼瑜而言曰："吾授天命，当食此方，福佑斯人，什胜[8]寻幽而来至止，我庙食[9]此则佑汝亦无穷。"

【注释】

[1]九月二十八生：五个人同一天出生，显然不可能，翻译时权且忠实于原文。

[2]五显公：也叫五显神，又称五显大帝、五显灵官、五猖神、五路财神、华光大帝等，即广济王柴显聪、广佑王柴显明、广惠王柴显正、广泽王柴显真、广成王柴显德。其庙，在唐光启二年初名"五通庙"，至宋徽宗大观三年赐额曰"灵顺庙"。婺源县城北的灵顺庙是最早供奉五显神的道教宫观。宋代王逵《蠡海集》说："九月二十八日为五显生辰。盖五显者，五行五炁之化也。"《古今图书集成·神异典》卷五四说："其实五显者，五行耳。"《太上洞玄灵宝五显灵官华光本行妙经》说："此灵官五大天帅，禀五星五炁之精，毓五方五灵之秀，化身三界，应现十方。"按陶及申《笔猎》云："五显即五帝，实司五行，避帝而称显者，其诸神之通谓也。"

[3]本始：原始、本初。《荀子·礼论》："性者，本始材朴也；伪者，文理隆盛也。"

[4]耆耄：泛指高年之人。《行邪伏邪之别》："若夫久病枯极，酒色耗竭，耆耄风烛，此等已是天真几绝，更加瘟疫，自是难支，又不可同日而语。"

[5]麇王：《绘图三教源流搜神大全》作"麇至"，以义揆之当作"麇至"。"麇至"亦作"麕至""麏至"，群集而来。《左传·昭公五年》："求诸侯而麇至。"南朝宋·颜延之《皇太子释奠会作》诗："怀仁憬集，抱智麕至。"唐·元稹《奉制试乐为御赋》："慕入律而百蛮麏至。"后有"麇至沓来"，犹言群集纷至。麇，成群。

[6]道：据文义，当如《绘图三教源流搜神大全》作"导"，"道""导"通。道从，前

导后卫。晋·葛洪《神仙传·麻姑》:“宴毕,方平、麻姑命驾升天而去,箫鼓道从如初也。”

[7]胡床:一种可以折叠的轻便坐具,又称交床。

[8]什胜:据文义,当如《绘图三教源流搜神大全》作“访胜寻幽”。

[9]庙食:旧俗人死后受奉祀,在庙中享受祭飨。《史记·滑稽列传》:“庙食太牢,奉以万户之邑。”

【译文】

按《祖殿灵应集》中记载:五显神是天地之始就有的神灵,在唐朝光启年间降临于本城(即婺源县),因历史上没有记载,所以后人无从考证。只听得上了年纪的一些老人在口头相传,说本县之民王瑜在城北的偏僻处有一处园林,有一晚上突然间园中出现了一道红光,照亮了整个天空。本县人群集而来看到了这一幕,但见有五位神仙从天而降,前导后卫,威仪就像王侯将相一样,他们穿着黄色的衣服戴着黑色的丝带坐在胡床上,传王瑜前来并说:“我们受天之命,前来接受你们的供奉,福佑当地百姓,访胜寻幽来到此地,我们在这里受你们的奉祀,可无穷无尽地保佑你们。”

瑜拜首[10]曰:“惟命[11]。”言讫,祥云四合,神升天矣。明日邑人来相宅,方山在其东,佩山在其西,左环杏墩,右绕蛇城,南北两潭,而前坐后[12]。大溪北来,萦纡[13]西下,两峰特秀,巊然[14]水口,良然佳处也。

【注释】

[10]拜首:亦作“拜手”,一种跪拜礼。跪时两手拱合到地,俯头至手。

[11]惟命:听从命令。《东周列国志》第六十四回:“舒此时已落范氏牢笼之内,只得唯唯惟命。”

[12]后:《绘图三教源流搜神大全》作“石”。

[13]萦纡:盘旋环绕。汉·班固《西都赋》:“步甬道以萦纡,又杳窱而不见阳。”

[14]巊然:巊,当通“丽”的繁体字“麗”。丽,偶,成对。《周礼·夏官·校人》:“丽马一圉,八丽一师。”郑玄注:“丽,耦也。”

【译文】

王瑜跪拜答道:“我愿意听从诸位尊神的命令。”说完,祥云从四面聚拢,神仙们升天而去了。第二天,县里的人来相此宅的时候,看到方山在东面,佩山在西面,左边环绕着杏墩,右边环绕着蛇城,南北有两个水潭,前面有一块呈坐状的石头。一条大溪由北边而来,往西盘旋环绕,两座山峰秀丽挺拔,岿然耸立在水流的出入口。

这真是一处再好不过的胜景佳地啊!

乃相与子来斩竹薙草,作为华屋,立像肖貌,揭虔[15]安灵,四远闻之鳞集辐辏[16]。

【注释】

[15]揭虔:怀着一颗虔诚的心。揭,举。虔,虔诚。

[16]鳞集辐辏:鳞集,群集。《汉书·刘向传》:"子弟鳞集于朝,羽翼阴附者众。"辐辏,形容人或物聚集像车辐集中于车毂一样。

【译文】

于是和自己的子孙一起来砍去乱竹,薙除杂草,建造华丽的房屋,安放五显神的神像,刻画他们的容貌,怀着虔诚的心安放他们的灵位。四方远地的人听说了这件事情,都群集而来。

自是神降格[17],有功于国,福佑斯民,无时不显。先是庙号止名五通,大中中始赐庙额曰"灵顺"[18],宣和年间封两字侯[19],绍兴中加四字侯[20],乾道中加八字侯[21],淳熙初封两字公[22],甲辰间封四字公[23],十一年加六字公[24],庆元六年加八字王[25],喜泰二年封两字王[26],喜定[27]元年封四字王。累有阴助于江左,封六字王。六年十一月诰下封八字王[28],理宗改封八字王号[29]。

【注释】

[17]降格,降临。《书·多士》:"有夏不适逸则,惟帝降格,向于时。"孔颖达疏:"降,下;格,至也。"

[18]灵顺:现为灵顺寺,位于杭州北高峰山巅,历史悠久,文物众多,是杭州市著名旅游景点。北宋年间,因寺庙内北宋初年供奉了"五显财神",始称"财神庙"。明代因设殿别名"华光",故又称"华光庙"。

[19]两字侯:《宋会要辑稿》礼二〇"五显灵观祠"条:"在宁国府婺源县五通祠。祠徽宗大观三年三月赐庙额'灵顺',宣和五年正月封,一曰通贶侯,二曰通佑侯,三曰通泽侯,四曰通惠侯,五曰通济侯。光尧皇帝绍兴二年五月,各于侯爵上加二字,曰善应、善助、善利、善及、善顺。十五年八月各加二字,曰昭德、曰昭信、曰昭义、曰昭成、曰昭庆(是岁信州别庙封,令一体称呼)。寿皇圣帝乾道三年九月,通贶善应昭德侯加封通贶善应昭德永福侯,通佑善助昭信侯加封通佑善助昭信永休侯,通泽善利昭义侯加封通泽善利昭义永康侯,通惠善及昭成侯加封通惠善及昭成永宁侯,通济善顺昭庆侯加封通济善顺昭庆永嘉侯。淳熙元年五月,通贶善应昭德永福侯

封显应公，通佑善助昭信永休侯封显济公，通泽善利昭义永康侯封显佑公，通惠善及昭成永宁侯封显灵公，通济善顺昭庆永嘉侯封显宁公。十一年二月，显应公加封显应昭庆公，显济公加封显济昭贶公，显佑公加封显佑昭利公，显灵公加封显灵昭济公，显宁公加封显宁昭德公。"由此可知，此两字侯为通贶侯、通佑侯、通泽侯、通惠侯、通济侯。

［20］四字侯：由前注知为通贶善应侯、通佑善助侯、通泽善利侯、通惠善及侯、通济善顺侯。

［21］八字侯：由前注知为通贶善应昭德永福侯、通佑善助昭信永休侯、通泽善利昭义永康侯、通惠善及昭成永宁侯、通济善顺昭庆永嘉侯。

［22］两字公：由前注知为显应公、显济公、显佑公、显灵公、显宁公，又成了五显。

［23］甲辰间封四字公：由前注知为淳熙十一年（1184年）二月，累封为显应昭庆公、显济昭贶公、显佑昭利公、显灵昭济公、显宁昭德公。

［24］六字公：没有明确记载。不过，依据情理推测，同一年号之内，封号应有连贯性，或者继承前代封号，只不过是赐封的等级提高了，由侯变成公，或者由公变成王。对应前面封侯的情况知有六字侯，此处的六字公可能为通贶善应昭德公、通佑善助昭信公、通泽善利昭义公、通惠善及昭成公、通济善顺昭庆公。可能是始封四字公，旋即封六字公，也有可能此处记载有误。此处存疑，以俟哲者。

［25］八字王：对应前注八字侯，可能为通贶善应昭德永福王、通佑善助昭信永休王、通泽善利昭义永康王、通惠善及昭成永宁王、通济善顺昭庆永嘉王。

［26］喜泰二年封两字王：喜泰，当依《绘图三教源流搜神大全》作"嘉泰"。宋宁宗嘉泰二年（1202年）封二字王，分别名显聪王、显明王、显正王、显直王、显德王。

［27］喜定：当依《绘图三教源流搜神大全》作"嘉定"。

［28］八字王：当为宋度宗咸淳六年（1270年）五位神人又最后分别封为八字王，即显聪昭应灵格广济王、显明昭烈灵护广佑王、显正昭顺灵卫广惠王、显真昭佑灵祝广泽王、显德昭利灵助广成王。

［29］理宗改封八字王号：理宗改封八字王和咸淳六年封八字王以及后面的所谓本朝封号有混淆。据《绘图三教源流搜神大全》理宗改封八字王和咸淳六年封八字王以及后面的本朝封号相同，存疑待考。

【译文】

自打五显神从天而降后，就一直对社稷有所贡献，庇佑着这里的黎民百姓，任何时候都能显灵。先前这里的庙号只是取名为"五通"，大中中期开始赐给这庙匾额叫“灵顺”，宣和五年(1123年)封为两字侯(通贶侯、通佑侯、通泽侯、通惠侯、通济侯)，在绍兴二年(1132年)加四字侯(通贶善应侯、通佑善助侯、通泽善利侯、通惠善及侯、通济善顺侯)，乾道中期(乾道三年九月，即1167年)封八字侯(通贶善应昭德永福侯、通佑善助昭信永休侯、通泽善利昭义永康侯、通惠善及昭成永宁侯、通济善顺昭庆永嘉侯)，淳熙初年(淳熙元年五月，即1174年)封为两字公(显应公、显济公、显佑公、显灵公、显宁公)，甲辰间(淳熙十一年二月，即1184年)封四字公(显应昭庆公、显济昭贶公、显佑昭利公、显灵昭济公、显宁昭德公)，十一年(1184年)加六字公(可能为通贶善应昭德公、通佑善助昭信公、通泽善利昭义公、通惠善及昭成公、通济善顺昭庆公)，庆元六年(1200年)加封八字王(可能为通贶善应昭德永福王、通佑善助昭信永休王、通泽善利昭义永康王、通惠善及昭成永宁王、通济善顺昭庆永嘉王)，嘉泰二年封两字王(显聪王、显明王、显正王、显直王、显德王)，嘉定元年封四字王，屡次在江左地区有贡献，封为六字王。宋度宗咸淳六年(1270年)十一月封为八字王(显聪昭应灵格广济王、显明昭烈灵护广佑王、显正昭顺灵卫广惠王、显真昭佑灵祝广泽王、显德昭利灵助广成王)，宋理宗改封了八字王号。

打供[30]胡百二检察，都打供胡靖一总管。打供黄太保，打供王太保，金吾二大使，掌善罚恶判官。

【注释】

[30]打供：供养，照应。宋·鲁应龙《闲窗括异志》：“盖寺有神姓施，封护国公，为之打供，僧徒得以济。”

【译文】

打供胡百二封为检察，都打供胡靖一为总管。打供黄太保、打供王太保，封为金吾二大使，是掌管善恶惩罚的判官。

《周礼·小宗伯》“祀五帝于四郊”，汉仪祠五祀[31]。宋朝《明堂图》五方帝位于昊天之侧，从之以五人帝、五官神，皆五行直[32]气也。盖五行为天地间至大，化必有为之主宰者，故曰玄冥[33]、曰祝融[34]、曰勾芒[35]，曰神蓐，曰后土，皆指水火金木土而言之。则今五神之降于此，岂非默助五行之造化，以福生民乎。或以五圣为五通[36]，谓其非正神，名实不辨甚矣！每岁四月八日本县启建大斋[37]，士民辐凑。

【注释】

[31]五祀：谓禘、郊、宗、祖、报五种祭礼。

[32]直：当依《绘图三教源流搜神大全》作“真”。

[33]玄冥:水神、冬神、北方之神。

[34]祝融:火神、灶神。

[35]勾芒:"勾"同"句",句芒,古代民间神话中的木神(春神)。

[36]五通:相传"五通"多半带有"妖邪"之气息。郭象《睽车志》卷五:"郡人素传有五通神,依后土祠为祟,瑶不胜哀愤,既敛火化,毕事,即具羊酒,诣城隍祠祷且讼。"宋元之际,已有士人官宦将"五通"视为"淫祀"。

[37]大斋:在重大节日期间举行法会。道教有"灵宝大斋""九幽大斋""上清天宝大斋""黄箓大斋""无量大斋"。《太上洞渊神咒经》:"道言:后世多疫鬼,鬼兵杀人。道士可教人八节日斋,一村共作之,多多为善耳。立春日,春分日,立夏日,夏至日,立秋日,秋分日,立冬日,冬至日,正月十五日,七月十五日,十月十五日,大斋日也。"

【译文】

《周礼·小宗伯》记载"在四郊祭祀五帝",汉朝时典仪制度规定在祠堂中举行五种祭祀礼,宋朝《明堂图》中的五方帝位于昊天的旁边,在它旁边附有五人帝、五官神,他们全部都由五行真气化来。大概五行是天地间最广大的,五行要想化身必定有成为它们主宰的神,所以才有所谓的玄冥、祝融、勾芒、神蓐、后土这些神灵,它们分别代表水、火、金、木、土五行。而如今这五神降于此地,难道不是暗地里帮助这五行修成正果,以此来造福当地的百姓吗?有人认为五位圣王是"五通",说他们不是正规的神仙,真是到了名誉与事功严重不能分辨的地步呀!每年四月八日要在当地开启大斋仪式,当地百姓都会聚集在一起来祈福。

本朝有褒封敕诰:

第一位"显聪昭应灵格广济王","显庆协惠昭助夫人"。

第二位"显明昭列灵护广佑王","显惠协庆善助夫人"。

第三位"显正昭顺灵卫广惠王","显齐协佑正助夫人"。

第四位"显直昭佑灵贶广泽王","显佑协齐[38]喜助夫人"。

第五位"显德昭利灵助广成王","显福协爱静助夫人"。

王祖父"启佑喜应敷泽侯",祖母"衍庆助顺慈贶夫人"。

王父[39]"广惠慈济方义侯",母"崇福慈齐[40]庆善夫人"。

长妹"喜应赞惠淑显夫人",次妹"懿顺福淑靖显夫人"。

至有吏下二神者,盖五公既贵,不欲以祸福惊动人之耳目,而委是二神司之欤。

黄衣道士、紫衣员觉大师、辅灵翊善史侯[41]、辅顺翊惠卞侯、翊应助顺周侯、令狐寺丞、王念二元帅、打供高太保。

【注释】

[38][40]齐:据文义,当依《绘图三教源流搜神大全》作“济”。

[39]王父:“王”原为“土”,据文义改。

[41]史侯:东汉少帝刘辩(176—190)的幼年别称。

【译文】

本朝奉皇帝令对五圣(及其妻子)进行加封:

第一位封为“显聪昭应灵格广济王”,他的夫人是“显庆协慧昭助夫人”;

第二位封为“显明昭烈灵护广佑王”,他的夫人是“显慧协庆善助夫人”;

第三位封为“显正昭顺灵卫广惠王”,他的夫人是“显济协佑正助夫人”;

第四位封为“显直昭佑灵贶广泽王”,他的夫人是“显佑协济喜助夫人”;

第五位封为“显德昭利灵助广成王”,他的夫人是“显福协爱静助夫人”。

五圣的祖父封为“启佑喜应敷泽侯”,五圣的祖母封为“衍庆助顺慈贶夫人”。

五圣的父亲封为“广惠慈济方义侯”,五圣的母亲封为“崇福慈济庆善夫人”。

五圣的长妹封为“喜应赞惠淑显夫人”,五圣的次妹封为“懿顺福淑靖显夫人”。

至于两个妹妹以下的下属神,大概是五公显贵以后,不愿再用福祸之事来引起人们的关注,就把这事交给这两个神(五圣的两个妹妹)来做了。

这些下属的神有黄衣道士、紫衣员觉大师、辅灵翊善史侯、辅顺翊惠卞侯、翊应助顺周侯、令狐寺丞、王念二元帅、打拱高太保。

至圣炳灵王五月十二日生

至圣炳灵王者，即东岳天齐仁圣帝第三子也。唐太宗加“威雄将军”，至宋太宗封“上吴炳灵公”，大中祥符元年二月十五日封“至圣炳灵王[1]”。

【译文】

至圣炳灵王，是东岳天齐仁圣帝的第三个儿子。唐太宗加封他为“威雄将军”，到宋太宗时又加封他为“上吴炳灵公”，大中祥符元年二月十五日又封他为“至圣炳灵王”。

佑圣真君[1]

佑圣真君者，真君姓茅，讳盈，本长安咸阳人也。自幼出家，参访名山洞府，遇王君赐长生之术，得道称[2]为天仙。至汉明帝朝仪朔[3]三年，天书忽降，皆玉篆龙文，云大帝保命真君与东岳天齐仁圣帝同鉴死生、共管阴府之事。宋太宗封“佑圣真君”，至真宗加封“九天司命上卿赐福佑圣真君”。

【注释】

[1]佑圣真君：又称“玄天上帝”，全称“北极镇天真武玄天上帝玉虚师相金阙化身荡魔永镇终劫济苦天尊”，通称“北极玄天上帝”。

[2]称：据文义，当作“成”。

[3]仪朔：目前可见的三茅事迹皆未见汉明帝时期降下天书的情节，且汉明帝仅有“永平”一个年号，“仪朔”当为虚构。

【译文】

佑圣真君，姓茅名盈，本是长安咸阳人。他在很小的时候就出家了，在拜访名山洞府期间，遇到了王君并赐给他长生之术，得道后成了天仙。到了汉明帝仪朔三年，一道天书忽然降下，全部是用玉篆龙文，上面写着大帝保命真君与东岳天齐仁圣帝一同鉴别生死、掌管阴府的事情。宋太宗封他为“佑圣真君”，到宋真宗的时候又加封他为“九天司命上卿赐福佑圣真君”。

王侍宸[1]

侍宸姓王，名文卿，宋时临川人。侍宸[2]，其官也。主有骨相，有道者器之。长而游四方，履历几遍宇宙，尝遇异人授以道法，能召风雷。宋徽宗号为“金门羽客[3]凝神殿侍宸”，宠冠当时，赐赉一无所受。时扬州大旱，诏求雨，侍宸为父剑噀水曰：“借黄河水三尺。”后数日，扬州奏得雨水皆黄浊。屡见显异。元时始建祠，今祠在建昌之府城内是也。灵应益者，执牲帛而乞灵[4]者络绎[5]于道。

【注释】

[1]王侍宸：王文卿(1087—1153)，一名俊，字予道(一说述道)，号冲和子，建昌南丰(今江西南丰)人。北宋末南宋初著名道士，擅长雷法，传神霄五雷法，为神霄派创始人。宋徽宗先后敕号为“冲虚妙道先生”“冲虚通妙先生”。元代，先后加号为“冲虚通妙真人”“冲虚通妙灵惠真人”。

[2]侍宸：侍奉天帝之仙官。梁·陶弘景《真诰》：“侍帝宸有八人，如世之侍中，王子乔、郭世干皆为之。”唐·陆龟蒙《上元日道室焚修寄袭美》诗：“执盖冒花香寂历，侍宸交佩响阑珊。”自注：“执盖、侍宸，皆仙之贵侣矣。”

[3]金门羽客：道士的称号。

[4]乞灵：有迷信思想的人向神灵求助。

[5]络绎：连续不断的样子，形容来往的人很多。

【译文】

侍宸姓王，名文卿，宋朝临川人。侍宸，是他的官职。他的骨相很好，有道之人很器重他。他长大后游行于四方，将宇宙(所有地方)都走了个遍，曾经遇到方士传授给他道法，能够召唤风雷。宋徽宗给他封号为“金门羽客凝神殿侍宸”，在当时最受恩宠，赏赐他都没有接受。当时扬州大旱，(君主)下诏求雨，侍宸在父亲的剑上喷了一口水说：“借取三尺黄河水。”几天之后，扬州上奏说雨水全都是黄浊的。经常见到这种奇异的现象。元朝时开始建立祠堂，如今这座祠堂就位于建昌府城以内。因为灵应更加显著，所以带着牲帛等祭品来王侍宸祠堂祈福的人连续不断。

袁千里

袁胜，字千里，南丰人，王侍宸甥，生[1]氏子也。有斩勘雷法[2]，髣髴[3]舅氏。端平间寓戴颠家，一日谓戴颠曰："吾逝矣，可焚我。"言毕而卒。戴焚之及[4]，及尸，烟焰中有旗，现金字曰"雷云第二判官袁千里也"。

【注释】

[1]生：《绘图三教源流搜神大全》作"娣"。娣，古时妇女名字的专用字。综合道藏本《搜神记》和《绘图三教源流搜神大全》，娣氏应该是王侍宸的姊妹。

[2]斩勘雷法：又称"斩勘五雷法"。《清微元降大法》卷二三有"高上神霄玉府西台斩勘五雷大法"，《道法会元》卷六三又有"玉枢斩勘五雷祈祷大法"。《五雷迭运妙法》："如召雷，则出本官符，与外符相合行事，是名斩勘。"（见《法海遗珠》卷二五）《太上三洞神咒》卷五有"斩勘雷公"，《九天应元雷声普化天尊玉枢宝经集注》《雷霆玉枢宥罪法忏》有"五雷斩勘之司"，《灵宝领教济度金书》卷三〇一记载玉枢斩勘司有"蒋、毕、华、雷、陈五使者"，《灵宝领教济度金书》卷三一八记载玉枢斩勘雷司五位使者分别镇守五方："东方风雷蒋使者，南方火雷璧使者，西方山雷华使者，北方水雷雷使者，中央五雷陈使者。"《道法会元》卷六三"五方蛮雷使者"条明确五位使者的名讳："东方蛮雷使者蒋刚轮，南方蛮雷使者毕机，西方蛮雷使者华文通，北方蛮雷使者雷压，中央蛮雷使者陈石。"

[3]髣髴："仿佛"的繁体。类似，好像。

[4]及：《绘图三教源流搜神大全》作"火"。

【译文】

袁胜，字千里，南丰人，是王侍宸外甥，生（娣）氏的儿子。他修得一种叫斩勘雷法的术法，（此术法）很像他舅舅（王侍宸的法术）。端平时期寄居在戴颠家，有一天袁千里对戴颠说："我就要死了，可以用火焚烧我。"说完之后就死了。戴颠就用火焚烧尸体，在烟雾中看到了一面旗子，上面出现金字"雷云第二判官袁千里也"（雷云第二判官就是袁千里）。

张果老

姓张，名果，隐于恒州中条山，往来汾晋，闻得长生秘术，耆老[1]云："为儿童时见之，已言数百岁。尝骑一白驴，日行数万里，休息时乃折叠之，其厚如纸，置于巾箱中。乘则以水异[2]之，复成一驴。"唐太宗高宗征之不出，则天皇后召之出山，佯死于妬女庙前。后有人于恒州山中复见之，明皇赍玺书[3]迎里[4]，随至[5]，安置于集贤院[6]。问以神仙，不答，累试仙术，不可穷纪。

【注释】

[1]耆老：故旧，老年人。卢纶《送张郎中还蜀歌》："迎车拜舞多耆老，旧卒新营遍青草。"

[2]异：《新刻出像增补搜神记》《历世真仙体道通鉴》均作"噀"，当从。

[3]玺书：以泥封加印的文书。古代长途递送的文书易于破损，所以书于竹简木牍，两片合一，缚以绳，在绳结上用泥封固，钤以玺，故称玺书。秦以后专指皇帝的诏书。

[4]里：《新刻出像增补搜神记》《历世真仙体道通鉴》均作"果"，当从。

[5]随至：《历世真仙体道通鉴》"随至"后有"东京"二字。

[6]集贤院：官署名。《新唐书·百官志二》："集贤殿院。学士、直学士、侍读学士、修撰官，掌刊辑经籍。"

【译文】

张果老姓张，名果，隐居在恒州的中条山中，往返于山西境内的汾晋之间，听闻他有长生秘术，老人说："我在孩童时期见过他，说是已经活了好几百岁了。曾经骑着一头白驴，每天行走数万里，休息的时候就将它折叠起来，厚度就如同纸一般，放置在巾箱中。乘坐时用水一喷，就又变成一头驴。"唐太宗、唐高宗征召他出山他不出，武则天皇后召他出山，他在妬女庙前装死。后来有人在恒州山中再次见到了他，唐明皇派人带着用加封的御用文书去请张果，他跟着迎接的人到了（东京），把他安置在集贤院。问他是不是神仙,他不回答,多次使用仙术试验他,他的法术多得无法全部记载。

西岳真人

西岳真人姓冯，名长，骊山人。周宣王时为柱下史[1]，睹天文之变，乃退隐摄生[2]，遇邓真人授以灵书[3]，功行垂成[4]，复遇彭真人授以太上隐书，遂得仙，用术活人。平王二十年春升化[5]而去。

【注释】

[1]柱下史：掌管中央的奏章、档案、图书以及地方上报的材料的御史大夫。《史记·张丞相列传》："苍，秦时为御史，主柱下方书。"司马贞索隐："周秦皆有柱下史，谓御史也，所掌及侍立恒在殿柱之下，故老子为周柱下史。"简称柱史。

[2]摄生：指善于养护生命，与养生意思接近。曹魏时嵇康曾写过《摄生论》。

[3]灵书：指仙书。唐·李贺《神仙曲》："碧峰海面藏灵书，上帝拣作神仙居。"

[4]垂成：事情将近成功。垂，接近。

[5]升化：气绝后升天。

【译文】

西岳真人姓冯，名长，骊山人。周宣王时担任柱下史，目睹了天文的变化，于是退出政务隐居养生，遇到邓真人传授给他仙书，修行接近成功时，又遇到了彭真人传授给他太上隐书，于是得道成仙，用法术救活了很多人。周平王二十年春升天化仙而去。

太素真人九月二十三日生

太[1]素真人姓周，名亮，字太真[2]，太原人。母宵寝[3]，见五色流霞覆其宅，因感有孕，经十五月而生。长而师事姚坦，授五千文乃[4]《八素真经》，能治[5]鬼怪，各复真形[6]。周灵王太子晋闻之，召与相见，赐以九光七明芝。亮修服之，遂能变化，或如七十，髮白齿落，经宿不出，复为少年，姿容如花；或被凶人侮之，其人不觉自缚，困于拷击[7]，叫号口中流血，求哀乃释之。年一百九十余岁，威烈王十四年上帝遣天官下迎，授为“秦陇真人”，出入太清[8]。

【注释】

[1]太：《历世真仙体道通鉴》卷九《周亮》作“八”。

[2]太真：《历世真仙体道通鉴》卷九《周亮》、《三洞群仙录》卷五《丹台新录》均作“泰宜”。

[3]宵寝：夜晚睡觉。

[4]乃：《历世真仙体道通鉴》作“及”，当从。

[5]治：收服，对付。

[6]各复真形：恢复各自真实的样子。《太平广记》：“汝死老鬼，不念温良，无故导从，唐突官府，自知合死否？急复真形。”

[7]拷击：拷掠，敲打，拷打。

[8]“或如七十”至“出入太清”：《历世真仙体道通鉴》作：“或年如七十，发白齿落，经一宿两宿不出，则变为年少，姿容更好；或被凶人执之，戏以粪壤，须臾已隐，莫知所在，其人不觉已自缠缚，困于考击；或有恶言向之骂者，口中自然流血，谢过求一辰乃释。年一百九十余岁，以威烈王二十四年己卯，天帝遣天官下迎，授书为秦陇宫真人，出入太清，宴游诸天矣。”道藏本《搜神记》引文有夺误。

【译文】

太素真人姓周，名亮，字太真，太原人。他的母亲晚上睡觉时，梦见天空上出现了五色流霞，覆盖了他家的房子，于是她的母亲感应怀孕，过了十五个月后，他便出生了。长大后从师于姚坦，给他传授五千文（即《道德真经》）及《八素真经》，能收服妖魔鬼怪，使之恢复各自真实的样子。周灵王的太子姬晋听闻之后，传召周亮相见，赐给周亮九光七明芝。周亮服用了，于是就能变换形态，有时变成七十的老人，满头白发，牙齿脱落，一宿都不出来，再出来时则又变成了一个少年，貌美如花（比以前更漂亮）；有时被恶人欺侮，恶人却在不知不觉中被绑起来了，被拷打，大声号叫到嘴里流血，使劲哀求才被放了。到了他一百九十岁的时候，威烈王十四年，皇帝派遣天官去迎接他，授予他“秦陇（宫）真人”的名号，出入太清天。

萨真人

萨真人名守坚，蜀西河人也。尝学医，误用药杀人，遂弃医。闻虚靖张天师，及建昌王侍宸、福州林灵素三人道法高，遂来学法。至蜀中，其行囊[1]已尽，坐于石大忧。忽见三道人来，真人问此去信州远近，道人问所欲。真人曰："欲访虚靖天师学法"。道人曰："天师死矣"。复问王侍宸，曰："亦死矣"。复问林灵素，曰："亦死矣。"真人方怅恨，一道人曰："今天师道法亦高，吾与之有旧，当[2]为作字，可往访之。吾有一法相授，日间[3]可以自给。"遂授以呪枣[4]之术。曰："呪一枣可取七文，一日但呪十枣得七十文，则有一日之资矣。"一道人曰："吾亦有一法相授。"与之棕扇[5]一柄，曰："有病者则扇之即愈。"一道人曰："吾亦有一法相授，乃雷法也"。真人受之，辞去。用之皆验。一日凡呪百余枣，止授七十文为日用，余者复以济贫。及至信州见天师，投书，举家皆哭，乃虚靖天师亲笔也。书中言："吾与王侍宸、林天师遇萨君，各以一法授之矣，可为参录奏名真人[6]。"后法愈大显。

【注释】

[1]行囊：这里指盘缠。囊：口袋。

[2]当：会，将会。《赤壁之战》："卿与子敬、程公便在前发，孤当续发人众。"

[3]间：《历世真仙体道通鉴》作"问"。

[4]呪枣：旧时道士、方士等对枣念咒，谓能用以祛邪治病。宋·周密《齐东野语·明真王真人》："〔王妙坚〕居常以符水呪枣等术行乞村落。"元·无名氏《碧桃花》第三折："遇一道人，乃虚靖天师，觑贫道有仙风道骨，传授呪枣之术。"明·李时珍《本草纲目·果一·枣(附方)》引《岣嵝神书》："呪枣治疟：执枣一枚，呪曰：'吾有枣一枚，一心归大道……'念七遍，吹枣上，与病人食之，即愈。"

[5]棕扇：用蒲葵叶制成的扇，俗称芭蕉扇。因蒲葵有棕榈异名，故称棕扇。

[6]可为参录奏名真人：参，参与；录，总领。参录，参与总领，如"参录尚书事"。奏名，科举考试，礼部将拟录取的进士名册送呈皇帝审核，称"奏名"。宋·沈括《梦

溪笔谈·故事一》:“嘉祐中,进士奏名讫,未御试,京师妄传王俊民为状元。”“可为参录奏名真人”,《历世真仙体道通鉴》作“可授以未尽之文”。

【译文】

萨真人名叫守坚,是蜀西河的人,曾经学习医术,因用错药害死了人,于是便放弃了从医。听闻虚靖张天师,和王侍宸、福州林灵素三个人的道法高强,于是便去学习道法。到了蜀中的时候,他的盘缠已经用光了,坐在一块大石头上发愁。忽然看见三个道人过来,真人便问从这里去信州的远近,道人问真人要干什么。真人说:“我想要拜访虚靖天师,向他学习道法。”道人说:“天师已经死了。”真人又问王侍宸呢,道人说:“也死了。”又问林灵素,道人说:“也死了。”萨真人感到很惆怅,其中的一个道人说:“如今张天师的道法很高,我和他有旧交情,我会给你写一份书信,你可以拿着去拜访他。我有一个道法可以传授给你,每日察问就可以养活你自己。”于是便传授给了他呪枣之术。道人说:“每天呪一个枣可以得七文钱,一天如果呪十个枣就可以得到七十文钱了,这样就有一天的盘缠了。”另外一个道人说:“我也有一个道法传授给你。”道人给了他一把棕扇,说:“看到有病的人扇他一下就可以痊愈。”最后一个道人说:“我也有一个道法要传授给你,是雷法。”萨真人接受了之后,向他们告辞走了。用了他们传授的道法都很灵验。一天呪了一百多个枣,只留七十文自己用,剩下的用来赈济贫穷的人。等到了信州去拜见天师,把书信拿给他的家人看,他们全家都哭了,这是虚靖张天师的亲笔字啊。书信中说:“我和王侍宸、林天师遇到了萨真人,每人都给他传授了一个道法,他可以作为参与总领诸位真人的人了(你们要把我没有传完的法术传授给他)。”后来萨真人的法术愈来愈大显神通。

尝经潭州,人闻神语曰:“真人提刑来日至。”次日,人同之,只见真人携瓮笠至,有提点刑狱之牌,人异之。继至湘阴县浮梁,见人用童男童女生祀本处庙神,真人曰:“此等淫神,好焚其庙。”言讫雷火飞空,庙立焚矣。真人至龙兴府江边濯足,见水有神影,方面黄巾金甲[7],左手拽袖右手执鞭,真人曰:“尔何神也?”答曰:“吾乃湘阴庙神王善,被真人焚吾庙后今相随一十二载,只候有过则复前佛。今真人功行已高,职隶天枢,望保奏以为部将”。真人曰:“汝凶恶之神,坐吾法中必损吾法”。庙神即立誓不敢背盟,真人遂奏帝授职。至漳州,忽一日诸将现形环侍,天诏召真人君天枢领位,真人方起身而即立化[8]。

【注释】

[7]黄巾金甲:黄巾力士,又名金甲力士,道教传说中一种护法降魔、力大无穷的仙吏。

[8]立化:站着死去。《梦溪笔谈·神奇》:“夷甫至其间,亲督人洒扫及焚香,挥手指画之间,屹然立化。”

【译文】

曾经经过潭州,人们听见神说:“真人明天要来这里提点刑狱。”第二天,人们都来观看,只见真人带着瓮笠到了,有提点刑狱的牌子,人们感到很惊异。继续走,到了浮梁县,看到有人用童男童女生祭这个地方的庙神,真人说:“这样的淫神,一定要把他的庙烧了。”说完,天雷之火从天空中飞来,庙立即被烧了。真人到龙兴府的江边洗脚,看见水里有神的影子,左手拽着袖子右手拿着鞭子,真人说:“你是什么神?”回答说:“我是湘阴庙的神王善,被真人您烧了我的庙之后就跟随您十二年了,只等真人您有过错,我就可以恢复之前的佛位。如今真人您的道行功德已经很高了,在天枢任职,希望真人您可以推荐我做部将。”真人说:“你是个凶恶的神,如果处在我的法术之中,必定会对我的法术有害。”庙神立刻发誓说一定不会背叛真人,真人于是便上奏天帝给他授职。到了漳州,忽然有一天一些天将现形围着真人,天帝传召真人君领天枢领位,真人刚刚站起身却突然站着羽化了。

寿春真人

真人姓梅，名福，字子真，寿春人。仕汉为南昌尉。见王莽专政乃弃家求仙。遍游雁荡、南闽诸山，后入仙霞山，遇空同仙君授以内外丹法。入鸡笼山修炼不成，乃至剑江西岭。再遇空同仙君。谓福曰："汝之缘在飞鸿山也。"福遂往飞鸿山结庵[1]修炼，丹成趣装[2]，复还寿春。一日，紫云浮空仙乐纷纷，金童玉女捧诏控鸾从空而下。福拜诏，辞家，乘青鸾飞升而去。宋元丰间，封"寿春真人"。今庙在金陵聚宝门外，灵应神异[3]，俗呼曰梅将军庙。

【注释】

[1]结庵：建造房子。《结庵》："结庵居深山，静中观万物。"

[2]趣装：速整行装。宋·张孝祥《水调歌头》词："趣装入觐，行矣归去作盐梅。"

[3]神异：神奇特别。神，神奇。异，奇特。

【译文】

真人姓梅，名福，字子真，是寿春人。在汉代为官，为南昌县尉。梅福见当时王莽专权，于是他就离家去求仙道。他曾游遍了雁荡山和南闽各山，后来去了仙霞山，他遇到了空同仙君，仙君授给他内外丹法。在鸡笼山修炼不成功，于是去了剑江西岭，又遇到了空同仙君，空同仙君告诉梅福："你的仙缘在飞鸿山。"梅福便去飞鸿山，建房修炼。仙丹炼成，梅福赶快收拾行装，又回到寿春。一天，紫云浮动在空中，仙乐不止，金童玉女捧着诏书驾乘鸾鸟从天空中降下。梅福拜过诏书，辞别家人，驾乘鸾凤升天而去。北宋元丰年间封梅福为"寿春真人"。现在他的庙在金陵聚宝门外面，灵验神奇，俗称梅将军庙。

负局先生

负局先生,语似燕代间人,因[1]磨镜[2]辄问主人得无有疾苦者否,若有辄出紫丸赤药与之,莫不愈。时大疫,每列[3]户与[4]药愈[5]者万计,不取一钱。后止[6]吴山绝崖,世世悬药与人。曰:“吾欲还蓬莱山,为汝曹下神水,崖头一旦有水白色从石崖流下,服者多所愈。”乡人乃立祠祀之。

【注释】

[1]因:趁着。

[2]磨镜:磨治铜镜。汉·刘向《列仙传·负局先生》:“负局先生不知何许人,语似燕代间人,常负磨镜局,循吴市中,衒磨镜一钱。”

[3]列:众,各。

[4]与:给予。

[5]愈:通“瘉”,病好了。

[6]止:住下。

【译文】

负局先生,口音像是燕代那一地区的人。趁着磨镜子的时候,他就询问镜子的主人,问他们有没有疾病苦楚的,如果碰到有疾病的人,则拿出紫色药丸送给他,吃了药丸的人没有不痊愈的。当时发生很大疫情,他挨家挨户送给他们药,救活的人成千上万,他却一文不收。后来他在吴山绝崖头定居,世世代代从山上向下悬药给人。他快要离开的时候,对下面的人说:“我要回蓬莱山,为你们引下神水。绝崖头如果某天有白色的水从石缝间流出来,喝下就可以痊愈。”村民于是建起了祠堂祭拜他。

律吕神

祠在大同府浑源州之北五里神溪狐石上，建于元魏，元重修。相传泰初元年六月，弘州人有张珪者，晚憩于狐石之上，忽一神人丰姿飘洒清莹绝尘自空而下，顾珪谓曰："律吕律吕，上天勃[1]汝，此月二十日行硬雨[2]"。语毕即腾空而去，珪会其意，归家遍以语邻村人使速收麦。未及收者至日为雨所伤尽空。事闻朝廷，遣使祭焉。

【注释】

[1]勃：旺，旺盛。《左传·庄公十一年》："禹、汤罪己，其兴也勃焉。"

[2]硬雨：冰雹。宋·吕本中《轩渠录》："绍兴十七年五月初，临安大雨雹，太学屋瓦皆碎。学官申朝廷修，不可言雹，称为硬雨。"

【译文】

律吕神的祠堂在大同府浑源州向北五里神溪的狐石上，建于北魏，元代重新修葺。相传泰初元年六月，弘州一个叫张珪的，有天晚上在那块狐石上休息，忽然有个风度仪态飘洒轻盈洁净透明超脱尘俗的神人从天而降，看见张珪说："律吕啊律吕，上天要让你的日子兴旺起来，这个月的二十号要下冰雹。"说完又腾空而起离开了，张珪领会了他的意思，回家后便对隔壁村子的人说，让他们赶紧收割麦子。那些没有及时收割的麦子都被冰雹所伤没了收成。事情被朝廷听说后，朝廷就派使者去祭拜律吕神。

刘师

《寰宇记》:“师姓刘[1],字摩诃,洞晓经律,深入禅要,占记吉凶无有不验。”沮渠蒙逊[2]时曰求仙学道,经肃州卫止。治南小草庵上,合掌皈依而入涅槃[3]。其徒荼毗[4]之,骨化为珠,血化为丹,更为立祠于示寂之所。相传祈祷者,往往获珠丹焉。自是禳[5]火火灭,祈雨雨霪[6],祷病病瘥[7],远近争崇奉之。

【注释】

[1]师姓刘:据明代徐道《神仙全传》记载:“北凉有刘师者,名演,字摩河。云是汉初人。始入道注《金碧经》。今复归释,洞晓经律,深入禅要。”

[2]沮渠蒙逊:临松卢水(今甘肃张掖)人,匈奴人,东晋十六国时期为北凉国君。

[3]“沮渠蒙逊”至“而入涅槃”:明·徐道《神仙全传》作:“蒙逊时西求仙学。道经肃州卫土。治小草庵,合掌而入涅槃。”

[4]荼毗:佛教语,梵语音译,意为焚烧。指僧人死后将尸体火化。《翻译名义集·名句文法》:“阇维:或耶旬,正名荼毗,此云焚烧。”此处显然是借用佛教术语。

[5]禳:古代祭祷鬼神来消除灾祸的迷信活动。

[6]霪:久雨不止,通作“淫”。

[7]瘥:痊愈。《续世说·夙慧》:“患既未瘥,眠也不安。”

【译文】

《寰宇记》记载:“仙师姓刘,字摩诃,通晓经文律令,对禅法深有所得,占卜吉凶没有不灵验的。”武宣王沮渠蒙逊当时去往西边求仙学道,路过肃州卫,停了下来。刘摩诃在肃州卫卫治南边修盖的一座小草庵里,双手合十皈依,然后就涅槃了。他的徒弟将其焚烧,他的骨头化为珍珠,血会化作仙丹,众人在他圆寂的地方建造祠堂。相传去祈祷的人,可以获得珍珠和仙丹。自然是求火火就灭了,求雨雨就下不停,求病病就好了,远近的人都争抢着去供奉他。

卷三

南无观世音菩萨二月十九日生

昔有一国王号曰妙庄王，三女，长妙音，次妙缘，又次妙善，善即菩萨也。王令其赘，不从，逐之后花园，居之白雀寺，尼僧[1]苦以搬茶运水，鬼使代之。王怒，命焚寺，寺僧俱毁于焰，而菩萨无恙如初。命斩之，刀三折。命缢以白练带，忽黑雾遮天，一白虎背之而去尸多林。青衣童子侍立，遂历地府过奈河桥，救诸苦难，还魂再至尸多林。太白星君化一老人，指与香山修行。后庄王病恶，剜目断臂救王，王往礼之。尔时道成，空中现千手千眼灵感观世音菩萨奇妙之相，永为香山显迹云。

【注释】

［1］尼僧：尼姑。

【译文】

以前有一个国王名叫妙庄王，有三个女儿，大女儿叫妙音，二女儿叫妙缘，三女儿叫妙善，妙善就是观世音菩萨。国王命她招一个上门女婿，她不肯服从，被贬逐到后花园，居住在白雀寺，尼姑苦于搬运茶水，鬼代替尼姑干活。妙庄王大怒，命人焚烧白雀寺，寺中的僧人都毁灭于大火，然而妙善安然无恙，跟从前一样。妙庄王命人斩杀她，刀被折成三段。妙庄王又命令用白练缢杀她，忽然黑雾遮住了天空，一只白虎背她去了尸多林。穿青衣的童子站在旁边伺候，于是到了地府渡过奈何桥，救助很多苦难的人，魂魄再次回到尸多林。太白星君幻化成老人，指点她去香山修行。后来妙庄王病情恶化，她剜下眼睛切断胳膊救妙庄王，妙庄王前去礼拜于她。不久大道修成，天空中出现千手千眼灵感观世音菩萨的奇妙相貌，永远在香山显示圣迹。

天王

按《释氏源流》，有毗留勒义天王[1]，有毗留博义天王[2]，有提头赖吒天王[3]，有毗沙门天王[4]。昔唐太宗从高祖起义兵，有神降于前，自称毗沙门天王，愿同力定乱。其手将[5]有猪首象鼻者，故所向成功。及即位，诏天下公府皆祀之。天圣初，诏诸郡置祠，仍建佛寺，俱以“天王”为额，此天王之所由普建也。

【注释】

[1]毗留勒义天王：当为“毗留勒叉天王”，梵语毗留勒叉，又云毗流离，华言增长。谓能令自他善根增长也。居须弥山南琉璃山。

[2]毗留博义天王：当为“毗留博叉天王”，梵语毗留博叉，又云毗流波叉，华言广目。谓以其目广大过于人眼故也。居须弥山西白银山。

[3]提头赖吒天王：又云提多罗吒，华言持国。谓能护持国土也，亦云安民，谓令人民悉得安隐也。居须弥山东黄金山。

[4]毗沙门天王：华言多闻。谓福德之名闻于四方故也。居须弥山北水精山。

[5]手将：供差遣的小将。明·无名氏《午时牌》头折：“某乃河中府节度使王重荣麾下手将刘允是也。”

【译文】

按照《释氏源流》的记载，(天王)有毗留勒义天王，有毗留博义天王，有提头赖吒天王，有毗沙门天王。以前唐太宗跟从唐太祖起义的时候，有神祇降临在他面前，自称是毗沙门天王，愿意一同出力平定战乱。他手下差遣的小兵有堵首象鼻的人，因此所向披靡。到了唐太宗即位后，诏告天下公府都供奉他。宋仁宗天圣初年，诏告各个郡开设祠堂，仍然建成佛寺，都以“天王”为牌匾，这是天王寺庙普遍建造的由来。

地藏王菩萨[1]七月三十日生

职掌幽冥[2]教主，十地阎君[3]率朝贺成礼。相传王舍城[4]傅罗卜[5]，法名目犍连。尝师事如来，救母于饿鬼群丛，作盂兰胜会[6]，殁而为地藏王。以七月三十日为所生之辰，士人礼拜。或曰今青阳之九华山，地藏是也。按传新罗国僧，唐时渡海居九华山，年九十九，忽召徒众告别，但闻山鸣石陨，俄分趺[7]坐于函中。洎三稔开将入塔，颜貌如生，舁之动骨节若金锁焉。故曰金地藏[8]，以是知传者之误。

【注释】

[1]地藏王菩萨：地藏菩萨，佛教菩萨名，为梵文Kṣitigarbha的意译，音译"乞叉底蘖婆"。《地藏十轮经》中称其"安忍不动如大地，静虑深密如秘藏"，故名。即地藏菩萨。

[2]幽冥：地府之狱，幽暗无光，是掌管万物生灵生命的地方。

[3]十地阎君：据常理，当为"十殿阎君"，二者通。

[4]王舍城：佛祖释迦牟尼长期居住修行的地方，佛陀逝后，在王舍城举行了第一次佛教结集，因此是佛教圣地之一。

[5]傅罗卜：人名。今四川彭州傅萝卜（富萝卜）目连故事流传甚广。

[6]盂兰胜会：即盂兰盆会，俗称施孤，亦叫普度。施济孤魂与普度众生，同为盂兰胜会的对象。据说施孤始于佛经中目莲救母的故事。

[7]趺：当作"趺"，"趺坐"就是"跏趺坐"，"趺"与"跗"同，足背也。置足背于胜上，谓之趺坐。有全跏趺坐、半跏趺坐之别。婆娑论曰："结跏趺坐，是相圆满。"

[8]金地藏：唐代新罗国（今朝鲜半岛）僧人，真名金乔觉，非目犍连，所以后文说"以是知传者之误"。

【译文】

地藏菩萨，是执掌幽冥的教主，十殿阎罗都对他以礼进行朝贺。相传王舍城的傅罗卜，法名目犍连，曾经拜如来为师，从恶鬼群中救出母亲，举办盂兰胜会，死后成为地藏王。以七月三十日作为生辰,士人都顶礼膜拜。有的人说现在青阳九华山,就是地藏王菩萨的道场。按照传说新罗的国僧,唐朝时渡过大海居住九华山,到了九十九岁的时候,忽然召集徒弟告别,只听见山的鸣响和石头陨落的声音,不一会儿以跏趺坐的方式坐在洞函中。过了三年,他的弟子打开洞穴要把他的尸身送入佛塔内,却发现他的颜容面貌犹如活着一般,抬他时发现他的骨节连接紧实就像被金锁锁住一样(连接得非常紧固)。因此把他叫作金地藏,由此可知传说的错误。

金刚

金刚密迹[1]是也。按《三昧经》，如来到那乾诃罗国降五罗魔时，金刚神手把大杵，杵头出火，烧诸恶龙，龙王惊怖走入佛影。又尝挥大利剑拟鬼王额，鬼王惊怖抱持小儿，长跪上佛。又尝白佛："垂意小食[2]，化鬼神众。"及世尊灭度[3]，金刚悲哀懊恼，作如是言："如来舍我入于寂灭，我从今日无归无依，无覆无护。哀恼灾患一旦顿集，忧愁毒箭[4]深入我心。此金刚杵当用护谁，即便弃掷，自今以往当奉侍谁？"说种种言，恋慕如来，此金刚之所自显化也。

【注释】

[1]金刚密迹：又叫密迹金刚、密迹力士、秘密主，是手持金刚杵给佛担任警卫的夜叉神的总头目。"密迹"是因其能听到一切诸佛秘要密迹之事。

[2]垂意小食：垂意，喜爱。小食，原指早餐，后泛指点心、零食。《梁书·昭明太子传》："京师谷贵，太子因命菲衣减膳，改常馔为小食。"

[3]灭度：涅槃旧译灭度，新译圆寂。

[4]毒箭：是一个譬喻的说法，烦恼能害人，故譬以毒箭。涅槃经五曰："见阎浮提苦众生，无量劫中被淫怒痴烦恼毒箭，受大苦切。"

【译文】

金刚就是金刚密迹，按照《三昧经》的说法，如来到达那乾诃罗国降伏五罗魔的时候，金刚神手拿大杵，杵的头冒火，烧了诸多恶龙，龙王惊恐地走入佛影中。他又曾经挥剑砍鬼王的额头，鬼王惊恐地抱着小儿子，长跪在佛前。又曾经启禀如来说："我就喜欢吃点零食，然后就可以度化鬼神大众。"到了如来圆寂的时候，金刚悲伤懊恼，说了下面这些话："如来舍弃自我寂灭了，我从现在无依无靠，没有谁再保护我，我也没有谁可以再护持了。烦恼灾害一旦堆集，忧愁的毒箭就会深入我的内心。此时我的金刚杵应当保护谁，即便是丢弃，从今以后我应当侍奉谁？"说了很多很多这样的话，心中恋慕如来，这是金刚自我显示化身的情形。

十大明王[1]

一、焰鬘得迦大忿怒明王；二、无能胜大忿怒明王；三、钵讷鬘得迦大忿怒明王；四、尾觐难得迦大忿怒明王；五、不动尊大忿怒明王；六、吒枳大忿怒明王；七、你罗难拏忿怒明王；八、大力大忿怒明王；九、送婆大忿怒明王；十、嚩日罗播多罗大忿怒明王。此十大忿怒明王，各有三面，面各三目，皆头上顶佛，以虎皮为衣，髑髅为冠，发髻坚立。

【注释】

[1]十大明王：是密宗佛、菩萨的一种变化身，是为教化众生特别贪愚者而显化的忿怒威猛相的尊神。明王之“明”有光明义。

【译文】

十大明王：一是焰鬘得迦大忿怒明王；二是无能胜大忿怒明王；三是钵讷鬘得迦大忿怒明王；四是尾觐难得迦大忿怒明王；五是不动尊大忿怒明王；六是吒枳大忿怒明王；七是你罗难拏忿怒明王；八是大力大忿怒明王；九是送婆大忿怒明王；十是嚩日罗播多罗大忿怒明王。这十大忿怒明王，他们各自有三张脸，每张脸都有三只眼，头上都顶着佛像，把虎皮当作衣服穿，头上戴着髑髅，发髻都坚立起来。

十地阎君[1]

一殿阎君秦广王萧；二殿阎君楚江王曹；三殿阎君宋帝王廉；四殿阎君五官王黄；五殿阎君阎罗王韩；六殿阎君变成王石；七殿阎君泰山王毕；八殿阎君平等王于；九殿阎君都市王薛；十殿阎君转轮王薛。

【注释】

[1]十地阎君：也叫十殿阎君，有很多说法，如据《玉历钞传》和《阎王经》记载：第一殿，秦广王蒋，司人间天寿生死，统管幽冥吉凶。第二殿，楚江王历，司管伤人肢体，奸盗杀生。第三殿，宋帝王余，司管忤逆尊长，教唆兴讼。第四殿，五官王吕，司管抗粮赖租，交易欺诈。第五殿，阎罗王天子包，亦称森罗王，司管因冤屈死，还阳申雪。第六殿，卞城王毕，司管怨天尤地，枉死涕泣。第七殿，泰山王董，司管取人骸骨，离人至戚。第八殿，都市王黄，司管在世不孝，违逆父母者。第九殿，平等王陆，司管杀人放火，斩绞正法者。第十殿，转轮王薛，司管各殿解到鬼魂，分别善恶，核定等级，登记造册。根据各鬼的表现，以便发四大部洲投生。道藏本《搜神记》的十殿阎君可能有误，如第九、第十阎君都姓“薛”，不符合各阎君姓氏不同的惯例。但也不排除道藏本《搜神记》所依版本的不同。

【译文】

十地阎君：一殿阎君是秦广王萧；二殿阎君是楚江王曹；三殿阎君是宋帝王廉；四殿阎君是五官王黄；五殿阎君是阎罗王韩；六殿阎君是变成王石；七殿阎君是泰山王毕；八殿阎君是平等王于；九殿阎君是都市王薛；十殿阎君是转轮王薛。

十八尊阿罗汉

第一、宾度罗跋罗堕阇尊者；第二、迦诺迦跋蹉尊者；第三、迦诺跋厘堕阇尊者；第四、苏频陀尊者；第五、诺距罗尊者；第六、跋陀罗尊者；第七、迦哩迦尊者；第八、伐阇弗多罗尊者；第九、戍博迦尊者；第十、半讬迦尊者；第十一、罗怙罗尊者；第十二、那伽牟那罗尊者；第十三、因竭陀尊者；第十四、代那跋斯尊者；第十五、阿氏多尊者；第十六、注茶[1]半讬尊者；第十七、庆友尊者；第十八、宾头卢尊者。

【注释】

[1]茶：当作“荼”。

【译文】

第一位是宾度罗跋罗堕阇尊者；第二位是迦诺迦跋蹉尊者；第三位是迦诺跋厘堕阇尊者；第四位是苏频陀尊者；第五位是诺距罗尊者；第六位是跋陀罗尊者；第七位是迦哩迦尊者；第八位是伐阇弗多罗尊者；第九位是戍博迦尊者；第十位是半讬迦尊者；第十一位是罗怙罗尊者；第十二位是那伽牟那罗尊者；第十三位是因竭陀尊者；第十四位是代那跋斯尊者；第十五位是阿氏多尊者；第十六位是注荼半讬尊者；第十七位是庆友尊者；第十八位是宾头卢尊者。

宝志禅师[1]

宝志禅师朱,元嘉中见形于东阳镇古木鹰巢中,朱氏闻巢中儿啼,遂收育之。因以朱为姓,施宅为寺[2]焉。公自少出家,依于钟山道林寺。常持一锡杖,悬刀尺及镜拂之类,或挂一两尺帛,数日不食无饥容。时或歌吟,词多谶记[3],士庶皆共事之。齐建元中,武帝[4]谓师惑众,收付建康狱。既旦,人见其入市,及检狱如故。建康尹以事闻帝,延于宫中之后堂。师在华林园,忽一日重著三布帽,亦不知于何所得之。俄豫章王[5]、文惠太子[6]相继薨,齐亦以此贵[7]矣,由是禁师出入。

【注释】

[1]宝志禅师(418—514):亦作“保志、宝志公、志公”或“宝志大士”。南北朝齐、梁时高僧,出生于句容县东阳镇(今属南京市栖霞区),金城(今甘肃兰州)人,俗姓朱。一生屡现神异。

[2]施宅为寺:汉末至南北朝时期舍宅为寺的风气大盛。士族、富商将自己的家宅捐为佛寺,这种风尚叫作“舍宅为寺”,是当时市井寺庙的重要源头。

[3]谶记:谶书,记载谶语的书,谶语即事后应验的话。

[4]武帝:齐武帝萧赜。

[5]豫章王:历史上在豫章所分封的国王或者王爵,多见于魏晋南北朝时期。历朝可考者21人,历史上较著名的豫章王有晋豫章王司马炽(晋孝怀帝)、南朝宋豫章王刘子尚、南朝齐豫章王萧嶷,以及南朝梁豫章王萧欢、萧栋等。根据本文年份,此处豫章王应为萧嶷,字宣俨,南北朝时期南齐高帝萧道成第二子,齐武帝萧赜之弟。

[6]文惠太子:指萧长懋(458—493),南齐太子,齐高帝萧道成之孙,齐武帝萧赜长子。

[7]贵:当为“季”,一个朝代或一个时代的末期。《南史·释宝志》:“齐武帝忿其惑案,收付建康狱。旦日,咸见游行市里,既而检校,犹在狱中。其夜,又语狱吏:

‘门外有两舆食,金钵盛饭,汝可取之。’果是文惠太子及竟陵王子良所供养。县令吕文题以答武帝,帝乃迎入华林园。少时忽重着三布帽,亦不知于何得之。俄而武帝崩,文惠太子、豫章文献王相继薨,齐亦于此季矣。”

【译文】

宝志禅师俗姓朱,元嘉年间现形于东阳镇一棵老树上的鹰巢中,朱氏妇人听见老鹰的巢穴中有婴儿在啼哭,就收养了他。于是就随朱氏姓朱,把住的地方施舍成寺院。宝志禅师年少的时候出家为僧,托身在钟山道林寺学习佛法。他常常拿着一个锡杖,上面挂着剪刀、尺、镜子、拂扇之类的东西,有时候还挂着一两匹布帛,一连很多天不吃东西也没有饥饿的样子。他有时候会唱歌,歌词大多是谶语(很灵验),士族百姓都非常尊崇他。南齐建元年间,齐武帝以妖言惑众的罪名将他收押在建康狱中。到了第二天早上,有人看见他在集市中游走,前往探监时,却又看见他的的确确是在监牢之中。建康府尹把这件事告诉给齐武帝听,齐武帝就把他请到宫中的后堂。宝志禅师在华园林,忽然有一天戴着三层的布帽,人们也不知道这帽子是从哪儿得来的。不久,豫章王和文惠太子相继去世,南齐也从此走向末路,因此禁止宝志禅师随意出入。

梁高祖即位,下诏曰:“志公迹拘尘垢,神游冥寂,水火不能燋[8]濡,蛇虎不能侵惧,语其佛理则声闻[9]以上,谈其隐沦[10]则遯仙[11]高著,岂以俗士常情空相拘枳[12],何其愚陋,至于此自今勿得复禁。”师或一日对帝食鲙,帝曰:“一人知味二十余年,师何为尔?”师乃吐出小鱼,麟尾依然。今建康尚有鲙残鱼是也。

[8]燋:通“焦”,烧焦,烧伤。

[9]声闻:谓闻佛声教,依四谛法,修道证真,是名声闻。

[10]隐沦:隐居。郦道元《水经注·谷水》:“(孙登)思欲遯迹林乡,隐沦忘死。”

[11]遯仙:对隐者或道士的敬称。《艺文类聚》卷九四引南朝梁·刘孝威《辟厌青牛画赞》:“遁仙托称,妖寇冯名。”遯,是“遁”的异体字。

[12]枳:应为“制”,音近而讹。南朝梁·慧皎《高僧传·神异下·释保志》就作“拘制”。

【译文】

梁高祖即位,立刻下诏:“宝志禅师身在尘世,心神遨游在天际,神通广大,水火不能沾染他,毒蛇猛虎不能侵袭惊吓他,他讲佛理能达到声闻以上的高深程度,谈到隐居就把道士的高洁展现得淋漓尽致,这等神人怎么能用俗世的规矩来约束他呢?这实在是太愚蠢了,从今往后,解除他的禁令并永远不许再对其限制。”有一天,宝志禅师和皇上一起吃鱼鲙,皇上说:“一个人了解一种味道需要二十年,大师您呢?"宝志禅师就吐出小鱼,鱼的鳞片和尾巴都完好无损。如今,在建康城内依然还有鲙残鱼,来源即是如此。

皇后郗氏[13]崩数月,帝常追悼之,昼则忽忽不乐,宵则耿耿不寐。居寝殿闻外骚窣声,视之乃见一蟒盘躃[14]上殿,啖[15]睛呀口以向于帝。帝大惊骇无所逃遁,不得已噉然[16]而起,谓蛇曰:"朕宫殿严警,非尔蛇类所生之处,必其妖孽,欲祟[17]朕耶?"蛇为人语启帝曰:"蟒则昔之郗氏也,妾以生存嫉妒六宫,其性惨毒,恕[18]一发则火炽矢射,损物害人死,以是罪陷为蟒耳。无饮食可实口,无窟穴可庇身,饥窘困迫,力不自胜。又麟申,有虫唼啮肌肉,痛若其剧,若加锥刀焉[19]。蟒非常蛇,亦复变化而至,不以皇居深重为阻耳。感帝平昔眷恋之厚,故托丑形骸陈露于帝,祈一功德以见拯救也。"帝闻之,呜呼感激,既而求蟒不复见。帝明日大集妙门[20]于殿庭,宣其由,问善之最,以赎其言。师对曰:"非礼佛忏涤悃款[21]不可。"帝乃然其言,搜索佛经,录其名号,兼亲杼[22]睿思[23],洒圣翰[24],撰悔文,共成十卷。皆捃摭[25]佛语,削法[26]闲词,为其忏礼。又一日,闻宫室内异香馥郁,良久转美。初不知所来,帝因仰视,乃见一天人容仪端丽,谓帝曰:"此则蟒后身也,蒙帝功德已得生忉利天[27],今呈本身以为明验也。"殷勤致谢,言讫而去。此见《梁武忏序》。

【注释】

[13]郗氏:郗徽(468—499),高平郡金乡县(今山东省金乡县)人,南朝梁开国皇帝梁武帝萧衍的结发妻子,太子舍人郗烨之女,其母为宋文帝刘义隆之女寻阳公主。

[14]盘躃:盘旋进退,则盘躃意亦为盘旋进退。"躃"应为"辟"古字。

[15]啖:应为"睒",暂视貌。形近而讹。宋·张敦颐《六朝事迹编类》记载此事:"郗氏,梁武帝皇后也。崩数月,帝常追悼之。昼则忽忽不乐,宵乃耿耿不寐。居寝殿闻外骚窣声,视之乃见一蟒盘躃上殿,睒睛呀口以向于帝,帝大惊骇,无所逃遁,不得已蹶然而起。"

[16]噉然:"噉"同"啖"。此处应与"睒"同义,睒为暂视貌,睒然则可引申为迅速的样子。

[17]祟:古谓鬼怪祸害人。《管子·权修》:"上恃龟筮,好用巫医,则鬼神骤祟。"

[18]恕:如前《六朝事迹编类》,"恕"应为"怒",形近而讹。

[19]"又麟申"句:本句错讹较多,当从《慈悲道场忏法传》:"又一鳞甲,则有多虫唼啮,肌肉痛苦,其剧若加锥刀焉。"(《大正藏》第45册No.1909《慈悲道场忏法》)因知,"申"应为甲,"痛若"当为"痛苦",皆形近而讹。唼,吃、咬。

[20]妙门:微妙的法门。

[21]悃款:诚挚。《楚辞·卜居》:“吾宁悃悃款款朴以忠乎? 将送往劳来斯无穷乎?”

[22]杼:应为“抒”,形近而讹。《六朝事迹编类》即作“抒”。

[23]睿思:圣明的思虑。《旧唐书·萧复传》:“伏愿陛下深革睿思,微臣敢当此任。”

[24]圣翰:原指长而硬的羽毛,古代用来写字。这里指文辞。

[25]捄摭:“摭”本义为有选择的拾取。“捄摭”义同“摭华”。汉·扬雄《法言·问明》:“摭我华而不食我实。”“摭华”指采摘其文章辞藻。

[26]法:《绘图三教源流搜神大全》作“去”,当从。

[27]忉利天:梵语的音意兼译,即三十三天。六欲天之一。晋·法显《佛国记》:“佛上忉利天三月,为母说法。”

【译文】

皇后郗氏去世几个月了,皇上时常追念哀思,白天则闷闷不乐,到了夜晚更是辗转难眠。在寝殿外听到窸窸窣窣的声响,就看见一条蟒蛇盘曲进退在大殿上,对着皇上张牙瞪目。皇上十分害怕,当时没有逃跑的地方,只好壮起胆子起身,对蛇说:“我的皇宫之内戒备森严,不是你这种蛇类生长的地方,那么你一定是妖邪之物,你是要害我吗?”蛇用人话对皇上说:“我这条蟒蛇就是从前的皇后郗氏,我活着的时候嫉妒六宫,心思歹毒,生气的时候用火烧箭射,害死了不少人,所以死后就因罪罚为蟒蛇了。现在,没有吃的东西可以充实口腹,没有洞穴可以庇护身体,饥寒交迫,走投无路。且在鳞甲里面,还有虫子咬我的肌肉,痛苦加剧,就像是拿锥子锥刺一般剧痛。蟒蛇不是一般的蛇,可以变化身形到这里来,因此不会把皇宫的戒备森严当作阻碍罢了。我感念皇上从前对我的深情,因此就用这副丑陋的身子面见皇上,陈述表露自己的心怀,向皇上祈求一点功德来救我于水深火热之中。”皇上听完,感触良多,之后想要再见蟒蛇却找不见了。第二天,皇上将各地各派的能人异士聚集到大殿外,说明缘由,问他们最好的解决办法是什么,好以此为皇后赎罪。宝志禅师回答说:“必须诚心礼佛忏悔洗涤罪愆才行。”皇上认为他说得对,在佛经中搜索寻找,记录她的名号,开启圣智,亲自下笔,写出忏悔的文章,一共有十卷之多。忏悔文中的每字每句都摘录于佛经,删除掉无用的语言,举行忏悔礼仪。有一天,皇上闻到宫内有一股馥郁的香气,持续很久,味道越来越浓。一开始皇上还不知道香气的来源,抬头向上看的时候就看见一个容貌身形端庄秀丽的仙子,对皇上说:“这就是那条蟒蛇皇后的原身了,受皇上恩惠如今已经得道成仙往生忉利天了,今天现出真身来让皇上您检验一番。"那仙子衷心地表达了谢意，说完就离开了。这件事可以在《梁武忏序》中见到。

师于梁天监十三年冬将卒，忽告众僧令移寺金刚神像出置于外，乃密谓人曰："菩萨将去矣。"未及旬日[28]，无疾而终，举体香而化，在世九十七年。帝以钱二十万易定林寺前冈独龙阜以葬师，永定公主[29]以汤沐之资[30]造浮图[31]七级于其上，帝命陆倕[32]制铭，赐玻璃珠以饰塔表。南唐保太七年加号"妙觉"，塔名"应世"。宋太宗太平兴国七年，舒民柯萼[33]遇老僧往万岁山，指古松下掘之得石篆，乃宝公记"圣祚绵远"之文。于是遣使致谢，谥曰"宝公妙觉"。治平初，更谥"道林真觉大师"。按《建康实录》，开善寺有志公履，唐神龙初郑克俊[34]取之以归。长安今洗钵池尚在，塔西二里法云寺基方池是也。

【注释】

[28]旬日：十天。亦指较短的时日。《周礼·地官·泉府》："凡赊者，祭祀无过旬日。"

[29]永定公主：萧氏，南梁武帝萧衍女。《梁书》《南史》中无载，《梁京寺记》记载梁武帝天监十三年，梁武帝用二十万钱为圆寂的宝志禅师修筑定林寺前冈独龙阜。永定公主用汤沐之资，在其上造五级浮图。南宋·周煇《清波杂志》记载宋朝时期有刻有"永定公主"字样的银铤出土。

[30]汤沐之资：以汤沐邑之收入为汤沐之资，此处指公主私邑收取的赋税。

[31]浮图：佛塔，也作"佛图、浮屠"。《魏书·卷一一四·释老志》："自洛中构白马寺，盛饰佛图，画迹甚妙，为四方式。凡宫塔制度，犹依天竺旧状而重构之，从一级至三、五、七、九。世人相承，谓之'浮图'，或云'佛图'。"

[32]陆倕(470—526)：字佐公，南朝梁吴郡吴县(今江苏苏州)人。南朝大臣，著名文学家，竟陵八友之一。赠太常陆慧晓之子，蜀郡太守陆僚、陆任之胞弟。

[33]柯萼：宋代南安人，进士出身，官员外郎。太平兴国年间(976—983年)遇一僧人，同往万岁山，僧人指一古松，掘得一石篆，乃宝公记述帝王之位的文章，缠绵悠长。

[34]郑克俊：唐高祖李渊第十八女千金公主与郑敬玄之子，郑克俊在仕途上相当成功，最终官至银青光禄大夫、潞州大都督府长史。

【译文】

宝志禅师在天监十三年的冬天快要离世时，忽然让寺内的僧人将金刚神像搬到大殿外面，于是私下里悄悄地对人说："菩萨要离开了。"还没到十天，没有疾病就安详地去世了，整个身体香气馥郁坐化了，享年九十七岁。皇上用二十万银钱买下定林寺前冈独龙阜，并把他安葬在这里，永定公主用汤沐之资在其上造七级浮图塔，皇上命令陆倕制造铭文，御赐玻璃珠来装饰塔的表面。南唐保太七年追加谥号为“妙觉”，塔的名字是“应世”。宋太宗太平兴国七年，舒州山民柯萼遇到一位老僧要去万岁山，指着一棵古松树下，挖到了一个石碑，碑上有篆文，是宝公记载的“祈求皇恩绵延”的文章。于是宋太宗就派遣使者致谢，谥号为“宝公妙觉”。治平初年，更换谥号为“道林真觉大师”。依照《建康实录》记载，开善寺中有宝志禅师的鞋履，唐朝神龙初年，郑克俊把它取回。今天长安的洗钵池还在，宝塔西边两里法云寺的基方池就是洗钵池了。

卢六祖

卢六祖，名能[1]，广东新州人。唐宣宗朝学佛见曹溪水[2]香[3]，遂于其地择一道场，求之地主，但云："只得一袈裟地足矣。"地主从之，遂以袈裟铺设，方圆八十里，今南华山六祖道场是也。肉身俱存，香烟熏其面如漆[4]。至元丙子年[5]，汉军以利刃钻其腹，见心肝如生人，于是不敢犯。衣钵尽载之[6]。有宣宗御赐袈裟，织成淡山水；有西天钵，非铜铁非木石；有西天履，非革非木；有《其华经》[7]，十六七叶；有佛齿，以利[8]银合[9]载之。元有一孽龙，据深潭为民害，六祖曰："只怕尔变小。"其龙果小，遂以钵盂载之，在寺中干枯，归附[10]。

【注释】

[1]名能：《绘图三教源流搜神大全》作"名慧能"。

[2]曹溪水：常指佛法。曹溪，在江西上饶。六祖慧能曾在此宝林寺演法。该寺院为禅宗祖庭。

[3]香：元代佚名所撰《湖海新闻夷坚续志》后集卷二《佛教门·佛像·卢六祖》作"乡"。"曹溪水香"，明末憨山德清《憨山老人梦游集》卷三八《示曹溪基庄主》载："六祖居曹溪宝林，不容广众，乃向居人陈亚仙乞一袈裟地，尽曹溪四境。"由此可知，"香"当作"乡"。

[4]香烟熏其面如漆：《绘图三教源流搜神大全》作"香烟熏馥，面如漆光"。

[5]至元丙子年：根据前文，此处的至元丙子年应该是元世祖忽必烈在位，年号至元十三年，即公元1276年。

[6]衣钵尽载之：《绘图三教源流搜神大全》作"衣钵尽载之北，今已发回"。

[7]《其华经》：《绘图三教源流搜神大全》作"《法华经》"。

[8]利：《绘图三教源流搜神大全》作"小"。

[9]合：据文义，通"盒"。

[10]归附：《绘图三教源流搜神大全》作"归随后其龙尚存久矣"，无名氏撰《湖

海新闻夷坚续志》后集卷二《佛教门》作"归附(降元王朝)后,惜其龙不存"。根据神异传说,笔者以为当以《绘图三教源流搜神大全》为是。

【译文】

卢六祖,名能,广东新州人。唐宣宗时学习佛学,发现曹溪水这地方有佛香,于是就在这里选择了一个道场,请求地主给他这块地,卢六祖径直说:"只需要得到一袈裟大的地方就足够了。"地主同意了,卢六祖于是把他的袈裟铺设开来,那圈起来的地方足足有方圆八十里,就是现在的南华山六祖道场。他的肉体都留存了下来,香的烟气缭绕熏染在他的脸上就像被漆刷过一样。至元丙子年,汉军用利刃钻进他的腹部,发现他的心肝像活着的人一样,汉军于是不敢冒犯。他的衣钵都被运送到了(北方,现在已经发回了)。他有宣宗赐予的袈裟,织成的图案就如同淡化了山水一样;他有西天钵,不是铜铁也不是木石做的;他有西天鞋,不是皮革也不是木头做的;他有《法华经》,十六七页;他有佛牙,是用小银盒装盛的。以前有一条孽龙,占据深潭,是百姓的一大祸害,六祖说:"只怕你变小。"这条龙果然变小了,于是就用钵盂把它装起来,在寺中让它干枯,归附元朝后,那条龙还存在了很久。

达磨[1]十月初五日生

二十八祖达磨，自天竺国泛海见梁帝，不契，潜上嵩山少林寺面壁九年，端居而逝葬熊耳山。魏宋云奉使西域回，过师子葱岭，见手携只履翩翩而逝。云问，师曰："西天去。"又谓云曰："汝王已厌世。"云闻之茫然，别师东还，暨复命，则明帝已登遐[2]矣。迨孝庄即位，云具奏其事，帝令起圹[3]，惟空棺一只，革履存焉。

【注释】

[1]达磨：即达摩。

[2]登遐：特指帝王之死。《文选·刘琨〈劝进表〉》："永嘉之际，氛厉弥昏，宸极失御，登遐丑裔。"李善注引王隐《晋书·怀纪》："羯贼刘曜破洛，皇帝崩于平阳。"

[3]圹：墓穴。《礼记·檀弓》："吊于丧者必执引，若从柩，及圹，皆执绋。"

【译文】

二十八祖达摩，从天竺国乘船觐见梁帝，他们对佛理的理解不一致，达摩就偷偷上嵩山少林寺面壁了九年，端坐而逝，被安葬在熊耳山。北魏宋云奉命出使西域后在返回的路上，经过狮子葱岭，看到一个人手里拿着一只鞋飞行轻快地走过去。宋云问(他去哪儿)，达摩说："向西天去。"又对宋云说："你们的皇帝已经晏驾了。"宋云听后十分茫然，然后告别达摩回到东土，返回朝廷复命时，明帝已经驾崩了。等到孝庄帝即位，宋云详细上奏这件事，皇帝命令寻找墓穴，却只有空棺一具，只有皮靴还在。

普庵禅师十一月二十七日生

普庵禅师名印肃，袁州宜春县余氏子也。当宋徽宗政和五年十一月二十七日辰时生，年六岁，梦一僧点其心曰："汝他日当自省。"既觉以意白母，视之当心有一点红莹，大似世之樱珠。父母因此许从寿隆院贤和尚出家，年二十七岁落发，越明年受戒。师容貌魁奇，智性[1]巧慧。贤师器之，勉令诵经。师曰："尝闻佛祖[2]元旨[3]，必贵了悟于心，数墨[4]巡行[5]无益于事。"遂辞师，游湖湘，谒牧庵忠公。因问："万法归一，一归何处？"忠公竖起佛子[6]，师遂有悟。后归受业院。癸酉岁，有邻寺慈化者，众请住持，寺无常住[7]。师衣[8]衾纸衣，晨粥暮食，禅定外，唯阅《华严经论》。一日大悟，遍体汗流，喜曰："我今亲契华严境。"遂述颂曰："捏[9]不成团拨不开，何须南岳又天台。六根门首[10]无人到，惹得胡僧特地来。"

【注释】

[1]智性：佛教语，指真性。

[2]佛祖：《绘图三教源流搜神大全》《佛祖历代通载》均作"诸佛"。

[3]元旨：本来的意义。明·宋濂《荥阳县男朱公墓志铭》："凡天官、地理、卜筮、医药之属，咸究其元旨。"

[4]数墨：计算书本上的文字。比喻读书不推究义理，在字里行间讨生活。宋·朱熹《易》诗之一："须知三绝韦编者，不是寻行数墨人。"

[5]巡行："巡"通"循"。"巡行""循行"通。《墨子·号令》："大将信人行守，长夜五循行，短夜三循行。"此处的"巡行"即"循行"，意思是"阅读"。宋·梅尧臣《依韵和宋中道见寄》："时不用兵皆乐乡，念我贫居天子庠，抱经临案空循行，貌垢不洗颜苍苍。"

[6]佛子：《绘图三教源流搜神大全》《佛祖历代通载》均作"拂子"。拂子，即拂尘，古代用以掸拭尘埃和驱赶蚊蝇的器具，常为僧尼术士所执持。《花月痕》第四八回："这妖妇率妖尼等挺立水面，将拂子一挥，战舰都倒转了，炮火一一自打起来。"

[7]常住:僧、道称寺舍、田地、什物等为常住物,简称常住。《云笈七籤》卷一二二:"道士用常住物如子孙用父母物耳,何罪之有?"

[8]衣:《绘图三教源流搜神大全》《佛祖历代通载》均作"布"。布衾,布被。《汉书·叙传下》:"布衾疎食,用俭饬身。"唐·杜甫《茅屋为秋风所破歌》:"布衾多年冷似铁,娇儿恶卧踏里裂。"清·钱澄之《田园杂诗》:"三冬布衾单,暖气无一丝。"

[9]捏:《绘图三教源流搜神大全》作"描",《佛祖历代通载》作"揑"("捏"的异体字),据文义,当如本道藏本《搜神记》和《佛祖历代通载》作"捏"。

[10]六根门首:六根,(名数)眼耳鼻舌身意之六官也,根为能生之义,眼根对于色境而生眼识,乃至意根对于法境而生意识,故名为根。六根中前五根为四大所成之色法,意根之一为心法。但小乘以前念之意识为意根,大乘以八识中之第七末那识为意根。门首,门口、门前。宋·孟元老《东京梦华录·酒楼》:"凡京师酒店门首,皆缚彩楼欢门。"

【译文】

普庵禅师,名印肃,是袁州宜春县余氏的儿子。在宋徽宗政和五年十一月二十七日辰时出生,在年龄仅六岁的时候,梦见一位僧人点着自己的心脏部位说:"你以后会独自顿悟很多道理。"醒来后,他把这件事告诉了母亲,母亲看到他额心有一点红晶莹,特别像世上的小樱桃。父母因此允许他从寿隆院贤和尚出家,年仅十七岁就落发,到了第二年到佛寺受戒出家为僧。普庵禅师身材高大奇特,真性灵巧智慧。贤和尚很器重他,鼓励他诵经。普庵禅师说:"我以前听说过佛祖(诸佛)的本来要旨,一定要了解自己的内心,诵经不推究义理而只是死读书是没有多大用处的。"他于是辞别贤和尚,游览洞庭湖和湘江地带,又拜访牧庵忠公,趁此问:"万千大法归于一处,一又回到何处?"忠公竖起拂尘,普庵禅师于是就有了觉悟。后来回到当初受业的禅院——寿隆院。癸酉年,邻近的寺庙有一个叫慈华寺的,大家请普庵禅师去当住持,但是寺庙没有什么庙产。普庵禅师盖着布被,穿衣时摇曳像纸衣服一样,早晚喝粥吃粗饭,禅定之外,只阅读《华严经论》。有一天突然醒悟,遍体流汗,高兴地说:"我现在已经达到了华严境界。"于是述颂说:"捏不成团拨不开,何需南岳又天台?六根门首无人到,惹得胡僧特地来。"(大致意思是:捏不成一团拨又拨不开,哪里还论什么南岳和天台?六根门口没人到,而佛教清净之地却惹得胡僧特地赶来。)

一日,忽有僧名道存冒雪至,师目击而喜曰:"此乃吾不请友矣。"遂相与寂坐,交相问答,师乃庵隐[11]南岭,号曰"普庵"。后营募重为慈化修建佛殿,慕道向风者众，师乃随宜为说，或书颂与之。有病患者，折草为药与之，或有疫毒，人迹不相往来者，师与之颂，咸得十全。至于祈睛[12]、伐怪木、毁淫祠，灵应非一。由是工投[13]大兴，富者施财，贫者施力，巧者施艺，寺宇鼎新[14]，延以数千里之间。辟路建桥，乐为善事，皆师之化。忽一日索笔书颂与方丈西壁云："乍雨乍晴宝象[15]明，东西南北乱云[16]深。失珠无限人遭劫，幻应权机为汝清。"颂毕，示众曰："诸佛不出世，亦无有涅盘，入吾室者，必能元契矣。善自护持，无令退失。"索浴更衣，跏趺而寂，时则乾道五年七月二十一日。敕封"普庵寂感妙济真觉昭贶禅师"。

【注释】

[11]庵隐：庵，《绘图三教源流搜神大全》《佛祖历代通载》均作"掩"。掩隐，掩蔽、隐没。明·陆师道《八月十六日同文太史诸公登郊台觞治平寺竹下》："夕霏掩隐梵王阁，松径行穿山寺门。"

[12]睛：《绘图三教源流搜神大全》作"晴"。祈晴，因久雨而祈祷天晴。《新唐书·五行志一》："大历四年四月，雨，至于九月，闭坊市北门，置土台，台上置坛，立黄幡以祈晴。"

[13]投：《绘图三教源流搜神大全》作"役"。

[14]鼎新：更新，革新。唐·王勃《广州宝庄严寺舍利塔碑》："基构鼎新，亭栾栌橥。"

[15]宝像：佛的画像、塑像。《法化经·方便品》："若人于塔庙，宝像及画像，以华香幡盖，敬心而供养。"

[16]乱云：纷乱的云。南朝梁·王筠《望夕霁》诗："连山卷乱云，长林息众籁。"

【译文】

一天，忽然有位名叫道存的僧人冒着雪赶来，禅师看着高兴地说："这是我不请而来的朋友啊。"于是与他一起静坐，互相问答，禅师的小庙隐藏在南岭之中，庙的名字叫"普庵"。后来募集钱财重新为慈化寺庙修建佛殿，向往修道、仰慕普庵禅师之品德学问的人特别多，禅师于是顺着大家的要点讲解，或者写颂给他们。有病患的人，他折草为药给病人，有些人得了瘟疫之毒，此种情况不方便往来，禅师就为他们念颂，都做得十分完美。至于祈祷天晴、除去怪木、捣毁淫祠，没有一件不灵应的。因此，得以大兴工役，富人施舍钱财，贫穷的出力，手艺巧妙的施艺，寺庙得以翻新，绵延几千里。开路建桥，喜欢做好事，都是禅师的造化。忽然有一天要来笔在方丈西壁写下颂词："乍雨乍晴宝象明，东西南北乱云深。失珠无限人遭劫，幻应权机为汝清。"(忽儿下雨忽儿天晴佛像清明，山中东西南北纷乱的云彩隐藏得很深。失去无数的珍珠人也遭受劫难，幻象得应权变得机让我来为你们廓清)。写颂完毕，就对大家说："诸佛不出世，也没有涅槃而死，进入我这一门人，必能参透玄机。你们要善加自我保护，不让佛法玄机退失。"于是找出新衣沐浴斋戒，跏趺坐圆寂，当时是乾道五年的七月二十一日。皇帝颁诏书封其爵号为"普庵寂感妙济真觉昭贶禅师"。

泗州大圣

泗州僧伽大师者，唐高宗时至长安洛阳行化[1]，历吴楚间，手执杨枝，混于缁流，或问："师何姓？"答曰："我姓何。"又问师是何国人，曰："我何国人。"寻于泗上欲构伽蓝，因宿州民贺跋氏舍所居。师曰："此本为佛宇。"令掘地，果得古牌，云："香积寺即齐禁[2]龙建所创"。又获金像，众谓燃灯如来。师曰："普光王佛也。"因以为寺额。景龙二年中宗遣使迎大师至，辇毂[3]深加礼异，命住大荐福寺。三月三日大师示灭[4]，敕令就荐福寺漆身起塔，忽臭气满城。帝祝送师归临淮，言讫异香腾沸。帝问万回曰："僧伽大师是何人邪？"曰："观音化身耳。"乾符中谥"证圣大师"。

【注释】

[1]行化：僧侣化缘。元·张元干《满庭芳·三十年来》："三十年来，云游行化，草鞋踏破尘沙。"

[2]禁：《绘图三教源流搜神大全》作"黍"（黍），《佛祖历代通载》《景德传灯录》作"李"。孰是孰非，待定，暂依本道藏本《搜神记》录文，翻译亦如是。

[3]辇毂：皇帝的车舆，代指皇帝。三国魏·曹植《求通亲亲表》："出从华盖，入侍辇毂。"

[4]示灭：佛教语。佛、菩萨及高僧坐化身死。唐·李华《东都圣善寺无畏三藏碑》："山王高妙，海月圆深，因于示灭，空悲鹤林。"

【译文】

泗州僧伽大师，唐高宗时到长安洛阳化缘，经过吴国楚国之间，手里拿着杨枝，混在僧徒之中，有人问："大师姓什么？"他回答说："我姓何。"又问大师是哪国人，他回答说："我是何国人。"不久，他想在泗水边上建造佛寺，这里是宿州平民贺跋氏的房屋旧居。大师说："这里本是佛宇。"让人挖掘，果然挖出了古牌。古牌上写着："香积寺是齐禁龙建创立的。"不久又获了金像，大家都以为是燃灯如来。大师说："这是普光王佛啊。"于是就把它当作佛寺匾额。景龙二年，中宗派遣使者迎接大师的到来,皇帝对大师礼遇有加,命令大师住在大荐福寺。三月三日,大师坐化涅槃,皇帝下令在荐福寺用漆涂身来造塔,忽然臭气满城。皇帝祝祷之后命令送大师回临淮,说完,奇异的香味在空中沸腾。皇帝问方回:“僧伽大师是什么人呢?”方回回答说:“是观音的化身啊。”乾符年间赐予谥号“证圣大师”。

傅大士

傅大士名翕，婺州义乌人也。自幼聪慧，通三教之书，自号“善慧八[1]士”。梁普通元年，遇天竺僧嵩头佗语曰：“尔弥勒化身。”遂令自鉴于水，乃见圆光宝盖，即悟前因。因问修道之地，头佗指松山下双梼木曰：“此可矣。”大士于此创庵，大通三年置寺，双梼间即今双林寺。有《法华经》，梁武帝所赐铁犁鉼钵、水晶数珠、七佛铜冠至今尚存。初大士学道难，不家者流而不髡[2]，世以为先知先觉，可免释子冠服云。时有余虎岩在义乌之南二十五里，又云黄山顶多猛兽搏害居民。大士斋竟，每持余饭饲之，自兹虎兽伏匿。又化石成青紫色，莹然可爱，堪琢以为数珠。有陶姓者，居尝资给大士，大士因指石祝之曰：“此石青紫可琢数珠。”且戒之曰：“不汝[3]啇[4]。”相传到今，惟此一家能之。他家仿效，石辄碎裂。后忠献王往婺州发大士之塔，取骨殖丕龙山，举之不动，即其地建龙华寺，以骨殖塑大士像于塔。《一统志》称：“傅大士墓在云黄山。”石晋开运初，吴越钱元佐遣使取其遗骨归葬钱唐，启瘗之日有两虎据墙而吼。是夕，大雨雷电震动山谷。及行，虎随至，虾蟆江阻水而返。

【注释】

[1]八：《绘图三教源流搜神大全》作“大”，当从。

[2]不家者流而不髡：《绘图三教源流搜神大全》作“虽家者流而不髡”，当从。

[3]汝：《绘图三教源流搜神大全》作“意”。

[4]啇：树根。

【译文】

傅大士名翕，是婺州义乌人。从小聪明，精通三教的书，自称“善慧大士”。梁普通元年，遇上天竺僧嵩头佗对他说：“你是弥勒菩萨化身。”于是就让他自己在水里照照，见到了圆形光宝盖，他立马就明白了从前的事情。于是问修道的地方在哪里，头佗指着松山下的双梼木说：“这里就可以。”傅大士就在这里创建庵堂，大通三年建寺，双梼间就是现在的双林寺。有《法华经》说，梁武帝赏赐的鉼钵、水晶数珠、七佛铜冠现在都还存在。当初大士学道特别难,虽然出家却不剃发,人们认为他了解事务的本质早于一般的人,可以不用穿出家人的衣服。当时有个叫余虎岩的在义乌的南面二十五里,又有人说黄山山顶多猛兽伤害居民。傅大士斋饭吃完后就拿多余的饭喂它,从此这山上的虎兽就隐藏起来了。又变成青紫色的石头,晶莹剔透,非常可爱,可以雕琢很多念珠。有姓陶的人,平常经常资助傅大士,傅大士就指着石祝福他说:“这石青紫色,可以雕刻念珠。”并且告诫说:“你不要想着把这当作摇钱树。”相传至今,只有姓陶的这一家能做。其他家效仿,石就碎裂。后来忠献王去婺州打开傅大士的墓塔,在丕龙山取傅大士的骨架,那些人都抬不动,就在这个地方修建龙华寺,在墓塔上用骨架塑造傅大士的像。《一统志》说:“傅大士墓在云黄山。”石晋(即后晋)开运初年,吴越钱元佐派人把他的遗骨归葬在钱唐,打开坟墓的日子有两只老虎踞墙怒吼。这天晚上,大雨、雷电的声音震动山谷。等到启行的时候,行虎随到,虾蟆江被大水所阻隔,他们不得不返回。

灌口二郎神六月二十六日生

二郎神[1]者，姓赵，名昱，从道士李珏[2]隐青城山。隋炀帝知其贤，起为嘉州太守。郡左有冷、源二河，内有老蛟为害，春夏水涨，漂湌伤民。昱大怒，特设舟船，率壮士及居民夹江鼓噪。昱持刃入水，有顷其水赤，石崖奔吼如雷。昱右手持刃，左手持蛟首，奋波而出。时有佐昱入水者七人，即七圣[3]是也。隋末世乱，弃官隐去，不知所终。后江水涨溢，蜀人见昱于青雾中，感其德立庙于灌江口，奉祀焉。唐太宗封为"神勇[4]大将军"。明皇加封"赤城王"。宋真宗封"清源妙道真君"。

【注释】

[1]二郎神：又称二郎显圣真君、灌口二郎、二郎真君、灌口神、赤城王、昭惠显圣仁佑王、清源妙道真君等，是民间信仰和道教的神祇人物。民间多认为他是一位与水利、农耕、防止水灾有关的神，甚至是水神。清以前曾被奉为戏神，还被奉为猎神、蹴鞠神、雷神、酒神等。由于《封神演义》的影响，二郎神通常叫杨戬。

[2]李珏：广陵江阳人，以贩卖粮食为业。晚年从道，传闻他死后飞升成仙。

[3]七圣：据《灌志文征·李冰父子治水记》："二郎喜驰猎之事散牵父命而斩皎，其友七人实助之，世传'梅山七圣'。"

[4]舅：据文义当作"勇"。《方舆胜览》记载："后嘉陵水涨，蜀人见昱云雾中骑白马而下，宋太宗赐封神勇大将军。"《绘图三教源流搜神大全》"清源妙道真君"也说："太宗封为神勇大将军。"

【译文】

二郎神叫赵昱，跟从道士李珏隐居在青城山。隋炀帝知道赵昱的贤能，任命他为嘉州太守。在郡左有冷河和源河两条河流，里面有老蛟，成一方祸害，春夏季水势涨得很高，漂浮淹没物体伤害民众。赵昱十分生气，特意准备大船和小舟，率领壮士和附近居民在江岸两边敲鼓喧嚷。赵昱持刀进入水中，顷刻间江水变红，石岸崩裂，声音如雷。最终赵昱右手持刀，左手持蛟首级，踏着水波出来。当时和赵昱一同入水的有七人，是七圣人。隋朝末年乱世，赵昱弃官隐去，不知道他最终去了哪里。后来，嘉陵江水涨溢，蜀地百姓看见赵昱从青雾之中骑马而下，蜀地人感谢他的恩德，就在灌江口供奉祭祀他。唐太宗封他为“神勇大将军”，唐玄宗又加封他为“赤城王”，宋真宗封他为“清源妙道真君”。

萧公

公姓萧，讳伯轩，庞眉蛟发[1]，美髭髯[2]，面如童少年。为人刚正自持，言笑不苟，善善恶恶，里閈咸为之质平。殁于宋咸淳间，遂为神，附童子，先事言祸福，中若发机[3]。乡民相率为立庙，于新淦县之太洋洲，福泽一方。元时，以其子祥叔死而有灵，合杞[4]于庙。

【注释】

[1]庞眉蛟发：庞，《绘图三教源流搜神大全》之"萧公爷爷"篇作"龙"。作"龙"者，实乃"尨"之讹。根据文义，"庞眉蛟发"当为"庞眉皓发"，庞，用同"厖"，杂色；皓，洁白。庞眉，眉毛黑白杂色，形容老貌。唐·钱起《赠柏岩老人》诗："庞眉忽相见，避世一何久。"庞眉皓发，眉发花白，形容老人相貌。汉·张衡《思玄赋》："尉尨眉而郎潜兮。"李善注引《汉武故事》："颜驷，不知何许人，汉文帝时为郎。至武帝尝辇过郎署，见驷尨眉皓发。"萧公既为爷爷，当符庞眉皓发貌。

[2]髭髯：胡须。《周书·杨忠传》："忠美髭髯，身长七尺八寸，状貌瑰伟，武艺绝伦，识量沉深，有将帅之略。"

[3]发机：开始的时机。《隋书·梁士彦传》："自恃元功，甚怀怨望，遂与宇文忻、刘昉等谋作乱。将率僮仆，于享庙之际，因车驾出，图以发机。"

[4]杞：当依《绘图三教源流搜神大全》《新刻出像增补搜神记》作"祀"。

【译文】

萧公，名伯轩，眉发花白，胡须很漂亮，面容如童子少年。为人刚正不阿，自制力强，不苟言笑，喜欢做善事，憎恶做坏事，乡里的人都认为他质朴平和。死于宋咸淳年间，于是变成神，附身于一童子，预知事情先言祸福，后来事情的进展情况和他开始的预测完全相符。乡民相继在新淦县的太洋洲设立庙宇，以福佑一方百姓。元朝时，他的儿子祥叔死而有灵，一同立在庙宇中祭祀。

本朝洪武初，尝遣官谕祭。永乐十七年其孙天任卒，屡著灵异，亦祀于此。诏封为“水府灵通广济显应英佑侯”，大著威灵于九江八河之上。

【译文】

洪武初年，曾经让官员到庙宇中祭祀。永乐十七年，他的孙子天任逝去，屡次显现灵异，也在此庙宇祭祀，下诏封为“水府灵通广济显应英佑侯”，大显神通于九江八河之上。

晏公[1]

公姓晏，名戌仔，临江府之清江镇人也。浓眉虬髯[2]，面如黑漆，平生疾恶如探汤[3]。人少有不善，必曰："晏公得无知乎？"其为人敬惮[4]如此。元初，以人材应选入官为文锦局堂长，因病归登舟，即奄然而逝[5]。从人敛具一如礼，未抵家，里人先见其畅[6]驺导于旷野之间，衣冠如故，咸重称之，月余以死至，且骇且愕，语见之日则即其死之日也。启棺视之，一无所有，盖尸解[7]云。父老知其为神，立庙祀之。有灵显于江湖。本朝诏封"平浪侯"[8]。

【注释】

[1]晏公：是古代传说中的一只怪物，面如黑漆，浓眉横髯，常年于海上兴风作浪。被妈祖投绳缚妖后，收为部下，后成为妈祖部下总管。

[2]虬髯：蜷曲的胡须，与唐代杜甫的《送重表侄王砅评事使南海》"次问最少年，虬髯十八九"中的意思相同。

[3]探汤：探试沸水，形容戒惧。

[4]敬惮：敬畏。最早出自《汉书·何武传》："武兄弟五人，皆为郡吏，郡县敬惮之。"

[5]奄然而逝：忽然死去。奄然，忽然。

[6]畅：《绘图三教源流搜神大全》作"扬"。

[7]尸解：道教认为道士得道后可遗弃肉体而仙去，或不留遗体，只假托一物（如衣、杖、剑）遗世而升天，谓之尸解。《后汉书·王和平传》李贤等注云："尸解者，言将登仙，假托为尸以解化也。"

[8]平浪侯：晏公在元末，以人才应选入官，为文锦局堂长，因病归，登归舟时，便奄然而逝。后来，人们便立庙祭祀他。此后，晏公常在江湖河海显灵，明代玉封为"神霄玉府晏公都督大元帅"，后因保佑海运，被封为显应平浪侯。

【译文】

晏公，名戌仔，是临江府清江镇生人，眉毛胡子浓密，面色如黑漆一般，生平嫉恶如仇,看到邪恶之事,就像把手伸到滚烫开水中一样赶快避开。人稍微有不善的言行,就一定会说:“晏公该不会知道这件事吧?”人们敬畏他到了这个地步。元朝初年,晏公凭借才能做官担任文景局堂长,因为生病就回家乡了。在登船的时候突然去世,跟从的人买棺材埋葬晏公,完全符合礼节。还没有到家里,乡人在旷野之中的大道上见到他疾驰而过,衣冠像以前那样,人们都很崇敬他。逝去一个多月后棺椁运回乡里,乡人又惊又怕,说见到他之时正是他逝去之日。打开棺材,发现里面一无所有,晏公的灵魂脱离肉体而仙去。乡亲父老知道他已经成神了,于是就设立庙宇祭祀他。晏公常常在江湖上显灵。本朝皇帝下诏封晏公为“平浪侯”。

洋子江三水府

《五代史》[1]杨氏据江，封马当为上水府，庙在山之阳；采石[2]为中水府，庙在采石山下，封王，宋加“显灵顺圣忠佐平江王”；金山为下水府，庙在金山，寺内三庙。本朝俱称水府之神，水面江心，一呼即应。舟人过者必具牲帛以祷，今有司岁时致祭。

【注释】

[1]《五代史》：此处关于杨氏的记载，杂糅新旧五代史史料，《旧五代史》卷一三四《王审知传》记载：“是时，杨氏据江、淮。”《新五代史》卷六一《吴世家》记载，杨溥乾贞二年正月，封“马当上水府宁江王，采石中水府定江王，金山下水府镇江王”。由此可知，据江者为杨行密，封马当、采石者为杨溥。道藏本《搜神记》所记杨氏实为杨行密至杨溥史实。

[2]采石：指采石矶。出自《新唐书·文艺传中·李白》：“尝乘月与崔宗之自采石至金陵，著宫锦袍坐舟中，旁若无人。”

【译文】

《五代史》记载，杨行密、杨溥等占据江淮一带，封马当成为上水府，庙宇在马当山的南面；采石为中水府，庙宇在采石矶山下，加封为王（马当上水府宁江王，采石中水府定江王），宋朝加封中水府为“显灵顺圣忠佐平江王”；金山为下水府，庙宇在金山。本朝把三庙统称为水府之神，在水面江心一呼即应。摆渡人从江面过，一定会用牺牲和锦帛来祈祷，现在相关负责的官吏每年都按时来祭祀。

沿江游奕神

陈尧咨[1]泊舟三山矶，有老叟曰："来日午时有大风，舟行必覆，宜避之。"来日天晴万里无片云，舟人请解綷，公曰："更待之。"同行舟一时离岸，忽然黑云起于西北，大风暴至，折木飞沙，怒涛若山，同行舟多沉溺。公惊叹，又见前叟曰："某乃江之游奕神[2]也，以公他日当位宰相，故奉告。"公曰："何以报德？"叟曰："吾不求报，贵人所至，龙神礼当护卫。愿得《金光明经》[3]一部，乘其力稍可迁职。"公许之。至京以《金光明经》三部，遣人诣三山矶[4]投之。叟曰："本祈一，公赐三，连升数秩。"拜去。

【注释】

[1]陈尧咨：宋代官员、书法家。字嘉谟，北宋阆州阆中人。真宗咸平三年进士第一，状元。以龙图阁直学士知永兴军、陕西缘边安抚使、以尚书工部侍郎权知开封府、翰林学士、武信军节度使、知天雄军，卒谥康肃，所以又叫陈康肃公。

[2]游奕神：游奕灵官是中国神话传说中负责巡逻、观察善恶的武神。"游奕"之说，源于唐朝历史上的军职，灵官也为道教武神，因此游奕灵官应该是武职神。

[3]《金光明经》：全名为《金光明最胜王经》，与《法华经》《仁王经》同为镇护国之三部经。若诵读此经，可获得四天王之守护。

[4]三山矶：位于古澄江（后称三山夹）中。狭义的三山矶指张矶山；广义的包括江渚之"三里五矶"，泛指三山这个地方。自王安石题诗后声名鹊起，为三山古名。

【译文】

陈尧咨在三山矶停船，有老人说："明天午时会有大风，划船会翻船，应该避开。"第二天，万里无云，晴空碧天，划船的人请求解开船索，陈尧咨说："再等一等。"同行的船一离开河岸，忽然黑云从西北袭来，狂风大作，折断树木，扬起沙石，江涛高涨像山一般，那些同行的船都沉溺了，陈尧咨很是惊叹，又见前面的老人来说：

“我是江上的游奕神，因为您日后将成为宰相，所以我来告知您。”陈尧咨说：“怎么报答您呢？”老人说：“我不求您回报，贵人到这里，龙神按礼应当保护，希望得《金光明经》一部，凭借它的作用，就能够略微升职。”陈尧咨答应了他。到了京城之后，让人拿三部《金光明经》送到三山矶投到江里。老人说：“我本来要的是一部《金光明经》，您却赐给了我三部，使我连升了几级。”于是就拜别离开了。

洞庭君

君，洞庭湖神也，有庙在龙堆[1]。按《传》[2]，有柳生者，名毅，唐中宗时下第[3]。归至泾阳，见一妇人牧羊，谓生曰："妾洞庭君小女，嫁泾川次子，为婢所惑，毁黜至此。敢烦寄尺牍归？"生谢不知所向。妇曰："洞庭之阴有大橘树，击树三当有应者。"生如其言，有武大[4]揭水引入至灵虚殿，取书以进。洞君泣曰："老夫之罪，使孺弱罹害。"须之，有赤龙飞去。俄红妆拥一人回，即寄书女也。宴生碧云宫，君第号钱塘君，谓生曰："泾阳委妇欲托高义为亲。"生不敢当，辞而去。后再娶卢氏，即龙女也，协同归洞庭。

【注释】

[1]龙堆：白龙堆的略称，洞庭湖中洲名，现喻指长堤。

[2]《传》：应该是唐人小说《柳毅传》。

[3]下第：科举时代指殿试或乡试没考中。

[4]大：根据《柳毅传》当作"夫"。

【译文】

洞庭君，为洞庭湖神，有庙宇在龙堆。根据《柳毅传》记载，有个姓柳的书生，名毅，唐中宗时期科举考试未中。回到泾阳，看见一位妇人在牧羊，妇人对柳生说："我是洞庭君的小女儿，嫁给了泾川龙王的第二个儿子，我的丈夫被婢女所迷惑，把我贬黜到这里，能否劳烦您帮我带封信回去？"柳生称说不知道带往何处。妇人说："洞庭湖的南面有棵大橘子树，敲击树三下，应该有回应的人。"柳生按照妇人所说去做，有个武士出现在波浪中把柳生引入到灵虚殿，柳生取出书信进呈给洞庭君。洞庭君哭着说："这是我的过错啊，让孺弱孩子跟着受到伤害。"过了一会儿，有赤龙飞去，不久，红妆侍女们簇拥着一个人回来，这个人就是那位让带信的女人。于是就在碧云宫宴请柳生，宫主名号为钱塘君，他对柳生说："泾阳龙王儿子的弃妇慕君高义，想与您成亲。"柳生不敢接受，辞行离开了。后来，他娶了卢氏，卢氏就是龙女，他们俩一起回到了洞庭湖。

湘君

按《山海经》，洞庭之山，帝[1]之二女居之。盖舜南巡崩葬于苍梧[2]之野，二妃[3]从之，不及，溺死沅湘[4]之间，人为立庙，世称湘君。湖口及君山[5]俱有庙，昔秦始皇南游浮江遇大风，因问湘君何神。博士[6]对曰："尧女舜妃。"始皇怒，命赭[7]其山，即此。

唐韩愈有碑。

【注释】

[1]帝：尧帝，传说中上古帝王。

[2]苍梧：苍梧，古地名，古属百濮分支，后楚国并入楚地设苍梧郡。在秦统一前，楚国就有洞庭、苍梧二郡，统治范围未及岭南，苍梧郡地域大致在长沙郡南、桂林郡北的地区。据说是现湖南九嶷山。

[3]二妃：尧帝女儿，娥皇、女英二人。

[4]沅湘：沅，指沅江，水名，发源于贵州省，流经湖南省入洞庭湖；湘，指湘江，水名，源出广西壮族自治区，经过湖南省，注入洞庭湖。

[5]君山：在岳阳市西南15公里的洞庭湖中，古称洞庭山、湘山、有缘山，是八百里洞庭湖中的一个小岛。

[6]博士：古为官名，秦汉时掌管书籍文典、通晓史事的官职。

[7]赭：伐尽树木，使山岭赤裸呈赭色。《史记·秦始皇本纪》："始皇大怒，使刑徒三千人皆伐湘山树，赭其山。"

【译文】

根据《山海经》记载，洞庭山，是尧帝的两个女儿(娥皇和女英)住在那里。舜南巡时驾崩于苍梧之野，娥皇、女英二妃前去奔丧，还没到苍梧，(双双投入湘水)溺死在沅湘之间(即洞庭湖)，后人为她们立庙，世人称她们为湘君。洞庭湖口和君山上都有庙，昔日秦始皇南游，在江上漂游时遇到大风，于是就问湘君是何神，博士回答道:“尧帝的女儿,舜帝的妃子。”秦始皇大怒,下令伐尽树木,使山岭赤裸光秃呈赭色,记载的就是这件事。

唐代韩愈为此立过碑。

李白诗[8]:“帝子潇湘去不还,空余秋草洞庭间。淡扫明湖开玉镜,丹青画出是君山。”刘禹锡诗[9]:“湖光秋水两相和,潭面无风镜乍磨。遥望洞庭山拥翠,白银堆里一青螺。”

【注释】

[8]李白诗:指李白的《游洞庭》。

[9]刘禹锡诗:指刘禹锡的《望洞庭》。此诗异文:“湖光秋月两相和,潭面无风镜未磨。遥望洞庭山水翠,白银盘里一青螺。”

【译文】

李白写过《游洞庭》诗:“帝子潇湘去不还,空余秋草洞庭间。淡扫明湖开玉镜,丹青画出是君山。”(娥皇和女英离开潇湘之后就再也没有回还,只留下秋天的荒草在洞庭湖间。明净的洞庭湖好像一面拂去灰尘的玉镜,宛如丹青画出的一幅图画的就是那耸立在湖中的君山)刘禹锡的《望洞庭》诗:“湖光秋水两相和,潭面无风镜乍磨。遥望洞庭山拥翠,白银堆里一青螺。”(湖光和秋月互相映衬优美谐和,湖面风平浪静就像铜镜刚刚被打磨。远望洞庭湖中青翠的君山,就像放在白银堆中的一枚青螺)

巢湖太姥[1]

按《青琐高议》[2]云，古巢一日江水暴涨，寻复故道，沟有巨鱼万斤，三日乃死。合郡皆食之，独一姥好善不食。忽有老叟告之曰："此吾子也，不幸罹此祸，汝不食其肉，吾将厚报之。东门石龟目赤，城当陷。"姥日往视，有稚子欺之，以朱传龟目，姥见急走，登山而城陷为湖，是为巢湖。后人立庙于湖之姑山上，以祀太姥。舟行者罔不祭焉。罗隐诗[3]有："借问当年沉水事，已经秦汉几千年"之句。

【注释】

[1]此故事取材于干宝《搜神记》"古巢老姥"。

[2]《青琐高议》：宋代刘斧编撰的中国文言志怪、传奇小说集，分前集、后集和别集。

[3]罗隐诗：指晚唐罗隐的《登巢湖圣姥庙》，全诗为："临圹古庙一神仙，绣幌花容色俨然。为逐朝云来此地，因随暮雨不归天。眉分初月湖中鉴，香散余风竹上烟。借问当年沉水事，已经秦汉几千年？"此诗最后两句说这里陷落成湖还是秦汉以前发生的事，已经过去几千年了。上句是作者问，下句是邑人答。

【译文】

查看《青琐高议》说，古巢有一天江水猛涨，一会儿又回到原来的河道中。河沟里有一条大鱼，重达万斤，过了三天才死。整个郡的人都吃了这条大鱼的肉，唯独一个老太太（即巢湖太姥）素日好善不吃。忽然有一个老头说："这是我的儿子，不幸遭到这灾祸。唯独你不吃，我要重重地报答你。如果东门口的石龟眼睛变红，那么城池就要下陷。"太姥天天去看石龟。有童子为骗太姥，以朱砂点龟目。太姥看见了，急忙出城，登上了山，而城池下陷成了湖，称为巢湖。后人于湖旁姑山之上立庙，用来祭祀太姥。湖中行船的人（路过姑山时）没有不去山上庙宇祭祀的。罗隐曾作《登巢湖圣姥庙》诗记其事："借问当年沉水事，已经秦汉几千年？"（我想问一问，还知道古代巢州城一夕之间突然陷落为巢湖的传说故事吗？这个故事经过秦汉到今天已经有几千年了啊）

宫亭湖神

神无姓名，显应于南康府[1]东之宫亭湖上，神来则阴霾蔽日，其声澎湃，若潮汐奔腾，能分风，令一南一北，上下各不顺帆，能擘[2]浪，如持灵犀[3]而入海。守郡者重其神，且防其为舟行之硬[4]也，立祠宫亭湖上，岁时享祀。有呼必应，远近行者赖之。宋秦观宿湖边惜竹轩，梦湖神赠诗曰："不知水宿分风浦[5]，何似秋眠惜竹轩。闻道文章妙天下，庐山对面可无言。"

【注释】

[1]南康府：宋置南康军。元升南康路，明初废为西宁府，寻曰南康府，属江西承宣布政使司，府治星子县（今庐山市），辖星子、都昌二县和建昌州。

[2]擘：分开，剖裂。

[3]灵犀：犀牛角。相传犀角有种种灵异的作用，如镇妖、解毒、分水等，故称灵犀。

[4]硬：据文义，当作"梗"。梗，阻塞、断绝。《管子·四时》："修除神位，谨祷獘梗。"尹知章注："梗，塞也。"唐·杜甫《春归》诗："世路虽多梗，吾生亦有涯。"宋·王安石《与王子醇书》之三："又闻属羌经讨者，既无蓄积，又废耕作，后无以自存，安得不屯聚为寇，以梗商旅往来？"

[5]分风浦：传说苏轼被贬途中到达彭蠡湖时，为了赶时间到豫章（今庐山市），于是祈祷龙王分风护送，后苏轼一路顺利到达。因为这一传说，后人便将这个地方叫作"分风浦"。秦观梦游太虚幻境并遭天女（即此处的湖神）戏谑的故事，见于其好友惠洪《冷斋夜话》的记载中，其诗原为："不知水宿分风浦，何以秋眠惜竹轩。闻道诗词妙天下，庐山对眼可无言？"与此处所引略异。

【译文】

神没有姓名，在南康府宫亭湖上显灵，神来时阴霾蔽日，声音澎湃，像潮汐奔腾一样，会分风，分成南风和北风，让逆流而上和顺流而下行驶的船只都不顺帆前行，会破浪,像拿着灵犀入海一样。郡守看重其神威,并且防备他阻绝往来行船,就在宫亭湖上建了祀庙,每年按时祭祀。有呼必应,远近的行人都十分依赖,宋代秦观住在湖边的惜竹轩里,梦到湖神赠他一首诗说:"不知水宿分风浦,何似秋眠惜竹轩。闻道文章妙天下,庐山对面可无言。"(不懂水情却住在分风浦,何似秋天睡在惜竹轩。听说您的文章妙绝天下,庐山对面可让你无话可言)

九鲤湖仙

何氏，莫详其世代，兄弟九人修道于仙游县[1]东北山中，故山名九仙。又居湖侧炼丹，丹成，各乘赤鲤而去，故湖名九鲤。庙在湖上，最灵验。每大比[2]岁，郡中士子祈梦于此，信若蓍蔡[3]。本朝黄孟良感其事，赋诗一律[4]以纪之云："人已登仙鲤化龙，伊谁湖上拘[5]仙宫？石遗丹灶潺湲[6]里，云锁琼楼缥缈中。青鸟去来犹夜月，碧桃开落自春风。此行不为邯郸梦，拟向圯桥遇石公。"

【注释】

[1]仙游县：古属兴化府仙游县，地处福建东南沿海中部。

[2]大比：即大考，三年举行一次。

[3]信若蓍蔡：蓍蔡，犹蓍龟，即士子们大考之年向湖神祈求，信若蓍蔡，这在古文中常见，如《楚辞·王褒〈九怀·匡机〉》："蓍蔡兮踊跃，孔鹤兮回翔。"王逸注："蓍，筮也；蔡，大龟也。"

[4]赋诗一律：据《古今图书集成》九鲤湖部记载，此为明代黄孟良《九鲤湖》诗歌，属七言绝句，原诗只有"石遗丹灶潺湲里，云锁琼楼缥缈中。青鸟去来犹夜月，碧桃开落自春风"，此处变为七律，显然经过后人增广。

[5]拘：据文义当作"构"。

[6]潺湲：指流水。南朝宋·谢灵运《入华子冈是麻源第三谷诗》："且申独往意，乘月弄潺湲。"

【译文】

何氏，不知道其详细世代来历，兄弟九人在仙游县东北山中修道，所以此山名叫九仙山。又在湖边炼丹，丹成后，各自启程骑乘红鲤鱼离开了，所以湖名为九鲤湖。有庙在湖上，最灵验。每到大考之年，郡中的弟子都在此祈求湖仙，像相信卜筮一样相信湖仙。本朝黄孟良对此很有感慨，赋了一首律诗："人已登仙鲤化龙，伊谁湖上拘仙宫？石遗丹灶潺湲里，云锁琼楼缥缈中。青鸟去来犹夜月，碧桃开落自春风。此行不为邯郸梦,拟向坯桥遇石公。”(人已登上天界成仙鲤鱼也化身成龙,那是谁在湖上构筑的仙宫？仙石遗落在丹灶和流水里,祥云总是缥缈于琼楼玉宇之中。青鸟飞去飞来但还可见夜晚的明月,碧桃花或开或落任随春风。我此行不是为了那邯郸一梦,而是准备像当年张良一样想在坯桥遇到黄石公)

海神

即海若[1]是也，相传秦始皇造石桥欲渡海观日，海神为驱石。始皇求神相见，神曰“莫图我形。”始皇从之，及见，左右巧者[2]描尽神形，神怒曰：“帝负约，可速去。”今庙在文登县[3]。

【注释】

[1]海若：古代传说中北海的海神。出自《庄子·秋水》：“于是焉河伯始旋其面目，望洋向若而叹。”南朝宋·鲍照《望水》诗：“河伯自矜大，海若沉渺莽。”

[2]巧者：有技巧的人，这里指画匠。

[3]文登县：即现在的山东省威海市文登区。

【译文】

海神就是海若，相传秦始皇造石桥想渡海看日，海神帮他驱运石头。秦始皇求海神与他相见，海神说：“不要画我的样子。”秦始皇答应了，等到见面时，秦始皇身边的画师详细描画了海神的形象，海神怒道：“陛下您违反约定了，快点离开。”现在海神庙在文登县。

潮神

即子胥[1],人见其素车白马乘潮而出。

【注释】

[1]子胥:即伍子胥。

【译文】

潮神,就是伍子胥,有人见他乘着白马拉的素车踏浪而行。

水神

谓禺强[1]河伯。

【注释】

[1]禺强:即玄冥,神话传说中的水神和北方之神,又说是海神、风神和瘟神。也作“禺疆”“禺京”。又说是黄帝之孙。《山海经·海外北经》记载:“北方禺疆,人面鸟身,珥两青蛇,践两青蛇。”

【译文】

水神,是指禺强河伯。

波神

谓川后[1]。

【注释】

[1]川后:古代传说中的河神。传说称川后为黄河源头冯夷部落大祭司之称,后成为河神。

【译文】

波神,是指川后。

庐山匡阜先生

先生者，姓匡，名续，字君平，南楚人，号匡阜先生。生而神灵[1]，儿时便有物外[2]志。周武王时师老聃，得长生之道，结茅南障山[3]虎溪之上隐焉。室中无所有，惟置一榻简书数篇而已。武王屡征不起，遇少年传以仙诀得道。汉武帝南巡狩[4]，登祀天柱，尝望秩[5]焉。继而射蛟浔阳江中，复封先生为“南极大明公”，更命立祠于虎溪旧隐。郡守桓伊[6]迁先生祠于山口，凡水旱疠疫[7]，祷之皆应焉。

【注释】

[1]生而神灵：《黄帝内经·上古天真论》：“昔在黄帝，生而神灵，弱而能言，幼而徇齐，长而敦敏，成而登天。”神就是神通，灵就是灵明。合起来的意思，就是先天有神的灵性，聪慧超群。

[2]物外：世外。谓超脱于尘世之外。

[3]结茅南障山：结茅，编茅为屋，谓建造简陋的屋舍。南障山，庐山的古名。

[4]巡狩：亦作“巡守”。谓天子出行，视察邦国州郡。《书·舜典》：“岁二月，东巡守，至于岱宗，柴。”孔传：“诸侯为天子守土，故称守。巡，行之。”《孟子·梁惠王下》：“天子适诸侯曰巡狩。巡狩者，巡所守也。”《汉书·宣帝纪》：“武帝巡狩所幸之郡国，皆立庙。”

[5]望秩：按等级望祭山川。《书·舜典》：“岁二月，东巡守，至于岱宗，柴，望秩于山川。”孔传：“东岳诸侯竟内名山大川，如其秩次望祭之。谓五岳牲礼视三公，四渎视诸侯，其余视伯子男。”

[6]桓伊：字叔夏，小字子野（一作野王），谯国铚县（今安徽濉溪县临涣镇）人。东晋时期将领、名士、音乐家。

[7]疠疫：瘟疫。

【译文】

先生，姓匡，名续，字君平，南楚人，号匡阜先生，生来就有神的灵性，聪颖过人，当他还是孩童时便有超脱世外的志向。周武王时，拜老子为师，学会长生之道，在南障山（庐山）虎溪上建茅房归隐。房中没有什么，只放置了一张床榻和几本简书而已。周武王屡次征召他都不去，遇到一个少年传给他仙诀得以修成大道。汉武帝南巡视察邦国州郡时，登昆仑山祭祀，曾按等级祭望山川。接着又在浔阳江中射杀了一条蛟龙，又封匡阜先生为“南极大明公”，还命人在先生旧日归隐处——虎溪立祠堂。郡守桓伊把匡阜先生的祠堂迁到了山口，但凡有水旱瘟疫等灾祸，向匡阜先生祈祷，每次都有回应。

苏岭山神

庙在襄阳府之东南鹿门山。按汉光武幸犁丘，梦一神人缟衣、羽裳、素巾、皂带来谒。帝问曰："汝何神？"斯神曰："臣苏岭山神也。"更条数事，语竟而去。时习郁以侍中从行。明日，帝以语郁，郁梦亦如之，毫发不爽。后光武封郁"襄阳侯"，使立苏山神祠，刻二石鹿夹祠前神道。百姓谓之鹿门庙，灵异显著。唐孟浩然诗[1]："渐至鹿门山，山明翠微浅。昔闻庞德公[2]，采药遂不返。隐迹今尚存，高风邈以远。"

【注释】

[1]孟浩然诗：指孟浩然的《登鹿门山》，此处节选了不连贯的六句。全诗为："清晓因兴来，乘流越江岘。沙禽近方识，浦树遥莫辨。渐至鹿门山，山明翠微浅。岩潭多屈曲，舟楫屡回转。昔闻庞德公，采药遂不返。金涧饵芝术，石床卧苔藓。纷吾感耆旧，结揽事攀践。隐迹今尚存，高风邈以远。白云何时去，丹桂空偃蹇。探讨意未穷，回艇夕阳晚。"

[2]庞德公：《后汉书·逸民传》载："庞德公，襄阳人，居岘山南，不曾入城府，躬耕垅亩。荆州牧刘表数延请，不能屈。建安中，携妻子登鹿门山，采药不返。"

【译文】

苏岭山神的庙在襄阳府东南的鹿门山。据说，汉代光武帝驾幸犁丘，梦见一个身着白色绢制衣服、下着羽衣、头戴白色头巾、腰系黑色带子的神人前来拜见。光武帝问道："你是什么神？"这位神人回答道："我是苏岭的山神。"又分条陈述了几件事，说完之后就离开了。当时习郁官任侍中跟随光武帝巡游。第二天，光武帝将所梦之事告诉了习郁，习郁也做了同样的梦，丝毫不差。后来光武帝封习郁为"襄阳侯"，并安排他在苏岭山建立神祠，雕刻两个石鹿放在祠前的神道两旁，百姓称这个神祠为鹿门庙，神灵显现的事常有发生。唐代孟浩然有一首关于它的诗叫《登鹿门山》，其中的几句是："渐至鹿门山，山明翠微浅。昔闻庞德公，采药遂不返。隐迹今尚存，高风邈以远。"（船只缓缓来到鹿门山，阳光明媚，山中青气浅浅。从前庞德公

曾到这里，入山采药，一去不回返。隐居的遗迹至今还存在，操守高洁、风格超俗流传得既广又远）

新罗山神

庙在福之汀州，盖汀本晋之新罗县，唐始有汀名。按《寰宇记》，开元末，新罗县令孙奉先昼坐所事，见神曰："吾新罗山神也，今从府主求一牛为食。"奉先请以羊豕代牛，神怒，于是疫疠大起。奉先亦病亡。后人有诗云："卓绝新罗百尺崖，神魔相倚洞天开。洼樽[1]相伴先羊豕，不惜浮云入梦来。"

【注释】

[1]洼樽：亦作"洼尊"。唐开元中，李适之登岘山，见山上有石窦如酒樽，可注斗酒，因建亭其上，名曰"洼樽"。借指深杯。白居易《双石》诗："洼樽酌未空，玉山颓已久。"

【译文】

新罗山神庙在福建汀州，汀州本名新罗县，唐朝时才有了汀州的名字。按照《寰宇记》所载，开元末，新罗县县令孙奉先白天坐在公署办公，见到一个神人说："我是新罗山的山神，现在向您要一头牛作为食物来吃。"孙奉先告请用羊猪代替牛，新罗山神大怒，结果当地爆发了大瘟疫，孙奉先也在这次瘟疫中病死了。后人有诗写道："卓绝新罗百尺崖，神魔相倚洞天开。洼樽相伴先羊豕，不惜浮云入梦来。"（新罗山高耸入云有百尺山崖，神仙魔怪互相依存仙界洞开。深杯倒酒先要用羊猪做菜，哪管他功名富贵是否闯入梦中来）

射木山神

肇庆府之阳春县有射木山，山有云灵[1]。云罩其上必雨，开则霁。山南有祠曰射木山祠，汉封其神曰“储休侯”，灵显最著。庙食一方，水旱疾疫，有祷必应。旧传江南有李氏者无子，一夕梦神托生为嗣，因名符，后登第，历官知春州。启行辞其母曰：“儿往必不归矣。”逮抵官[2]来射木山谒祠下，顾瞻[3]门庑[4]若旧所睹，未几卒。自符之生而庙食废，及其卒而庙复灵，以是知符之生祠神之现世也。按唐之春州，即今之阳春县是已。

【注释】

[1]山有云灵：《明一统志》卷二八一：“肇庆府山川：射木山，在阳春县东南十五里，巍峨蓊郁，为县治。案山，一名云灵山，云幕其上则雨立至。谚云云云。上有射木神祠，南汉封储侯。雨未晴，看云灵。”可见，“山有云灵”应该是“山又名云灵”。

[2]抵官：到职。

[3]顾瞻：回视，环视。泛指看、望。

[4]门庑：与门屋相连接的廊屋。

【译文】

肇庆府的阳春县有一座射木山，射木山又叫云灵山。只要有云雾笼罩在山顶上就必然会下雨，云散开就会天晴。山的南面有一座祠堂叫射木山祠，汉代封这座祠中的神叫“储休侯”，灵应异常。储休侯在此地享受祭飨，各种水旱或疾病灾害，只要有人祈祷必然灵应。旧时相传江南有一位姓李的人没有子嗣，一天傍晚入梦时，山神托生为其子嗣，因此取名为符，后来科举登第，在春州任知府，出发时向母亲辞行说：“我去了就不回来了。”等到李符任官来到射木山去拜看山祠，看到这里的廊屋好像以前见过一样，没过多久他就死了。自李符出生，这座庙的香火就几乎废弃，他死后又重新开始显灵，由此可知李符的生祠就是射木山神在现世中的体现（即是说李符是射木山神灵转世的）。据考证，唐代的春州，就是现在的阳春县。

卷四

蒋庄武帝

建康府蒋庄武帝，讳子文，扬州人也。汉末时为秣陵尉，逐贼至钟山下，击伤额而死焉。及吴先主之初，其故吏[1]见子文于道，乘白马，执白羽扇，侍从如平生，故吏见而惊走。子文追谓之曰："我当为土地神，以福尔下民。为吾立庙，不尔，使虫入人耳为灾。"吴主以为妖言，后果有虫入人耳，死者甚众，医巫[2]不能治。又云："不祀我，当有大火。"是岁，数有火灾。又云："不祀我，当有大疫。"吴主患之，封"中都侯"，加印绶，立庙于钟山下，更名山曰"蒋山"，表其灵异。

【注释】

[1]故吏：官僚旧时的属吏和由他们辟举为官者。

[2]医巫：治病的人。古代医生往往兼用巫术治病，故称。《汉书·晁错传》："为置医巫，以救疾病。"唐·元稹《叙诗寄乐天书》："地无医巫，药石万里，病者有百死一生之虑。"

【译文】

建康府的蒋庄武帝，名叫子文，是扬州人，汉末时在秣陵任校尉，追贼寇到了钟山下，被击伤额头而死。到了吴国先主初年，他生前的属吏在路上见到了子文，骑着白马，手执白羽扇，还有他的那些侍从，一切都像他活着的时候一样。他生前的属吏看到后吓得立刻跑开了。子文追上他说："我应当做此地的土地神，专门造福本地的老百姓。你们要为我建立庙宇，不然的话，我会让虫子进入人耳成为灾害。"吴主认为这是妖言，但是后来果然有虫入人耳的灾害发生，死者甚多，医巫都无法救治。又说："如果不祭祀我，就会有大的火灾发生。"当年，果然发生了数起火灾。又说："如果不祭祀我，就会有大的疫情发生。"吴主十分担忧，封他为"中都侯"，并为他加赠印绶，在钟山下为他立庙，并将山更名为"蒋山"，以表他的灵异。

晋苏峻之难，帝梦蒋侯曰："苏峻为逆，当助共诛之。"后果斩峻，加封相国。大元[3]中苻坚入寇，望见王师部阵齐整，又见八公山上草木皆类人形，怃然[4]有惧色。初会稽王导闻坚入寇，以威仪[5]鼓吹求助于蒋山神，及坚望之若有助焉。

【注释】

[3]大元：当依《绘图三教源流搜神大全》作"太元"。太元（376—396年）是东晋孝武帝司马曜的第二个年号。

[4]怃然：惊愕貌。

[5]威仪：古代祭享等典礼中的动作仪节及待人接物的礼仪。

【译文】

西晋时，苏峻叛乱，晋元帝梦见蒋侯说："苏峻如今起军叛乱，我理当协助您将其诛杀。"之后果然杀了苏峻，便加封他为相国。太元中，苻坚入侵，看见天子的军队部署十分齐整，又看见八公山上的草木中好像有人影，异常惊惧。当初，会稽人王导听闻苻坚入侵的时候，就用祭享典礼中的礼仪演奏音乐求助于蒋庄山神，到了苻坚望见的时候好像真的有人在帮助东晋军队。

宋高帝永初二年，诏禁淫祠，自蒋子文以下皆绝之，加至相国大都督中外诸军事，封"蒋王"。齐永明中，崔彗景[6]之难，迎神还台以求福助，事平乃进帝号。复新庙宇，以庙门为"灵光门"，中门为"兴善门"，外殿曰"帝山"，内殿曰"神居"。梁武帝常祠而不应，遣使以焚其庙，未及中途，忽风雨大作，振动宫殿。帝惧，祠之，乃止。南唐谥曰"庄武帝"，更修庙宇。徐铉奉敕撰碑，备成[7]其事。因《朱[8]朝会要》曰，开宝八年庙火，雍熙四年重建，景佑二年陈公执中增修，请于朝，赐庙额曰"惠烈"。

【注释】

[6]崔彗景：当作"崔慧景"。永明十一年（493年），北魏准备讨伐南齐。齐武帝闻后，以崔慧景为持节、督豫州郢州之西阳司州之汝南二郡诸军事、冠军将军、豫州刺史，进行防备。七月，郁陵王萧昭业即位。崔慧景见少主新立，便暗中与北魏相通，致使朝廷疑惧。

[7]成：当依《新刻出像增补搜神记》《绘图三教源流搜神大全》作"载"。

[8]朱：当依《绘图三教源流搜神大全》作"宋"。

【译文】

到了南朝宋高帝（即宋武帝）永初二年的时候，下诏禁止过度拜祭祠庙，从蒋子文以下全部杜绝，并加官至相国大都督中外诸军事，封为"蒋王"。南朝齐武帝永明中，崔慧景发难，于是南齐就迎接蒋庄山神之灵回还灵台以求蒋庄山神，崔慧景叛乱平定之后就进赐蒋庄山神以帝号。又全部翻新修葺了庙宇，把庙门叫作"灵光门”,把中门叫作“兴善门”,把外殿叫作“帝山”,把内殿叫作“神居”。梁武帝常常祭祀蒋庄山神却不见灵应,于是就派人去焚烧庙宇,可还没走到中途,忽然风雨大作,宫殿剧烈晃动。梁武帝十分害怕,于是就祭祀蒋庄山神,风雨和宫殿的剧烈晃动才停止。南唐赐给他“庄武帝”的谥号,重新翻修了庙宇。徐铉奉召为其撰碑,详细记载了他的事迹。根据《宋朝会要》的记载,开宝八年庙宇失火,雍熙四年又重修庙宇,景佑二年陈执中又增修庙宇,向朝廷请求,赐予一块匾额,名“惠烈”。

本朝洪武二十年改建于鸡鸣山之阳,刘三吾奉勅撰记,土人曰:“十庙,此其一也。”

【译文】

本朝洪武二十年又改建于鸡鸣山的南面,刘三吾奉旨撰记,当地人说:“有十座庙,这是其中的一座。”

常州武烈帝

忠佑武烈大帝，姓陈，讳果仁[1]，字世威，常州晋陵人也。圣祖嵩[2]，仕陈为羽林郎，父季明[3]，拜给事中。帝于梁太清二年己巳三月望日午时诞生，英姿照人，有鼎角匿犀[4]之异，众皆奇之。八岁能属文，十三遍读诸史。陈太帝天康元年举进士第，对策玉阶，年甫十有八，授监察御史，迁江西道巡察大使。帝智勇绝人，精深韬略，仕陈二十有五载，以孝以忠，德惠万民，威名满天下。

【注释】

[1]陈果仁(549—620)：字世威，晋陵县人。或作"杲仁""仁杲""仁果"，祖籍河南豫州颍州，后迁江南晋陵。他在常武地区影响极大，至今仍流传着他的许多故事。一是割肉救母，二是城湾山的来历与其有着极大的关系，三是庙会中的"轮车节目"这个非物质文化遗产与其有关。

[2]圣祖嵩：祖父陈嵩，字元皎，仕陈为羽林郎，洪州建昌县令。

[3]父季明：父亲陈季明，字玄涣，仕陈为江州司马，兼领岭南道采访使，拜给事。

[4]鼎角匿犀：头顶骨隆起像犀角一样。《后汉书·李固传》："固貌状有奇表，鼎角匿犀，足履龟文。"李贤《注》："鼎角者，顶有骨如鼎足也。匿犀，伏犀也。谓骨当额上人发际隐起也。"

【译文】

忠佑武烈大帝，姓陈，名果仁，字世威，是常州晋陵人。他的祖父陈嵩，在陈朝做官被任命为羽林郎；他的父亲陈季明，被任命为给事中。忠佑武烈大帝在太清二年己巳三月十五日午时诞生，英俊威武，光彩照人，头顶骨隆起像犀角一样与常人不同，人们都为此感到惊奇。八岁便能写文章，十三岁遍读诸史。陈太帝天康元年考中进士，在朝堂之上殿试对策，当时他才刚刚十八岁，任命他为监察御史，后来又升任江西道巡察大使。他智勇过人，精通文韬武略，在陈朝做了二十五年的官，既能孝顺父母又能忠于君主，德泽恩惠遍及万民，威名贯满天下。

入隋不仕，炀帝南游江都[5]，群盗并起，帝闻其名诏令讨盗。俾除民害，义不可辞，奉命而起。大业五年授秉义尉，平长白叛寇，进朝请大夫。平江宁[6]乐伯通叛徒十万，授银青光禄大夫。平东阳[7]娄世干贼众二十万，召入拜大司徒。

【注释】

[5]江都：今扬州。

[6]江宁：南京的旧称。

[7]东阳：地名，今浙江省金华市。

【译文】

到了隋朝，不再入朝为官，隋炀帝南巡游扬州，各地盗贼群起作乱，隋炀帝听闻他的贤名，下诏让他讨伐盗贼。为民除害，义不容辞，他接受皇命出来做官平叛。大业五年，被授为秉义尉，平定长白山反叛寇匪的骚乱，晋封为朝请大夫。后来又平定江宁反贼乐伯通等十万叛军，被授为银青光禄大夫。还平定了东阳娄世干等二十万贼众，被召入朝官拜大司徒。

大业末，沈法兴[8]起兵吴兴，谋据常郡，包藏祸心。阳为依附。时贼帅李子通[9]集众数万屯江北，与法兴阴为应援，惧帝威勇不敢渡。

【注释】

[8]沈法兴（？—621）：湖州武康（今浙江德清县）人，隋末唐初割据势力。618年举兵起义，619年自称梁王，建都毗陵（今常州），设置百官。621年，因兵败投江自尽。

[9]李子通（？—622）：东海郡丞县（今山东省峄县）人，隋朝末年农民起义领袖。615年，自称楚王。619年，占据江都，建立吴国，年号明政。621年，为扬州刺史杜伏威所败，执送长安。622年，被处死于蓝田县。

【译文】

大业末年，沈法兴在吴兴起兵，想要谋取常州，包藏祸心。陈果仁表面上假装依附。当时盗贼首领李子通纠集了数万叛军在江北驻军，与沈法兴暗地里互为应援，却惧怕武烈帝的威勇而不敢渡江。

至唐高祖武德二年庚辰五月十八日，法兴诈称疾，亟走告于帝。不得已往问疾，饮酒中毒，驰归。时有高僧凛禅师以医名，亟召之治疗。其法当于閴寂[10]无人处水涤肠去毒，帝室沈氏至池上潜窥而触之，帝知不可为，遂嘱附凛禅师及轸、张二妃，俾施所居第并南帑[11]为精舍[12]，东第为崇释观。言讫而薨，享年七十有二。

【注释】

[10]闃寂：亦作“阒寂”，静寂、宁静。南朝梁·江淹《泣赋》：“阒寂以思，情绪留连。”

[11]帑：贮藏钱财的府库。出自《说文》：“帑，金币所藏也。从巾，奴声。”

[12]精舍：出家人修炼的场所。

【译文】

到了唐高祖武德二年庚辰五月十八日，沈法兴谎称自己有病疾，赶快让人去告诉武烈帝。果仁不得已前去慰问探望，饮酒后中毒，果仁急忙骑马跑回去了。这时有高僧凛禅师凭借医术闻名于世，赶快派人请来诊治。凛禅师的方法是应在静寂无人的地方用水清洗肠子去除毒素，陈果仁的夫人沈氏到水池旁暗自查看并且触碰到果仁。果仁知道自己没救了，于是嘱咐凛禅师和轸、张两位妃子，让她们把自己的住宅和城南的仓库布施出来作为出家人修炼的场所，又让把城东的住宅改为崇释观。果仁说完就逝世了，享年七十二岁。

法兴闻之，自谓得志，岂知帝英爽如在，忠节愈励。一日，黑云蔽空，风雨晦冥，忽见形威，发一神矢，射薨法兴，寇众四清。其护国威灵有如此者，唐天子封忠烈公碑，封“福顺武烈王”，后周加以帝号，宋宣和四年赐庙额曰“福顺”。

【译文】

沈法兴听说果仁死了，自认为志得意满，哪里知道武烈帝英俊豪爽就像活着一样，忠贞的节操更能励行。有一天，黑云遮蔽天空，风雨交加，天色昏暗犹如黑夜，云中忽然出现陈果仁雄姿威武的身形，向沈法兴射了一箭，沈法兴中箭而亡，他手下的寇众四散而逃，跑了个精光。陈果仁如此保护国家神武威灵，唐天子赐予他忠烈公碑，封他为“福顺武烈王”，后周追加给他帝号，宋宣和四年赏赐“福顺”的庙额。

武烈显灵昭德大帝，武烈沈后，轸后，赞幽张夫人[13]。神父启灵侯，神母懿德段夫人，神继母嘉德伊夫人。神子赞惠济美侯，次子协应济顺侯。神孙处士。

【注释】

[13]赞幽张夫人：《绘图三教源流搜神大全》作“妃赞幽张夫人”。

【译文】

武烈显灵昭德大帝，他有两位帝后和一个妃子，一位帝后为武烈沈后，一位帝后为轸后，妃子是赞幽张夫人。他的父亲是启灵侯，他的母亲是懿德段夫人，他的继母是嘉德伊夫人。他的长子是赞惠济美侯，次子是协应济顺侯。他的孙子是一位处士。

佐神柴大尉[14]，名克宏，封翊灵将军。

【注释】

［14］大尉：据文义，当作“太尉”。“大”通“太”，古籍中为常例。

【译文】

他的佐神是柴太尉，名克宏，封为翊灵将军。

扬州五司徒

扬州英显司徒茅、许、祝、蒋、吴五神，居扬州日结为兄弟，好畋猎。其地旧多虎狼，人罹其害。山溪畔遇一老妇，五神询问，孑然无亲，饥食溪泉。五神请于所居之庐，拜呼为母。

【译文】

扬州有茅、许、祝、蒋、吴五位英明显赫的司徒，在扬州生活时结为兄弟，喜好打猎。他们居住的地方从前常有虎狼出没，经常有人遭遇老虎的袭击而被害。有一天，他们在山溪旁遇见一位无依无靠的老妇人，五位神君询问后发现她孤苦无依，一个人到溪边来取水充饥。兄弟五人就把这位老妇人接到他们居住的房屋中，向她行礼，称呼她为母亲。

侍养未久，或出猎而归不见其母，五神曰："多被虎啖。"俱奋身逐捕山间，有虎迎前伏地就降，由此虎患始息。后人思其德义，立庙祀之，凡所祈祷随求随应。庙今在江都县东兴乡金匮山[1]之东。至隋炀帝时曾护驾有功，封号司徒。唐加侯号。宋至绍定辛卯[2]逆贼李全[3]数来寇境，祷于神，不吉。以神像劄破之。不三日，全被戮于新塘，肢体散落，犹全之施于神者。贼平，帅守[4]赵公范亲率僚属致享[5]祠下，以荅神贶[6]。撤其庙而增广之，录其阴助之功[7]奏请于朝，赐庙额曰"英显"，加封至八字侯。后平章贾公似道[8]来守是邦，有祷于神者，遇旱暵[9]则飞雨，忧霖潦[10]则返照[11]，救焚则焰灭，欲雪则瑞应。其获国佑民无时不显，复为奏请加封王号：

第一位"灵威忠惠翊顺王"，第二位"灵应忠利辅顺王"，第三位"灵助忠卫佐顺王"，第四位"灵佑忠济助顺王"，第五位"灵勇忠烈楚项王"。

【注释】

[1]江都县东兴乡金匮山：地名。江都，今扬州。金匮山，今江苏省无锡市。

[2]绍定辛卯：绍定（1228—1233年）是南宋皇帝宋理宗的年号，共计6年。辛

卯年是1231年。

[3]李全(1190—1231):金朝潍州北海(今山东潍坊)人,汉族,金末地方武装集团的首领。

[4]帅守:宋朝知州、知府兼任安抚使者,称帅守。

[5]致享:让受祭者享用祭品。

[6]以荅神贶:用来报答神灵的恩赐。荅,还报别人。神贶,神灵的恩赐。

[7]阴助之功:暗地里帮助的功劳,不为人所知的善行。阴助,暗地里帮助。迷信的人指在人世间所做而在阴间可以记功的好事,同"阴德"。

[8]贾公似道:贾似道(1213年11月14日—1275年11月2日),字师宪,一字允从,号悦生、秋壑,台州天台县(今浙江省天台县平桥镇王里溪村)人,南宋晚期权相。

[9]旱暵:亦作"旱熯",不雨干热。《周礼·地官·舞师》:"教皇舞,帅而舞旱暵之事。"

[10]霖潦:淫雨,指持续不断的雨,亦指雨后的积水。晋·曹摅《思友人》诗:"密云翳阳景,霖潦掩庭除。"

[11]返照:夕阳,落日。唐·骆宾王《夏日游山家同夏少府》诗:"返照下层岑,物外狎招寻。"

【译文】

侍奉赡养后不久,有一天,兄弟五人出去打猎,回来以后没有看见他们的母亲,五位神君说:"母亲多半被老虎吃掉了。"于是奋力在山间追逐找寻,想要抓捕老虎。这时有只老虎迎面而来,匍匐在地,做出投降的姿态。自此之后,虎患就停止了。后人感念他们的恩德和节义,建立庙宇来祭祀他们。凡是向他们祈祷有所求的,都有求必应。庙宇如今在江都县东兴乡金匮山的东面。到隋炀帝时,因保护皇帝有功,被封为司徒。到唐朝时,加侯的封号。宋朝到了绍定辛卯年,逆贼李全多次来侵扰地方,向神祈祷,不吉利。李全就把神像割离破坏。没过几日,李全在新塘被杀死,肢体四散,就像李全对神像做的那样。贼寇平定,帅守赵公范亲自率领同僚和部属,在庙祠下供奉祭品,来报答神灵的恩赐。撤除原来的庙宇进行增修,记录他们暗地里帮助的功劳向朝廷上奏请求封赏,朝廷赏赐"英显"二字作为五司徒的庙额,加封为"八字侯"。后来平章贾似道来此担任扬州太守(实即知州),有向神祷告的人,遇到干旱无雨的气候就会骤然下雨;担心持续不断的连阴雨会成灾,就会出太阳天气晴朗;想要救火,火就灭了;想要下雪,就天降祥瑞之雪以应验。他们庇护国家百姓,无时无刻不在显露,再次上奏请求加封王号:

第一位封为“灵威忠惠翊顺王”，第二位封为“灵应忠利辅顺王”，第三位封为“灵助忠卫佐顺王”，第四位封为“灵佑忠济助顺王”，第五位封为“灵勇忠烈楚项王”。

西楚霸王

西楚霸王，项王羽也。庙在和州[1]东北四十里，即其所不渡之乌江也。山不高而草木蓊欝[2]，冷然杀气夺人，虽守者结茅山之麓不敢近焉。旧传庙面江，覆舟为梗[3]。有过客以汉家今已属他人之句慰之，庙为易向。宋绍兴金主亮[4]欲渡江，乞杯珓[5]不从，亮怒令焚庙。俄有大蛇远出，屋梁殿后林木鼓噪发声若数千兵，亮大惊，左右骇散去。许表[6]时诗："千载兴亡莫浪愁，汉家功业亦荒坵。空余原上虞姬草，舞尽春风未肯休。"

【注释】

[1]和州：隶属于安徽省马鞍山市，地处安徽省东部。

[2]蓊欝：形容草木茂盛的样子

[3]覆舟为梗：翻船成为阻碍。覆舟，比喻败亡覆灭。梗，阻碍，妨碍。

[4]金主亮：金朝君主完颜亮（1122年2月24日—1161年12月15日），女真名迪古乃，字元功，金朝第四位皇帝。

[5]乞杯珓：请求占卜。杯珓，本占卜用具，用蚌壳、竹片或者木片制成；也指神前占卜休咎之器。杯珓，亦作"栖筊"。宋·程大昌《演繁露·卜教》："后世问卜于神有器名杯珓者，以两蚌壳投空郑地，观其俯仰，以断休咎……或以竹，或以木，略斵削使如蛤形，而中分为二，有仰有俯，故亦名杯珓。"宋·叶梦得《石林燕语》卷一："太祖皇帝微时，尝被酒入南京高辛庙，香案有竹栖筊，因取以占己之名位。"

[6]许表：宋朝人许彦国，合肥人。本《搜神记》所引诗名《项籍庙》。他写有两首咏项籍庙的诗，此是其一，另一首是："曾被秦人笑沐猴，锦衣东去更何求。可怜瞭瞭重瞳子，不见山河绕雍州。"

【译文】

西楚霸王，是项王项羽。他的庙在和州东北四十里处，就是他没有渡过去的乌江。山虽然不高，但是草木却很繁盛，寒凉之杀气夺人心魄，即使看守的人住在山脚下也不敢靠近。以前传闻他的庙面向江边,以翻船作为梗阻,妨碍通行。有过往的人用汉朝已经变成了别的王朝来安慰他,他的庙才改换了方向。宋朝绍兴年间,金朝的君主完颜亮想要渡过乌江,用占卜的方式向西楚霸王神像请求赐福保佑完颜亮取得胜利,但没有得到想要的占卜卦式,完颜亮恼怒之下令烧毁项羽庙。不久有巨蛇从远处出现,屋梁大殿后的树林里有击鼓的声音像有几千士兵,完颜亮非常吃惊,他左右的兵丁吓得四散逃去。

许表当时为此题诗(诗名《项羽庙》)云:"千载兴亡莫浪愁,汉家功业亦荒圻。空余原上虞姬草,舞尽春风未肯休。"(千百年的兴亡不要无谓的忧愁,汉家打下的功业现在也变成了荒丘。空留下原野上的虞姬草,在春风中舞动不肯罢休)

义勇武安王五月十三日生

义勇武安王，姓关，名羽，字云长，蒲州解良人也。当汉末，与涿郡张飞，佐刘先主起义兵。后于南阳卧龙冈三谒茅庐，聘诸葛孔明，宰割山河，三分天下，国号为蜀。先主命关公为荆州牧，不幸吕蒙设计，公乃不屈节而亡。追赠大将军，葬于玉泉山，土人感其德岁时奉祀焉。护国祚[1]民，庙额曰"义勇武安王"。宋徽宗加封尊号曰"崇宁至道真君"。

【注释】

[1]祚：赐福。《左传》："天祚明德。"

【译文】

义勇武安王，姓关，名羽，字云长，是蒲州解良人。在东汉末年的时候，与涿郡的张飞共同辅佐先主刘备起义，后来又在南阳卧龙岗三次到诸葛亮躬耕之地拜访他。割取山河，于是三分天下，定国号为蜀。刘备任命关羽为荆州牧，但不幸被吕蒙设计，关羽因不愿失去节操归附而被杀，死后被追赠为大将军，葬在玉泉山，当地人感念其道德品行，每年按时尊奉祭祀他。保卫国家，赐福百姓，庙额为"义勇武安王"，宋徽宗加封尊号为"崇宁至道真君"。

零陵王

王[1]姓唐,讳世旻,字昌图,本零陵人也,世居永州府西南之龙洞[2]。唐昭宗时盗起,世旻结乡兵保里闾。刘建锋[3]举为永州刺史,光化初马复[4]攻之,不屈而死。后或闻钲[5]鼓声,且数昼见。尝有一木自洞流出,止于石荆峰,人送之中流,诰旦[6]复还,如是者数[7]四。适天旱,祷而雨,遂取其木像而祀之。今府城南及石荆岸俱有庙,甚灵应,湖南马氏享以王爵,后宋亦累封焉。

【注释】

[1]王:指唐世旻(? —898),唐永州零陵人,字昌图。素骁勇,状貌英伟。

[2]龙洞:在今湖南永州市西北六十里。

[3]刘建锋:唐末将领。字锐端,朗山(今河南确山)人,初为忠武军部将,与孙儒、马殷同事秦宗权。

[4]马复:当从《明一统志》《湖广通志》作"马殷"。

[5]钲:古代的一种打击乐器,用铜制成,在行军时敲打。

[6]诰旦:平明,清晨。诰,当为"诘"。《宋书·柳元景传》:"自诘旦而战,至于日昃,虏众大溃。"

[7]数:屡次,多次。

【译文】

零陵王姓唐,讳世旻,字昌图,本来是零陵人,世代居住在永州府西南的龙洞。唐昭宗时,盗贼兴起,唐世旻集结乡兵保护乡里。刘建锋举荐他做永州刺史,光化初年,马殷攻打永州,唐世旻因不愿屈服而被杀。后来有的人听到钲鼓声,并且好几个白天都能听见。先前有一块木头从洞中顺水流出,停在石荆峰。人们目送它到中流,第二天早晨木头又流回来了,像这样的事情有四次。正好赶上天大旱,祷告求雨,于是就取唐世旻的木像来祭祀。现在永州府城南和石荆岸边都有他的庙,非常灵应,湖南马氏以王爵的礼仪来祭享唐世旻,后来宋朝也多次加封唐世旻。

惠应王

王姓欧阳，名祐，温陵[1]太守也。舟次[2]邵武之大乾河，溺死。后人立庙大乾，祀之极为神异。水旱祈祷，其应如响[3]。按《谒梦录》，宋李纲尝谒庙，梦神延接，让以主位，纲固辞，神曰："他日吏仗主盟[4]。"及为相，值神加封，果与署名。叶祖洽[5]赴省试，梦神将犬肉一片置几土[6]，命食之，又指殿下竹一束示之，莫晓其义。明年作大魁[7]，方悟一片犬肉置几上乃"状元"二字，前者廷对皆出"赋"题，至是始"问策"[8]，竹一束者"策"字也。如此类者不可胜纪。今庙曰"惠应"。

【注释】

[1]温陵：福建泉州的别称。

[2]舟次：行船途中，船上。《宋史·朱台符传》："复出知洪州，卒于舟次。"

[3]其应如响：谓反应迅捷，如回声之相应和。《庄子·天下》："其动若水，其静若镜，其应若响。"

[4]主盟：倡导并主持某事。宋·欧阳修《试笔·苏子美蔡君谟书》："自苏子美死后，遂觉笔法中绝。近年君谟独步当世，然谦让不肯主盟。"

[5]叶祖洽：福建泰宁城关叶家窠（当时泰宁属邵武军）人，字敦礼。生于北宋仁宗庆历六年（1046年），卒于宋徽宗政和七年（1117年）。宋神宗熙宁三年（1070年）庚戌科状元。

[6]土：当依《新刻出像增补搜神记》作"上"，同时下文"方悟一片犬肉置几上"亦可证。

[7]大魁：科举考试殿试第一名称"大魁"，即状元。宋·陆游《老学庵笔记》卷九："四方举人集京都，当入见，而宋公姓名偶为众人之首……然其后卒为大魁。"

[8]问策：策问。汉以来试士，以政事、经义等设问写在简策上使之条对，后称试士的考题为策问。

【译文】

惠应王姓欧阳，名祐，是温陵太守，船行到邵武的大乾河，溺水而亡。后人在大乾为他立庙，祭祀极度神秘奇异。遭遇旱涝进行祈祷，所求必有灵应，就像回声有响应一样迅捷。按照《谒梦录》记载，宋代李纲曾经拜谒过欧阳祐庙，梦中有神延请接见李纲，并将主位让给李纲，李纲坚决推迟，神说："将来的某个时候还要仰仗您来主持我的加封。"李纲成为丞相的时候，恰逢主持加封神号一事，他果然信守承诺，把欧阳祐的名字加到名册上了。叶祖洽参加省试，梦到有位神人把一片狗肉放在几桌上，让叶祖洽吃掉，神人又指着殿下的一束竹子给叶祖洽看，叶祖洽并不知晓什么意思。第二年，叶祖洽科举考试殿试第一名，才领悟出一片狗肉放在几桌上是"状元"两个字(实际是"狀"字，字形是狗在床上，古代的床是几桌形的坐具)。前面的殿试都以"赋"为题，到叶祖洽才开始以"策问"为题，神人所指的一束竹子实际就是"筞"(策)字。像这样的事情还有很多，不能详尽记载。现在他的庙号是"惠应"。

威惠显圣王

神姓伍,名员,字子胥,楚大夫奢之子也。平王听谗杀员父奢兄尚,子胥奔吴,言伐楚之利。吴与楚战果胜焉,吴遂入郢,员掘平王尸鞭之三百。

【译文】

神人威惠显圣王姓伍,名员,表字子胥,是楚国大夫伍奢的儿子。楚平王听信谗言,杀害伍子胥的父亲伍奢和哥哥伍尚,伍子胥投奔吴国,向吴王阖闾讲述讨伐楚国的好处。吴国与楚国交战果然大获全胜,吴国军队于是进入郢都,伍子胥挖出楚平王的尸体鞭打三百下。

吴伐越,勾践栖于会稽,求为臣妾。吴王[1]许之,子胥谏不听。太宰嚭[2]谮员,王使赐之属镂[3]以死,将死曰:"吴其亡乎!"吴王闻之怒,乃取员尸盛以鸱夷革[4]浮之江中。吴人怜之,为立祠江上,庙号曰"威惠显圣王"。

【注释】

[1]吴王:指阖闾(公元前537—公元前496)。

[2]太宰嚭:即伯嚭,曾任吴太宰,故称太宰嚭。

[3]属镂:古代名剑。《左传·鲁哀公十一年》载有"吴王夫差赐伍子胥属镂自刎"事。《吴越春秋》作"属卢";《广雅·释器》作"属鹿";扬雄《太玄赋》作"属娄";《荀子·成相》作"独鹿"。

[4]鸱夷革:皮袋子。鸱夷,革囊。《战国策·燕策二》:"昔者伍子胥说听乎阖闾,故吴王远迹至于郢。夫差弗是也,赐之鸱夷而浮之江。"

【译文】

吴国攻打越国,越王勾践栖身在会稽,请求做吴国附属的臣子。吴王答应了他的请求,伍子胥进言劝谏吴王却不听。太宰伯嚭诬陷伍子胥,吴王派人把属镂宝剑赐给伍子胥让他自杀,快要死的时候说:"吴国将要灭亡了!"吴王听到后非常生气,于是将伍子胥的尸体放在鸱夷革中,漂浮在江上。吴国的百姓怜悯他,在江上为他立祠,庙号为“威惠显圣王”。

金山大王

大王姓霍，讳光，即汉之大将军也。《耆旧传》云，吴主皓染病，甚烦燥，不自禁[1]，勅[2]百官遍礼[3]灵祠显庙，罔[4]应。忽一日五更，夜色将阑，晨光欲灿，有神咐小黄门云："病愈，病愈。"司巫[5]者曰："汝何神，执何事，而报是吉凶也。"神曰："臣汉之霍光也，金山咸海风潮为害，当统部属镇之，来为陛下报吉。"翌日，皓疾果愈，遂为立庙于嘉兴之海盐县治东，赐庙额曰"显忠"，俗呼曰"金山大王"。

【注释】

[1]自禁：控制自己的感情，自己克制自己。《列子·汤问》："一里老幼，喜跃抃舞，弗能自禁。"

[2]勅：同"敕"，命令，多指天命或帝王的诏令。

[3]礼：祭神、敬神，事神致福。《仪礼·觐礼》："礼日于南门外，礼月与四渎于北门外，礼山川丘陵于西门外。"

[4]罔：无，没有。《核舟记》："罔不因势象形。"

[5]司巫：官名。《周礼》谓春官所属有司巫，设中士二人及府、史、胥、徒等人员。司巫为巫官之长。《周礼·春官》："司巫，中士三人，府一人，史一人，胥一人，徒十人"，"掌群巫之政令，若国大旱，则帅巫而舞雩，国有大灾，则帅巫而造巫恒"。

【译文】

金山大王姓霍，讳光，是汉朝的大将军。《耆旧传》中说，吴主孙皓患病，非常烦躁，不能控制自己。孙皓命令文武百官在各个灵祠显庙进行祭祀，都没有灵应。忽然有一天五更的时候，夜色将尽，霞光越来越明亮，有神灵嘱咐小宦官说："（皇上的）病快痊愈了，病快痊愈了。"执掌巫术的人说："你是什么神灵，执掌什么事情，却来通报这种吉兆。"神灵说："我是汉朝的霍光，金山咸海遭受风潮的危害，我本当率领当地的部属治理，特此来为陛下报告吉祥。"第二天，孙皓的病果然痊愈，于是为霍光在嘉兴的海盐县东面立庙，赐予庙额"显忠"，俗称"金山大王"。

万迴虢国公

万迴公者，虢州阌乡人也。姓张氏，唐贞观六年五月五日生，生而痴愚，至八九岁方能语。啸傲如狂，乡党莫测[1]。一日令家人洒扫[2]，云有胜客至。是日三藏玄壮[3]自西国[4]还访之，公问印度风境，了如所见。壮作礼称是。

【注释】

[1]莫测：不可预测。

[2]洒扫：洒水扫除污秽。

[3]玄壮：即玄奘。

[4]西国：即西域，指佛教发源地。唐·张祜《听简上人吹芦管》诗："分明西国人来说，赤佛堂西是汉家。"

【译文】

万迴公，是虢州阌乡人。姓张，唐贞观六年五月五日出生，生下来就痴傻愚钝，到八九岁时才能说话。傲然放歌长啸好像发疯一样，乡里的人都难以预料他的行为。一天，万迴公让全家人洒水扫除污秽，说有贵客来到。而那一日，玄奘法师从西方取经回来拜访，万迴公询问他印度的风土人情及境遇，在交谈中，万迴公显得对印度的情况了如指掌，玄奘行礼称赞万迴公说得对。

菩萨有兄万年，久征辽左[5]，母程氏思其音信。公曰："此甚易尔。"乃告母而往，至暮而还。及持书，邻里惊异，左右神兵侍卫崇俨[6]。咸亨四年，高宗召不应，武后赐锦袍玉带。景云二年十二月八日，师卒于长安，寿年八十，时异香氤氲。宋赠"司徒虢国公"。

【注释】

[5]辽左：辽东的别称。《晋书·慕容皝载记》："仁于是尽有辽左之地。"

[6]崇俨：当作"崇严"。此处义为"庄重严肃"。唐·李峤《让鸾台侍郎表》："夫

以琐闼崇严，玉堂秘近；职参持盖，位亚掌壶。”

【译文】

菩萨(即万迴公)有一个哥哥叫万年，长期在辽东征战。母亲程氏非常思念他，想要知道他的消息。万迴公说：“这非常容易。”于是万迴公告诉母亲他要前往哥哥那里，到了晚上万迴公就回来了。万迴公拿着书信，邻居都感到惊奇，站在两旁的神兵和侍卫庄重严肃至极。咸亨四年，高宗召见他却不去，武后赏赐他华美的服饰和玉带。景云二年十二月八日，万迴公在长安去世，享年八十岁，去世时有奇异的香气弥漫。宋朝赠给他“司徒虢国公”的封号。

赵元帅三月十五日生

姓赵，讳公明，中[1]南山人也。自秦时避世山中，精修至道，功成奉玉帝旨召为神霄副帅。按元帅乃皓廷霄度天[2]慧觉昏梵炁化生，其位在乾，金水合炁之象也。其服色头戴铁冠手执铁鞭者，金遘水黑炁也。面色黑而胡须者，北炁也。跨虎者，金象也，故此水中金之义。体则为道，用则为法，法则非雷霆无以彰其威。泰华西台其府，乃元帅之主掌，而帅以金轮称，亦西方金象也。元帅士[3]奉天门[4]之令，束[5]役三界，巡察五方，提点[6]九州岛，为直殿大将军，为北极将[7]御史。

【注释】

[1]中：当如《绘图三教源流搜神大全》作"钟"，据文义实为"终"。

[2]皓廷霄度天：无色界四天之一，当作"皓庭霄度天"，此天帝为慧觉昏。

[3]士：当如《绘图三教源流搜神大全》作"上"。

[4]天门：天宫之门。《淮南子·原道训》："经纪山川，蹈腾昆仑，排阊阖，沦天门。"高诱注："天门，上帝所居紫微宫门也。"据文义，此处代指天帝。

[5]束：《绘图三教源流搜神大全》作"策"。

[6]提点：提举、检点，掌司法、刑狱及河渠等事。

[7]将：《绘图三教源流搜神大全》作"侍"。

【译文】

元帅姓赵，名公明，是终(钟)南山人。据考，赵公明从秦朝时起在山中避世，精心修习无上道法，功成圆满后，玉皇大帝降旨，将他召为神霄副帅。元帅是皓庭霄度天的天帝慧觉昏的梵气化生而成，方位在八卦中占乾位，是金水二气相合之象。他的穿着是头戴铁冠手拿铁鞭，也契合金水相遇之意。他面色黑，又有很多胡须，代表北方。坐骑是虎，五行属金，这是取水中金之义。道为宇宙万物本原，用为万事万物不得不遵循的法规。法规除了雷霆大法以外，没有什么能够彰显他的权威性。泰华西台府是赵元帅掌管的，而赵元帅也被称为金轮，这亦是代表西方的五行属金的象征。赵元帅上奉天帝旨意，役使三界诸神，巡行监察五方神灵，提举检点九州岛，既是直殿大将军，也是北方的侍御史。

一[8]汉祖天师修炼大丹，竜神奏帝请元[9]猛神吏为之守护，由是元帅士[10]奉玉旨授正[11]玄坛赵元帅。正则万邪不干，一则纯一不二。是职至重，天师飞升之后，永镇龙虎名山。厥今三元开坛[12]，传度其趍善建功谢过之人，及顽冥不化者，皆元帅掌之。故有龙虎玄坛实赏罚之一司，部下有八王猛将者，以应八卦也；有六毒大神者，以应天煞、地煞、年煞、月煞、日煞、时煞也；五方雷神，五方猖兵，以应五行；二十八将，以应二十八宿；天和、地合二将，所以象天门、地户之阖辟[13]；水火二营将，所以象春生秋杀之往来[14]。驱雷役雷，致雨呼风，除瘟剪祟，保病攘[15]灾，元帅之功莫大焉。至如公讼宽抑，神能使之解释[16]公平；买卖求财，公能使之宜利和合。但有公平之事，可以对神祷，无不如意。

【注释】

[8]一：《绘图三教源流搜神大全》作“昔”。此处作“一”者，或为另起一行的标志。

[9]元：《绘图三教源流搜神大全》作“威”。

[10]士：《绘图三教源流搜神大全》作“上”。

[11]正：当作“正一”。

[12]三元开坛：《洞神八帝妙精经》：“三皇所受要在三一。即太一、真一、玄一，谓三一，号三元。元气生神，神气降人，人成神也。”很多三元宫供奉天、地、水三官。其实三元在道教中有很多说法。在道教教义中原指宇宙生成的本原和道教经典产生的源流，隋唐以后又衍化为道教神仙和道教主要节日的名称，延续至今。开坛，指道士登坛作法或者开始讲经说法。

[13]阖辟：闭合与开启，此处指天地的开合。

[14]往来：去和来。此指春秋季节的交替。

[15]攘：通常作“禳”。

[16]解释：分析阐明。此指查明真相，还人清白，即案件的处理。

【译文】

到汉朝时，道教始祖天师张道陵修行炼丹时，龙神奏请天帝想要请一位威猛的神官结界护卫他修炼，于是赵元帅上奉天帝旨意，被授为正一玄坛元帅。正则天地邪灵不敢作乱，一则纯粹无杂邪念不生。守护正一玄坛的职责最为重要，所以在张天师飞升成仙之后，赵元帅就永远在龙虎山玄坛镇守。乃至于直到现在三元开坛之时，（传法度人）济度向善弃恶、建立功业、悔过自新之人，以及冥顽不化的人，（这些人)都由赵元帅掌管,所以这里才有龙虎玄坛实际掌管赏罚这一司。赵元帅部下有号称八王的八个猛将,分别镇守八方,对应八卦的方位;有六毒大神,与天煞、地煞、年煞、月煞、日煞、时煞相对应;有五方雷神及五方猖兵,对应五行;有二十八个将领,对应天上二十八星宿;有天和、地合二将,对应天门、地户的开阖;有水营、火营二营将,象征春天生气和秋天煞气的往来交替。赵元帅能驱使雷电,呼风唤雨,驱除瘟疫,剪除邪祟,赵元帅真是功不可没啊!至于像公堂诉讼的审理,赵元帅也能宽严得当,对案件的处理都能秉公执法;对于那些商贾买卖求财的人,赵元帅也使他们都能正当获利而又生意合作和合融洽。总之,只要想求得公平,都可以向赵元帅祈祷,也都会如愿以偿。

一士天圣号一[17]高上神霄玉府大都督、五方之[18]巡察使、九州社令都大提点、直殿大将军,主领雷霆副元帅、北极侍御史、三界大都督、应元昭烈侯,掌士定命帐设[19]使、二十八宿都总管、上清正一玄坛飞虎金轮敕[20]法赵元帅。

【注释】

[17]一士天圣号一:当从《绘图三教源流搜神大全》作“故上天圣号为”。

[18]之:衍文。官号中间加“之”显得不伦不类。

[19]帐设:《绘图三教源流搜神大全》作“设帐”。

[20]敕:当从《绘图三教源流搜神大全》作“执”。

【译文】

上天赐予他圣号(实际是官号)为高上神霄玉府大都督、五方巡察使、九州社令都大提点、直殿大将军,主领雷霆副元帅、北极侍御史、三界大都督、应元昭烈侯、掌士定命设帐使、二十八宿都总管、上清正一玄坛飞虎金轮执法赵元帅。

彭元帅

元帅姓彭氏,讳廷坚。尝崇安县,平诣[1]寇盗如摧枯拉朽。有功,元至正中累官[2]福建宣慰司副都元帅。时群寇窃发[3],彭一一削平。后以马蹶遇害,群盗创[4]之。尸僵立不仆[5],双目上指,须发偃动[6],如风扬扬,盗不敢近逼者。移时[7]事息,故吏奉其柩还崇安,民哀慕如丧父母,立祠肖像以永其祀,岁时祭享。凡水旱疾疫,趋走祈祷,神为降灵如响。俗呼之曰"彭元帅"。延及傍邑祠像,灵应两[8]如之。

【注释】

[1]平诣:犹"平抑",抑制而使之平。

[2]累官:升官。

[3]群寇窃发:盗贼流寇并起,形容当时社会动乱不安的样子。窃发,暗中发动。《宋书·朱修之传》:"又有徐卓者,复欲率南人窃发,事泄被诛。"

[4]创:本义是指创伤、伤口。用作动词,意为损伤、伤害。

[5]仆:向前跌倒,倒下。

[6]偃动:起伏摇动。如被风吹般飘动不停息。

[7]移时:过了那段时间。

[8]两:按照古代汉语的习惯,当作"亦"。

【译文】

元帅姓彭,名廷坚。曾经做过崇安县县尹,平定盗匪贼寇犹如摧枯拉朽。因为有了功劳,所以元至年间,积功升官担任福建宣慰司副都元帅。当时群盗并起,祸害百姓,彭元帅一一削平。后在剿匪中因坐骑倒地,受群盗重创而亡。其尸僵立不倒,双目朝上,须发起伏飘动,好像被风吹动一样。群盗大惊,不敢逼近。此事平息之后,他生前的属吏奉其棺木回崇安,县民尽哀,如丧考妣,遂立祠塑像,每年按时祭享。每遇水旱疾疫,民众都奔走而去祠里祈祷,非常灵验,犹如山谷必有回响一样灵应。民间尊称其为"彭元帅"。他的灵应延伸到旁边(即周边)城邑的神像,也像彭元帅一样灵验。

润济侯

侯神，后魏贺虏[1]将军也，讳原。尝师行屯汾州之白彪山，苦燥渴不得水，军心恼恼[2]。侯为皈虔，下马礼天龥[3]神，以死自誓，忽马跑地出泉。自是灵源融液[4]灌溉者，资之功利及物，久而不磨。邑人为立庙于白彪山之前，灵应特异。宋赐庙额曰“水泽”，封神为“润济侯”。本朝洪武十一年号曰“白彪山马跑泉之神”，有司春秋致祭。

【注释】

[1]贺虏：史籍作“贺鲁”。

[2]恼恼：纷扰貌。汉·焦赣《易林·履之蒙》：“两人相绊，相与悖戾，心不同争，讼恼恼然。”

[3]龥：同“籲”。籲，“吁”的繁体字，呼告、呼求。《书·召诰》：“夫知保抱携持厥妇子，以哀籲天，徂厥亡，出执。”

[4]融液：融化成的液体。宋·苏轼《菜羹赋》：“爨铏锜以膏油，泫融液而流津。”此处指灵泉（马跑泉）中所流出的泉水。

【译文】

润济侯这尊神，是后魏的贺鲁将军，名原。他曾经率领军队屯集在汾州的白彪山，困于口干舌燥没有水喝，军心浮动，涣散不安。贺鲁原为了表示虔诚，下马祈求上天显灵，以死发誓，忽然马跑的地方涌出来泉水。从此，这灵泉的泉水灌溉农田，滋养之功利及事物，过了很久也没有消减。这里的人在白彪山前为贺鲁原建了寺庙，非常灵验。宋朝时赐庙额“水泽”，封为“润济侯”。洪武十一年赐号“白彪山马跑泉之神”，春秋祭祀。

威济侯

侯姓李，讳禄安，吉州长兴县童庄人也。于宋徽宗崇宁三年正月十八日甲申生，长而异禀[1]，性质颛重[2]，语不妄[3]发。乡社[4]之人遇有休咎[5]祸福之将至，辄能前知而告戒之。年十八，当宣和三年三月，忽预告邻里乡社云："吾将往山东胶西为国家干事，恐须数年方归。"遂端坐而逝，其后数有灵迹见于本乡，如年谷之丰凶[6]，蚕麦之得失，皆以传之巫觋[7]，殆若印卷契钥不差毫厘。于是父老相率[8]为立香火之地，而祠[9]祭之，宁宗赐庙额曰"显应"，理宗封"威济侯"。

【注释】

[1]异禀：非凡的天资

[2]颛重：颛有愚昧、善良之意。有时同"专"，这里颛重是指善良、稳重、老实的性格。

[3]妄：荒谬不合理；非分地，出了常规地，胡乱地。这里指说话不严谨、不慎重。

[4]乡社：犹乡里，故乡。同乡士子会文的结社。

[5]休咎：吉与凶；善与恶。

[6]丰凶：丰年和凶年，丰收和歉收，丰歉。

[7]巫觋：古代称女巫为巫，男巫为觋，合称"巫觋"。后亦泛指以装神弄鬼替人祈祷为职业的巫师。《荀子·正论》："出户而巫觋有事。"杨倞注："女曰巫，男曰觋。"

[8]相率：在文言文中亦作"相帅"，意思是相继，一个接一个。《荀子·富国》："百姓诚赖其知也，故相率而为之劳苦，以务佚之，以养其知也。"

[9]祠：动词用作春祭，后来泛指祭祀。《苏武》："孺卿从祠河东后土。"名词用作祠堂、神庙。此指修建祠堂来祭祀他。

【译文】

威济侯姓李，名禄安，是吉州长兴县童庄人。宋徽宗崇宁三年正月十八日甲申时生，天资非凡，秉性善良，不随便乱说话。乡亲们如遇吉凶福祸将要到来，李禄安就能够提前告诉他们有所戒备。十八岁那年，是宣和三年三月，忽然预告邻里乡亲们："我将要前往山东胶西为国家做事，恐怕需要很多年才能够回来。"于是端坐着去世了。从那以后，有很多灵迹出现在乡里，比如说每年谷物的丰收和歉收，蚕麦的得失，这些预测之法都传授给了当地的巫师，就像印在宗卷契约和刻在钥匙上一般不差毫厘。于是父老乡亲接连为他设立香火之地祭奠他，宋宁宗赐予庙额"显应"，宋理宗封他为"威济侯"。

灵派侯

李琚，本卫州三用人也。周世宗朝为将，善骑射，于国有功。后因病至重，有问疾者甚众，公无别语，告众曰："我授山东漆河将军也。"言讫，公卒焉。后人立祠于此。至唐玄宗开元年封为"灵派将军"。至宋直[1]宗大中祥符八年，封为"灵派侯"。

【注释】

[1]直：当作"真"。

【译文】

李琚，本卫州三用人。周世宗时为将军，擅长骑射，对国家有功。后来因为病重，来问疾的人太多，他没有别的话，去世之前对众人说："我被授予山东漆河将军。"说完，就去世了。后人在此立了祠堂。到唐玄宗开元年间，被封为"灵派将军"。到了宋真宗大中祥符八年，被封为"灵派侯"。

崔府君

崔府君者，乃祁州鼓城[1]人也。父让，与妻虔诚祷于往岳[2]祈嗣。是夜，夫妻梦一仙童手擎一合[3]，崔让问之，童曰："帝赐合中之物，令君夫妻吞之。"言讫，举合盖视之，见美玉二枚。夫妻各吞其一。觉后有娠，十月满足，于隋大业二年六月六日降生一子，神彩秀异[4]于常人。幼而从学，日诵千言，不窥群子之戏，因名子玉。

【注释】

[1]祁州鼓城：故治今河北省晋州市老城。

[2]往岳：当依《绘图三教源流搜神大全》《释神校注》作"北岳"。

[3]合：通"盒"，盒子。

[4]神彩秀异：精神面貌优异特出。

【译文】

崔府君是祁州鼓城人。（当年）他的父亲崔让和夫人前往北岳，虔诚祈祷，希望得到一个孩子。这天晚上，崔让夫妇梦到每一个仙童手里托着一个盒子，崔让问童子，童子说："天帝把盒子中的东西赐给你们，让你们吞下。"说完打开盒子让崔让夫妇看，看到盒子里是两枚美玉。崔让夫妇各吞了一个。睡了一觉醒来，崔让夫人有了身孕，十个月时间到了，在大业二年六月六日生了一个儿子，神采俊逸，超越常人。很小的时候就开始学习，一天可以诵读上千字文章，不看其他孩子玩游戏，于是起名子玉。

时唐太宗贞观七年，诏举天下贤良赴都，朝廷任用，府君亦在内焉。各赐县令出身[5]，府君除潞州长子县令。正直无私，察同秋毫，郡人皆言知县昼理阳间，夜断阴府。时五月初间知县示谕邑人："此月望日[6]及望后一日无得杀生及猎射，如犯者官中决折，阴府理问。"时有潜出廓外射得兔一只，入城门吏搜住，执于庭下。问之曰："尔等故犯，欲以县庭受罚，阴府受罚？"其人云："乞于阴府受罚。"以为阴理将远。言讫，各放还家。是夜方就枕，俄有一黄衣吏唤二人，至于公庭一所厅上。却见崔知县王者冠服，检[7]诸人罪状，或促[8]其寿，或堕[9]其子孙，或减其食禄。“汝辈善恶，自当裁之。”令还本家，遂惊而觉，其人乃异之。

【注释】

[5]出身：指为官。

[6]望日：天文学上指月亮圆的那一天的白天，通常指夏历每月十五日，有时是十六日或十七日。

[7]检：看，查验。

[8]促：使……变短。

[9]堕：通“隳”，毁坏；延误。

【译文】

唐太宗贞观七年的时候，皇帝下诏选取天下贤良有才干的人到国都，朝廷将委派他们担任职务，崔子玉也在其中。每个人都被赐予县令的官职，崔府君被任命为潞州长子县令。崔府君正直无私，查办案件细致入微，郡里的人都说崔府君白天处理阳间的事务，晚上判断阴府的事情。五月初，崔府君告示郡人：“这个月十五日和十六日不能杀生和打猎，如有犯的人在官府进行决断，在阴府进行审理。”当时有人偷偷在城外射得一只兔子，进城的时候被守吏抓住送到了官府大厅上。崔府君问：“你们故意犯法，是想在县庭受罚还是在阴府受罚？”犯法的人说：“请求在阴府受罚。”他们认为阴间审理离他们很远。说罢，崔子玉就放他们回家了。这天晚上他们二人刚睡下不久，有一个穿黄衣服的官吏前来传唤二人，到了公庭的一所厅上。看见崔知县穿着王者的衣服，查验众人的罪状，有的人减少他们的阳寿，有的人处罚他们的子孙后辈，有的人减少他一生中注定应享之食。崔知县对他们二人说：“你们的善恶，我自会评判的。”让他们各自回家去。二人随即在梦中惊醒，他们对这事感觉很惊异。

忽一日门吏报曰：“雕黄岭有猛虎拦路伤人。”公遣首吏孟完赍符牒至山庙勾[10]虎，其虎出，自衔符牒随吏而至公所。崔公责之曰：汝乃异类，食啖人命，罪当如何？”其虎闻之触阶而死。邑人立生祠[11]祀之。

【注释】

[10]勾：逮捕；捉拿。

[11]立生祠：古代民俗信仰，为活着的人建立祠庙，加以奉祀。

【译文】

忽然有一天门卫报说："雕黄岭有一只猛虎拦路伤人。"崔府君派遣首吏孟完赍拿着符牒到山庙捉拿猛虎。猛虎出现了，并且衔着符牒跟着首吏到了官厅。崔府君责骂它："你是异类，伤人性命，食人肉，该当何罪？"猛虎听后撞台阶而死。同县的人立生祠来祭祀崔府君。

贞观十七年迁磁州滏阳县令，整太宗阴府君在之事，决杨叟二子负债之冤。后迁卫州卫县令，与弈碁人杨叟同赴任所。西南五里有河，时夏月水泛，漂淯[12]民田。公于河上设坛，以词奏于上帝，少顷间有一巨蛇浮于水面而卒。水渐散去，郡人亦立生祠祀焉。

【注释】

[12]漂淯：淹没。

【译文】

贞观十七年迁转为磁州滏阳县令，整理太宗在阴府为君(寿命长短)的事情，判决杨叟两个儿子欠债的冤案。后来迁转为卫州卫县令，和弈碁人杨叟一起前往任职的地方。西南五里有一条河，这时夏天的洪水泛滥，淹没了农田，崔府君在河上设祭坛，用祷词上奏天帝，不一会儿，有一条大蛇浮出水面而死。水渐渐散去，郡中人也设立生祠祭祀他。

一日公与杨叟弈，忽有黄衣数辈执符而言曰"吾奉上帝命"云云。次有玉珪、玉带、紫服、冠簪、秀衣、五岳卫旗。又有百余人，皆拜毕而立，奏箫韶丝竹之音乐。复有一神取白马至，府君曰："汝辈少待。"遂呼二子曰："吾将去世，无得大恸[13]。"取纸笔写百字铭以训其子，二子泣拜而授命。言讫而卒，在世六十四年。

【注释】

[13]大恸：痛哭。

【译文】

一天，崔府君和杨叟下棋，忽然有几个穿黄衣服的人拿着符文说"我们奉了上帝之命"等等这样的话语。还有玉圭、玉带、紫服、帽子、发簪、绣衣、五岳卫旗。又有上百人，都拜完站立，用丝竹管弦演奏美妙的仙乐。又有一神牵来一匹白马，崔府君说："你们等一下。"接着叫来两个儿子说："我马上要死了，你们不要伤心哭号。"取来纸和笔，写了百十来字的铭文训诫他的儿子，两个儿子哭着下拜接受了。崔府君说完就去世了，享年六十四岁。

后玄有功，拜豫章太守，察民所欲恶而聚之去之，政通民和，大著治绩。后领兵萍乡东，死于王敦之难。庙食于萍乡县之东五十里，盖即其死所也。灵应显著，赫耀一方。宋时尝苦旱魃[14]，屡月不雨，有司遍祷无验。父老有以甘大夫为言者，时郡守祖无择从之。沐浴斋戒，往谒祠下，大雨如霔，赖以有秋。代加封号，本朝重建祠宇，有司春秋祭祀。

【注释】

［14］旱魃：传说中引起旱灾的怪物。

【译文】

他的后代崔玄很有功绩，做到了豫章太守，考察百姓的罪恶与欲望并融化和消解之，政治通畅，百姓和乐，政绩显著。后来在萍乡的东边领兵，死在了王敦之乱中。死后享受萍乡县东五十里百姓的祭祀，也就是他死去的地方。灵验显著，显赫一方。宋朝的时候曾苦于干旱，几个月不下雨，官吏到处祈祷也没有用。百姓中有个甘大夫说，祈祷对象应该是崔府君，当时的祖郡守没有其他选择，只能听从。郡守沐浴斋戒，前往崔府君的庙祈祷，随即大雨连绵不断，依靠这次大雨才有了丰收。世代对其增加封号，本朝重新建造了庙宇，官吏每年春秋前往祭祀。

陆大夫

庙在德庆州[1]之锦石山下,有灵应,为乡民福区。按《夷坚志》[2],汉陆贾[3]使南越[4],尉陀与之泛舟至此,贾嘿祷曰:“我若说越王肯称臣,当以锦裹石为山灵报。”使还,遂暮[5]人植花卉以代锦,后人因立庙祀之。宋故[6]道间梁竑入都,舣舟石下,夜梦一客,自称陆大夫,云:“我抑郁于此千余岁矣。君幸见临,愿留一诗。”竑觉异之,遂礼其庙,题诗于壁上而去。父老相传锦石山因陆贾使南越时,设锦绣帐于此而得名,姑记此以附。

【注释】

[1]德庆州:中国古代行政区划名。明洪武九年(1376年)降德庆府置,治今广东省德庆县,属肇庆府。辖境相当今广东省德庆、封开等县地。

[2]《夷坚志》:是文言志怪集,作者是南宋的洪迈。

[3]陆贾:汉初楚国人,西汉思想家、政治家、外交家。

[4]南越:先秦时期百越各部落其中的一支部落。先秦时期,古籍对长江以南沿海一带的各个部落,常统称为“越”,文献上称之为“百越”。而聚居于广东的南越部落即是百越部落其中一支系。

[5]暮:当依《新刻出像增补搜神记》作“募”。

[6]故:当依《新刻出像增补搜神记》作“乾”。

【译文】

陆大夫的庙在德庆州的锦石山下,很灵验,是乡民祈福之地。按照《夷坚志》记载,汉代的陆贾出使南越,尉陀和陆贾乘船到了锦石山下,陆贾默默祈祷说:“我如果能说服南越王称臣,当用锦缎包裹石头回报山神。”陆贾出使回去后,于是募人种植花卉来代替锦缎,后人因此建立庙宇祭祀他。宋乾道年间,梁竑回国都,乘船到了锦石山下,晚上梦到一个客人,自称是陆大夫,他说:“我内心苦闷,在这个地方待了上千年。现在幸而您来此,希望留下一首诗。”梁竑醒来后感觉很惊讶,于是前往陆大夫的庙宇礼拜,在墙上题诗一首离去。百姓相传锦石山是陆贾出使南越时,在这个地方设置锦绣帐篷而得名,姑且记载下来附在这里。

杭州蒋相公

神姓蒋，世为杭州人。生宋建炎阁[1]，乐振[2]施。每秋成糶[3]谷积储，贵则贱粜如元价，岁歉或损以予饥者。死时祝[4]其二弟曰："须存仁心，力行好事。"里人相与[5]塑其像，以报仁心所趍，灵应如响，祈卜者肩相摩。咸淳初，赐庙额曰"广福"。六年，安抚潜说友请于朝，封神及二弟皆列侯，曰：第一位"孚顺侯"，第二位"孚应侯"，第三位"孚佑侯"。

【注释】

[1]阁：当依《绘图三教源流搜神大全》作"间"。

[2]振：当依《绘图三教源流搜神大全》作"赈"。

[3]糶：当依《绘图三教源流搜神大全》《新刻出像增补搜神记》作"糴"。

[4]祝：同"嘱"，嘱咐。宋·华岳《田家》诗："拂晓呼儿去采樵，祝妻早办午炊烧。"

[5]相与：偕同，一起。

【译文】

这座尊神姓蒋，世代为杭州人。蒋相公生于宋建炎年间，乐于赈灾，喜好施舍。每到秋天收成时，就购买粮食预先储备起来，粮食贵的时候低价卖出，如同最开始买的价格；年岁歉收或者有损失的时候，就送粮食给饥饿的人。蒋相公去世的时候嘱咐他的两个弟弟说："一定要保持仁善的心，努力做好事。"乡里的人一起为他塑像，用来报答他遍及世间的仁善好施，向他祈祷灵验如山谷必有回声一样应验，来祈祷求卜的人摩肩接踵。咸淳初，赐庙门上的匾额为"广福"。咸淳六年，安抚又暗中拜托朋友向朝廷请求，把蒋相公及其两个弟弟都封为侯爵，分别是：第一位"孚顺侯"，第二位"孚应侯"，第三位"孚佑侯"。

蒿里相公

蒿里赵相公者，乃长安蒿里村人也。世本农乘[1]，耕锄为公[2]业，习科举登第。为人鲠直无私，累陈谏事不听，公乃触阶而死。郡人立其祠，今在长安西二十里，有坟亦在。左道[3]睿宗延和年封公为“直列侯”，俗呼为“相公”也。

【注释】

[1]乘：当依《绘图三教源流搜神大全》作“桑”。

[2]公：此处有错，当依《绘图三教源流搜神大全》将“公”字挪到“习”前作主语。

[3]左道：由白化文总主编的《中华大典·民俗典·物质民俗分典》第536页“郡人立其祠。今在长安西二十里。有坟亦在”，没有“左道”二字。在赵迅著的《南柯庭集》第177页“郡人立其祠。今长安西二十里有蒿里相公墓”，也没有“左道”二字。在（日本）小柳司气太、刘莹编撰的《白云观志》第319页“今长安西二十里，有蒿里相公墓”，也没有“左道”二字。由此可见，本文的“左道”二字一定是抄写错误，当如《绘图三教源流搜神大全》作“至唐”。

【译文】

蒿里有个叫赵相公的人，是长安蒿里村人。家里世代务农，以耕种为主业，赵相公通过科举考试中榜。他为人正直，没有私心，屡次向皇上陈谏，都不被采纳，于是在台阶上碰撞而亡。郡里的人为他立了祠堂，现在在长安以西二十里的地方，赵相公的坟墓还在那里。睿宗延和年封他为“直列侯”，众人都叫他“赵相公”。

祖将军

将军不知何许人，亦未详[1]其姓字，庙独立于九江之景星湖，塑像俨然，代著灵验，居民及舟行者礼拜必慎。按唐《欧阳詹集》云："鲁国颜公[2]顷[3]为湖州牧，州产碑材，公载石还次[4]江州，蛟奔螭引直至湖心，则茂林峭石，势环气胜，有神祠曰'祖将军庙'。公捐舍[5]建亭，名曰'祖亭'。制[6]文勒碑以纪[7]其事。"

昔人过其庙有诗云："青山出没无还有，绿水浮沉去亦来。为问将军当月事，却怜埋骨洞庭隈[8]。"

【注释】

[1]详：详细地知道。

[2]鲁国颜公：根据后文担任过湖州刺史、到过江州等事实推知，此处的鲁国颜公指的是颜真卿，他曾被封为鲁郡开国公，故又世称颜鲁公。

[3]顷：往昔。

[4]次：临时驻扎和住宿。《陈涉世家》："又间令吴广之次所旁丛祠中。"

[5]舍：《新刻出像增补搜神记》作"金"。

[6]制：创作。此句意为写文章刻石碑来纪念这件事。

[7]纪：记述，纪念。

[8]隈：山水弯曲隐蔽处。

【译文】

不知道将军是哪里人，也不知道他的名字，他的庙独自矗立在九江的景星湖，塑像严肃庄重，好像神灵附着，十分灵验，居民和乘船出行的人礼拜时十分谨慎。据唐代《欧阳詹集》说："鲁国颜公过去做湖州刺史时，当地生产碑材，颜公把石像送回停驻在江州，蛟奔跑着被牡蛎带领到湖中心，这里茂密的树林和陡峭的岩石气势宏大，有神祠叫'祖将军庙'。颜公就捐钱修缮亭子，名'祖亭'。创作文章雕刻石碑来纪念将军的故事。"从前的人经过他的庙看到有一首诗写道："青山出没无还有，绿水浮沉去亦来。为问将军当月事，却怜埋骨洞庭隈。”（青山或隐或显，有时能看到，有时又看不到；绿水或浮或沉，有时滚滚向前，有时又倒卷而还。只因问询了颜将军当年之事，听完后又哀怜一身忠骨埋葬在洞庭湖边）

花卿

卿[1]姓花,名敬定,本长安人也。庙在眉州之东馆镇。按《传》[2],花敬定,唐至德间从崔光远入蜀,讨段子璋有功,封"嘉祥县公"。后又与巨寇相诗[3],力战疾呼,从辰入酉部伍[4]已溃落殆尽,单骑鏖战,已丧其元,犹骑马荷戈。至镇下马沃盥,适浣纱女语曰:"无头何以盥为?"遂僵仆[5],居民葬之溪上。历代庙祀之,灵迹显赫。杜甫歌[6]:"成都猛将有花卿,学语小儿知姓名。用如鹰鹘风火生,见贼惟多身始轻。"

【注释】

[1]卿:古代对人的一种敬称。

[2]《传》:或指《旧唐书·高适传》,文曰:"西川牙将花敬定者,恃勇,既诛子璋,大掠东蜀。天子怒光远不能戢军。乃罢之,以适代光远为成都尹、剑南西川节度使。"关于花敬定是否大掠东蜀,实乃历史疑案,《新唐书·崔光远传》《新唐书·高适传》虽分别记载"将士剽劫""光远兵不戢",却都不提花敬定。《旧唐书·肃宗纪》《通鉴·唐纪》记载此事又均未提"大掠东蜀"。说详见《唐诗解密》,抑或指《新唐书·高适传》,是传言从崔光远入蜀者乃高适也,文曰"梓屯将段子璋反,适从崔光远讨斩之",不言花敬定。本《搜神记》抑或将新旧唐书《高适传》杂糅而将高适事迹挪移到花敬定身上,笔者以为如此解释或更接近事实,民间传说张冠李戴之旧例不鲜见。

[3]诗:当依《新刻出像增补搜神记》作"持"。

[4]部伍:泛指军队。

[5]僵仆:身体不由自主地直挺倒地。《素问·六元正纪大论》:"目不识人,善暴僵仆。"

[6]杜甫歌:乃杜甫的《戏作花卿歌》。杜甫后来又写了一首《赠花卿》:"锦城丝管日纷纷,半入江风半入云。此曲只应天上有,人间能得几回闻。"

【译文】

花卿姓花，名敬定，原本是长安人。其庙在眉州的东馆镇。根据《高适传》记载，花敬定，在唐至德年间跟从崔光远入蜀，讨伐段子璋有功，被封为“嘉祥县公”。后又与叛贼对立相斗，奋力作战，大声疾呼，从早晨到下午，部伍已经落败了，花卿单枪匹马在与人激烈的战斗中已经失去了头颅，但仍然骑着马扛着戈。到镇上下马洗浴，恰好遇到浣纱女子对他说：“没有头还洗漱什么呢？”于是花卿的身体不由自主地直挺倒地，居民将他埋葬在溪流旁。后代人立庙奉祀他，灵迹显著。杜甫作诗说：“成都猛将有花卿，学语小儿知姓名。用如鹰鹘风火生，见贼惟多身始轻。”（成都有一位猛将名叫花卿花敬定，咿呀学语的小孩都知道他的姓名。战斗起来勇猛得像鹰隼一样，搅动得狂风怒火升腾，看到贼越多越身心畅快轻松）

华山之神

神有三，一晋浮丘翁，一其徒王褒，一其徒郭姒，时称华盖三仙。道场在抚州之崇仁仙华山，杰袧[1]为祠，高耸云表，大著灵迹，士庶之灾异疾疫咸趋祷祠下。祷者先期斋戒，至期执香帛[2]行如胃珠[3]，来则驰道[4]，去者但拱立道左，无敢僭越[5]。阿弥之声，连闻四野，颇类泰岳太和山之祷谒者然。昔人有诗[6]云："蹋翻碧涧泉中石，水透丹霞洞里天。更问浮丘[7]何所事，好来东去看苍田。"

【注释】

[1]杰袧：当作"结袧""结构"。结构，连接构架，以成屋舍。晋·葛洪《抱朴子·勖学》："文梓干云而不可名台榭者，未加班输之结构也。"唐·刘禹锡《白侍郎大尹自河南寄示兼命同作》诗："结构疏林下，夤缘曲岸限。"

[2]香帛：指香烛纸等祭祀用品。

[3]胃珠：《新刻出像增补搜神记》作"贯珠"。贯珠，成串的珍珠。《礼记·乐记》："故歌者上如抗，下如队，曲如折，止如槁木，倨中矩，句中钩，累累乎端如贯珠。"孔颖达疏："言声之状，累累乎感动人心，端正其状，如贯于珠，言声音感动于人，令人心想形状如此。"

[4]驰道：古代供君王行驶车马的道路，泛指供车马驰行的大道。如《和王景彝正月十四夜有感》："驰道横头起山岳，露台周匝簇朱轮。"

[5]僭越：超越本分行事。

[6]昔人有诗：根据《钦定古今图书集成·方舆汇编·职方典》第八八五卷记载，此诗指的是宋代李梅亭关于戚姑山的诗，全诗为："蹋翻碧涧泉中石，飞透丹霞洞里天。更问戚姑无恙否，约渠东去看桑田。"

[7]浮丘：即浮丘公。《文选·郭璞〈游仙诗〉之三》："左挹浮丘袖，右拍洪崖肩。"李善注引《列仙传》："浮丘公接王子乔以上嵩高山。"

【译文】

有三个神，一个是晋代的浮丘翁，一个是他的徒弟王褒，一个是他的徒弟郭姒，当时的人称他们为华盖三仙。他们的道场在抚州崇仁的仙境华山，突出的部分就是他们的神庙，高耸云端，很灵验，士人和平民的各种灾难，特别是疾病和瘟疫都去庙里祈祷。祈祷的人先沐浴更衣，等到了时间后，就拿着香烛纸等祭祀用品，走路时像胃里有珍珠一般小心，来的人驾驶马车走在路中间，回去的人恭敬地站在道两旁，没人敢超越本分行事，念经的声音传遍乡里，很像泰岳太和山的祈祷者拜见的样子。过去的人写诗说："踢翻碧涧泉中石，水透丹霞洞里天。更问浮丘何所事，好来东去看苍田。"（从碧涧中踏水而过踢翻泉水中的山石，涧水透过丹霞洞里的蓝天。再去问问浮丘公到这里干什么，原来他要去东边看那苍田）

聂家香火[1]

“香火”姓聂，族于南昌之王家渡。相传聂上甘[2]一老媪甚贤，时有精风鉴[3]者往来止宿其家，媪礼之，始终不倦怠。其人尝谓媪曰：“当厚报汝家。”后果指点一穴授之葬，且祝曰：“愿代代阴官[4]。”自是聂家每代出一灵神显化感应，乡人争祀之。有聂大官，冠服如生，聂二官、聂三官、聂四官、聂五官、聂六官俱戎装[5]擐甲[6]。又有聂九舍人，最幼小，为神。时人概呼曰“聂家香火”。

【注释】

[1]香火：指子孙祭祀祖先之事，借指后嗣。

[2]甘：当依《新刻出像增补搜神记》作“世”。

[3]风鉴：以谈相论命为职业的人。《醒世恒言·施润泽滩阙遇友》：“那裴度未遇时，一贫如洗，功名蹭蹬。就一风鉴，以决行藏。”

[4]阴官：冥官。

[5]戎装：军装，着军装。

[6]擐甲：指穿上甲胄，贯甲。如《左传·成公二年》：“擐甲执兵，固即死也；病未及死，吾子勉之。”

【译文】

聂家的香火，聚族居于南昌的王家渡。相传聂家祖上有一位老太太很贤惠，当时有精明远见的来客停留在这里住在她家，老太太礼遇他，从来没有厌倦懈怠。客人曾对老太太说：“一定重重地报答你家。”后来指着一个墓穴教授其埋葬，并且说：“希望你们家代代都是阴官。”从此，聂家每一代出一个神灵显化感应，乡里人争着来祭祀他。聂大官的官服还和生前穿的一样，聂二官、聂三官、聂四官、聂五官、聂六官都穿着军装铠甲。还有聂九舍人，他最幼小，成了神。当时人们都叫他们“聂家香火”。

卷五

广平吕神翁

唐开元中有道士吕翁，尝息[1]于邯郸县北之农家，遇少年卢生自叹贫困。时主人方炊黄粱[2]，翁以枕授生曰："枕吾枕当令荣适[3]如意。"生枕之，梦自枕窍中入，至其家娶崔氏女甚丽。明年举进士，历官中书令，年八十卒。及寤[4]，顾翁在傍，主人炊黄粱犹未熟。生起而谢曰："此先生所以窒[5]吾欲也。"后人为立庙祀之，水旱疾疫有祷必应。

【注释】

[1]息：指栖息。《剪灯新话·天台访隐录》："种田得粟，采山得薪，凿井而饮，架屋而息。"

[2]黄粱：粟米名，即黄小米。

[3]荣适：荣耀安乐。如唐·沈既济《枕中记》："翁乃探囊中枕以授之，曰：'子枕吾枕，当令子荣适如志。'"

[4]寤：醒过来。

[5]窒：抑制，遏止。

【译文】

唐开元年间，有个道士叫吕翁，曾经住在邯郸县北边一农家，碰到一个年轻人卢生感叹自己贫苦穷困。这时主人家正好在用黄小米蒸米做饭，吕翁把枕头给卢生说："枕了我的枕头就会使你想要的荣华富贵得以实现。"卢生枕上枕头，从枕穴进入梦里，回到家里娶了崔家那个非常漂亮的女儿。第二年考中进士，做了很多官，直到官至中书令，活到八十岁才亡。醒来后，看到吕翁在旁边，主人家的黄小米饭也还没做好。卢生起来感谢吕翁说："这是先生以此来遏止我的欲望啊。"后来人们为他立庙祭祀，水旱疾病之灾有求必灵验。

黄陵神

庙在荆州府夷陵州之西黄牛峡，相传神尝佐禹治水有功，屡有灵验。至蜀汉诸葛亮治蜀，老父以其事请亮重其功，且异其有神应福庇之及斯民也。为建祠于此，一名黄牛庙[1]。宋苏轼诗[2]："江边石壁高无路，上有黄牛不服箱[3]。庙前行客拜且舞，击鼓吹箫屠白羊。山下耕牛苦硗确[4]，两角磨崖四蹄脱。青刍[5]半束长苦饥，仰看黄牛邈难及。"

【注释】

[1]黄牛庙：在湖北省宜昌黄牛山上。苏轼有《黄牛庙》诗。又陆游《入蜀记》写道："晚次黄牛庙，山复高俊。其下即无义滩，乱石塞中流，望之可畏。传云，神佐夏禹治水有功，故食于此。"

[2]苏轼诗：即苏轼的《黄牛庙》，嘉祐四年冬南行途中作。

[3]服箱：驾车，《诗经·小雅·大冬》："睆彼牵牛，不以服箱。"服，负重的意思；箱，车斗。原是说天上的牵牛并不服役，这里指的是石牛，亦指神牛。

[4]硗确：指地质坚硬、瘠薄，无法牧放。

[5]刍：喂牲畜的草。

【译文】

黄陵神庙位于荆州府陵夷州西面的黄牛峡，相传黄陵神佐助大禹治水有功，黄陵神多次显现了他的灵验。到了蜀汉诸葛亮治理蜀国时，父老乡亲用这件事情请求诸葛亮重视黄陵神的功劳，并且惊叹黄陵神的应验福泽遍及老百姓。于是在这里建寺庙，取名黄牛庙。宋朝的苏轼诗中写道："江边石壁高无路，上有黄牛不服箱。庙前行客拜且舞，击鼓吹箫屠白羊。山下耕牛苦硗确，两角磨崖四蹄脱。青刍半束长苦饥，仰看黄牛邈难及。"（江边的石壁高大陡峭，没有可以走的路，有被供着的黄牛不拉车负重而高高在上。来庙前的行客不仅祭祀膜拜，而且载歌载舞，击鼓吹箫宰白羊。山下的牛辛苦地耕作着坚硬贫瘠的土地，两只牛角被山崖打磨，四只

牛蹄脱落。喂它们的青草只有半束,长年忍饥挨饿辛苦劳作,仰头看庙里的黄牛遥不可及,不可捉摸)

黄仙师[1]

仙师姓黄，行七，上杭[2]人也。业巫术，能鞭挞鬼魔驱逐妖怪。师庙在上杭县治之西南，旧在钟寮场[3]石峡中，后迁于此。相传昔有山精石妖为害，巫者黄七公以符法治之，因隐身入于其石不出，石壁隐映有人影，望之俨若仙师像。昔人有诗云："非是神刓[4]非鬼划[5]，解[6]生烟雾解生云。仙师一入山头石，草木蒙茸[7]度几春。"

【注释】

[1]黄仙师：亦称黄药师、黄七翁，浙江上杭地区民间祀为地方神。

[2]上杭：县名，在福建省西南部汀江流域，邻接广东省。

[3]钟寮场：上杭县的一个产铜场。

[4]刓：雕镂，凿刻。唐·李贺《杨生青花紫石砚歌》："佣刓抱水含满唇，暗洒苌弘冷血痕。"王琦汇解："刓，刻也。"

[5]划：同"画"，绘画。

[6]解：能。陶潜《九日闲居》诗："酒能祛百虑，菊解制颓龄。"

[7]蒙茸：葱茏。唐·罗邺《芳草》诗："废苑墙南残雨中，似袍颜色正蒙茸。"茸，当如《绘图三教源流搜神大全》作"茸"。

【译文】

仙师姓黄，排行第七，上杭县人。以巫术为业，能够鞭挞鬼魔，驱除妖怪。黄仙师的庙在上杭县治的西南面，旧址在钟寮场石峡中，后来迁到此处。相传以前有山精石妖作乱，会巫术的黄七公用符法治住了它，然后就隐身遁入石头中不敢出来，石壁上隐约映有人的影子，远远望去好像黄仙师的画像。以前的人有诗说："非是神刓非鬼划，解生烟雾解生云。仙师一入山头石，草木蒙茸度几春。"（不是神仙鬼怪雕镂刻画的，却能升腾烟雾生出层云。黄仙师一进入山头的石头中，草木就能葱茏度过好几春）

江东灵籤[1]正月初八生[2]

籤神姓石，名固，秦时赣县[3]人也。殁而为神，或阴雨霾雾，或夜深淡月微明，乡人往往见其出入驱从[4]，如达官长者。盖受职阴司[5]而有事于综理[6]云。人为立庙，设以环珓[7]。往问吉凶，受命[8]如响。人益验其灵应，为著韵语百首，第以为籤。神乘之以应，人卜愈益，无不切中。庙在赣州[9]府城外贡水[10]东五里，因名曰“江东灵籤”，世传以为美名云。本朝宋濂为文以记其事。

【注释】

[1]籤：即“籖”字，同“签”，为普及计，译文从“签”。

[2]生：《新刻出像增补搜神记》作“圣生”。

[3]赣县：地处江西省南部，赣江上游。西汉高帝六年（公元前201年），置赣县，因地处赣江而得名，因章、贡二水于赣州合流成赣江，以此得名。

[4]驱从：前驱和随从。唐·韩愈《为河南令上留守郑相公启》：“坐军营，操兵守御，为留守出入前后驱从者，此真为军人矣。”

[5]阴司：阴间，阴曹地府。

[6]综理：综合管理。《三国志·魏书·程昱传》：“今外有公卿将校总统诸署，内有侍中尚书综理万机。”也作“综管”。

[7]环珓：当与前文作“杯珓”同，占卜用具。

[8]受命：接受任务、命令。《孟子·离娄上》：“齐景公曰：‘既不能令，又不受命，是绝物也。’”朱熹集注：“受命，听命于人也。”

[9]赣州：地处江西省南部，赣江上游。

[10]贡水：又名会昌江、东江，即古潮汉水。源出福建长汀县界，西南流至江西会昌县，折西北流至零都县，西流至赣县，与章水合流为赣江。

【译文】

签神姓石，名固，秦朝时赣县之人。死后成为神，或者在阴雨霾雾天，或者在夜深淡月微明的时候，乡人常常能看见他出入，有前驱和随从，和达官长者一样。猜测应该是在阴间当职，而且总揽一些事务。人们为他立庙，设置了环珓占卜工具。乡人去问吉凶，石固像回声必有响应一样接受乡人的祈求。人们多次验证了他的灵应，为他著了韵语一百，并按次序编成卦签。石固神巧妙利用这些卦签回应乡人的祈求，求签的人越来越多，每次算卜没有不切中的。庙设在赣州府城外贡水东边五里，因此取名为“江东灵签”，世人都以此来传播他的美名。本朝的宋濂写了文章记录这件事。

协济公

协济者,二神也。神姓曾氏,兄弟二人,平生重气节,轻财乐施,至于友爱尤笃。当三国时兵戈扰攘,相与隐迹于青阳之九子山,即今之九华山是也。既殁,显灵发圣,为民灾[1]灾捍患,大著功绩。邑人异而德之,为立二庙,分祀二神,一在九华山之东,一在九华山之西。宋大观间[2]赐额曰"协济祠"。至今祀之益虔,祈祷累应。

【注释】

[1]灾:根据本《搜神记》"引搜神记首"当作"禦"。

[2]大观间:北宋徽宗大观年间,即1107—1110年。

【译文】

协济公,是两位神。神的本姓是曾氏,兄弟二人,平生最看重气节,把钱财看得很轻而乐善好施;至于说兄弟友爱之情,自然是更加深厚。当是三国,时常兵戈骚扰边境,兄弟两个人一起归隐在青阳的九子山,就是如今的九华山。死了以后,就显灵大发圣灵慈悲之心,为百姓抵御灾难,消弭旱情,功绩显著。同邑的人都感到很神异,也很感激他,就为他们建了两座庙,分别祭祀两位神灵,一个在九华山的东面,一个在九华山的西面。宋大观年间赐庙额"协济祠"。到了现在,祭祀越来越虔诚,祈祷的事情也都有应验。

灵义侯

侯姓苟氏，未详其名，凤翔府之陇州[1]人也。有祠在陇州治左，其碑刻云："唐大历二年[2]故郡垒[3]艰于浔水，苟氏献地为城，因迁其城于此，军吏[4]称便，故立祠祀之。神益著灵显，凡有祷辄应验如响。宋封'灵义侯'，赐庙额曰'安佑'。"本朝益新其制而充拓之，执祀者愈至。

【注释】

[1]陇州：西魏废帝三年（554年），以东秦州改名，治所在济阴县（今陕西陇县东南）。北周明帝二年（558年），随县移治汧源县（今陇县）。隋大业三年（607年）废。唐武德元年（618年）复置，天宝元年（742年）改名济阳郡，乾元元年（758年）复为陇州。金移治济阳县（今陕西千阳县西北）。元初复还故治。1913年降为陇县。

[2]唐大历二年：公元767年。

[3]垒：大城附近的堡寨。

[4]军吏：军队中各级长官统称，包括军中文职人员。《周礼·夏官·大司马》："军吏载旗。"郑玄注："军吏，诸军帅也。"

【译文】

灵义侯姓苟，不能详知他的名字，是凤翔府陇州的人。有祠堂在陇州州治的左边，他的墓碑刻着："唐大历二年，原来郡里的堡寨因困于浔水很难维持，于是苟氏献出地方修建了新城，就把原来的城池迁到了这里，军吏都感到很方便，所以就建立祠堂祭祀他。苟氏神越来越显灵，只要虔诚祷告，就会像回声必有响应一样应验。宋朝的时候封为'灵义侯'，赐庙额为'安佑'。"本朝也更新原有建制，并且扩大了寺庙的规模，来祭祀的人也越来越多。

张昭烈

昭烈姓张氏，五代时滑台人也。殁而为神，有显应，庙在浪州府之黔阳县[1]。宋时有贼潘宗岩领众来攻城，未及至濠，望见出城诸军，或青脸獠牙[2]，或红须绛绩，或牛颈马面，四手双叉，长者丈余，矮者不满二三尺，跳叫蜂涌，喷火腾烟，千态万状，鬼魅妖魔。贼惊急走，自相践踏，遂解散远去。后黄安俊、曹成俱来攻城，竟不失守，皆神之力也！诏封为王，庙号"照烈"[3]。本朝益崇之。

【注释】

[1]黔阳县：黔阳，即黔城，汉高祖五年（公元前202年）置潭城县，唐易名龙标县，宋元丰三年（1080年）改为黔阳县。1949年前一直是黔阳县县治所在地，现为湖南怀化市洪江市治所在地。

[2]青脸獠牙：形容面貌凶恶狰狞。青脸，青色的脸；獠牙，露出嘴唇的长牙。明·汤显祖《还魂记·圆驾》："似这般狰狞汉叫喳喳，在阎浮殿见了些青面獠牙，也不似今番怕。"

[3]照烈：照，当作"昭"。本故事叙述的昭烈庙（一名南岳昭烈庙），其所祀神或说是唐睢阳殉节义士滑台张扦，或说是南霁云副将孝感人张忭。初封"灵佑侯"，政和六年，敕封"祐顺灵显公"，庙号"昭烈"。关于潘宗岩、黄安俊、曹成之叛乱，《大清一统志》曾有记载："宋政和初，潘宗岩反，攻城，望见军马出城，皆神鬼状，于是骇散。其后，黄安俊叛，及曹成攻城。城不失守，皆神之力。遂封祀有加。"至于"诏封为王"一事，《明一统志》也有相同的记载："宋时，诏封为王。"根据宋儒饶端学述方公师尹《读淮阴弃指亭记》："昭烈庙者。南岳忠靖王行祠也。"

【译文】

昭烈姓张，是五代时滑台人。死后成为神，有显应，庙在浪州府的黔阳县。宋朝时，有贼人潘宗岩率众来攻打城池，还没到达护城河，就看见出城的各个军队，有的人是青色的脸露出长牙，有的人是红色的胡须深红色的衣服，有的人是牛脖马面，四手双叉；高的人有一丈多高，矮的人不满二三尺，跳叫着像蜜蜂一样涌出，喷火腾烟，千态万状，像是鬼魅妖魔。贼人害怕，快速逃走，相互践踏，于是四散远去。后来黄安俊、曹成这些人都来攻城，最后竟然也没有失守，这都是神的力量啊！朝廷下诏封其为王，庙号“照烈”。本朝也更加推崇祭祀他了。

张七相公

相公姓张，行七，宋时麻城县人也。尝就异人[1]学道术[2]，得其要领，能呼役鬼神，知幽冥[3]事，故以毁沿江诸庙[4]，系狱。适城东南隅有火灾，蔓延什百家，一城骚动。相公出自狱中，骑白马，执短棍，指东，东灭；指西，西灭；南北各然，火患立熄。遂长行至城西北五脑山[5]，人马俱化。闻于官，检狱吏视之，则狱户密扃[6]如故，咸惊异之。乃即其化所为建庙。相传礼拜士人[7]衣物随[8]委[9]于道，无敢拾之者；间有奸顽[10]则迷道[11]，不知所出。"显应一方为最"云。

【注释】

[1]异人：神人，方士。《三国演义》第四十九回："孔明曰：'亮虽不才，曾遇异人，传授奇门遁甲天书，可以呼风唤雨。'"

[2]道术：道教的法术，方术。

[3]幽冥：地府，阴间。《文选·曹植〈王仲宣诔〉》："嗟乎夫子，永安幽冥；人谁不没，达士徇名。"吕向注："幽冥，地下也。"

[4]毁沿江诸庙：卞伯泽《会泽文化之旅》（云南大学出版社2014年版，第177页）："张七长大后，外出游历，最后到了湖北的麻城，见民间多有淫祠，张七放火将其烧了。祠堂的主人告到官府，张七因此被判刑三年，蹲了大狱。"

[5]五脑山：位于今麻城市城区西北部。

[6]扃：也作"扄"，本指从外关闭门户的门闩，后引申为关闭。《汉书·外戚传下·孝成班倢伃》："应门闭兮禁闼扃。"韩愈《喜雪献裴尚书》诗："履敝行偏冷，门扃卧更羸。"

[7]士人：此处指人民、百姓。《后汉书·袁术传》："术问曰：'昔周室陵迟，则有桓文之霸；秦失其政，汉接而用之。今孤以土地之广，士人之众，欲徼福于齐桓，拟迹于高祖，可乎？'"

[8]随：听凭；任随。《史记·魏世家》："随安陵氏而亡之。"

[9]委：抛弃，舍弃，委弃。

[10]奸顽：奸诈不法的人。唐·元稹《野节鞭》："誓以鞭奸顽，不以鞭蹇蹶。"

[11]迷道：迷失道路。唐·裴铏《传奇·崔炜》："烽因迷道失足，坠于大枯井中。"

【译文】

相公姓张，排行第七，是宋代麻城县人。他曾经跟随神人异士学习道术，从中学到了本领，能够使唤鬼神，知晓幽冥的事情，由于他烧毁了沿江各个宗庙，因此获罪入狱。恰逢麻城的东南角发生火灾，火势蔓延到了数十上百家，全城因此骚动不安。张七出狱施救，他骑着白马，拿着短棍，指向东边，东边的火就灭了；指向西边，西边的火就灭了；南边和北边也是这样，大火立刻就熄灭了。他于是长途远行到城西北的五脑山，人和马都消失了。这件事被当地官府听到，检查的狱吏查看发现监狱的门户密闭如故，他们都对这件事感觉非常诧异，于是就在张七相公消失的地方为他建造了庙宇。相传向他行礼致敬的人的衣物被随意扔到路边，都没有人敢去捡起；偶尔有奸诈顽劣之人则会迷失道路，不知道出口。人们都说着"他是这一方最为灵应的神灵"之类的话。

耿七公

公庙在扬州府高邮州[1]之西北一十五里。耆[2]相传,公为东平梁山泊之里人,生负侠气,抚剑一呼,发直上指,有古贲育[3]风,泊里最号英雄薮泽[4]。而公冲掷[5]其间,渠魁且下风[6]而北面之矣。按戎马南下,病殁于州境,大著灵异,凡有祷辄应。宋赐号曰"康泽侯"。迄今居民暨舟行者皆致祭。

【注释】

[1]高邮州:明洪武元年(1368年)改高邮府置,属扬州府,治所即今江苏高邮市。

[2]耆:据文义,"耆"后当有"老"或"旧"之类的字。

[3]贲育:战国时勇士孟贲和夏育的并称。泛指勇士。《汉书·司马相如传下》:"臣闻物有同类而殊能者,故力称乌获,捷言庆忌,勇期贲育。"颜师古注:"孟贲,古之勇士也,水行不避蛟龙,陆行不避豺狼,发怒吐气,声响动天。夏育,亦猛士也。"

[4]薮泽:水流汇聚的地方,比喻人物会聚之处。《开元天宝遗事·卷上·风流薮泽》:"长安有平康坊,妓女所居之地,京都侠少萃集于此;兼每年新进士以红笺名纸,游谒其中,时人谓此坊为风流薮泽。"

[5]冲掷:义同"冲扫""冲陈""冲陷",即冲锋陷阵。

[6]下风:比喻处于下位、卑位。有时作谦辞。

【译文】

耿七公的宗庙建在扬州府高邮州西北方向十五里的地方。耆老相传,耿七公是东平梁山泊的乡人,平生具有见义勇为的侠气,按剑一呼,头发就向上直立,颇有战国时勇士孟贲和夏育的勇猛之风。梁山泊是被人称道的英雄荟萃之地,但是耿七公在梁山泊这些英雄中却显得更能冲锋陷阵,连梁山泊的首领也对他礼让三分,面朝北向耿七公行礼。据记载,大军南下,他病死在高邮州境内,(死后)经常显灵,凡是有祈祷就会有灵应。宋代的皇帝给他赐名为"康泽侯"。直到今天,当地百姓与行船的人还都会拜祭他。

孙将军

将军姓孙氏，名山，五代时人也，庙在宁化之县治西。凡遇疾旱，祷之即应。相传昔有盗民首饰若干者，虑无以自揜，乃匿其物于神之座下。寻往视之，首饰忽不见。往复者再四，杳无所觅，疑其为他人之所得也。浃旬[1]失主之家互相维并，乃质誓[2]于神，甫稽首见砖缝有黄白色，发视之则故物也。多著灵迹，宋李纲诗："不愁芒履长南谪，满愿灵旗助北征。酹彻一杯揩泪眼，烟云何处是二京？"

【注释】

[1]浃旬：一旬，十天。《隶释·汉卫尉衡方碑》："受任浃旬，庵离寝疾，年六十有三。"

[2]质誓：盟誓。《左传·昭公十六年》："恃此质誓，故能相保，以至于今。"杜预注："质，盟信也。"

【译文】

将军姓孙，名山，五代时人，庙宇建在宁化县治西边。凡是遇到疾病或者旱灾，只要进行祷告，就会有所显应。相传有盗窃百姓若干首饰的盗贼，他们担心自己不能够掩藏首饰，于是藏在神像的座位下面。不久，再到这个地方来寻找，首饰却突然找不到了，反反复复多次寻找，都没有踪迹可寻，他们怀疑这些首饰被其他人拿走了。十天之后，失主的家人们思索了很久后一同来到此地，在神像前盟誓，刚刚跪下就看到砖缝中有黄白色的东西，打开之后一看竟然是他们丢失的物品。孙将军有很多显灵（灵应显圣）的事迹，宋代李纲为其题诗为："不愁芒履长南谪，满愿灵旗助北征。酹彻一杯揩泪眼，烟云何处是二京？"（不怕穿着草鞋被远远地贬谪到南方，我满心希望孙将军这个显圣神能帮我北征。我敬酒一杯尽洒神前并擦拭泪眼，烟霭云雾之中哪里才是东西二京）

张将军

将军姓张，名孝忠[1]，淮士也，庙在饶州府安仁县之玉真山。按元兵至安仁，提刑谢枋浔调忠孝御之，阵于团湖坪。相持数日，大战者屡，矢尽，忠孝挥双刀击杀百余人，寻中流矢[2]死。贼入安仁，忽夜半城东南角鼓角[3]齐喧，喊哮腾涌，若千军万马状，贼将急起视之，时微月[4]淡星，见将军骑白马舞双刀，云雾中往来冲突，贼将拜而谢[5]焉。事定，土人时见其持刀走马[6]，长恨不平，乃为立祠于死所祀之，数著灵异。元欧阳言有记。

【注释】

[1]孝忠：后文常作"忠孝"，实当作"孝忠"。《宋史·谢枋得传》记述张孝忠之事："枋得走入安仁，调淮士张孝忠逆战团湖坪，矢尽，孝忠挥双刀击杀百余人。前军稍却，后军绕出孝忠后，众惊溃，孝忠中流矢死。"

[2]流矢：乱飞的或无端飞来的箭。

[3]鼓角：战鼓和号角，两种乐器。军队亦用以报时、警众或发出号令。《后汉书·公孙瓒传》："袁氏之攻，状若鬼神，梯冲舞吾楼上，鼓角鸣于地中，日穷月急，不遑启处。"

[4]微月：犹眉月，新月。指农历月初的月亮。晋·傅玄《杂诗》："清风何飘飖，微月出西方。"

[5]谢：认错，道歉。《廉颇蔺相如列传》："因宾客至蔺相如门谢罪。"

[6]走马：骑马疾走，驰逐。

【译文】

将军姓张，名孝忠，是淮安人士，他的庙宇建在饶州府安仁县的玉真山上。据记载，元兵到达安仁县，提刑谢枋浔调张孝忠前来抵御，在团湖坪摆下阵势。两方相持数日，大的对战就有多次，张孝忠的箭矢也用尽了，便挥舞着双刀击杀敌军一百多人，不久中流矢身亡。敌军进入安仁县，半夜的时候，忽然城东南鼓角喧天，喊杀声咆哮声冲天而起，如同有千军万马的样子。敌军将领急忙起来查看，当时新月微渺，星星稀疏，只见张孝忠将军骑着白马挥舞着双刀，在云雾中往来冲突，敌军将领拜见并且谢罪。这件事平定之后，当地人常常看到张孝忠拿着刀骑着马，遗恨不平，于是在他战死的地方建立祠堂来祭祀他，多次显示了他的灵异。元代欧阳言有相关记载。

顺济王

庙在新建县之吴城山，世号“小龙”云。相传即吴、许二真人所诛大蛇子。宋封“顺济王”，有真宗御制[1]“戒蛟”石刻。熙宁中遣太常林希逸[2]致祭，即有异蛇坠祝上。翌旦行礼，蛇引首望。礼毕出循几案，俄循入帐中。及希逸还，蛇复尾轴轳[3]送至彭蠡而没。后苏轼自儋耳北归，舣舟祠下，忽得古石砮矢于岸侧，传观左右，失手坠江中。乃祷于神，许留庙中，使人役水求之，一探而获，因为之记。

【注释】

[1]御制：帝王所作。

[2]林希逸：宋福州福清人，字肃翁，号竹溪、庸斋，理宗端平二年进士。能书善画，工诗。淳祐中，为秘书省正字；景定中，迁司农少卿。官终中书舍人。有《易讲》《考工记解》《竹溪稿》《鬳斋续集》等。

[3]轴轳：船舵和船头。指代船只。汉·王粲《浮淮赋》：“轴轳千里，名卒亿计。”

【译文】

顺济王的庙宇建在新建县的吴城山上，顺济王就是号称“小龙”的，相传是吴、许两位真人所杀大蛇的儿子。宋朝被封为“顺济王”，有真宗亲自制作的“戒蛟”石刻。熙宁中，派遣太常林希逸前去祭祀，有一条奇异的蛇掉到祝文上。第二天一早便开始行礼，这条蛇探出头张望。行完礼之后就沿着桌子出去了，不一会儿又沿着原路进入帐中。等到林希逸还朝的时候，这条蛇又尾随官船把林希逸送到彭蠡才消失。后来苏轼从儋耳北归，行船到祠下，忽然在岸边得到古代石制的弩箭。苏轼把箭传给身边的人观看，不小心失手掉入江中。于是，苏轼在神灵前进行祷告，答应将箭留在庙中，派人到水下去寻找，很快就找到了，因此就把这件事记录了下来。

横浦龙君

龙君姓字未详，庙在江西之南安府[1]治。称横浦[2]者，古郡名也。按《言行录》："横浦炎方[3]，虽穷冬[4]无雪，故疫疠为多[5]，有[6]龙君庙，所祈必应。"

【注释】

[1]南安府：元至正二十五年(1365年)，朱元璋以南安路置，治所在大庾县(今江西大余县)。辖境相当今江西章水、上犹水流域。

[2]横浦：古水名，即今广东北江东源浈水。

[3]炎方：泛指南方炎热地区。

[4]穷冬：《大明一统志》与此同，《张九成集》《舆地纪胜》均作"苦寒"。

[5]故疫疠为多：《张九成集》《舆地纪胜》此句前有"邦人或垂白莫之识"。疫，流行性急性传染病。疠，瘟疫。

[6]有：《大明一统志》《舆地纪胜》《张九成集》"有"字前均有"郡"字。

【译文】

龙君的姓和字不清楚是什么，龙神庙供奉在江西的南安路政府所在地。叫作横浦，是古时候郡的名字。依照《言行录》中的横浦，是南方炎热地区，因为最冷的冬天不下雪，所以传染病很多，在龙君庙，只要祈祷就能实现(愿望)。

张九成[7]曰："吾无职隶[8]而岁耗廪禄[9]，盍思所以惠之？"因祷焉。朝暾[10]杲[11]然而阴云倏起，晡时[12]雪已寸积，邦人咸骇异之。时九成为礼部侍郎，秦桧恶其言事，谪守郡州。又讽言[13]者论其谤讪[14]朝廷，再谪南安军[15]，故其致祝于龙君者如此云。本朝重建其庙，祀事益崇。

【注释】

[7]张九成(1092—1159)：字子韶，其先范阳人，徙居开封，绍兴进士。因反对宋金议和秦桧拉拢，被污蔑为赵鼎一党，屡遭陷害，被谪居南安军十四年之久。秦

桧死，方起知温州。苦研经学，颇有训解。病死。宝庆初，特赠太师，封崇国公，谥文忠。

［8］职隶：犹“职官”。

［9］廪禄：禄米，俸禄。唐·元稹《故金紫光禄大夫赠太保严公行状》：“俸秩廪禄，一以资军。”

［10］朝暾：初升的太阳。亦指早晨的阳光。《隋书·音乐志下》：“扶木上朝暾，嵫山沉暮景。”

［11］杲：日出明亮。

［12］晡时：申时，即午后三点至五点。

［13］讽言：即“风言”，流言，无根据的话。《逸周书·宝典》：“忠恕是谓四仪，风言大极，意定不移。”朱右曾校释：“风言，流言。”

［14］谤讪：毁谤讥刺。

［15］南安军：宋淳化元年（990年），以虔州原辖南康、大庾、上犹三县另置南安军，治大庾（今江西大余县）。军，因军事需要而建的地方行政单位，大军与州府同级，小军与县同级，此处显然为大军。

【译文】

张九成说：“我没有职务，但是每年都白白浪费国家的俸禄，何不考虑怎样施惠给百姓呢？”于是就祷告。早晨的阳光本来很明亮，却忽然阴云密布，申时雪已经积得有一寸厚了，百姓都对此感到很惊异。这时张九成已经当了礼部侍郎，秦桧讨厌他说的事情，就把他贬谪流放到郡州去了。又有那些散布流言的人说他毁谤讥刺朝廷，于是张九成又被贬谪到南安军，所以他才在祈祷时对龙君说了那番话。本朝重新修建了供奉龙君的庙宇，祭祀时也更加尊崇恭敬。

道州五龙神

庙在道州[1]五龙井侧，按晏殊《类要》[2]云，唐阳城[3]出守道州，至襄阳有五老人来迓，自云春陵[4]人。城与之帛，问其所居，曰："居城西北五里。"至则访焉，惟有五龙井帛犹存。因为立庙，屡显灵异。庙额曰"崇应"，昔人尝题其壁云："山寒蛰龙眠忽醒，黄衣老人岩下行。手持屈曲千岁藤，虑惊世人藏姓名。"

【注释】

[1]道州：隋开皇十六年（596年）置，治鄖城县（今属河南）。北宋徙治今道县，属荆湖南路。元为道州路，明洪武元年（1368年）改为道州府，九年复为道州。

[2]《类要》：北宋名相晏殊所编撰的一部大型类书，其采撷范围遍及四部，涉及内容有地质、官职、佛老、方技，等等，是四大书之外北宋流传至今规模最大的类书。

[3]阳城：《新唐书·阳城传》记载，阳城，唐德宗时为谏议大夫，后做道州刺史，卒于官。

[4]春陵：古县名，治今湖南省宁远县东北。

【译文】

龙神庙供奉在道州的五龙井旁边，依照晏殊《类要》里讲的，唐朝的阳城到道州做太守（实际是刺史），到了襄阳，有五位老人前来迎接，自己说是春陵人。阳城给了他们丝帛，问他们住在哪里，老人们回答说："住在道州城西北方五里处。"阳城到达道州后，便去道州城西北方五里处拜访，发现只有五龙井和丝帛还在，于是就在该处建设了庙宇，道州五龙神多次显示出灵验之处。道州五龙神庙堂门匾上的庙额是"崇应"，以前的人曾经在庙宇的墙壁上题词："山寒蛰龙眠忽醒，黄衣老人岩下行。手持屈曲千岁藤，虑惊世人藏姓名。"（山中寒冷蛰伏而眠的龙忽然睡醒，身着黄衣的老人在山岩下穿行。手中握持着弯曲的千年老藤，心虑惊扰世人，他们隐去了自己的姓名。）

昭灵侯

昭灵侯，南阳张公，讳路斯[1]。隋初家于频[2]上县百社村，年十六中明经第。唐景龙中为宣城令，以才能称。夫人石氏生九子。自宣城罢归[3]，常钓于焦氏台[4]之阴。一日顾见钓处有宫室楼殿，遂入居之，自是夜出旦归。一朝体寒温，夫人问之，公曰："我龙也，蓼人郑祥远者亦龙也，与我争此居。明日当占[5]，使九子助我。领有绛绡[6]者我也，青绛[7]者郑也。"

【注释】

[1]路斯：张龙公，龙神。张路斯，隋朝进士，唐景龙年间任宣城令，有爱民声誉。后罢官返乡，民间说他死后神化为龙，建庙为祭。明洪武年间有人重建此庙，毁于1954年。

[2]频：本故事中的"频"皆当如《挥尘后录》《颍州府志》《宣城右集》等作"颍"。

[3]宣城罢归：宣城，西汉置，属丹阳郡，治所在今安徽南陵县东三十里青弋江西岸弋江镇，隔江接宣州市界。西晋属宣城郡。隋开皇九年(589年)改宛陵县置，为宣州治，治所即今安徽宣城市，以旧郡为名。南宋为宁国府治。元为宁国路治。明为宁国府治。罢归，辞职或免官归里。

[4]焦氏台：钓台名。苏轼《祷雨龙公既应刘景文有诗次韵》："言从关州妃，远去焦氏台。"《颍州府志》称乾隆时："焦氏台县东十里，史河口。俗传张龙公钓处。"

[5]占：当依《挥尘后录》《颍州府志》等作"战"。

[6]绛绡：红色绡绢。绛，赤色，火红。绡，生丝织物，为生丝织成的薄纱、细绢。晋·郭璞《游仙诗》之十："振发晞翠霞，解褐被绛绡。"

[7]绛：当依《挥尘后录》《颍州府志》等作"绡"。

【译文】

昭灵公，是南阳姓张的一位先生，名叫路斯。隋朝初年，家住在频上县百社村，十六岁那年考中了明经科举考试的名次。唐景龙年间，成为宣城县令，凭借才能被赞扬。他的夫人石氏生了九个孩子。从宣城县罢官回到故里,他经常在焦氏台的阴面垂钓。一天,回头看见垂钓的地方有房屋,于是进去住在里面,从此就晚上出去白天回来。一天,张路斯感觉身体时而彻寒,时而滚烫,夫人问原因,张路斯说:“我是龙,蓼人郑祥远也是龙,和我为了这个住的地方在争斗。明天是一场激战,叫九个孩子帮助我,披着红色绡绢的是我、青色绡绢的是郑祥远。”

明日,九子以弓矢射青绡者,中之,怒而去,公亦逐之。所过为溪谷,以达于淮,而青绡者投于合淝之西山以死,曰龙穴山。九子皆化为龙,而石氏葬关洲[8]。公之兄为马步使[9]者,子孙散居频山[10],其墓皆存焉。事见于唐布衣赵耕之文,而传于淮频[11]间父老之口,载于欧阳文忠[12]公之《集古录》[13]云。自景龙以来,频人世祀之于焦氏台。乾寍中,刺史王敬尧始大其庙。有宋乾德中,蔡州[14]大旱,其刺史司超闻公之灵,筑祠于蔡。

【注释】

[8]关洲:在今安徽颍上县西南四十五里淮河中。《水经·淮水注》:“淮中有洲,俗号关洲。”即此。

[9]马步使:武官名,于后唐设立,见《资治通鉴·后唐纪三》“明宗天成元年”条,为番汉马步军的统领。

[10]频山:如前,当依《挥尘后录》《颍州府志》《宣城右集》等作“颍上”。

[11]频:如前,当依《挥尘后录》《颍州府志》《宣城右集》等作“颍”。

[12]欧阳文忠:即欧阳修。

[13]《集古录》:即《集古录跋尾》,是中国现存最早的金石学著作。早在南北朝时期,梁元帝萧绎搜集碑刻文字,编成《碑英》一百二十卷,但此书已失传。欧阳修下功夫搜集这方面资料,积稿千卷,从中选择比较重要的加以研究,历经二十年写成《集古录》。此书共五章,书成于公元1067年。

[14]蔡州:东魏置,治新蔡(今属河南)。

【译文】

第二天,张路斯的九个孩子用弓箭射向披着青色绡绢的人,射中郑祥远后,郑祥远生气地离开了,张路斯也追了过去。他们穿过的地方变成了溪谷,然后到达了淮河,披着青色绡绢的人进入合淝西边的一座山上死了,这座山就叫龙穴山。九个孩子全都变成龙,石氏埋葬在关洲。张路斯的哥哥是马步使者,他的子孙分散居住在颍上,他们的墓全都保存了下来。他们的事情据说见于唐朝平民赵耕的文章里,流传于淮河、颍上之间父老乡亲中,记载在欧阳修的《集古录》里。从景龙年之后,颍上人世代在焦氏台祭祀张路斯。到乾宁年间，刺史王敬尧扩建了庙宇。又到宋朝乾德年间，蔡州大旱，当时的刺史司超听说张路斯很灵验，就在蔡州为张路斯修筑了庙宇。

既雨，翰林学士承昔陶谷[15]为记其事。盖自淮南至于陈蔡许汝皆奔走奉祀。景德中谏议大夫张秉[16]奉诏益新颍上祠宇，而熙宁中司封郎中张徽[17]奏乞爵号，诏封公"昭灵侯"，石氏"柔应夫人"。

【注释】

[15]陶谷：字秀实，邠州新平人(今陕西彬县)。著有《清异录》二卷。本姓唐，是唐彦谦之孙，避石敬瑭之名而改陶氏。其父陶涣，官至夷州刺史。陶谷仕后晋时担任知制诰、仓部郎中。后汉为给事中。后周时为兵部侍郎翰林承旨。入宋后为翰林学士。

[16]张秉：宋朝进士、官吏。

[17]张徽：南宋时武功人，生于元世祖中统二年(1261年)。官至陕西行中书省左右司郎中，是当时书法大家。

【译文】

(修筑了祠堂)就下雨了，翰林学士继续以前(记载神迹)的工作，由陶谷记录此事。从淮南到陈、蔡、许、汝，都为了供奉祭祀而忙碌。景德年间，谏议大夫张秉遵照诏书增修翻新了颍上的祠堂庙宇。熙宁年间，司封郎中启奏讨求了张路斯的爵位名号，诏书封张路斯为"昭灵侯"，封他的夫人石氏为"柔应夫人"。

庙有穴五，往往见灵异，出云雨，或投器穴中则见于地，而近岁有得蜕骨[18]于池者，金声王质[19]，轻重不常，今藏庙中。元佑六年秋旱甚，郡守、龙图阁学士[20]、左朝奉郎[21]苏轼，迎致其骨于西湖之行伺[22]，与吏民祷焉，其应如向。乃益治其庙。

【注释】

[18]蜕骨：灵魂升天后的骸骨。多用于道教徒。

[19]金声王质：此处应为"金声玉质"(金声玉振)。以钟发声，以磬收韵，奏乐从始至终，比喻音韵响亮、和谐，也比喻人的知识渊博，才学精到。

[20]龙图阁学士：官名，宋朝阁职。宋真宗大中祥符三年(1010年)置，位在枢密直学士上，无吏守职掌，惟出入侍从备顾问。多以特恩加赐内外官，带此职者可享受超迁官阶的优待。宋神宗元丰年间(1078—1085年)改制，定为正三品。

[21]左朝奉郎：官名，宋初为文散官，秩正六品上。太平兴国元年(976年)，由

朝议郎改名。元丰三年(1080年)废,遂为新寄禄官,相当于旧寄禄官后行员外郎、左右司谏。

[22]伺:当作“祠”。宋·苏轼《昭灵侯庙碑》:“元佑六年秋旱甚,郡守龙图阁学士左朝奉郎苏轼迎致其骨于西湖之行祠,与吏民祷焉。”《挥尘后录》《宣城右集》言及此事也皆作“祠”。《挥尘后录》:“明清向入寿春幕,尝以职事走沿淮,有昭灵行祠。”《宣城右集》:“六年秋,旱甚,郡守、龙图阁学士、左朝奉郎苏轼,迎致其骨于西湖祠。”行祠,指临时的祠堂。

【译文】

庙宇有五个洞口,经常显现灵异之事,当云雨出现时,有时投东西到洞穴里就能看到地界。近几年又得到昭灵侯灵魂升天后的骸骨,发出金声玉振之声,声音时大时小,现在这些骸骨就收藏在庙宇里。元祐六年的秋天非常干旱,郡守、龙图阁学士、左朝奉郎苏轼,在西湖张路斯的临时祠堂迎接这些骸骨,并和官吏庶民一起祈祷,应验像回声一样快。于是又增修了昭灵侯的庙宇。

仰山龙神

神二龙也，庙在袁州府[1]之仰山[2]。相传昔有邑人徐播行过大孤山，有二萧生云居宜春仰山，遂同载[3]而归。至浦东告别，期至石桥相访。后徐至其处见二龙，乃知为仰山神。唐会昌中，一夕雷雨，移庙于郡南文明乡。宋赐祠额曰“孚惠”。元重修，表[4]人事二神至谨，祷无不应。本朝封“大仰山之神”，春秋祀之。又分宜[5]之铃冈[6]亦有行祠，相传即神维舟处。

【注释】

［1］袁州府：府治宜春（在今江西省宜春市袁州区），《明史·地理志》：“袁州府：元，袁州路，属江西行省。太祖庚子年（1360年）为府。”

［2］仰山：山名，在今江西省宜春市南。唐高僧慧寂修行于此，因号仰山，人亦尊之为“仰大师”“仰上人”。

［3］同载：共同乘坐车或船。

［4］表：当依《大明一统志》作“袁”。

［5］分宜：县名，属江西省。宋雍熙年，分宜春等十一乡置县，故名“分宜”。《舆地纪胜》记载：“以其分自宜春，故曰分宜。”

［6］铃冈：铃冈岭，本名铃山，位于仙女湖钤阳湖景区南岸，赣中西部，分宜老县城的正南。“仰山行宫”位于铃冈岭山顶，也称仰山行祠，又称铃山庙。据县志载云，早在汉文帝年间，“仰山二神”就在铃冈岭立祠，是赣西部较早的一座寺庙。

【译文】

仰山龙神是两条龙，龙神的庙在袁州府的仰山。相传，从前有同乡人徐播乘舟路过大孤山，有两个姓萧的书生说自己居住在宜春的仰山，于是他们便乘坐同一条船回到仰山。到了黄浦江以东后三人告别，三人约定到了石桥后再会。后来，徐播到了石桥看见两条龙，才知道那两个姓萧的书生就是仰山的龙神。唐武宗会昌年间，有一个夜晚雷雨过后，将龙神庙移到了郡（即袁州府）南的文明乡，宋朝赐予庙额作“孚惠”。元朝重新修缮了庙宇,袁州府的人侍奉二神非常恭谨,凡是百姓有所祈祷的,没有不灵应的。本朝封二神作“大仰山之神”(即大仰山的龙神),春秋都会去祭祀。另外,在分宜县钤冈岭也有二神的临时祠堂,相传是二神系舟的地方。

黄石公

神祠在东阿县[1]谷城[2]山之阳。昔汉张良于邳圯桥[3]遇老父箕踞[4],令良进履[5],良强事之。老父喜曰:“孺子可教!”授良书一编,且谓曰:“后十三年齐北谷城山下黄石即我也。”后良读其书用其略,佐汉高帝诛秦灭项,天下大定,封“留侯”。果于谷城山而得之,良宝而立祠以祀焉。本朝益充拓其庙,令有司岁以三月十八日致祭。

【注释】

[1]东阿县:现隶属于山东省聊城市,位于山东省西部,东依泰山,南临黄河。

[2]谷城:东阿故城。

[3]圯桥:桥后毁废,故址在今江苏省邳州市南。

[4]箕踞:一种轻慢、不拘礼节的坐的姿态,即随意张开两腿坐着,形似簸箕。《庄子·至乐》:“庄子妻死,惠子吊之,庄子则方箕踞鼓盆而歌。”成玄英疏:“箕踞者,垂两脚如簸箕形也。”《史记·张耳陈馀列传》:“高祖箕踞骂。”司马贞索隐引崔浩曰:“屈膝坐,其形如箕。”

[5]进履:为尊长递上鞋子。《三国志平话》卷中:“先主曰:‘我思子房逃走圯桥,遇黄石公,三四番进履,得三卷天书。’”

【译文】

黄石公祠在东阿县谷城山的南面。从前,汉代的张良在圯桥遇到一个老人箕踞坐着,(老人)令张良给自己穿鞋子,张良勉强照办。老人很开心地说:“你这个小子是可以教诲栽培的!”赠予张良一卷竹简编成的书,并对张良说:“十三年后,你在齐国北边谷城山下得到的黄石就是我。”此后,张良细心研读此书,运用书中的兵法谋略,辅助汉高祖刘邦诛灭秦国、打败项羽,天下安定以后,被(汉高祖)封为“留侯”。张良后来果然在谷城山得到一块黄石,把这块黄石当作宝贝,并在此设立庙宇祭祀。本朝扩充拓展了这座庙宇,命令有关负责的官吏在每年的三月十八日祭祀。

石神

神庙在廉州之府[1]城东，相传昔人有渔于海者，见一磐石[2]浮潮而至，心知其为神，因祝曰："若得鱼，副所祈[3]，当立祠以报。"果如所祝，遂舁石而归，諑[4]立庙所。至杨梅山[5]绳忽断，石亦不可复移。即其绳断处诛茅[6]立柱，壮以祠焉。凡水旱札瘥[7]，祷之辄应。昔人过其庙，题诗[8]于壁间云："巨鼇手擘混沌开，灵石屹向苍溟立。太阴六月飞雪寒，蛟螭夜舞波涛泣。"

【注释】

[1]廉州之府：廉州府，明洪武元年(1368年)改廉州路置，治合浦县(今属广西)。辖境相当今广西北海、钦州及合浦、浦北、防城、灵山等市县地。洪武七年降为州，十四年复为府，属广东省。

[2]磐石：大石。

[3]祈：《古今图书集成》第168册《方舆汇编·职方典·廉州府部·杨梅庙》第1364卷(中华书局影印)作"期"。"祈""期"皆通。

[4]諑：《古今图书集成》作"遂"。以意揆之，或为"谋"。

[5]杨梅山：今广西平南县大鹏镇。

[6]诛茅：战国时期楚国爱国诗人屈原，在《卜居》中曾记述请太卜郑詹尹为自己决疑，有"宁诛锄草茅以力耕乎"之语。后用"诛茅"(剪除茅草)作为营建居室的典故。唐·杜甫《寄题江外草堂》："诛茅初一亩，广地方连延。"

[7]札瘥：因疫疠、疾病而死。《左传·昭公十九年》："郑国不天，寡君之二三臣札瘥夭昏，今又丧我先大夫偃。"杜预注："大死曰札，小疫曰瘥。"孔颖达疏："(札、瘥、夭、昏)揔说诸死，连言之耳。"本《搜神记》"札瘥"，《古今图书集成》作"疫疠"。

[8]题诗：此诗当为明·王湛《限门飞雪》的四句，全诗为："巨鳌劈开混沌石，万古幽关隔南北。太阳六月飞雪寒，蛟螭夜舞波涛泣。黑光荡荡云皤皤，恶鬼典守不敢呵。我当骑龙夺门去，天瓢满注苏民疴。"

【译文】

石神庙在廉州府的外城东面，传说，从前有个在海上捕鱼的人，看到一块大石头，随着潮水漂浮而来，捕鱼人心里觉得这应该是个神灵，于是就祷告说："假如我能得到鱼，跟我所祈祷的相符，我一定建立一座庙宇来报答您。"结果一切真如捕鱼人所祈祷的那样，于是捕鱼人（和他人）把石头抬起来往回赶，心里盘算着应该在哪个地方为这块石头建立庙宇。到了杨梅山，抬石头的绳子突然断了，石头再也移不动了。捕鱼人随即就在绳子断裂的地方砍除茅草，竖起屋柱，修建庙宇，并举行了盛大的祭祀。凡是遭遇水灾旱灾、疫疠疾病前来石神庙祷告的，（结果所祈祷的事）很快都灵验了。从前有个路过这座庙的人，在庙宇的墙壁上题了首诗："巨鼇手擘混沌开，灵石屹向苍溟立。太阴六月飞雪寒，蛟螭夜舞波涛泣。"（巨大的鳌用手剖开混沌，灵石面对苍茫大海岿然屹立。神石的存在使得北方六月飞雪奇寒无比，也使得蛟龙不安夜晚起舞，也使得波涛不停地哭泣）

楚雄神石

在楚雄者有二，一在南安州[1]西五里，巨石高十余丈。蒙氏[2]号为“南岳社灵安边之神”，土人[3]每岁以金贻其顶，有祷辄应。一在楚雄县西南三十里碌摩山[4]顶，屹立似人，高八尺许，顶突出如斜戴笠之状，土人以金贴其面，事之甚谨。昔人有诗云：“安知金马碧鸡[5]外，别有郁郁盘荒陬[6]。阴崖[7]犹遗太古雪[8]，神石一立千万秋。”

【注释】

[1]南安州：即现在的云南省双柏县。

[2]蒙氏：指蒙氏家族，楚雄望族，曾为南诏统治者。

[3]土人：世代居住本地的人。

[4]碌摩山：距南涧县城3公里处，碌摩是古代彝语的译音，是虎的意思，所以碌摩山被世人称为有“虎之雄俊、龙之灵气”。

[5]金马碧鸡：云南昆明的金马、碧鸡二山，故也借指偏僻荒远之地。本《搜神记》后专门有“金马碧鸡”篇，详后。

[6]盘荒陬：当为“盘荒”“荒陬”二词的糅合。盘荒，本指游乐无度，此处变贬为褒，指令人流连忘返之地。荒陬，荒远的角落。

[7]阴崖：背阳的山崖。

[8]太古雪：太古代的雪，指常年积雪。元·袁桷《老人峰》：“積此太古雪。”清·汪学金《望庐山》：“峰留太古雪。”清·莫友芝《南望山》的“阴藏太古雪”与本句更相类。

【译文】

灵石在楚雄府有两块，一块灵石在南安州西边五里的地方，这块巨石高十丈有余，蒙氏把这块巨石称为“南岳社灵安边之神”，当地人每年都在石头顶上放些金钱，人们祈祷的事很快就灵验了。另一块灵石在距离楚雄县西南三十里的碌摩山顶，（巨石）屹立在山顶，形状就像一个人，高度大约有八尺，石顶突出，就像斜戴着斗笠一样，当地人把金箔贴在它的面上，人们侍奉它很恭谨，曾有首诗说："安知金马碧鸡外，别有郁郁盘荒陬。阴崖犹遗太古雪，神石一立千万秋。"（哪里能想到在云南的金马、碧鸡二山之外，竟然还有碌摩山这种郁郁葱葱令人流连忘返的边远之处。在那背阳的山崖上还遗存有太古代的积雪，神石一立就达到了万年千秋）

石龟

在兴国县之儒林乡，石圆如龟，项背俱备，仿佛八卦形象，逐月随斗杓[1]旋转。土人疑其怪，移置他所，翌日复归其处，累验皆然，因时祀之。

【注释】

[1]斗杓：即斗柄。《淮南子·天文训》："斗杓为小岁。"高诱注："斗，第五至第七为杓。"也有用来比喻为人所敬仰者或众人的引导者。

【译文】

在兴国县的儒林乡，有个石头圆圆的，像乌龟一样，脖子和后背都有，就好像八卦的形状，逐月随斗柄旋转。当地的人疑惑其奇异的形态，就把它移到了其他地方，第二天石龟又回到了原来的位置，多次试验都是这个样子，于是就按照固定时间去祭祀它。

钟神

廉州[1]之城南七里有水飞激[2]成深广，接江通海。岁旱，乡人多祈雨于此。相传宋政和间，灵觉寺钟一夕飞去，寺僧举知雷雨声震，不知钟之所之。诘旦钟忽悬空而下，视之钟犹淄湿，自是湾傍居民言湾中每夜有钟声，知其必与龙战。寺僧为凿去顶上龙角乃止，后人遂名其湾曰钟湾。至今湾中飓风迅疾，则有一物大如车轮，蓝黑色，涌出波心亭，亭自在，识者谓其为钟神云。

【注释】

[1]廉州：唐武德五年（622年）置越州，贞观八年（634年）以本大廉峒地改名（《新唐书·地理志》）。辖境相当于今天北海市及合浦、浦北二县地。元至元十七年（1280年）升为廉州路。

[2]激：（水势）腾涌冲撞。《与朱元思书》："泉水激石，泠泠作响。"

【译文】

在廉州城南七里的地方，有水流腾涌冲撞形成了深广的一片，连接着长江通向了大海。干旱年岁，乡里人大多在这里祈雨。相传，宋代政和年间，灵觉寺的钟在一夜之间消失了，寺庙里的和尚都听到了雷雨震动天地的声响，不知道钟去了哪里。一天早上，钟忽然悬空落下，一眼看去又黑又湿，自那之后，河湾边的居民说每晚都能听到钟声，知道它一定是在与龙对战。寺僧为此凿去了上面的龙角，钟声才停止，后人也因此命名这个河湾为钟湾。到现在，这个湾中一旦疾风非常迅猛，就会有一个像车轮一样大的东西，蓝黑色，涌出波心亭，亭子一直存在，有识之士称它为钟神。

马神

神名步，主为灾害马，人为立庙祀之。按《周礼》，校人[1]冬祭马步，即此。故其注云：马步，神之为灾害马者，有庙在武昌县南之梁子湖上，旧俗以仲月[2]祭于大泽，用刚日[3]。今县人率以五月五日竞渡时祭享于庙，盖亦吴之故俗云。昔人有诗[4]："吴王宫殿作飞尘，野鸟幽花[5]各自春。梁子湖边余战马，也曾咆哮武昌人。"

【注释】

[1]校人：养马官，马官之长。《周礼·夏官·司马》："校人中大夫二人。"郑玄注："校人，马官之长。"《左传·哀公三年》："校人乘马，巾车脂辖。"

[2]仲月：每季的第二个月，即农历二、五、八、十一月。根据下文"五月五日竞渡时祭享于庙"的记载，此处当指五月。

[3]刚日：犹单日。古以"十干"记日，甲、丙、戊、庚、壬五日居奇位，属阳刚，故称。《礼记·曲礼上》："外事以刚日，内事以柔日。"孔颖达疏："外事，郊外之事也。刚，奇日也，十日有五奇五偶。甲、丙、戊、庚、壬五奇为刚也。外事刚义故用刚日也。"唐·刘禹锡《因论·叹牛》："甫闻邦君飨士，卜刚日矣。"

[4]昔人有诗：诗为宋代吴处厚的《寒溪》，与本处所引略异，其诗为："吴王宫殿作飞尘，野鸟幽花各自春。料得寒溪喧笑日，也曾惊动武昌人。"

[5]幽花：幽静偏暗之处的花。宋代诗人苏舜钦《淮中晚泊犊头》："春阴垂野草青青，时有幽花一树明。"实际就是野花。

【译文】

马神，名步，是一位制造灾难伤害马匹的神，人们为他建立庙宇祭祀他。根据《周礼》记载，养马官要在冬天祭祀马神，说的就是他。所以这一条的注解里说：马步，是制造灾难伤害马匹的神，在武昌县以南的梁子湖上有一座庙宇，旧时的习俗要在每年五月大泽中举行祭祀，时间选在单日。现在的（武昌）县人大都在五月初五龙舟赛时在庙宇中祭祀，大概也是吴地以往的习俗吧。过去的人有这样一首诗说:“吴王宫殿作飞尘,野鸟幽花各自春。梁子湖边余战马,也曾咆哮武昌人。”(吴王的宫殿早已化作烟尘,野外的花鸟各有自己的新春。梁子湖旁还遗存有战马神,它也曾经发威咆哮过武昌人)

青蛇神

有祠在庆阳府之环县。初庙志云，唐节度使杨朝晟下次方渠，筑城合道、木波，以遏吐蕃路[1]，苦乏水，有青蛇降险下走，视其迹水从而流。朝晟因命筑防环之，遂为停渊，士饮仰足，吐蕃果悉众引去。朝晟大异之，上其事于朝。诏立祠以祀之，仍[2]命泉曰“应圣”。神著显应，士民争奉牲帛，远近水旱疾疫多赖之。

【注释】

[1]这段史实见于《新唐书·杨朝晟传》：“朝晟屯木波堡。会献甫卒，有诏代为邠宁节度使。朝晟请城方渠、合道、木波以遏吐蕃路。”

[2]仍：通“乃”，乃至于；于是，便。按：《尔雅·释诂(下)》：“仍，乃也。”清·王引之《经传释词》卷七：“《说文》‘仍’从‘乃’声，故‘乃’字或通作‘仍’。”黄侃《经传释词》笺释：此“仍”为“乃”字之借。

【译文】

有祠堂在庆阳府的玉环县。当初庙志记载，唐节度使杨朝晟驻扎在木波堡，请求在方渠、合道、木波建筑城池以阻止吐蕃军的进攻，但苦于缺乏水，有青蛇从险地往下跑，顺着青蛇的足迹找到了水的源头。杨朝晟便命令修筑防御工事环绕着这个地方，于是成为停渊，人们都能喝饱喝足，吐蕃果然全军撤退。杨朝晟认为这是奇异非凡的事，上报给了朝廷。皇帝下令立祠祭祀，于是就把这座泉取名叫“应圣”。青蛇神常有显应，士人百姓争相奉牲帛，远近水旱疾病之灾多依赖这位青蛇神。

金马碧鸡

二神也，金马神庙在金马山西，碧鸡神庙在碧鸡山东。按汉宣帝时，方士言益州有金马、碧鸡，可祭祀而致，遣王裒[1]往祀之，至蜀而卒。颜师古谓金形如马，碧形如鸡，盖金马、碧鸡二山对时[2]，中隔滇池，苍崖[3]万丈，绿水千寻，月印波澄，云横绝顶，云南一佳景也。故二神依之，以灵化显应。元张雄飞诗[4]："北阙辞丹凤，南云看碧鸡。紫台移玉座，瑶草湿金泥。雨霁龙归洞，风生虎渡溪。寻梅穿竹径，采药蹑松梯。"

【注释】

[1]王裒：当作"王褒"。《汉书·地理志》："汉宣武时，方士言益州有金马、碧鸡之神，可以醮祭而置也。宣武使谏议大夫王褒持节求之。"

[2]时：据文义，当作"峙"。

[3]苍崖：苍翠的山崖。周邦彦《一寸金·新定作》："州夹苍崖，下枕江山是城郭。"宋代白玉蟾的《流憩》："苍崖万仞倚空寒，一道飞泉泻半山。到此倚栏聊植杖，少时款款入松关。"

[4]张雄飞诗：此处只载张雄飞《碧鸡山》的前八句，且有讹误。全诗为："北阙辞丹凤，南云看碧鸡。紫苔移玉座，瑶草湿金泥。雨霁龙归洞，风生虎渡溪。寻梅穿竹径，采药蹑松梯。白日依山尽，青天入海低。寄书无雁过，择木有猿啼。花映高低树，园分远近畦。飞星驰宝马，沈水吐银猊。鱼戏莲房北，鸥鸣荻渚西。长歌汉颂罢，刻石纪新题。"

【译文】

金马、碧鸡是两个神，金马神庙在金马山的西面，碧鸡神庙在碧鸡山的东面。根据按语，汉宣帝时，方士说的益州有金马神和碧鸡神，可以通过祭祀让其到来，宣武帝派谏议大夫王褒前往祭祀，王褒到蜀地就死了。颜师古说金马山形状像马，碧鸡山形状像鸡，大概是金马山和碧鸡山二山对峙，中间隔着滇池，有万丈高崖和深及千尺的绿水,月色映在水中碧波澄澈,云雾盘桓升腾于山顶,是云南的一处佳境。所以二神依附,神灵通化有显应。元代张雄飞有诗曰:“北阙辞丹凤,南云看碧鸡。紫台移玉座,瑶草湿金泥。雨霁龙归洞,风生虎渡溪。寻梅穿竹径,采药蹑松梯。”(我从帝都离别丹凤门,到云南来眺望神山碧鸡山。碧鸡神从紫色的苔藓向华贵的帝座旁移,山上的香草润湿了皇帝的诰命册籍。雨停天晴蛟龙回归,大风起猛虎渡过涧溪。穿过竹林小径寻找梅花,为了采药踏上攀高的松梯)

金精

金精，金星之精也。相传汉时宁都县张姓者，名金华，生女曰丽英。生禀瑞相，能先事言民间休咎。去县之西北十五里，有山崒嵂[1]，嵬然[2]一方，年十五入山修炼遂得道。长沙王吴茵闻而聘焉，丽英弗许，乃升山之高处，始曰："山为金星之精，特降治此山耳。"言讫而去，后人因名其山曰"金精山"。道家以是山为第三十五福地。

【注释】

[1]崒嵂：高峻貌。宋·陆游《大寒》："为山傥勿休，会见高崒嵂。"

[2]嵬然：屹立貌。《文子·符言》："至德道者若邱山，嵬然不动。"

【译文】

金精，是金星的精华。相传，汉时宁都县有姓张的人，名叫金华，生了一个女儿叫丽英。相貌一脸福气相，能够事先说出民间吉凶之事。距县西北十五里有座大山，高峻巍峨，岿然屹立于一方，丽英十五岁就进入山中修炼，直至得道。长沙王吴茵听说后要聘娶她，丽英不答应，于是飞升到山的高处，方才说："此山为金星之精华，我特地降临治理此山。"说完离去，后人因而把此山命名为"金精山"。道家以这座山为第三十五福地。

火精[1]六月二十三日生

神姓宋，名无忌[2]，汉时人也。生有神异，死而为火精。唐牛僧孺[3]立庙祀之，以禳火灾。庙在武昌府之城东七里。本曰宋大夫杨吴，避讳[4]改称"大宪"。按唐韦建除武昌军节度使，将行，梦一朱衣达者，导从数十辈卬卬[5]然，诸[6]韦曰："公将镇鄂渚[7]，仆所居颃[8]毁，非公不能葺治。"及至，访无忌庙，其像即梦中所见，遂撤而新之。宋绍兴中，知州王信复充拓其制[9]。本朝重建，俗云"火星堂"，今江东各所之火星庙皆其神也。

【注释】

[1]火精：火神。

[2]无忌：亦作宋毋忌，传说中的火仙，一说月中仙人。

[3]牛僧孺(779—848)：字思黯，安定鹑觚(今甘肃灵台县)人，唐朝宰相，牛李党争中牛党领袖。著小说《玄怪录》十卷。

[4]避讳：这里指宪讳，是指下属官员对上司长官名字的避讳。因上司被称为"大宪""宪台"，所以得名。

[5]卬卬：亦作"邛邛"，传说中的兽名，似马而色青，也叫"邛邛岠虚"。传说与蹷互相依存，平时蹷以美草供给卬卬距虚，遇难时卬卬距虚负蹷而逃。《逸周书·王会》："独鹿邛邛距虚善走也。"明·崔时佩、李景云《西厢记·尺素缄愁》："恨不得如鹣鹣比翼，卬卬并驱。"此处当指并排而行的样子。

[6]诸：根据文义，当为"谓"。

[7]鄂渚：相传在今湖北武昌黄鹤山上游三百步长江中。隋置鄂州，即因渚得名。世称鄂州为鄂渚。

[8]颃：当作"颓"。韦建故事见于徐铉《稽神录》卷一，原文是："江南戎帅韦建，自统军除武昌节度使。将行，梦一朱衣人，导从数十来诣韦曰：'闻公将镇鄂渚，仆所居在焉。栋宇颓毁，风雨不蔽。非公不能为仆修完也。'韦许诺。及至镇，访之，

乃宋无忌庙，视其像，即梦中所见，因新其庙。祠祀数有灵验云。"

［9］制：规模。范仲淹《岳阳楼记》："乃重修岳阳楼，增其旧制。"

【译文】

火精神姓宋，名无忌，是汉朝人。出生就显得很神异，死后就成了火精。唐朝牛僧孺修建了庙宇祭祀他，祈望禳除火灾。火精庙在武昌府城东七里处，本来叫"宋大夫杨吴"，为了避宪讳改成了"大宪"。据考，唐朝的韦建被任命为武昌军节度使时，将要前去上任，梦见一个穿着红色衣服的显贵之人，后边十几个人并排跟随。他对韦建说："你将要镇守鄂州，我在那儿的居所破败不堪，除了您没有人能修好。"韦建到了那里，去拜访宋无忌庙，看见庙宇中的塑像跟梦中所见的一样，于是拆了旧的，重新修葺。宋绍兴中期，知州王信又扩充拓展了庙宇的规模。本朝又重新修建，民间称为"火星堂"，今天江东各个地方的火星庙祭祀的也都是火精神宋无忌。

陈宝[1]

有祠在凤翔府宝鸡县之东二十里。《史记》[2]:“秦文公获若石,于陈仓北阪城祠之。其神来常以夜,光辉[3]若流星,从东南来,集于祠城,则若雄鸡,其声‘殷殷’[4]云,野鸡夜雊[5]。祀以一山牛,命[6]曰‘陈宝’。”唐人有诗[7]云:“一水悠悠去似絣[8],两山如画翠眉[9]横。扶风野渡归吴岳[10],陈宝斜阳入渭城[11]。”

【注释】

[1]陈宝:神话传说“陈宝”即“宝鸡神”。

[2]《史记》:指《史记·封禅书》:“文公获若石云,于陈仓北阪城祠之。其神或岁不至,或岁数来,来也常以夜,光辉若流星。从东南来,集于祠城,则若雄鸡,其声殷云。野鸡夜雊。以一牢祠,命曰‘陈宝’。”《汉书·郊祀志上》:“作鄜畤后九年,文公获若石云,于陈仓北阪城祠之。其神或岁不至,或岁数。来也常以夜,光辉若流星,从东方来,集于祠城,若雄雉,其声殷殷云,野鸡夜鸣。以一牢祠之,名曰陈宝。”本《搜神记》显然杂糅了《史记》《汉书》的相关内容,并加进了作者的理解。

[3]光辉:明亮夺目的光芒。

[4]殷殷:象声词。此处指雄鸡鸣叫声。

[5]雊:雉鸣叫。《诗·小雅·小弁》:“雉之朝雊,尚求其雌。”

[6]命:命名。白居易《琵琶行(并序)》:“命曰琵琶行。”

[7]诗:指的是唐代韦庄《汧阳间》(一作《汧阳县阁》),全文是:“汧水悠悠去似絣,远山如画翠眉横。僧寻野渡归吴岳,雁带斜阳入渭城。边静不收蕃帐马,地贫惟卖陇山鹦。牧童何处吹羌笛,一曲梅花出塞声。”

[8]絣:当依《汧阳间》作“絣”。絣,带子。

[9]翠眉:比喻山色秀丽。古代女子以黛绿画眉,所以叫翠眉。

[10]吴岳:吴山。

[11]渭城:原指秦都咸阳,这里借指长安。

【译文】

凤翔府宝鸡县向东二十里处有供奉(鸡神)陈宝的庙宇。《史记》载:“秦文公得到一块神石,于是在陈仓北阪筑城祭祀它。神来时常常在夜间,来时伴有犹如流星的光芒,从东南方向而来,停在祠城中,就像雄鸡一样,发出‘殷殷’的鸣叫声,野鸡也随着在夜里啼叫起来。此庙用一头山牛来祭祀,称为‘陈宝’。”唐代有人作诗说:“一水悠悠去似絣,两山如画翠眉横。扶风野渡归吴岳,陈宝斜阳入渭城。”(一条河水像彩带一样悠悠流去,两座山峰像美女描画的黛绿细眉横卧在天边。扶风县有人在野外渡河踏上回归吴山的归途,陈宝县的一抹斜阳飞入远处的长安)

黑水将军

凤阳府城之北门外，逼[1]近淮河，数崩决，为民患。宋嘉定间，郡守柴将军者，铸铁将军像，刻云："濠州之北，淮河之边，千[2]汝镇守，亿千万年。"自是河患宁息，于是立庙覆其上，居民争先祀之，有祷必应。

【注释】

[1]逼：接近，靠近。李嘉祐《常州韦郎中泛舟见饯》："逼岸随芳草。"

[2]千：据文义，当为"干"。干，犹治理。《公羊传·隐公元年》："何成乎公之意？公将干国而反之桓。"何休注："干，治也。"此处指任用。

【译文】

凤阳府城的北门外边，接近淮河的地方，多次决堤发生水灾，成为百姓的祸患。宋嘉定年间，郡守柴将军，用铁铸造了将军像，上面刻有："濠州之北，淮河之边，干汝镇守，亿千万年。"（濠州的北边，淮河边上，由你镇守，直到亿千万年）从此水灾安定平息了，于是修建了寺庙覆盖在上面，住在这里的百姓争着来祭祀，凡是有祈祷就会灵验。

木居士

神无姓名，不记其朝伐[1]，刻木为像，庙在来阳县之东二十里。相传昔有火穿木，类人形，坼[2]水而来。寺僧遂祠以奉之。唐韩愈诗[3]："火透波穿不计春，根如头面干如身。偶然题作木居士，便有无穷求福人。"

宋时县令因祈雨无应，议欲折而薪[4]之，不移时大雨沾[5]足，赖[6]之有年[7]。令为重其祀而新其庙，神益感应如响。本朝重建。

【注释】

[1]伐：当依《新刻出像增补搜神记》作"代"。

[2]坼：《新刻出像增补搜神记》作"沂"，据文义当作"泝"，泝，通"溯"，逆水而上。《左传·文公十年》："(楚子西)沿汉泝江，将入郢。"本《搜神记》中"坼""泝"皆通。

[3]韩愈诗：指韩愈的《题木居士》，其全文是："火透波穿不计春，根如头面干如身。偶然题作木居士，便有无穷求福人。"

[4]薪：意动用法，把……当作柴火烧。

[5]沾：浸湿。《送杜少府之任蜀州》："无为在歧路，儿女共沾巾。"

[6]赖：凭借，借着。

[7]年：谷熟，收成。

【译文】

神没有姓名，也没有记录其朝代，用树木雕刻神像，庙宇在来阳县东面二十里的地方。相传从前有火穿过木头，像人的形状，劈开水波踏浪而来。庙里的僧人于是建立了寺庙用来供奉，唐代诗人韩愈作诗："火透波穿不计春，根如头面干如身。偶然题作木居士，便有无穷求福人。"(一根木头被火烧透水侵蚀了不知几春，根部似人头，树干像人身。偶然被人题作木居士，于是便招来了很多对其顶礼膜拜祈求得到幸福的人)

宋时，县令由于祈求下雨没有回应，商议要折断它并当柴火烧掉，不一会儿雨下得淹没浸湿了脚底,当地粮食得以丰收。县令为此重视对其祭祀,下令重修了庙宇,神也如回声必有响应一样更加灵验了。本朝又重新修葺了庙宇。

磨嵯神

庙在施州卫[1]之西。按卫城西南与洛浦蛮[2]接壤,洛浦蛮犹[3]桀骜,数为边患[4]。有将孟蜀者率兵讨之,累战弗捷。蜀抱烦闷,从中军枕戈而寝。忽梦一神人,自陈[5]:“我磨嵯大王是也,知公战未利[6],愿效一臂之劳。”蜀亦朦胧礼谢。既觉,急视[7]之,犹闻有刀马声。明日临阵[8],洛浦蛮东披西靡如前后受敌状,遂解散稽首降附。神自是灵迹显著,施民所在祀之,无不感应。

【注释】

[1]施州卫:明洪武十四年(1381年)置,治今湖北省恩施市。

[2]洛浦蛮:可能是宋代以地名对西南少数民族的称谓,民国《施州考古录》将磨嵯蛮、洛浦蛮通称为“仡僚”。

[3]犹:通“尤”,更加,特别。

[4]边患:边疆被侵扰而造成的祸害。

[5]自陈:自己陈述。

[6]利:顺利。《赤壁之战》:“操军不利,引次江北。”

[7]视:观察。《左忠毅公逸事》:“乡先辈左忠毅公视学京畿。”

[8]临阵:亦作“临陈”,谓身临战阵。汉·李陵《答苏武书》:“单于临阵,亲自合围。”

【译文】

磨嵯神庙在施州卫西面。根据考察,卫城西南和洛浦蛮族接壤,洛浦蛮尤其凶悍倔强不驯顺,多次侵扰边疆造成祸害。有位叫孟蜀的大将率兵去讨伐,多次交战都不能取胜。孟蜀心中烦闷,随部队士兵一起枕着兵器睡觉。忽然梦见一神人,自己说:“我是磨嵯大王,知道孟将军您打仗没有取得胜利,愿意助一臂之力。”孟蜀也在迷迷糊糊中礼貌地感谢了他。睡醒后,孟蜀赶忙朝四下看了看,还听见了兵器撞击声和马叫声。第二天身临战阵,洛浦蛮军队东倒西歪,好像受到了敌兵前后夹击的情形,于是洛浦蛮就遣散了军队,跪拜投降了孟蜀。磨嵯神从此更加显灵,施州卫的所有百姓都向他祈祷,没有不灵应的时候。

黄魔神[1]

神亦未详朝代姓字，庙在荆州府之归州峡，灵通[2]显应一方，瞻依攸系[3]。按《寰宇记》，唐咸通中，箫遘[4]自右史窜[5]黔南，沂[6]三峡秭归，梦神人曰："我黄魔神也，居紫极宫西北隅，将佑助公出此境。"又《庙记》载，李吉甫[7]自忠州除替[8]，峡涨汹怒，忽有神人涌出水上为之扶舟，李问是何神。答曰："我黄魔神也。"又宋寇准经从叱滩[9]，亦有神扶船而下，准问之，神自号"黄魔"。盖其神通显化，屡有著绩[10]，不能具举，姑记其大者如此云云。

【注释】

[1]黄魔神：三峡水神。宋·乐史《太平寰宇记》卷一四八："秭归有黄魔神庙。"

[2]灵通：神通，灵性。

[3]瞻依攸系：瞻依，瞻仰依恃，表示对尊长的敬意。《诗·小雅·小弁》："靡瞻匪父，靡依匪母。"郑玄笺："此言人无不瞻仰其父取法则者，无不依恃其母以长大者。"宋·王安石《祭欧阳文忠公文》："然天下之无贤不肖，且犹为涕泣而歔欷。而况朝士大夫、平昔游从，又予心之所向慕而瞻依。"攸，助词，用法相当于"所"。系，维系，指将事物联结聚集起来，使不涣散。

[4]箫遘：箫，《新刻出像增补搜神记》作"萧"。萧遘（？—887），字得圣，南兰陵（今江苏常州）人。唐懿宗咸通五年（864年）进士。历任校书郎、右拾遗、播州司马、礼部员外郎、中书舍人（即右史，全称为"中书省起居舍人"）、户部侍郎、兵部侍郎等职。黄巢之乱时，于广明二年（881年）随僖宗入蜀，被拜为宰相，任中书侍郎、同平章事。他曾在咸通十一年（870年）被贬黔南。《全唐诗》存其诗三首。

[5]窜：放逐，驱逐。《书·舜典》："流共工于幽州，放驩兜于崇山，窜三苗于三危，殛鲧于羽山，四罪而天下咸服。"孔颖达疏："窜者，投弃之名。"

[6]沂：当作"泝"，前已述。

[7]李吉甫（758—814）：字弘宪，赵郡赞皇（今河北赞皇县）人，唐朝时期政治

家、地理学家。历任屯田员外郎、驾部员外郎、明州长史、忠州刺史、饶州刺史、吏部考功郎中、中书舍人等，元和年间两次拜相，出任中书侍郎、同中书门下平章事。792年，被贬为明州长史。796年，被起复为忠州（今重庆忠县）刺史。

[8]除替：任命。柳宗元《柳州谢上表》："臣前岁以久疾停官，去年蒙圣恩除替，便欲裂裳裹足，趋赴京师。"

[9]叱滩：地名，在湖北秭归县西二里，为川江中险滩之一。寇准之事，指的是寇准赴任归州巴东县县令途中在叱滩遇险而黄魔神助之。

[10]著绩：政绩卓著。《晋书·卷四五·侯史光传》："光儒学博古，历官著绩，文笔奏议皆有条理。"

【译文】

黄魔神，不能详细知道他的朝代和姓名，其庙宇在荆州府的归州峡，神通显灵保佑一方，当地百姓对其景仰无比，当作自己可以依恃并系连命运的对象。按照《太平寰宇记》记载，唐朝咸通年间，萧遘在右史这个官位上被放逐到黔南，他沿着三峡秭归逆流而上，梦到有一神人说："我是黄魔神，居住在紫极宫的西北角，要助你从此处走出去。"又根据关于黄魔神的《庙记》记载，李吉甫从忠州接受任命，途经三峡，被三峡汹涌的涨潮挡住去路，忽然有一神人从水中涌出为他扶稳船只，李吉甫问他是哪位神仙，回答说："我是黄魔神。"又有宋朝寇准从叱滩经过的时候，同样有神人扶着他的船只逆流而行，寇准问他是哪位神仙，神人自称为"黄魔神"。因为黄魔神多次神通显灵并且有功绩，不能一一列举，姑且记载像这几件一样大的事件吧。

向王

王姓向，名辅，归州之东阳人也。王母依氏夜梦一巨星入手，烨烨[1]有光，口而吞之，觉后有孕，怀二十六月而生。王初生不能言，七八周见一道士书符，即搴[2]其衣疾呼之曰："我我我。"自是语言如成人。长益有道术，咒水符法不袭人旧，而自无不验。殁而为神于所生之地，穿山凿石，或没入于山之东即出于山之西，无问其高与厚之若何；或时而擘[3]石隐身其内，显著灵异，不可枚举。乡人立祠祀之，有祷即应。

【注释】

[1]烨烨：光鲜明亮的样子。唐·卢纶《割飞二刀子歌》："刀乎刀乎何烨烨，魑魅须藏怪须慑。"

[2]搴：拔取，取。这里是提起、举起的意思。

[3]擘：砍，劈击。

【译文】

向王姓向，名辅，是归州东阳人。向王的母亲依氏夜晚梦到一颗巨大的星星落到自己的手中，明亮异常，依氏张开嘴将它吞下，醒来后就有了身孕，怀胎二十六个月才生下来。向王刚出生时不会说话，七八周大的时候遇见一位道士在写符篆，当即就提起道士的衣服并大喊："我我我。"从此之后讲话和成人无异。长大后更是掌握了很多法术，咒水符篆的方法不再承袭前人旧的方式，他自己的法术没有不应验的。死后就在他出生的地方成了神，穿越山峦凿开石块，有时刚从山的东面进入立刻又从山的西面出来，不论山有多高有多厚；有时劈开石头并隐身其中，显现出的诸多灵异之事不能一一列举出来。乡人为他建立庙宇并进行祭祀，凡是所祈求的没有不灵验的。

竹王

王，即夜郎侯也，庙在施州卫城东南之东间[1]山下。按《华阳国志》[2]，初有女子浣于遯水[3]，有三节竹流入足间，中有婴儿声，剖竹得男，收养之。及长材武[4]，自立为夜郎王，以“竹”为姓。汉武平西南夷，王被夷獠[5]请立。后天子乃封其三子为侯，死后配食[6]于父之庙。宋崇宁中，赐庙额曰“灵惠”。后其子孙蔓延[7]，崇祀益谨。本朝正祀典[8]止称曰“夜郎王之神”。

【注释】

[1]间：当依《新刻出像增补搜神记》作“门”。据《明史·地理志》“施州卫军民指挥使司”记载：“东南有东门山。”

[2]《华阳国志》：又名《华阳国记》，地方志著作，是由东晋时期成汉常璩撰写于晋穆帝永和四年至永和十年（348—354年）的一部专门记述古代中国西南地区历史、地理、人物等的地方志著作。下文所说《华阳国志》的记载，是指李贤给《后汉书》“初有女子浣于遯水”至“以竹为姓”所作注解的简单一句话“见华阳国志”，这段文字实则是引自《后汉书·南蛮西南夷列传》，全文是：“夜郎者，初有女子浣于遁水，有三节大竹流入足闲，闻其中有号声，剖竹视之，得一男儿，归而养之。及长，有才武，自立为夜郎侯，以竹为姓。武帝元鼎六年，平南夷，为牂柯郡，夜郎侯迎降，天子赐其王印绶。后遂杀之。夷獠咸以竹王非血气所生，甚重之，求为立后。牂柯太守霸以闻，天子乃封其三子为侯。死，配食其父。今夜郎县有竹王三郎神是也。”

[3]遯水：即今北盘江，源于云南宣威市北部，流经贵州西境。汉至南朝称豚水。《汉书·地理志》：“夜郎，豚水东至广郁。”《水经·温水注》：“郁水即夜郎豚水也，……东北流径谈稾县，东径牂柯郡且兰县，谓之牂柯水。”《华阳国志·南中志》卷第四：“夜郎竹王兴于遯水。”

[4]材武：有才能而且勇武。材，有才能；武，勇武。

[5]獠：面貌凶恶和夜间打猎。这里是指我国古代的一个民族，分布于今广西、

湖南、四川、云南、贵州等地,是今壮族的先民。

[6]配食:祔祭,配享。配,配享,祭祀他神时以配其所祭祀。食,吃,这里是受、享受的意思。

[7]蔓延:连绵不断。

[8]祀典:记载祭祀仪礼的典籍。《国语·鲁语上》:"凡禘、郊、祖、宗、报,此五者国之典祀也……非是,不在祀典。"

【译文】

竹王,就是夜郎侯,庙宇在施州卫城东南方向的东门山下。根据《华阳国志》记载,当初有一女子在遯水洗衣,有一根三节大竹漂流到她的双脚间,有婴儿的哭声,剖开竹子,里面有一个男孩,便收养了这男婴。他长大后有勇有谋,自立为夜郎王,用"竹"字为姓。汉武帝平定西南蛮夷,竹王被西南蛮夷的人请求做他们的王。后来天子封他的三个儿子为侯爵,死后配享在其父的庙宇中。宋崇宁年间,赐庙额"灵惠"。此后他的子孙连绵不断,崇拜奉祀更加恭谨。本朝修正祀典,只称他为"夜郎王之神"。

盘瓠

盘瓠，狗神。今长沙武陵蛮[1]之祖，庙在卢溪县之武山。按高辛氏[2]有犬戎[3]患，募能得犬戎吴将军头者，妻[4]以少女。时帝有畜狗名曰盘瓠，遂入山衔人首赴阙下，果吴将军头也，帝大喜。然盘瓠畜类不可妻，欲他报之。女闻以为信不可失，请行。帝不得已，从之。盘瓠得女，负入南山石室中，踰三年生六男六女。盘瓠死，男女自相婚配。母归以状白帝，使迎置诸子，衣裳烂斑[5]，言语侏儺[6]。付[7]后滋蔓，今武陵蛮是也。至今土俗不食犬肉，庙有威灵[8]。

【注释】

[1]武陵蛮：两汉时期活动在武陵郡的少数民族，出自《三国志》中的武陵蛮夷造反作乱，后被黄盖使计平息了战乱。活动区域在今湖南西部至贵州东界。

[2]高辛氏：帝喾，姬姓，名俊，五帝之一。生于高辛（今河南省商丘市睢阳区高辛镇），故号高辛氏。

[3]犬戎：古代部落名，活跃于今陕甘一带。

[4]妻：名词作动词，给……做妻子，做……的妻子。

[5]烂斑：犹“斑烂”，灿烂多彩。宋·文同《花坞》诗：“缭绕穿红萼，烂斑踏紫苔。”

[6]侏儺：即“侏離”，形容方言、少数民族或外国的语言文字，难以理解。《后汉书·南蛮传》：“（盘瓠子女）衣裳班兰，语言侏离，好入山壑，不乐平旷。”

[7]付：《新刻出像增补搜神记》作“其”。《后汉书·南蛮西南夷列传》记载盘瓠故事正作“其”，文曰：“帝顺其意，赐以名山广泽。其后滋蔓，号曰蛮夷。”

[8]威灵：指神灵的威力。唐·刘禹锡《君山怀古》诗：“千载威灵尽，赭山寒水中。”

【译文】

盘瓠，是狗神，现在长沙武陵蛮的祖先，庙宇在卢溪县的武山上。据说高辛氏在当时有被犬戎入侵的祸患，招募能取犬戎吴将军人头的人，并许诺将自己的小女儿许配。当时帝喾有一只家犬名叫盘瓠，于是就进入山中叼着一个人头前往帝喾宫阙之下，果然是吴将军的人头，帝喾大喜。但盘瓠是畜类不能娶妻，帝喾准备用其他礼物来报答。帝喾的小女儿认为不能够失信，请求前往。帝喾迫不得已，同意了她的想法。盘瓠得到了帝喾的小女儿，便背着她进入南山的石室中，过了三年，生下了六个男孩、六个女孩。盘瓠死后，他的孩子自相婚配。他们的母亲(即帝喾的小女儿)将这种情况报告给了帝喾，帝喾就派遣使者迎接安置盘瓠的孩子，他们的衣服鲜丽多彩，语言难解。他们的后代繁衍生息，就是现在的武陵蛮。到现在，当地风俗不吃狗肉，因为盘瓠庙之神灵异且有威力。

卷六

天妃[1]三月三十二日生

妃，莆人，宋都巡检林愿之女。生而神灵，能言人祸福，没后乡人立庙于湄洲之屿[2]，屿有[3]兴化之东南海中，与琉球国相望。宋宣和中，路允迪浮海使高丽，中流风大作，诸船皆溺，独允迪所乘舟，神降于樯[4]，遂获安济。历代累封至天妃。本朝洪武、永乐中，凡两加封号，今府城中有行祠，有司春秋祭焉。昔人诗[5]："星斗斜连北，蓬瀛[6]直指东。秋高洲屿白，日出海波红。"

【注释】

[1]天妃：即妈祖，原名林默娘，中国古代神话中的海神，又称天妃、天后、天上圣母、娘妈等，是历代船工、海员、旅客、商人和渔民共同信奉的神祇。

[2]屿：小岛。三国魏·曹操《沧海赋》："览岛屿之所有。"

[3]有：当依《新刻出像增补搜神记》作"在"。

[4]樯：船桅杆。

[5]诗：源自唐代翁承赞的《题壶山》，全诗是："井邑斜连北，蓬瀛直倚东。秋高岩溜白，日上海波红。"

[6]蓬瀛：蓬莱和瀛洲。神山名，相传为仙人所居之处，亦泛指仙境。

【译文】

天妃，莆田人，宋朝都巡检林愿的女儿。生时就很灵异，能够说出他人的吉凶祸福。死后，乡人在湄洲的一个小岛（即湄洲屿）上建立庙宇，小岛在兴化东南面的大海中，与琉球国隔海相望。宋宣和中期，路允迪渡海出使高丽，中途遭遇大风，所有的船都沉没了，唯独路允迪所乘坐的船没有沉，因为有一个神降落在船的桅杆上，最终安全渡海。历朝历代都给她加封，最终加封到天妃。本朝洪武、永乐年间，总共有两次加封，现在府城中有临时的祭祀祠堂，有关负责的官吏在春天、秋天祭祀。古人有诗写道："星斗斜连北，蓬瀛直指东。秋高洲屿白，日出海波红。"（星斗横斜连着北方，蓬莱和瀛洲两座仙山的方位一直在东。秋高气爽，大洲小岛一片苍茫呈现白色；太阳冉冉升起，海面波涛泛红）

蚕女

高辛时，蜀有蚕女[1]，不知姓氏。父为人所掠，惟所乘焉[2]在。女念父不食，其母因誓于众曰："有得父还者，以女嫁之。"马闻其言惊跃绝缰而去。数日，父乃乘马而归。自此，马嘶不止，母以誓众之言告父。父曰："誓于人不誓于马，脱我之难固大功，所誓之言不可行也。"马跑，父怒，欲杀之。马愈跑，父射杀之。曝其皮于庭，皮蹶然[3]而起，卷女飞去。旬日，皮栖于桑上，女化为蚕，食桑叶，吐丝成茧，以衣被于人。一日，蚕女乘云驾此马，谓父母曰："上帝以我心不忘义，授以天仙嫔。"

【注释】

[1]蚕女：民间传说中的司蚕桑之神，俗称"马头娘"。

[2]焉：当依《新刻出像增补搜神记》作"马"。

[3]蹶然：亦作"蹷然"，忽然，突然。宋·洪迈《夷坚丙志·衡山民》："相从出门，寻元路，复至坎下，教民自抱其身，大呼数声，蹶然而寤。"

【译文】

高辛时期，蜀地有养蚕之女，不知道其姓氏。她的父亲被人掠走了，只有骑的马还在。女儿心里挂念着父亲而不进食，她的母亲因此发誓对众人说："有能够让她父亲回来的，就把女儿嫁给他。"马听到这话，惊喜地跳跃而起扯断缰绳离去，过了几日，父亲骑着马归来。从此，马嘶叫不止，母亲把向众人发的誓言告诉父亲。父亲说："誓言是对人发的而不是对马发的，使我脱难固然有很大的功劳，但所发的誓言是不可兑现的。"马跑了，父亲大怒想要杀了它。马跑得更快了，父亲射杀了它。父亲把马的皮曝晒在庭院中，马皮突然卷起女儿飞走了。过了十日，马皮停在桑树上，女儿化作蚕，吃桑叶，吐丝成茧，做成衣服被子送给百姓。一日，蚕女骑着这匹马驾着云，对父母说："上帝因为我心中不忘恩义，让我当了天上的仙嫔。"

青衣神

青衣神[1]，即蚕丛氏也。按传蚕丛氏初为蜀侯，后称蜀王，尝服青衣，巡行郊野，教民蚕事，乡人感其德，因为立祠祀之。祠庙遍于西土，罔不灵验，俗皆呼之曰“青衣神”，青神县亦以此得名云。宋谢枋得[2]《蚕诗》：“养口资身赖以桑，终成王道泽流长。吐丝不羡蜘蛛巧，饲叶频催织女忙。三起三眠时化运，一生一死命天常。待看献茧盆缫后，先与君王作衮裳。”

【注释】

[1]青衣神：民间所敬之神，指四川地方之蚕神。据传，周失纲纪，蜀侯蚕从始称王，常服青衣巡行，教其民蚕事。蜀民感其德，立祠祀之。祠庙遍于蜀地，无不灵验，俗皆呼为青衣神。

[2]谢枋得：字君直，号叠山，别号依斋，信州弋阳人。南宋末年著名诗人，诗文豪迈奇绝，自成一家。他曾担任六部侍郎，聪明过人，文章奇绝；学通六经，淹贯百家，带领义军在江东抗元，被俘不屈，在北京殉国。其作品收录于《叠山集》。

【译文】

青衣神，就是蚕丛氏。按照传记记载，蚕丛氏最初为蜀侯，后称为蜀王，曾经穿着青衣到民间，巡游行至郊野，教百姓养蚕的事，乡人感其恩德，因此为她建立祠堂祭祀她。其祠堂庙宇遍布于西土，没有不灵验的，民间都称呼她为“青衣神”，青神县也因此而得名。宋人谢枋得作《蚕诗》：“养口资身赖以桑，终成王道泽流长。吐丝不羡蜘蛛巧，饲叶频催织女忙。三起三眠时化运，一生一死命天常。待看献茧盆缫后，先与君王作衮裳。”（养家糊口全靠桑，终成大道福绵长。吐丝不羡蜘蛛巧，吃叶频催织女劳。三起三眠化作运，一生一死命天定。等到破茧缫丝后，先给君王做衮服）

白水素女

素女[1]，天神也。昔闽人谢端有淑行[2]，居室寒素。一日出江边，见一大螺偃仰[3]状如斗，异而爱之，因载之以归，畜且珍焉。每外扃钥[4]严蜜，返则盘飧[5]罗具如宾筵。端甚疑惧，侦诸长老，或告之曰："此必若而有异畜也。"端乃悟其为螺，为密伺，见一姝[6]丽甚，端前礼问其故，神亦不隐，遂应之曰："我天汉中白水素女也。天帝遣我为君具食，今限满当去，故为君所窥。我去留壳与君。"端用以居[7]粮，其米常溢。今福州西北三十里有螺江，其得名由此云。

【注释】

[1]素女：神话中的天河仙女。

[2]淑行：美好的品行。

[3]偃仰：俯仰。柳宗元《小石城山记》："无土壤而生嘉树美箭，益奇而坚，其疏数偃仰。"

[4]扃钥：门户锁钥。《西京杂记》卷六："初至一户，无扃钥。"

[5]盘飧：盘盛食物。

[6]姝：美女。《陌上桑》："使君遣吏往，问是谁家姝。"

[7]居：储存。今有成语"奇货可居""囤积居奇"皆此义。柳宗元《愚溪诗序》："自愚丘东北行六十步，得泉焉，又买居之，为愚泉。"王琪等注："居：储存。"

【译文】

素女，是天神。从前，闽地有个叫谢端的人有美好的品行，居住的屋室清冷朴素。一日，出门到了江边，看见一只大螺俯仰的形状像个斗，谢端觉得惊奇并喜爱它，于是载着它回来，养着它并且很珍惜。每次谢端外出，就用钥匙将门锁得很严密，返回来就见家中杯盘罗列，饭菜已经做好，像极招待宾客的筵席等着他来吃。谢端十分惊疑恐惧，就向乡里的老人探问这件事，有人告诉谢端说："这一定像是有奇异的物畜（来帮忙啊）。"谢端才醒悟应该是那只螺，于是暗中观察，看见一位女子十分漂亮，谢端便向前礼貌地问缘由，天神也不隐瞒，回答他说："我是天河中的白水素女。天帝派我为你准备食物，如今期限已满，应当回去，所以被你所窥见，我离去后留下螺壳给你。"谢端用螺壳储存粮食，装在里面的米多得常常溢出来。如今，福州西北向三十里处有螺江，其得名就是来源于此。

马大仙

大仙姓马氏，衢州府景陵县人也。家贫养姑[1]孝，佣身以资薪米，恒苦不给，艰险备尝，咯[2]无倦息。一日遇异人，授以仙术，祝[3]之曰："感汝孝养，持此代菽水[4]之欢，毋轻语。"大仙如其术，日给膳养，不劳余力。自是姑得所养，善所终。未几而大仙亦随之以示寂[5]矣。乡人重之，为立祠以永其祀。凡祷多应，水旱疾疫如转圜[6]然。有李阳冰所撰碑记[7]，及本朝诚意伯刘基重修《马大仙庙记》。

【注释】

[1]姑：当指婆婆。《新镌仙媛纪事》载："马大仙，唐光化间马氏女，青田县人。既嫁，家贫养姑尤谨。遇异人授以仙术。往来佣织，去家百里乞食。有羹不食，即以箬笠浮还家，荐于姑，顷之复回。人始知其不凡，呼为马大仙云。"

[2]咯：据文义，当作"略"，形近而讹。

[3]祝：同"嘱"，嘱咐。

[4]菽水：豆和水，指粗茶淡饭，形容生活清苦。今成语"菽水承欢"即为此义。《礼记·檀弓下》："子路曰：'伤哉!贫也!生无以为养，死无以为礼也。'孔子曰：'啜菽饮水，尽其欢，斯之谓孝。'"后常以"菽水"指晚辈对长辈的供养。

[5]示寂：佛教语，称佛、菩萨及高僧身死。寂，即梵语"涅槃"的意译。言其寂灭乃是一种示现，并非真灭。

[6]转圜：转动圆形器物。常用以代指变易迅速之事。《汉书·梅福传》："昔高祖纳善若不及，从谏若转圜。"

[7]碑记：指唐代缙云县令李阳冰撰写的《护国夫人庙碑记》："护国夫人马氏，括苍下邑鸬鹚人也，地之距郡与邑几三百里，源深水纡，山高路阻，猿猱纷纷，狼虎相尾，居民鲜少。鸬鹚水鸟善捕鱼因名其地，即夫人故居也。"

【译文】

大仙姓马，是衢州府景陵县人。家中贫穷，赡养婆婆非常孝顺，靠做佣人挣钱来购买柴米，长期清苦，生活还不能自给，备尝艰险，一点也没有得到休息。一天遇到一位神人，授予她仙术，并嘱咐她说："我被你对婆婆的孝顺所感动，凭此可以代替粗茶淡饭供养你婆婆，但不要轻易对外人说。"大仙用神人的法术每日供养婆婆不遗余力，自此婆婆得到善养终老。没几天大仙也死去。乡人尊崇大仙，为她建立祠堂，永远祭祀她。凡是祈祷多有所应验，旱涝灾害、疾病瘟疫也能像转动圆形器物一样容易好转。现存有李阳冰所撰写的碑记以及本朝诚意伯刘基重新修订的《马大仙庙记》。

圣母

圣母，海陵人，长适杜氏子，性好善，师刘纲学仙术。道成，杜氏子不之信，告官，拘以囹圄。顷之，圣母已从窗隙中出去，高入云中。人为立庙奉祭，每表灵验。尝[1]有一青鸟在祭所，人有所祭，鸟为飞绕鸣，鸣若鉴受状[2]。有所失，问其所在，鸟即集盗物之处。以此，道不拾遗。元大德初更立庙于扬州江都县之东六十里，应响愈著。本朝加勅封焉。

【注释】

[1]尝：通"常"。《史记·刺客列传》："公子光曰：'使以兄弟次邪，季子当立；必以子乎，则光真适嗣，当立。'故尝阴养谋臣以求立。"

[2]鉴受状：审察受理的样子。鉴，鉴察、审察。《柳毅传》："老父之罪，不能鉴听，坐贻聋瞽。"受，接受、承受。《鸿门宴》："项王则受璧，置之坐上。"

【译文】

圣母，是海陵县人，长大后嫁于杜氏的儿子，一心向善，拜刘纲为师，学习仙术道法。道术学成，她的丈夫不相信，把她告到官府，官府就把圣母抓起来关到监狱里。不久，圣母从监狱窗户的缝隙中出去了，高升直入云霄。老百姓为她修建庙宇，供奉并祭祀她，每次都能显灵。经常有一只青色的鸟在祭祀的地方，人有所祭拜的事情，鸟会绕着祭祀的地方鸣叫，样子像是要处理这件事。有人丢失了东西，乞问在哪里，青鸟就飞去落在被盗物品的藏匿处。因此，那里路不拾遗。元大德初年，在扬州东都县六十里以东改立庙宇，响应求告更加显著。本朝对其追加了敕封。

温孝通

孝通，姓温氏，秦女也。庙在临江府[1]之新淦县[2]南八十里峡江镇。相传秦时有温媪，经程溪得巨卵藏于家，生七龙放之江。媪或时至江口，龙辄献嘉鱼若祭养然。后媪死，葬于程溪之侧。将圮[3]。一夕，雷电风雨交作，走石飞沙。诘旦，人见墓迁于岸北之高冈，乡人异之，为立祠堂。唐赐庙额“孝通”，元揭斯[4]有记。又云温媪阅城[5]人，唐太和间卢嵘[6]尝梦媪谓曰：“君将为江西县令。”后果宰[7]分宜，更[8]为立庙，卢肇[9]记。

【注释】

[1]临江府：明太祖癸卯年（1363年）改临江路为临江府，府治清江县（县治在今江西省樟树市临江镇）。

[2]新淦县：今江西省新干县。

[3]圮：据文义当作“圮”，毁坏、坍塌。《书·咸有一德》：“祖乙圮于耿。”孔传：“河水所毁曰圮。”

[4]揭斯：即揭傒斯（1274—1344），龙兴富州（今江西丰城）人。元代著名文学家、史学家、书法家，字曼硕，号贞文，延祐初授翰林国史院编修，官至翰林侍讲学士，后又任艺文监丞。

[5]阅城：当为“悦城”，因为后文有关于卢嵘之事，卢嵘曾官泰州悦城县县令。

[6]卢嵘：两《唐书》无传，史籍有零星记载。《太平寰宇记·袁州》曾记：“唐开成中，县令卢嵘尝游官南越，假康州录事参军。”施闰章《孝通庙碑记》有与本则故事相同的内容：“唐元和中，卢嵘官南越，过祠下，梦龙伯语曰：‘君将宰邑西江，其礼我焉！’太和五年，嵘果来宜春，遂治祠于昌山津右。”

[7]宰：主宰，治理。唐·张乔《送龙门令刘仓》诗：“去宰龙门县，应思变化年。”

[8]更：重新。《琵琶行》：“莫辞更坐弹一曲，为君翻作《琵琶行》。”

[9]卢肇：赵希弁《郡斋读书志》卷五记载：“《文标集》三卷。右唐集贤学士卢肇

之文也,肇字子发,宜春人。幼好学,颖拔不群。宜春令卢嶠一见奇之,曰:'子异日有闻乎?'由是愈激厉。"

【译文】

孝通,姓温,秦朝女子。其庙宇在临江府新淦县南八十里处的峡江镇。传说,秦朝时有一个叫温媪的女子,路过程溪捡到一个巨大的蛋,(把它)带回家中藏起来,生下了七条龙,放回江中。温媪有时候走到江口,龙就献上美味的鱼,好像在报答奉养她。后来,温媪死了,葬在程溪的一旁。其墓将塌,一天夜晚,雷电风雨交加,走石飞沙。第二天早晨,人们看见坟墓迁到了岸北的高冈上,乡人都认为此事很神异,就为温媪修建了祠堂。

唐朝时赐庙额"孝通",元代的揭斯有记载。又说温媪是阌城人,唐朝太和年间,卢嶠曾梦到温媪对他说:"你将会成为江西的县令。"后来卢嶠果然当了分宜县县令,就重新为她修建了庙宇。这是卢肇的记载。

孝烈将军[1]

将军名木兰，楚朱氏女也。代父西征，颇著劳勚[2]，既殁，人为立庙。唐封“孝烈将军”，今黄陂县之木兰山及保定完县[3]俱有庙在，灵应如响。盖黄本桑梓，而完即其西征所云。按古乐府词：“唧唧复唧唧，木兰当户织，不闻机杼声，唯闻女叹息。昨夜见军帖，可汗大点兵，军书二十卷，卷卷有爷名。阿爷无大儿，木兰无长兄，愿为市鞍马，从此替爷征。”

【注释】

[1]孝烈将军：唐乾封元年（666年），花木兰被追封为“孝烈将军”。这一年，唐高宗偕武则天泰山封禅还朝，路经亳州，朝亳州老君庙和木兰祠，封老子为“太上玄元皇帝”，封木兰为“孝烈将军”。

[3]劳勚：劳苦。唐·陈子昂《为张著作谢父官表》：“虽业艺无纪，劳勚不闻，小心恭勤，实免愆过。”

[3]完县：古旧县名。明洪武二年（1369年）降完州置，治今河北省顺平县，属保定府。

【译文】

将军的名字叫木兰，楚地朱氏的女儿。代替父亲西征，很是劳苦。她死后，人们给她立庙，唐朝封她为“孝烈将军”。现在，黄陂县的木兰山和保定府的完县都有庙在，所求的事情都会像响声必有回应一样灵验。大概的意思是说，黄陂县的木兰山是她的故乡，而保定府的完县是她西征战斗的地方。根据古乐府的记载，有如下诗句：“唧唧复唧唧，木兰当户织，不闻机杼声，唯闻女叹息。昨夜见军帖，可汗大点兵，军书二十卷，卷卷有爷名。阿爷无大儿，木兰无长兄，愿为市鞍马，从此替爷征。”（唧唧唧唧，木兰对着门在织布。听不到织布的声音，只听见姑娘的叹息声。问姑娘你这样叹息是为什么。木兰我昨夜看见军中的文告，知道皇上在大规模征兵，征兵的名册很多卷，上面都有父亲的名字。父亲没有大儿子，木兰没有兄长，愿意为此去买鞍马，从此替代父亲去出征）

灵泽夫人[1]

夫人姓孙氏，吴王权之妹，蜀汉昭烈帝[2]之后也。相传权用周瑜，诈计迎后于荆州。舟次荻港[3]，后乃识其诈，遂自沉江。又云，闻昭烈帝崩，哀毁投江自尽。后人立庙于蟂矶山[4]之上，盖其藏[5]所，即今芜湖县西是也。历著灵异。我太祖高皇帝龙飞[6]渡江，阴兵冥[7]助，既登极，勅封"灵泽夫人"，益新庙貌，有御制律诗刻于庙额。骚人墨客递有唫[8]咏，至今为大江中一奇迹，而神逾应响云。

【注释】

[1]灵泽夫人：孙尚香(？—约223)，吴郡富春(今浙江杭州市富阳区)人，东汉末年讨虏将军孙权之妹，曾为左将军刘备之妻。

[2]昭烈帝：刘备。

[3]荻港：因河港如织、水中芦苇丛生而得名，故名荻港。地处安徽长江中下游，长江南岸，位于芜湖市与铜陵市之间

[4]蟂矶山：位于无为城东75里，是座从江边凸向江心的矶山，临江而立，与芜湖隔江相望，三面皆水，史称蟂矶为"江心第一境"。蟂矶山有蜀望台，台上建灵泽夫人祠(即孙夫人庙)，相传系明代郭子章所建。

[5]藏：通"葬"，埋葬；葬地。《荀子·礼论》："舆藏而马反，告不用也。"唐·杨倞注："藏，谓埋之也。"韩愈《送浮屠文畅师序》："圣人者立，然后知宫居而粮食，亲亲而尊尊，生者养而死者藏。"《金史·世宗纪》："号其藏为光陵。"

[6]龙飞：帝王的兴起或即位。《文选·张衡〈东京赋〉》："我世祖忿之，乃龙飞白水，凤翔参墟。"唐·刘知几《史通·叙事》："邦国初基，皆云草昧；帝王兆迹，必号龙飞。"

[7]冥：暗中，默默。迷信者所说的人死后进入的阴间。《陈州粜米》："我便死在幽冥，决不忘情。"这里为阴兵暗中相助。

[8]唫：同"吟"，吟咏。《汉书·息夫躬传》："秋风为我唫，浮云为我阴。"颜师古注："唫，古吟字。"唐·方干《贻钱塘县路明府》："志业不得力，到今犹苦吟。唫成五

字句，用破一生心。”

【译文】

夫人姓孙，是吴王孙权的妹妹，蜀汉昭烈帝刘备的王后。相传，孙权用周瑜狡诈的计谋在荆州迎接王后。船停在荻港，王后识破计谋，于是就自沉于长江。又传说，王后听闻昭烈帝去世，悲伤至极，投江自尽。后人在蟂矶山上为她立庙，就是埋葬她的地方，也是今天芜湖县的西边。历代显现灵异。我朝太祖高皇帝起事渡江之时，有阴兵暗中相助，太祖登基后就下旨加封孙夫人为“灵泽夫人”，重新修葺了庙宇，有御制的律诗刻在庙额上。文人墨客椒香吟咏，到现在都还是大江中的一个奇迹，而且（与过去相比）神人灵泽夫人（对祈求之事）像回声必有响声一样更加灵应。

顺懿夫人[1]

按《枫泾杂录》云，唐大历中，闽古田县[2]有陈氏女者，生而颖异[3]，能先事言，有无辄验。嬉戏每剪鸢蝶之类，噀[4]之以水即飞舞，上下啮木；为尺许牛马，呼呵以令其行止，一如其令。饮食遇喜，升斗辄尽；或辟谷，数日自若[5]也。人咸异之，父母亦不能禁。未字而殁，附童子言事。乡人以水旱祸福卟之，言无不验，遂立庙祀焉。宋封"顺懿夫人"，代多灵迹，今八闽人多祀之者。

【注释】

[1]顺懿夫人：光绪《处州府志》记载，顺懿夫人庙，在丽水（今浙江丽水）县治西太平坊，祀闽中女子陈靖姑，又称临水夫人。

[2]闽古田县：属福州府古田县，位于福建省东北部，闽江中下游北岸。

[3]颖异：聪明伶俐，聪慧过人。宋·苏轼《哭干儿》诗序："去岁九月二十七日，在黄州生子名遯，小名干儿，欣然颖异。"

[4]噀：含在口中而喷出。唐·元稹《春分投简明洞天作》诗："投壶怜玉女，噀饭笑麻姑。"

[5]自若：像原来一样，淡定自若。《过秦论》："崤涵之固，自若也。"

【译文】

按照《枫泾杂录》记载，唐大历年间，福建古田县有陈氏女子，出生便聪颖神异，能够预先言事，不管她说有没有，往往都很灵验。嬉戏时，她常剪鸢和蝶之类的剪纸，喷上水就可以飞舞，有时叮在草木的上面，有时咬着草木的下面；做一尺多长的牛马剪纸，招呼喝止让它走停，完全听从其口令。如果遇到自己爱吃的饮食，一升一斗的饭食也能很快就吃光；有时辟谷，数日不食也如平常一样安然无恙。人们都感到惊异，她父母也不能禁止。陈氏女子没有出嫁就去世了，（死后她的灵魂）附在孩子身上说事。乡人拿水旱祸福的事情探问，所说没有不灵验的，于是立庙祭祀她。宋代封她为"顺懿夫人"，历代多有灵迹，现在很多八闽人都在祭祀她。

寨将夫人

夫人姓虞，有庙在英德县之麻寨冈。旧传唐末黄巢破西衡州[1]，虞氏躬披甲胄，率兄弟及乡兵战御[2]。巢贼遂北，虞氏亦死。乡人即其死所立庙祀之，大有灵应。宋嘉泰间，有贼将统众道经麻寨冈，忽有风雷雨雹自庙而出，贼大惧，弃甲曳兵而去，乡里赖以无恐。事闻，赐庙额曰“冥助”。嘉定间，乂[3]小有警，乡兵祷于庙而与战，一日三捷，贼为解散，加封“正顺显佑夫人”，林子升作记。及宋末之乱，元兵残破[4]，惟英德远近安堵[5]，说者[6]谓皆神之功。

【注释】

[1]西衡州：南朝陈以衡州改置，治所在含洭县(今广东英德市西北浛洸)。

[2]战御：即御战，为抵御敌人侵犯而作战。

[3]乂：据文义，当作“又”，形近而讹。

[4]残破：摧残破坏。《韩非子·说疑》：“五王之所诛者，皆父兄子弟之亲也，而所杀亡其身、残破其家者，何也？以其害国伤民败法类也。”

[5]安堵：安定，安居。《史记·田单列传》：“即墨即降，愿无虏掠吾族家妻妾，令安堵。”

[6]说者：发议论的人。

【译文】

夫人姓虞，有庙在英德县的麻寨冈。从前，相传唐末黄巢攻破了西衡州，虞氏身披铠甲头戴头盔，亲自率领父老兄弟等乡亲和乡兵这些地方武装进行抵抗作战。贼寇黄巢被打败后，虞氏也死了。父老乡亲就在她死亡的地方建了宗庙来祭祀她，非常灵验。南宋嘉泰年间，有贼军将领统领军队路过麻寨冈，忽然有风雷暴雨冰雹从庙里面出来，贼军非常害怕，丢盔弃甲而去，父老乡亲凭依这座庙也就不再担惊受怕。事情上报后，官府赐牌匾“冥助”。嘉定年间又有小的警报，乡兵在庙里祷告后与贼人交战，一天之内传来多次捷报，贼军被打退，于是虞氏被加封为“正顺显佑夫人”,林子升为她写了传记。到了宋末之乱,元军到处摧残破坏,唯有英德县一带安定无比,论者说都是该神的功劳。

诚敬夫人

夫人洗氏，高凉[1]人，陈高州太守冯宝[2]妻。隋初平陈，岭南共推洗氏为主[3]，保境拒守，既而降隋。厥后高州刺史李迁仕[4]及番禺[5]夷王仲宣等反，夫人又皆讨平之。累封至“谯国夫人”，卒谥“诚敬”。庙在今电白之县[6]治东，旁邑俱有行祠，无不向应。宋苏轼诗[7]：“冯冼[8]古烈妇，翁媪国于兹[9]。策勋梁武后，开府隋文时[10]。三世[11]更险夷，一心无磷缁[12]。锦繖平积乱，犀渠破余疑[13]。”

本朝洪武初封为“高凉郡夫人”，岁以仲冬月祭之。

【注释】

[1]高凉：治今广东阳江市西。《杨考》：“《宋志》汉有高凉县，建安二十三年吴分立，按晋郡治安宁，宋治恩平，齐还治安宁。”

[2]冯宝(507—557)：字君珍，号元善(一说字柱石，号廷臣)，五胡时期北燕后裔。

[3]主：这里指部落首领。

[4]李迁仕：南朝梁时人，为高州刺史。大宝元年(550年)，起兵反梁，为高凉冼夫人所败。次年，复为陈霸先将杜僧明败擒并斩之。

[5]番禺：市名，在广东广州市东南部，因境内有番、禺二河而得名。

[6]电白之县：电白县，治今广东高州市东北。《杨考》：“《寰宇记》：梁治电白郡，隋为县。《纪要》云：梁置县。”

[7]宋苏轼诗：这里的诗指刻在冼庙的一首苏轼写的《和陶拟古九首》之五，本文只选录前半部分。全诗为：“冯冼古烈妇，翁媪国于兹。策勋梁武后，开府隋文时。三世更险易，一心无磷缁。锦伞平积乱，犀渠破余疑。庙貌空复存，碑版漫无辞。我欲作铭志，慰此父老思。遗民不可问，偻句莫予欺。犦牲菌鸡卜，我当一访之。铜鼓壶卢笙，歌此送迎诗。”

[8]冯冼：指冼夫人，为高凉太守冯宝的妻子，故称其为冯冼。

[9]翁媪国于兹：兹，这里，指儋耳(昌化军)。冼夫人青年时，曾来儋耳帮助父

母建国。另据乐史等编著《地理志·海南六种》“冼氏庙”条:“至唐武德,夫人之孙冯盎以地降高祖。”

[10]策勋梁武后,开府隋文时:前句指梁武帝时,刺史李迁仕反叛,冼氏举兵击之,大捷。后句指梁隋之际,岭南大乱,冼夫人怀集安抚岭南百姓,使数州得以平定,隋文帝封其孙冯盎为高州刺史,封冼氏为谯国夫人。梁武后,梁武帝萧衍之后。隋文,隋文帝杨坚。

[11]三世:指梁、陈、隋三朝。

[12]一心无磷缁:磷,少许;缁,黑色。该句意为冼夫人效忠朝廷(梁、陈、隋)的一片丹心从未改变。

[13]犀渠破余疑:犀,“犀”的异体字。犀渠,原是犀牛类的兽,这里指犀杖,也即指盾。这种盾,可能用犀渠兽皮蒙着,故名。又据唐·魏徵《隋书》载:冼夫人把扶南出产的犀杖献给陈王霸先。陈亡前夕,陈王先后派人把犀杖与兵符送与冼夫人,冼夫人接到犀杖,因未得到确切的消息,怀疑陈朝是否灭亡。当收到兵符时,她才验知陈已亡了,因而“破余疑”,率众归隋。

【译文】

夫人冼氏,是高凉人,南陈高州太守冯宝的妻子。隋朝初年平定南陈,岭南共同推举冼氏为首领,保护境内据险坚守,不久投降了隋朝。此后,高州刺史李迁仕及番禺夷王仲宣等造反,冼夫人又讨伐平定了他们。冼夫人被多次加封,直至被封为“谯国夫人”,去世后加封谥号为“诚敬”。庙宇在现在的电白县治东边,邻近县邑都有临时的祠堂,(凡是有所祈祷)都有响应。宋代苏轼写诗说:“冯冼古烈妇,翁媪国于兹。策勋梁武后,开府隋文时。三世更险夷,一心无磷缁。锦繖平积乱,犀渠破余疑。”(冯宝的妻子冼夫人是古时的忠烈之妇,曾帮助他的父母在儋耳建国。在梁武帝时建功立业名垂史册,在隋文帝时开幕府威震一方。历经梁、陈、隋三代变更的艰险,效忠朝廷的一片丹心从未改变。坐着有锦伞的马车去平定多年叛乱,又因见到了犀杖消除了是否归顺朝廷的疑虑)

本朝洪武初年封她为“高凉郡夫人”,每年的十一月(二十四日)祭祀她。

姚娘

姚氏名贞淑，汉河平[1]间居民女也。庙在博罗县东莫村，殁而有神，故祠于此。宋陈尧佐[2]权守[3]惠州，携潮士许申[4]偕行，舣舟[5]于岸。俄有介胄[6]百辈，指呼[7]甚严云："今夕丞相、漕使[8]会宿于此。少有踈虞[9]不肩[10]。"尧佐异之。明日访其地，有姚娘神庙在焉。后尧佐拜相，申任本路转运使[11]，一如其言。又博罗之西，梁时陈氏女父应志年八十卒，独一女，女哀毁过甚亦卒。乡人像而祠之，汉封"昌福夫人"，其神颇灵，祷雨有应。

【注释】

[1]河平：西汉汉成帝年号，公元前28—公元前25年。

[2]陈尧佐(963—1044)：字希元，号知馀子，世称颍川先生，阆州阆中(今属四川)人。

[3]权守：代理太守，因为某种原因尚未正式任命，执行太守职权。

[4]许申，北宋人，讳名贤，字维之，号化州。海阳县人(今潮州市)，祖籍福建。咸平元年(998年)，陈尧佐通判潮州，许申以布衣见之，与语奇之，其观其所文，益加器重。尧佐自潮州倅以漕檄摄惠州，要许申偕行。景祐二年(1035年)出任江南东路转运使兼管江西、湖南诸路。北宋熙宁年间，许申上书陈述王安石变法的弊端，违背皇帝旨意，被撤去刑部郎中之职。后任广南东路转运使，官终刑部郎中。为唐宋潮州八贤之一。

[5]舣舟：把船停靠在岸边。元·郑光祖《倩女离魂》第二折："今舣舟江岸，小生横琴于膝，操一曲以适闷咱。"

[6]介胄：即甲胄之士，指武士。

[7]指呼：指挥，使唤。宋·王禹偁《青猿》诗："小仆如猿狖，贫家备指呼。"明·罗贯中《风云会》第二折："百万精兵听指呼，衣冠四世守全吴。"

[8]漕使：转运使、副使别称。宋·朱彧《萍洲可谈》卷二："广州市舶司，旧制帅

臣、漕使领提举市舶事，祖宗时谓之市舶使。”

[9]踈虞：亦作“疎虞”，疏忽，失误。宋·范仲淹《再奏辩滕宗谅张亢》：“至于处置边事，亦无踈虞。”

[10]不肩：不任用。《书·盘庚下》：“朕不肩好货。”孔传：“肩，任也。”孔颖达疏：“我不任用好货之人。”

[11]转运使：职官名。唐时始置，掌管运输财赋、粮食等事务，多为大臣兼任。宋时则兼军事、刑名、巡视地方之职，为高级地方行政长官。此处指的是许申担任广南东路转运使。

【译文】

姚娘，姓姚名贞淑，是汉成帝河平年间某地居民的女儿。宗庙在博罗县东莫村，死后有神灵，所以在这里立祠堂。宋代陈尧佐在惠州任代理太守，带着潮州士人许申同行，把船停靠在岸边。不久，有一百多武士（被人）十分严厉地指挥着说：“今晚，未来的丞相大人和漕使大人会住在这儿，稍有疏忽将来就不会被任用。”陈尧佐感到很奇怪。第二天访问这里，有姚娘神庙在那里。后来，陈尧佐被任命为宰相，许申担任本路转运使，和姚娘说的完全一样。另外，在博罗县西边，梁时，陈家女儿的父亲陈应志八十岁去世，只有一个女儿，因悲伤过度也去世了。当地百姓为她画像并立祠堂来供奉，汉时封她为“昌福夫人”，她这个神非常灵验，（如向她）祈祷降雨就必定有灵应。

曹娥

娥,上虞人,父名盱,能弦歌,为巫祝[1]。汉安初[2]五月五日于县江[3]浙潮[4]迎神溺死,不得尸。娥年十四,乃沿江号哭,昼夜不绝声。旬有七日,遂投江而死。

【注释】

[1]巫祝:是一种职业。巫,古代指从事占卜、祈祷的人。祝,古代指从事为人求福、祛灾的人。

[2]汉安初:指东汉汉安二年(143年)。《后汉书·列女传》卷一一四:“孝女曹娥者,会稽上虞人也。父盱,能弦歌,为巫祝。汉安二年五月五日,于县江溯涛婆娑迎神,溺死,不得尸骸。”

[3]县江:指上虞县江,即今曹娥江。

[4]浙潮:浙,当依《新刻出像增补搜神记》作“泝”。泝潮,逆潮,正如《后汉书》“溯涛”契合。

【译文】

曹娥,是上虞县人。她的父亲叫曹盱,会弦乐能歌唱,是个巫师。东汉汉安二年(143年)五月五日,曹盱驾船在上虞县江逆着浪潮迎接神祇,不幸溺死,找不到尸体。曹娥当时年仅十四岁,就沿江哭寻父亲,哭声白天黑夜不停。过了十七天,她也投江死了。

元嘉中,立庙于绍兴之府城东,邯郸子作碑文[5]。蔡邕题云“黄绢幼妇,外孙齑白”[6],即此。庙著灵应,乡人崇祀之,不置[7]。

【注释】

[5]邯郸子作碑文:曹娥去世之后八年,东汉桓帝元嘉元年(151年),上虞县令度尚悲将曹娥改葬在江水南岸道边,并令弟子邯郸淳为之作碑,这就是著名的《曹娥碑》。

[6]黄绢幼妇,外孙齑臼:“绝妙好辞”的四字隐语。齑臼,指将腌菜舂为碎末的石制器具。《世说新语·捷悟》记载魏武帝过曹娥碑下,见碑背上题“黄绢幼妇,外孙齑臼”八字,魏武帝让杨修解释,杨修说:“黄绢,色丝也,于字为‘绝’。幼妇,少女也,于字为‘妙’。外孙,女子也,于字为‘好’。齑臼,受辛也,于字为‘辞’。所谓‘绝妙好辞’也。”

[7]置:通“止”,停止。

【译文】

元嘉年间,(上虞县令度尚)在绍兴府城东为曹娥修建了神庙,(度尚的)弟子邯郸淳为之作碑。后来蔡邕题“黄绢幼妇,外孙齑臼”,就是指这个。曹娥庙十分灵验,人们崇拜曹娥并祭祀她,(所以)香火一直不绝。

又邑有朱娥者,育于祖媪。里人有欲杀媪者。娥年十岁,突前持救,被刀十余以死,肖像配享[8]曹娥云。

【注释】

[8]配享:亦作“配饗”,合祭,祔祀。

【译文】

另外,同县有个叫朱娥的人,从小由祖母养大。乡里有人要杀她的祖母。朱娥当时仅有十岁,突然跑到前面和对方对峙救她的祖母,被砍了数十刀而死,她的肖像得以配享在曹娥庙。

二孝女

孝女，唐时人，金溪葛祐女也。邑有银场，典其事者，即佑。银耗竭[1]，产不能偿。二女不忍其父荼毒，赴冶而死[2]。父得释，场亦为罢。后有一少年读书于邑之翠云寺，时漏下三更，月明云淡，闻有笙镛[3]声来自西北，推户视之，见祥云瑞霭[4]掩映回环，道从旌盖[5]一一如昭仪然，有二女仙端坐其上。少年急避之，二女呼谓之曰："毋恐，我葛氏女也。上帝嘉我孝行，授以'玉清宫正乙'之职。今将历十洲[6]，谒王母，善为我语家人。"少年异之。人为立庙，最灵应云。

【注释】

[1]耗竭：消耗干净。《后汉书·鲜卑传》："当复征发众人，转运无已，是为耗竭诸夏，并力蛮夷。"

[2]赴冶而死：自投炉火中焚死。元代文人虞集《孝女赞序》记载了此故事，道明二女死去的方式："金溪县，因金溪场之名也。唐时有银矿发其地，作场以冶之……冶废时，土不产银久矣，有司不敢废其贡，迫诸民而取之。有葛祐者，官强之莅冶事。银既无所从出，倾其家不足充数。吏驱祐家，取土石杂烹之，卒无所得。缚祐搒掠，不胜其苦。祐无子，独有二女，且长，不忍见其父，皆自投冶中焚死。监吏黄慨上其事，抚州刺史奏除之。里人哀二女，又感其去患害也，神而祠之。"从此，金溪县免去冶银之害。由虞集所记也知，葛祐所受的荼毒就是被拷打。

[3]笙镛：亦作"笙庸"，古乐器名。镛，大钟。

[4]瑞霭：吉祥之云气，亦以美称烟雾，意同祥云。霭，云气。

[5]旌盖：旌旗和车盖。《南齐书·萧遥昌传》："旌盖飘飖，远涉淮泗。"

[6]十洲：古代传说中仙人居住的十个岛。《海内十洲记》："汉武帝既闻西王母说八方巨海之中有祖洲、瀛洲、玄洲、炎洲、长洲、元洲、流洲、生洲、凤麟洲、聚窟洲。有此十洲，乃人迹所稀绝处。"

【译文】

孝女,是唐朝时候的人,金溪县人葛祐的两个女儿。城里银矿的典事,就是葛祐。银脉消耗殆尽,无法按照原来的规模出银。这两个女儿为了不让父亲遭受拷打之苦,自投银矿炉火中焚死。她们的父亲因此得到了释放,矿厂也停了。后来有一位少年在金溪县的翠园寺里读书,半夜三更时,天上月光明亮,云也十分疏淡,忽然听到西北面传来吹笙敲镛的声音,他推门一看,但见吉祥的云气时隐时现,回环往复,前导后卫的随从人员和旌旗,完全都像皇帝昭仪的样子,有两个仙女端坐在云气上面。少年连忙躲避,仙女把他喊过来说:"不要怕,我们是葛祐的女儿。上天为了奖励我们的孝行,授予我们'玉清宫正乙'的职位。我们现在要游历十洲,拜见西王母。请帮我把这些事告诉我的家人。"少年感到十分惊奇。后来有人给她们立庙,相传这座庙最为灵验。

五瘟使者九月初三日生

隋文帝见五力士凌空三五丈长，身披五方袍，一人执杓子、罐子，一人执皮袋并剑，一人执扇，一人执锤，一人执火壶。帝问太史居仁曰："此何神？注[1]何灾福？"张居仁奏曰："此五方力士，乃天之五鬼，名曰五瘟使者[2]。现之则民有瘟疫。"帝曰："可治而免乎？"居仁曰："无法可治。"于是国人病死者众，帝乃立祠，诏青袍力士封"显圣将军"，红袍力士封"显应将军"，白袍力士封"感应将军"，黑袍力士封"感成将军"，黄袍力士封"感威将军"。隋唐皆用五月五日祭之。

【注释】

[1]注：谓命运预先决定。晋·干宝《搜神记》卷三："南斗注生，北斗注死。"

[2]五瘟使者：又称五瘟神、五瘟使，为道教所奉瘟神。他们起初是传说中能散播瘟疫的恶神，后来又演变成保护人类的善神。《三教源流搜神大全》卷四记载，他们分别是：总管中瘟史文业、春瘟张元伯、夏瘟刘元达、秋瘟赵公明和冬瘟钟仕贵。据传这五位瘟神能掌握五方瘟疫，使之不得侵犯人间，保佑人们一年四季不染瘟疫，幸福安康。黄袍力士总管中瘟史文业封为"感威将军"，青袍力士春瘟张元伯封为"显圣将军"，红袍力士夏瘟刘元达封为"显应将军"，白袍力士秋瘟赵公明封为"感应将军"，黑袍力士冬瘟钟仕贵封为"感成将军"。

【译文】

隋文帝见到五位力士凌空飞翔三五丈高，身穿五方袍，一个拿着杓子和罐子，一个拿着皮袋和剑，一个拿着扇子，一个拿着锤子，一个拿着火壶。隋文帝问太史张居仁："这是什么神，预示着何灾何福？"张居仁回答说："这是五方力士，是天上的五鬼，名为五瘟使者。如果出现了，就意味着民间有瘟疫出现。"隋文帝问："有防治和免灾的方法吗？"张居仁回答说："没办法。"于是百姓病死的很多，隋文帝就给五个力士立祠庙，下诏封青袍力士为"显圣将军"，红袍力士为"显应将军"，白袍力士为"感应将军"，黑袍力士为"感成将军"，黄袍力士为"感威特军"。隋唐时期都在五月五日祭祀他们。

五盗将军

五盗将军[1]者，即宋废帝永光[2]年间五盗寇也。于本地方作乱为盗，后景和三年，帝遣大将张洪破而杀之于新封县之北，后五人又作怪[3]降祟[4]于死之乡。祭之者皆呼为五盗将军，即今时之所谓贼神是也。一杜平，二李思，三任安，四孙立，五耿彦正。

【注释】

[1]五盗将军：是民俗信仰中的盗神。传说是南朝宋废帝时的五个盗寇，分别叫杜平、李思、任安、孙立、耿彦正，后被擒杀。

[2]永光：南朝宋废帝刘子业年号，下文的景和也是他的年号。

[3]作怪：鬼神等与人为难。《二刻拍案惊奇》卷一三："你如今却来这里作怪，你敢道我怕鬼，故戏我么？"

[4]降祟：降下邪祟，指鬼怪妖物害人，义同"作怪"。

【译文】

五盗将军就是宋废帝永光年间的五个贼寇。在地方上为盗作乱，后来景和三年的时候，南朝宋废帝刘子业派遣大将张洪将他们捉杀在新封县北，后来五人在死的地方作怪作祟。祭祀他们的人称其为五盗将军，就是现在所说的贼神。其中，第一位是杜平，第二位是李思，第三位是任安，第四位是孙立，第五位是耿彦正。

掠刷使[1]

掠刷使者姓裴，名璞，杜陵韦元方外兄[2]也。璞任邠州新平县尉[3]，元和五年，璞卒于官。长庆初，元方下第[4]，将客于陇右[5]。出开远门[6]数十里，抵偏店，将甜[7]。见前[8]武吏跃马而来，骑从数十。而貌似璞，见元方若识，而急下马避之。入茶邸[9]，垂帘于小室中，其徒[10]御散坐帘外。元方疑之，亦入其邸，及褰帘入见，真裴璞也。

【注释】

[1]掠刷使：《搜神记》(卷六)、《三教源流搜神大全》(卷三)作"掠刷使"，牛僧儒《玄怪录》(卷九)作"掠剩使"，《类说》本《幽怪录》题作《陇右山川掠剩使》，《唐五代涉蕃小说整理与研究》有"掠剩大夫"。根据文中所讲，"刷"的确当作"剩"，形近而讹。

[2]外兄：表兄。《后汉书·来歙传》："君叔虽单车远使，而陛下之外兄也。"李贤注："光武之姑子，故曰外兄也。"

[3]县尉：县令佐官，位列县丞、主簿之后，是封建王朝统治机构中职级最低的小官。据《新唐书·百官志》等书，其职责为"分判众曹，收率课调""按察奸宄""拘捕盗贼"，所以下文才说裴璞是"复效武职"。

[4]下第：科举时代指考试没有考中，落地。本文指元方科举考试落榜。

[5]陇右：泛指陇山以西地区。古代以西为右，故名。约当今甘肃陇山、六盘山以西，黄河以东一带。唐陇右道包括范围较广，故陇右亦兼指河西、安西、北庭广大地区。

[6]开远门：建于隋初，隋代称为开远门，唐代改名为安远门。故址在西安西郊原大土门村。

[7]甜：当为"憇"字，形讹。"憇"，即"憩"字，《玄怪录》正作"憩"，休息、歇息。

[8]见前：二字于《玄怪录》作一"逢"字。"见前""逢"皆通。

[9]邸:《玄怪录》《唐五代涉蕃小说整理与研究》均为“坊”,即“茶坊”。

[10]徒:《玄怪录》作“徒”,《绘图三教源流搜神大全》作“从”,当以“徒”为是。徒御,御马的人。《诗·小雅·车攻》:“徒御不惊,大庖不盈。”毛传:“徒,辇也。御,御马也。”

【译文】

掠剩使姓裴,名璞,是杜陵人韦元方的表兄。裴璞担任邠州新平县尉,元和五年,裴璞死于任上。长庆初年,韦元方科举考试落第,将要去陇右做客。出了开远门,走了几十里,抵达一个偏僻的客店,打算休息一会儿。看到前面有一个武官策马疾驰而来,骑马的随从有几十人。武官外貌很像裴璞,见到韦元方好像认识似的,因而急忙下马回避。进入茶坊,在小室中垂下帘子,那些御马的人散坐在帘外。韦元方怀疑(这个武官是裴璞),也进入他的休息处,等到掀开帘子进去见到(这个人之后),(韦元方确定这个人)真的是裴璞。

元方惊喜拜之曰:“兄去人间,复效武职,何也?阴吏之赳赳[11]如此乎?”璞曰:“吾为阴官,职掌武士,故武饰耳。”元方曰:“何官?”曰:“陇右西川掠剩使耳。”曰:“何所典耶?”曰:“吾职司人剩财而掠[12]之。”元方曰:“何谓剩财?”璞曰:“人之转货[13]求丐[14]也,命当得此,忽遇物之稍稀;或主人深顾所得,乃踰[15]数外,数外之财即谓之剩,故掠之焉。”元方曰:“安知其剩而掠之?”璞曰:“主人一饮一酌无非前定,况财宝乎?阴司所籍[16],其[17]获有限;获而踰数,阴吏乃刷而掠之也。”元方曰:“所谓掠者,夺之于囊耶,窃之于怀耶?”璞曰:“非也,当数而得,一一有成;数外之财,为吾所运。或令虚耗[18],或索[19]横事[20],或买卖不及常价,殊不关身尔。始吾之生也,尝谓商[21]勤得财,农勤得谷,士勤得禄,只叹其不勤而不得也。然则覆舟之商、旱岁之农、屡空之士,岂不勤乎?而今乃知勤者德之基,学者善之本,德与善乃理身之道耳,亦[22]未足以邀[23]财而求禄也。子之逢吾,亦是前定,合得白金二斤,遇此遗子。又当复掠,故不敢厚。子之是行也,故[24]甚厚而分[25]甚薄,于泾[26]殊无所得,诸镇[27]平平尔。人生有命,时不参差,以道静观,无复躁挠[28],勉之哉。”璞以公事,须入城中,阴冥幽密,不及多言,乃冉冉[29]而别。

【注释】

[11]赳赳:威武雄健的样子,威武的军人。此处指元方以为阴间的官吏都像裴璞这样威武。

[12]掠:夺取。此处指夺取别人剩下的财产。

[13]转货:用低价购存货物,待价高时卖出。《史记·仲尼弟子列传》:“子贡好废

举，与时转货资。”裴骃《集解》：“夫物贱则买而停贮，值贵则逐时转易货卖，取资利也。”司马贞索隐：“刘氏云：‘转货，谓转贵收贱也。’”

［14］求丐：亦作“求匄”，乞求、乞讨。《新唐书·南蛮传上·南诏上》：“南诏尝与妻子谒都督，过云南，太守张虔陀私之，多所求丐。”

［15］踰：同“逾”或“窬”，超过、超出。此处指将剩下的意外之财尽数散尽。

［16］籍：抄没或请籍铣将拒战者赀以赏将士。此处指阴司所登记的财产，《字字有来头》引用此文字。

［17］其：这里指代前文获得命定的意外之财的人。

［18］虚耗：意为耗损、浪费。《汉书·夏侯胜传》卷七五：“多杀士众，竭民财力，奢泰亡度，天下虚耗。”也作“虚糜”，此处指意外之财或许会让人感到空虚、耗损。

［19］索：《玄怪录》作“累”，是，本《搜神记》或讹。本句指意外之财或许会连累主人招致横祸。

［20］横事：意外事故或灾祸。宋·秦观《与苏公先生简》：“薄田百亩，虽不能尽充饘粥丝麻，若无横事，亦可给十七。”

［21］商：《玄怪录》《新刻出像增补搜神记》作“商”，是，下同。

［22］亦：副词，只是。《孟子·滕文公上》：“尧舜之治天下，岂无所用其心哉？亦不用于耕耳。”

［23］邀：谋求。唐·蒋防《霍小玉传》：“有一仙人，谪在下界，不邀财货，但慕风流。”

［24］故：《玄怪录》《唐五代笔记小说研究》作“岐”，本句形讹。岐州和邠州在唐代都属于京畿道。

［25］分：《玄怪录》《唐五代笔记小说研究》作“邠”，本句形讹。

［26］泾：泾州，唐代属于关内道。

［27］诸镇：唐时的“镇”是指方镇，此处指除岐州、邠州、泾州之外的方镇，用排除法计算，应该是陇右诸镇。

［28］躁挠：动乱，骚扰。《后汉书·桓谭传》：“盖善政者，视俗而施教，察失而立防，威德更兴，文武迭用，然后政调于时，而躁人可定。”唐·李贤注：“躁，犹动也，谓躁挠不定之人也。”裴璞劝说韦元方不要再躁动不安，应该是基于道教的静而来的，委婉地劝说韦元方不要执着于功名，一切都是命定，不要强求，就像命数之外的钱财终究会被人掠取一样。

［29］冉冉：匆忙貌。宋·王安石《江南》：“冉冉欲何补，纷纷为此劳。”《玄怪录》中，韦元方对裴璞说：“忽此聚会，款言未几，又隔晦明，何遽如此？”一个“遽”字，正对应此处“冉冉”之“匆忙”义。

【译文】

(于是)韦元方惊喜地拜见他说:“兄长离开人间,又担任了武官,这是什么原因呢? 阴间的官吏都是如此威武的吗?”裴璞说:“我是阴官,掌管武士,所以穿戴武官的服饰罢了。”韦元方问:“(兄长)担任什么官职呢?”(裴璞)回答说:“任陇右西川掠刷使。”(韦元方)问:“(这个职位)主要管理什么呢?”(裴璞)回答说:“我的职责是掠夺别人的剩财(即剩下的财产)。”韦元方问道:“什么叫剩下的财产?”裴璞回答说:“人们低价进高价出转卖货物求取财物,命中注定会得到这些财产,忽然碰到这些财物逐渐变成稀有之物(而价格上涨,主人因此可以另外得到一笔横财);有的主人深深贪念的财产,实乃是超出他命数之外的财产,命数之外的这些财产就是所说的剩下的财产。”韦元方说:“怎么才能知道他有剩下的财产而去掠夺呢?”裴璞说:“主人的吃喝都是事先决定的,更何况财产呢? 阴司所登记的,每个人应该获得的财产有一定限额;如果其所获超过定数,那么他剩下的财产就要被阴吏刷选夺走。”韦元方说:“所谓掠夺,是从他人口袋(的财物)中掠夺的,还是从他人怀中(的财物)里掠夺的?”裴璞说:“不是的,他人命数当中应该得到的财物,一一成功地还予了他们;命数之外的财物,才为我们所拥有。(这些意外之财)或能让人空虚,或能给人招来横祸,或是做买卖没有按照平常的价格交易,都是些完全与他们本人无关的财物。从前我刚在社会上谋生的时候,曾经认为商人勤劳就应该得到钱财,农夫勤劳就应该得到谷物,士人勤劳就应该得到俸禄,(对于无所获的人)只是感叹其人不勤劳所以一无所获罢了。然而,翻船的商人、干旱之年的农民、屡试不中的士人,难道他们不勤劳吗? 现在才知道努力的人要以道德为基础,研究学问的人要以善良为根本,德与善是修身之道,只不过不能把它们当作谋取财货和追求俸禄的手段啊。您与我重逢,也是命中注定的,您应该得到白金二斤,既然遇到您了就把它送给您吧。我还应该再次去掠夺,所以我也不敢多给您。您这次西行陇右,在岐州会收获很多,在邠州则收获较少,在泾州完全没有收获,其他方镇(即陇右诸镇)也是收获平平啊。人的一生乃是命中注定,运时都不相同,要凭借道去静心观察,不要再躁动不安啊,您还是自勉吧。”裴璞因为有公事,必须进入城中,阴间冥界的幽深秘密也不能够多说,于是裴璞与韦元方匆匆而别。

增福相公[1]九月十七日生

李相公讳诡祖[2]，在魏文帝朝[3]治相府事。白日管阳间，决断邦国冤滞不平之事，夜判阴府是非狂错文案[4]，兼管随朝三品以上官人衣饮禄料[5]，及在世居民每岁分定合有衣食之禄[6]。至后唐明宗朝天成元年赠为“油号[7]增福相公”。

【注释】

[1]增福相公：《三教源流搜神大全》卷三、《增福李公祠记略》《中国民间年画史图录》《泉城故事》《曲周县志》均有记载，《民艺学研究》《迎春福祉》《年画上的中华经典故事·民本篇》作“增福财神”。

[2]诡祖：增福相公（又称增福财神）的名讳。明代，增福神仍在扩大影响力，并跟曲周县历史上的县令李诡祖结合起来。万历年间曾官至兵部尚书的曲周本地人王一鹗在《增福李公祠记略》中说：“增福庙崇祀旧邑侯李公也。谨按郡乘，公家世淄川，魏文帝朝仕曲梁。”《三教源流搜神大全》《中国民间年画史图录》《泉城故事》《迎春福祉》《年画上的中华经典故事·民本篇》《曲周县志》均有关于增福相公的记载。

[3]魏文帝朝：有两种说法，一是说为北魏孝文帝；另一说法为三国魏文帝，《年画上的中华经典故事·民本篇》《泉城故事》载为“魏孝文帝”；《迎春福祉》载为“三国魏文帝”。

[4]文案：亦作“文按”，公文案卷。《北堂书钞》卷六八引《汉杂事》：“先是公府掾多不视事，但以文案为务。”

[5]禄料：犹料钱。唐宋间官吏除岁禄、月俸外的一种食料津贴，多折钱发给。清代也沿用。《通典·职官十七》“外官则以公廨田收及息钱等常食”原注：“谓内外员外官同正员者，禄料、赐会、会料一事以上并同正员。其不同正员者，禄赐食料亦同正员，余各给半。”

[6]禄：福气、福运，作动词是给予俸禄的意思。本文是指当时的百姓获得的

俸禄。

[7]油号:《三教源流搜神大全》作“神君”。也有可能是“神号”,“神”“油”形近而讹。译文时暂且采用“神君”,因为这个来历也是目前有据可查的符合情理的字形。

【译文】

李相公,名诡祖,是魏文帝朝的宰相。(李诡祖)白天掌管人间的事,决断冤情不公平的事情,夜晚审判阴府是非错乱的案件,兼管当时朝廷三品以上官员衣物饮食料钱,以及当时的居民每年按职分规定应该得到的衣食俸禄。到后唐明宗朝天成元年,赠李诡祖为“神君增福相公”。

福禄财门[1]

福禄者[2]，本道州刺史杨公[3]，讳成，字[4]。昔汉武帝爱道州矮民[5]，以为宫奴玩戏。其道州民生男，选拣侏儒好者，每岁不下数百人，使公孙、父母与子生别。自刺史杨公守郡，以表奏闻天子云："臣按部典[6]，本土只有矮民，无矮奴也。"武帝感悟省之，自后更不复选。郡人德之，立祠绘像供养，以为本州福神。后天下士庶皆绘像敬之，以为福禄财门之神。

【注释】

[1]财门：年末岁首，为讨吉利，俗称大门为"财门"。胡朴安《中华全国风俗志·湖南·长沙新年纪俗诗》："除夕辞年毕，用红纸条书'衡门衍庆'四字，将大门闭固，无论何人，不许出进，谓之封财门。"

[2]福禄：本指幸福与官禄，此处指福禄神。

[3]杨公：应该是阳城，本《搜神传》中张冠李戴之事颇多，此处又混淆汉唐；或为借古讽今，亦未可知。阳城(736—805)，字亢宗，曾任道州刺史，有善政。据《新唐书·阳城传》记载："城出为道州刺史，州产侏儒，岁贡诸朝，城哀其生离；无所进。帝使求之，城奏曰：'州民尽短，若以贡，不知何者可供。'自是罢。"《旧唐书·阳城传》："道州土地产民多矮，每年常配乡户，竟以其男号为'矮奴'。城下车，禁以良为贱，又悯其编甿岁有离异之苦，乃抗疏论而免之，自是乃停其贡。民皆赖之，无不泣荷。"民间由是尊他为福神。

[4]字："字"后漏掉一字。不能将"昔"当作"杨成"的字。古人的名和字是有关联的，其意义相承或相反。前注释已明，杨成实乃移用阳城故事。

[5]矮民：身材矮小的人。白居易《道州民》："道州民，多侏儒，长者不过三尺余。市作矮奴年进送，号为道州任土贡。任土贡，宁若斯？不闻使人生别离，老翁哭孙母哭儿。一自阳城来守郡，不进矮奴频诏问。城云臣按六典书，任土贡有不贡无。道州水土所生者，只有矮民无矮奴。吾君感悟玺书下，岁贡矮奴宜悉罢。道州

民,老者幼者何欣欣。父兄子弟始相保,从此得作良人身。道州民,民到于今受其赐,欲说使君先下泪。仍恐儿孙忘使君,生男多以阳为字。”

[6]典:国家的常法,法律、法规。《周礼·天官·大宰》:“大宰之职,掌建邦之六典,以佐王治邦国。”

【译文】

福禄神本是道州刺史杨公,名讳为成,字。从前,汉武帝喜爱道州身材矮小的人,把他们当宫奴来取乐。道州人生下男子,挑选样貌好的侏儒,每年不低于几百人(当作贡品送到宫中),使他们的孙子、父母、儿子生生别离。刺史杨成到任道州后,就向天子上奏章说:“微臣我核查了各部典籍,道州本地只有身材矮小的百姓,没有矮奴。”皇帝感悟许久,反省自己,从此再没有选过矮奴。道州人感激不尽,立祠堂绘画像供奉,尊之为道州本地的福神。后来,天下人都画像敬奉他,当作福禄财门的神。

门神[1]

神即唐之秦叔保、胡敬德[2]二将军也。按传唐太宗不豫[3]，寝门外抛砖弄瓦，鬼魅号呼，六院三宫夜无宁刻。太宗惧，以告群臣。叔保奏曰："臣平生杀人如摧枯，积尸如聚蚁，何惧小鬼乎，愿同敬德戎装以伺。"太宗可其奏，夜果无警[4]。太宗嘉之，谓二人守夜无眠，因命画工图二人之像，全装怒发，一如平时，悬于宫掖[5]之左右门，邪祟以息。后世沿袭，遂永为门神云。《西游记》小词[6]有"本是英雄豪杰旧勋臣，只落得千年称户尉，万古作门神"之句。

【注释】

[1]门神：守门神。旧俗门上贴的神像，用来驱除妖邪。相传，黄帝时以神荼、郁垒二人，画于门户为古代的门神。至唐太宗时，命画工画秦叔宝、尉迟恭二形象于宫掖左右，永为门神，民间取为镇邪之用。

[2]秦叔保、胡敬德：就是秦叔宝、尉迟恭(尉迟敬德)。

[3]不豫：天子有病的讳称，身体不舒服，引申为有病。《史记》卷三三《鲁周公世家》："武王有疾，不豫，群臣惧。"朱右曾校释："天子有疾称不豫。"

[4]警：通"惊"，惊恐、惊动。《文选·陆机·叹逝赋》："节循虚而警立。"注："警犹惊也。"

[5]宫掖：指宫中、皇宫，古代称嫔妃的居处为掖庭。《后汉书·和帝阴后纪》："后外祖母邓朱，出入宫掖。"

[6]小词：下引小词词句即《西游记》第十回《二将军宫门镇鬼唐太宗地府还魂》中的词句。

【译文】

门神是指唐朝秦叔宝、胡敬德两位将军。相传，唐太宗有病身体不舒服，常听到门外有抛弄砖瓦的声音、鬼魅哭号的声音，三宫六院不得片刻安宁。唐太宗害怕，便告知了群臣。秦叔宝说："我平时杀人如砍枯木一般，所杀的尸体堆起来如聚集的蚂蚁，怎会害怕小鬼，愿意同敬德穿好盔甲一同前去伺候您入睡。”太宗同意了他的奏章，夜间果然没有了异响。太宗嘉奖他俩，并说他二人因为守夜而无法入睡，于是就命画工给二人画像，画二人全身戎装怒气冲天的样子，完全和平时一样，并悬挂在宫室左右，邪祟便得以宁息。后世沿用这种做法，于是秦叔宝、胡敬德就成了永远的门神。《西游记》中小词有“本是英雄豪杰旧勋臣，只落得千年称户尉，万古作门神”（二人本是英雄豪杰，旧世的功勋之臣，但只落得了千年以来当作户尉、万年以来当作门神的结局）的句子。

神荼郁垒[1]

东海度朔山[2]有大桃树，蟠屈[3]三千里，其卑枝向东北[4]曰“鬼门”，万鬼出入也。有二神，一曰神荼，一曰郁垒，主阅领[5]众鬼之出入者，执以饲虎[6]。于是黄帝法而象之，因立桃板之制[7]也。盖其起自黄帝，故后世尽神像于枝[8]上，犹于其下书“左神荼，右郁垒”，以元日置之门户。

【注释】

[1]神荼郁垒：神荼、郁垒是两位主管万鬼的兄弟之神，住在度朔山（或桃都山）的大桃树上，鬼有妄祸人者，就被他们缚以苇索，投食于虎。神荼郁垒读音是shēn shū yù lǜ。

[2]度朔山：神山名，也作“度索山”，《云笈七签》卷一〇〇引用《黄帝书》说：“东海有度索山，或曰度朔山，讹呼也。山有神荼、郁垒神，能御凶鬼，为百姓除患，制驱傩之礼以象之。”《后汉书·礼仪志》《论衡·订鬼》引用《山海经》则作“度朔山”“度朔之山”。

[3]蟠屈：盘旋屈曲；回环曲折。明·蒋一葵《长安客话·功德寺》：“寺两侧皆古松，枝柯青翠，蟠屈覆地，盖塞外别种。”

[4]东北：干宝《搜神记》引《黄帝书》云：“度朔山，山上有大桃树，二人依树而住。于树东北有大穴，众鬼皆出入此穴。”

[5]阅领：查阅率领。干宝《搜神记》作“统领简择”。

[6]执以饲虎：此处有省略，《论衡·订鬼》引用《山海经》说明所执的是“恶害之鬼，执以苇索，而以食虎”。

[7]桃板：一种表示辟邪的象征物。古代传统压胜习俗。一种一寸多宽、七八寸长的木条，用桃木削成，故名。亦作“桃版”，即桃符板。南朝梁·宗懔《荆楚岁时记》：“正月一日……造桃板著户，谓之仙木。”桃板之制，与下文的“尽神像于枝上”，皆是因为二神“依树而住”，即住在大桃树上。

[8]枝:当依《绘图三教源流搜神大全》作“板”。

【译文】

东海度朔山上有一棵大桃树,弯曲盘旋三千里,其低矮的树枝指向东北的(一个洞穴),那个地方叫“鬼门”,万鬼就是从鬼门出入的。有两位神,一个叫神荼,一个叫郁垒,二神的职责是查阅统领出入鬼门关的众鬼,捉拿(作恶为害之鬼)并用它们喂食老虎。于是黄帝取法于二神,并画二神之像,由是建立了桃板的形制。因为桃板的制作起源于黄帝,所以后世都把神像刻画在桃板上,还在下面写上“左神荼,右郁垒”,在元日(历正月初一,即春节)这一天把它放置在正门上。

钟馗

唐明皇开元中，讲武骊山[1]，还宫疾作。昼[2]梦一小鬼，绛衣、犊鼻[3]、跣一足、履一足，盗大直绣香囊[4]及上玉笛，绕殿奔戏。上叱问之，小鬼曰[5]："臣乃虚耗也。"上曰："何谓虚耗？"小鬼曰："望空虚中盗人物，耗人家喜事。"上怒，欲呼武士，忽一大鬼，破帽、蓝袍、角带、朝靴[6]，先刳[7]小鬼目，后擘而啖之[8]。上问："何人？"奏曰："臣终南山进士[9]钟馗，应举不捷，羞归故里，触殿阶而死，奉旨赐绿袍葬我。感恩祭祀，与王除天下虚耗妖孽！"言讫[10]，梦觉，疾瘳，诏吴道子图其像。

【注释】

[1]讲武骊山：公元713年秋，唐玄宗在骊山脚下举行阅兵。讲武，阅兵。

[2]昼：《坚瓠集》作"昼卧"。

[3]犊鼻：就是"犊鼻裈"，亦作"犊鼻裩"，亦省作"犊裩"，是一种短裤，一说围裙，形如犊鼻，故名。汉·赵晔《吴越春秋·勾践入臣外传》："越王服犊鼻，着樵头。"《汉书·司马相如传上》："相如身自着犊鼻裈。"王先谦补注："但以蔽前，反系于后，而无袴裆，即吾楚所称围裙是也。"

[4]盗大直绣香囊：大直，当作"太真"，此处可能是避讳。《夜航船》卷一八《荒唐部》本句作"盗太真绣香囊"。太真，杨贵妃出家做道士时的道号，后世也称杨玉环为杨太真。

[5]小鬼曰：本句南宋理宗时人陈元靓编《岁时广记》卷四〇"梦钟馗"条引《唐逸史》作："虚者，望空虚中盗人物如戏；耗即耗人家喜事成忧。"

[6]角带、朝靴：本句大鬼（即钟馗）的着装，上列《唐逸史》作"顶破帽，衣蓝袍，系角带，靸朝鞋"。角带，以角为饰的腰带。宋时下级官吏及庶民服饰。宋·王明清《玉照新志》卷二："以大观元年十一月除通直郎，试中书舍人，赐三品服，故事三品服角带佩金鱼为饰。"靸，把鞋后帮踩在脚跟下；穿（拖鞋）。

[7]刳：剖开。

[8]后擘而啖之：擘，剖分。本句徐道《历代神仙通鉴》卷一四作“后擘其肢而啖之”。

[9]终南山进士：关于钟馗得终南进士一事，《历代神仙通鉴》载：“奉旨赐进士，蒙以绿袍殓葬，岁时祭祀。”至于赐他为进士者，民间传说为唐高祖，其应试的时间也在唐高祖武德年间。也有说钟馗得终南进士发生在唐德宗朝。唐德宗在唐明皇后，虽与本《搜神记》时间不符，但民间传说，终无对错，故一并注释于此，相信每个读者心中都有自己的判断，姑俟贤者论之。

[10]訖：当依《新刻出像增补搜神记》《绘图三教源流搜神大全》作“讫”。

【译文】

唐开元年间，明皇李隆基在骊山阅兵，回宫后就犯病了。白天小睡梦见一个小鬼，上身穿深红色上衣，下身穿犊鼻裤，光着一只脚，另一只脚穿着鞋，盗取了贵妃杨太真绣的香囊和明皇李隆基的玉笛，绕着宫殿奔跑嬉戏。明皇斥问他是谁，小鬼说：“我是虚耗。”明皇说：“什么叫虚耗？”小鬼说：“（虚就是能）凭空偷盗人家财物，（耗就是）耗损人家喜庆之气。”明皇闻言大怒，正要呼唤武士，忽然有个大鬼出现，头戴破帽，身穿蓝袍，腰系角带，脚靸朝靴，先剜出小鬼眼睛，再剖开（四肢）吃了起来。明皇问：“你是何人？”他回奏说：“微臣我是终南山读书应举的进士钟馗，科举考试落了榜，羞于还乡，在殿前撞石阶而死，（高祖皇帝）降旨赐我（为进士，让我）身穿绿色官服入葬。我非常感激，（每年还能按时）享受祭祀，为感恩祭祀，我愿为皇上铲除天下的虚耗鬼魅！”（钟馗）说完，明皇梦就醒了，病也好了，于是下诏命吴道子画了钟馗的像。

司命灶神八月初三日生

神姓张，名单，字子郭，状如美女。夫人字卿忌，有六女，皆名察[1]，即六癸女[2]也。白人罪状，大者夺纪二三百日，小者夺算一二百日，故为天地督使[3]。凡治灶于屋中，夬口[4]向西，灶四边令去釜九寸，以砖及细土构之，勿令穿折[5]。灶神以壬子日死，不可用此日治灶。五月辰日，猪头祭灶，令人治生[6]万倍利益。鸡毛入灶有非祸[7]，犬骨入灶出狂子[8]。正月己巳日，白鸡祭灶宜蚕。五月己丑祭灶，吉。四月丁巳日祭灶，吉。神衣黄披发，从灶中出，知其名，呼之可除凶恶云。

【注释】

[1]察：《酉阳杂俎》卷一四《诺皋记上》："察（一作'祭'）洽。"

[2]六癸女：六癸，是指六癸日，即六个带有"癸"字的日期："癸卯、癸巳、癸未、癸酉、癸亥、癸丑。"《协纪辨方书》："凡是祀灶，一定要选六癸日。"六癸女，应该是指张单六个带有"癸"字日期的女儿：癸卯女、癸巳女、癸未女、癸酉女、癸亥女、癸丑女。

[3]天地督使：《酉阳杂俎》作"天帝督使"。

[4]夬口：此处指灶门。《太极真人九转还丹经要诀》作"灶口"。夬，通"缺"。睡虎地秦墓竹简《秦律十八种·置吏律》："其有死亡及故有夬者，为补之，毋须待。"长沙马王堆汉墓帛书《老子》甲本："其邦夬夬。"今本作"缺缺"。夬口为缺口，就像筑灶而在灶门处留缺口也。

[5]穿折：洞穿裂开。折，当为"坼"。《艺文类聚》卷八〇"火部"："以砖及细土构立之，亦勿令穿坼，神灶之法毕矣。"《太极真人九转还丹经要诀》："以砖并细土泥构立之，亦勿令有穿坼也。神灶之法毕矣。"

[6]治生：经营家业，谋生计。《管子·轻重戊》："出入者长时，行者疾走，父老归而治生，丁壮者归而薄业。"

[7]非祸：非常的灾祸。指杀身或死亡。宋·孙光宪《北梦琐言》卷七："文学渊

奥,迥出辈流,然恃才躁进,竟罹非祸。”

[8]狂子:狂妄无礼的人。《后汉书·宦者传·张让》:“此真狂子也。十常侍固当有一人善者不?”

【译文】

司命灶神是八月初三日生的。灶神姓张,名单,字子郭,外表长得像一个美女。他的夫人字卿忌,他有六个女儿,名字都叫察(洽),就是六癸女。(他常在月末那日上天)告发人们的罪状,罪大的削夺别人二三百日的寿命,罪小的削夺别人一二百日的寿命,所以他就是天帝派遣来监督下方的使者——督使。大凡在屋中打灶,灶门要朝西,灶四边要距离釜九寸远,用砖和细土筑成,不要让灶身破洞开裂。灶神是在壬子日死的,不能在这一天打灶。五月辰日这一天,用猪头祭灶神,可以让人谋生时获得万倍的利益。如果鸡毛落入灶内,一定有非同寻常的大祸;如果狗骨头掉到灶内,家中一定要出狂妄无礼的逆子。正月己巳日这一天,用白鸡祭灶神养蚕很吉利。五月己丑这一天祭灶神,大吉。四月丁巳日这一天祭灶神,大吉。灶神穿着黄色的衣服披散着头发,从灶中出来,如果知道他的名字的话,据说喊他的名字就可以消除凶险邪恶之事。

厕神

厕[1]神者，莱阳县何氏女，名婿，字丽卿，自幼读书辨利[2]。唐垂拱三年，寿阳刺史李景纳为妾，其妻妬之，遂阴杀之，置其尸于厕中。魂绕不散，如厕，每闻啼哭声，时隐隐出现，且有兵刀呵喝状。自是，大著灵异，人为尸祝[3]之，悬箕而降，能知祸福。神死于正月十五，故独显灵于正月也。

【注释】

[1]厕神：民间传说中的司厕之神。主要供奉有紫姑、戚姑、后帝和三霄娘娘等。紫姑神即坑三姑，相传为李景之妾，于正月十五之夜，为大妇阴杀于茅坑，后为厕神。世人每年以其死日迎祝于厕间，故俗呼为“坑三姑”。苏轼《子姑神记》中有记载。

[2]辨利：言辞流利，能言善辩。辨，通“辩”。《续资治通鉴·宋高宗绍兴二十九年》：“麟之金，金主喜其辨利，赐赉加厚。”

[3]尸祝：古代祭祀时任尸和祝主读祝文的人。出自《庄子·逍遥游》：“庖人虽不治庖，尸祝不越樽俎而代之矣。”

【译文】

厕神，是莱阳县何氏家的女子，名为婿，字丽卿，自幼读书，能言善辩。唐垂拱三年，何丽卿被寿阳刺史李景纳为妾，李景的妻子嫉妒她，暗中将何丽卿杀死，并把尸体放置在茅厕中。何丽卿的阴魂围绕着茅厕不散，（每当有人）上厕所，就会有啼哭的声音，不时隐隐出现，且有刀兵撞击大声呵斥的情景出现。从此以后，灵异的事情多而显著，祭祀时让人假扮何丽卿之身并祷告，然后把簸箕悬在空中降下，这样就能预知祸福。厕神死于正月十五，因而唯独在正月显灵。

开路神[1]

神即《周礼》之方相氏是也，相传轩辕黄帝周游九垓[2]，元妃螺祖[3]死于道，令次妃好如[4]监护，因买“相”[5]以防夜，盖其始也。俗名险道神，一名阡陌将军，一名开路神。

【注释】

[1]开路神：乃是《周礼》之方相氏是也。出殡时前导的纸糊偶像，形貌狰狞，躯体高大。也称为“开路鬼”。

[2]九垓：亦作“九畡”“九陔”，中央至八极之地。垓，荒远之地，八极之内的广大土地。《国语·郑语》：“王者居九畡之田，收经入以食兆民。”韦昭注：“九畡，九州岛之极数。”晋·葛洪《抱朴子·审举》：“今普天一统，九垓同风。”

[3]螺祖：一般指嫘祖，又名傫祖、雷祖或累祖，中国远古时期人物。为西陵氏之女，轩辕黄帝的元妃。她发明了养蚕，史称嫘祖始蚕。出生于西陵。

[4]好如：《云笈七签》卷一〇〇辑唐·王瓘《轩辕本纪》中记载黄帝的次妃是嫫母：“帝周游行时，元妃嫘祖死于道，帝祭之以为祖神。令次妃嫫母监护于道，因以嫫母为方相氏。”

[5]相：方相，是旧时民间普遍信仰的神祇，为驱疫避邪的神，是古代逐疫或出丧行列前开道的神像，形貌令人畏怖。《后汉书·卷六上·马融传》：“诏灵保，召方相。”

【译文】

开路神即是《周礼》中的方相氏，相传轩辕黄帝周游天下，元妃螺祖死在了半路上，黄帝命令次妃好如看护，好如就购买了方相氏来守夜，这就是其开始。俗名险道神，一名为阡陌将军，一名为开路神。

律令

雷部健儿，善走，与雷相疾速，符咒云急急如律令，谓此。

【译文】

律令（令字，读作平声），是雷部的勇士，善于奔跑，与雷电跑得一样疾速，符咒"急急如律令"，说的就是这个意思。

翁仲二神[1]

魏明帝铸铜为二神人，号“翁仲”，置司马门外。按古长人见，为国亡；长秋[2]见临洮，为秦亡之祸。始皇反以为祥，铸铜象之。

【注释】

[1]翁仲二神：传说阮翁仲为秦朝时一丈三尺的巨人，秦始皇命他守边，匈奴人很怕他。他死后，秦始皇下令仿照其形状铸成铜人。后指铜像或石像，也专指墓前的石人，为宫门外守护神。据《三教源流搜神大全》载，魏明帝铸铜为二神人，号翁仲，置于司马门外。

[2]秋：当依《新刻出像增补搜神记》作“狄”。《宋书·五行志》记载：“魏明帝景初元年，发铜铸为巨人二，号曰‘翁仲’。置之司马门外。案古长人见，为国亡；长狄见临洮，为秦亡之祸。始皇不悟，反以为嘉祥，铸铜人以象之。魏法亡国之器，而于义竟无取焉。盖服妖也。”

【译文】

魏明帝用铜铸造成两个神人，称之为“翁仲”，安放在司马门外。考案古事，古代巨人出现，是国家灭亡的预兆；长狄在临洮出现，是秦朝灭亡之祸的预兆。秦始皇反而认为是吉祥的征兆，铸造（十二具）铜人模拟长狄。

大明万历三十五年岁次[3]丁未上元吉日，正一[4]嗣教凝诚至道阐玄弘教大真人[5]掌天下道教事张国祥，奉旨校梓[6]。

【注释】

[3]岁次：也叫年次，古代以岁星（木星）纪年。古人将天空的赤道部位分作十二等分，每等分中以某些恒星为标志。木星正好每年走一等分，十二年走一周。每年岁星（木星）所值的星次与其干支称为岁次。

[4]正一：意为“正以治邪，一以统万”。正一道又称正一派，其始祖是汉末张道

陵及其开创的“正一盟威”之道，又称天师道，称张道陵为祖天师或老祖天师。

[5]大真人：明朝道士封号。真人在道教中可称仙人，道教四大真人通玄真人、冲虚真人、南华真人、洞灵真人即是。此处的真人却是称号，指古代道家、道教中修真成道，洞悉宇宙和人生本原，真真正正觉醒觉悟的人。

[6]校梓：校勘并付印。

【译文】

在大明万历三十五年（1607年），岁次为农历丁未年上元（即农历正月十五）这一吉日（即吉利的日子），正一嗣教凝诚至道阐玄弘教大真人掌天下道教事张国祥，奉旨校勘并付印。

参考文献

[1]白化文总主编.中华大典·民俗典·物质民俗分典.北京:北京日报出版社,2017.

[2]道藏.北京:文物出版社,1988.

[3](清)陈梦雷编.古今图书集成.中华书局影印.

[4](南朝梁)慧皎撰.四朝高僧传 第1册 高僧传.北京:中国书店,2018.

[5]绘图三教源流搜神大全(外二种).上海:上海古籍出版社,1990.

[6](宋)李昉.太平广记.北京:中华书局,2003.

[7]刘琳、刁忠民、舒大刚等校点.宋会要辑稿.上海:上海古籍出版社,2014.

[8](明)罗懋登.三宝太监西洋记.长春:吉林出版集团股份有限公司,2018.

[9]罗竹风主编.汉语大词典(含《汉语大词典订补》).上海:上海辞书出版社,2008—2011.

[10](唐)牛僧孺,李复言.玄怪录·续玄怪录.杭州:浙江古籍出版社,1999.

[11](清)阮元.十三经注疏.北京:中华书局,1980.

[12](清)王宏撰.周易筮述(卷七).四库全书,第41册.上海:上海古籍出版社,1987.

[13]王必昌.重修台湾县志,卷六.新北:大通书局,1984.

[14]王昶.金石萃编.北京:中国书店,1985.

[15]新刻出像增补搜神记.影印明万历富春堂刻本.

[16]杨哲等主编.文学百科辞典.北京:知识出版社,1991.

[17](清)姚东升辑,周明校注.释神校注.成都:巴蜀书社,2015.

[18](宋)乐史.杨太真外传.北京:中华书局,1991.

[19]张起,张天健.唐诗解密.上海:文汇出版社,2018.

[20]张应斌.雷州雷神之谜 广东古越人文化寻踪.广州:暨南大学出版社,2015.

[21]藏外道书(影印).成都:巴蜀书社,1994.

[22](元)赵道一.历世真仙体道通鉴.上海:上海古籍出版社,1996.

[23]赵迅.南柯庭集.北京:北京燕山出版社,2018.

[24]中国道教协会,苏州道教协会.道教大辞典.北京:华夏出版社,1994.